牛 虻

TheGadfly

[英] 伏尼契◎著　麦　芒◎译

天津出版传媒集团
天津人民出版社

图书在版编目（CIP）数据

牛虻 / (爱尔兰) 伏尼契著 ; 麦芒译. -- 天津 :
天津人民出版社，2016.9（2018.9 重印）
ISBN 978-7-201-10819-3

I. ①牛… Ⅱ. ①伏… ②麦… Ⅲ. ①长篇小说－爱
尔兰－近代 Ⅳ. ①I562.44

中国版本图书馆CIP数据核字（2016）第227422号

牛虻

NIU MENG

出　　版　天津人民出版社
出 版 人　黄　沛
地　　址　天津市和平区西康路35号康岳大厦
邮政编码　300051
邮购电话　（022）23332469
网　　址　http://www.tjrmcbs.com
电子信箱　tjrmcbs@126.com
责任编辑　刘子伯
印　　刷　三河市京兰印务有限公司
经　　销　新华书店
开　　本　880×1230　1/32
印　　张　10.5
字　　数　336千字
版次印次　2016年9月第1版　2018年9月第2次印刷
定　　价　36.00元

前言

《牛虻》是英国女作家艾捷尔·丽莲·伏尼契（1864年–1960年）创作的长篇小说，该书描写了意大利革命党人牛虻的一生。

故事的背景是19世纪30–50年代，当时意大利正处于奥地利帝国的高压统治之下，意大利人并不甘心屈服，秘密组建青年意大利党，以驱逐奥地利人，推翻意大利的专制政权为政治目标。故事的主人公亚瑟是一个私生子，生父为后来担任红衣主教的蒙太尼利。尽管他的养父宽恕了他母亲的罪过，但是亚瑟幼年的生活依然一片阴霾，养父的装聋作哑，母亲的忍气吞声，哥嫂的恶语相加，这一切造成了亚瑟忧郁而敏感的性格。幸好有他所爱恋的女子裘玛存在，她是他生命中的难得的亮色。

少年亚瑟和意大利革命党相遇，从此一心追随革命党人。裘玛也是青年意大利党的积极拥护者，并和这一团体的领导人之一玻拉交往逐渐频繁。这使亚瑟心生妒忌，他在因爱忏悔时受了神父的欺骗，讲出了组织的一些活动情况，还说出了玻拉的名字。这致使他和他的战友一起被捕入狱。出狱时，裘玛误以为是亚瑟出卖了同志，打了他一个耳光后愤然离去。

这时亚瑟又得知自己私生子身份的秘密，这个消息击碎了亚瑟对人世、对宗教的所有美好回忆。激愤之下，亚瑟用铁锤砸烂了家中耶稣的塑像，留下了一份遗书，最后藏身到一艘开往南美洲的船上，去了巴西。

在经过十三年的自我放逐之后，亚瑟成为了“牛虻”。他变成了一个瘸子，满脸伤疤，但却磨炼成了一名坚强的革命战士。后来他在一次武装斗争中，因叛徒出卖而不幸被捕并遭枪杀。

《牛虻》的作者伏尼契出生在爱尔兰，常住伦敦，在纽约度过晚年。在伦敦她结识了许多流亡于此的俄国、意大利革命者，这些人对她的思想和创作影响很深。她不仅创作小说，而且还翻译过很多俄国文学作品，写过不少乐章。伏尼契用“牛虻”这样一种讨厌的蝇虫为主人公命名，其中自有它的哲学寓意。当年“西方哲学之父”苏格拉底在七十岁的高龄时被捕，在法庭上他发表了最后的申辩。他说：如今雅典如昏睡中的骏马，我就是一只不断叮咬它、使它警醒的牛虻!伏尼契以“牛虻”作为出走后亚瑟的名字，意味着他将是一个坚定的反教会统治的革命者。

伏尼契笔下的牛虻，是一个在成长中不断地进行着人格变化和重组的牛虻，也正是牛虻人格特征的这种动态特性才使得小说充满张力和变化，尽管时空转变，依然令人常读常新。

目录 Contents

人物表

牛虻——主人公，蒙太尼利和葛兰第斯的私生子。青少年时名字为亚瑟·伯尔顿，后加入“青年意大利”党，化名为范里斯·伊万雷斯，以牛虻为笔名笔伐宗教。

裘玛·华伦——华伦医生的女儿，“青年意大利党”的成员，亚瑟少年时代的知心女友，后嫁给乔万尼·玻拉，成为玻拉太太。

罗伦索·蒙太尼利——红衣主教，亚瑟的亲生父亲

葛兰第斯——亚瑟的亲生母亲，老伯尔顿的第二任太太，蒙太尼利的情人

詹姆斯·伯尔顿——亚瑟的异母长兄，伯尔顿父子轮船公司的老板

琼莉亚——詹姆斯·伯尔顿的妻子，亚瑟的大嫂

格拉西尼——律师，文学委员会成员

法布里奇——大学教授，文学委员会成员

赖加——戏剧家，文学委员会成员

盖力——“青年意大利党”党员，文学委员会成员

列克陀——医生，“青年意大利党”党员，文学委员会成员

麦康尼——走私贩子，红带会成员

米凯莱——走私贩子，红带会成员

陀密尼钦诺——走私贩子，红带会负责人

菲拉利——上校，布里西盖拉城统领

绮达·莱尼——跳舞女郎，吉卜赛血统，亚瑟的同居者

凯蒂——裘玛贴身女仆

比艾嘉——牛虻居于佛罗伦萨时的女仆

第一卷

第一章

六月里一个燥热的黄昏，比萨[①]神学院图书馆所有的窗户都开得很大，以保持屋里的凉爽，只留下百叶窗虚掩着垂在那儿。亚瑟正坐在那儿埋头于一大沓讲道稿并不停地四处翻找着。神学院院长蒙太尼利不由得停下了手中的笔，把目光慈爱地移到那个埋在文稿里的满头乌发的脑袋。

"还没找到它，对吗，亲爱的[②]？没关系，我可以把它再写一遍。说不定那篇稿子早就被撕掉，让你花费这么大精力去寻找它。"

蒙太尼利说话的声音并不高，却圆润、响亮，音调像银子般纯净，依然能够让人感受到一种独特的魅力，这是一个天才的演说家所独有的富于抑扬顿挫的声音。特别是他跟亚瑟说话时，语调中更多了一层亲切和抚爱。

"没关系，神父，我一定要将它翻出来；我敢肯定你确实是把稿子归在这里边了。再说，重新写一遍的话，不管怎么样总是和原

① 比萨：意大利中部古城，西南通莱克亨港，东通佛罗伦萨，有著名的大理石斜塔。

② 亲爱的：原文此处为意大利文"carino"。本书故事发生在意大利境内，作者为了加强气氛，常在英文中插入意大利文。

来的不一样了。”

窗外一只蔫头蔫脑的金龟子懒洋洋地叫着，嗡嗡作响，街上传来了卖水果的拖长了声音的叫卖声：“卖草莓啊！卖草莓啊！”显出一种说不出的凄凉。蒙太尼利低下头去接着写他的稿子。

“啊，在这儿呢，《论麻风病人的医治故事》。”亚瑟穿过房间朝神父走了过来，他那独有的轻快的步态总让家里人感到有一种说不出来的不顺眼。年轻人身材瘦削，他不太像三十年代的英国中产阶级出身的少年，倒是更像一个十六世纪肖像画上的意大利人。他睫毛修长，薄薄的嘴唇显得精致而敏感，还有纤细的手脚，这些都让人觉得他是一个太过于秀气纤巧的男孩。如果他坐在那儿安安静静的，很可能别人会把他看作一个男儿装扮的漂亮女孩呢；可是你再看他行动起来的样子，那股矫健敏捷的劲头马上让人联想到一头豹子，一头没有了利爪的温和的豹子。

“果真让你找到了！如果不是有你，我真不知道该怎么办啦，亚瑟，你看我总是糊里糊涂的爱忘事。现在好啦，我也不想再写下去啦。我们去花园里走走吧，顺便帮你温习温习功课。看看你还有什么不明白的地方。”

他们一道走出图书馆，来到了修道院的花园里。花园里暮色四合，显得分外幽静。这所神学院的前身，原来是一座古老的铎米尼克派①的修道院。两百年前，这个四方形的院落曾经被拾掇得整齐、优雅。种满迷迭香和薰衣草的花坛，被挺拔直立的黄杨树团团围住，当中的花草也被修剪得整齐漂亮。到了今天，当年那些照料它们的白衣修士都早已不在人间了，也许早被人们遗忘掉了。但是现在，在这个幽静的仲夏的傍晚，花开依旧如故香，却已经再没有人来采花配药引了。一丛丛一簇簇的野芹和耧斗菜从花园甬路的石板缝里冒出来，凤尾草和乱蓬蓬的蝎子草早已占据了院心的那一眼井。蔷薇的根上又蔓生出无数的枝枝叶叶，全都爬到了小路上，时时从花坛边上的黄杨树丛里可以看到一朵朵又大又红的罂粟花；

① 铎米尼克派：又译为多米尼克派，为天主教托钵修会之一，拉丁文意为布道兄弟会。由西班牙人铎米尼克于一二一五年创立。

高高的毛地黄在乱草丛中耷拉着脑袋；苍老的葡萄藤已经很久没有人修剪，也很久没有结果了，它从一棵被人冷落的欧楂树枝头垂挂下来，微微晃动着树梢枝头的叶子，好像在微风中忧郁地摇着头。

夏季开花的玉兰树，枝繁叶茂，倒像一座高塔似的站立在花园的一角，森森浓密的枝叶中不时可以看到一些乳白色的小花朵。挨着树干底部放了一条做工粗糙的木凳，蒙太尼利在木凳上坐下了。亚瑟在大学里学的是哲学，今天跑过来就是因为在书上碰上了一处疑难，所以特地来请“神父”给解释解释。虽然亚瑟并不是这所神学院的学生，但在他心目中，蒙太尼利就是一部包罗万象的活的百科全书。

“我想现在我该走了，”等蒙太尼利把问题讲清楚以后，亚瑟就说，“要是你没别的吩咐的话。”

“你如果有空儿，我很愿意你能再陪我待一会儿，我今天已不想再工作了。”

“噢，行！”亚瑟把身子往后一靠，正好背靠在木兰树的树干上，他从乌黑浓密的枝叶丛中放眼望出去，宁静的夜空中有第一批出现的星星在隐隐约约地闪现着。亚瑟乌黑的眼睫毛底下，是一双海水一般湛蓝，梦一般神秘的眼睛，这正是他那康沃尔人[①]血统的母亲留给他的最好的纪念。蒙太尼利急忙把头扭向一边，以免看到它。

“你好像显得很累啊，亲爱的。”蒙太尼利说。

“没有办法的事。”亚瑟话音里有一丝疲惫之意，马上就让神父感觉出来了。

“其实你用不着这么急着进大学，你那时候既要照顾你生病的母亲，晚上还要熬夜护理，实在是把你给累坏了。也怪我当时没坚

① 康沃尔人：克尔特人（凯尔特人）的后裔，居住在英格兰的康沃尔郡。康沃尔人的眼睛多是蓝色或灰色的。

持，你本应该在离开来亨[1]以前就应该好好地休养一阵的。”

“哎，神父，这又有什么差别呢？妈妈一去世，我就觉得我在那令人痛苦的家里连一分钟也待不下去了。再多待一会儿，我就会让琼莉亚给逼疯的！”

琼莉亚是他异母兄长的妻子，好像一根毒针，搅得他不得安宁。

“我的本意也不是说要你还跟家里人住在一起，”蒙太尼利善解人意地说，“我也明白和他们住在一起的那种滋味不好受。但是我在想，如果当时你接受了你那位当大夫的英国朋友的邀请，你能够去他那儿休整休整，哪怕一个月的时间，然后再来上学，那也许会好得多。”

“不是这样的，神父，我不愿意那样做！没错，华伦一家人都很善良，但是，他们并不真正理解我。而且，他们对我怀的是一种怜悯的心情——从他们的脸上就能看出来——他们老是想方设法找些话来宽慰我的心，每次一谈起来就谈到妈妈。当然，裘玛从来不这样，从我们俩小时候在一起开始，她就很清楚什么话是该说的，什么话不能说；可是，家里其他几个人却不是这样。再加上一些其他原因……”

“那别的又是为了什么呢，我的孩子？”

亚瑟从一棵无精打采的毛地黄上揪下一把小碎花，心烦意乱地把它揉过来搓过去。

“我没法再忍受那个城市了，”他停了一会儿才开口说道，“那儿有我小时候妈妈常带我去买玩具的商店，那儿还有在妈妈病重之前我扶着她常常散步的海边步行路。不论走到哪儿，总是让我很伤感。卖花的女孩常常捧着花束朝我走过来——可现在花对我还有什么用处呢！还有教堂边上的墓地，我一看见就心里难受得要命，我只能老远老远就绕道避开它。”

他说不下去了，只是坐在那儿，把手心里那几朵毛地黄小花揉

① 来亨（或译为来克亨）：意大利西部一个港口城市，就在比萨城以南不远。亚瑟的家在来亨。

了个粉碎。好半天，没有一个人开口，更显出夜的寂静漫长，他忍不住抬头看了看神父，心里想神父怎么一下子沉默不语。夜色越来越浓重，周围的一切都显得十分昏暗、惨淡。在朦胧的微光中可以看出蒙太尼利的脸色惨白得很。他低垂着脑袋，右手抓住了条凳的边沿，抓得紧紧的。亚瑟急忙掉转过头去，他的心中不知不觉升起了一种敬畏之情，就仿佛突然意识到自己闯入了一片圣地似的。

“上帝啊！”他心里想，“我在他面前显得是多么渺小自私，多么微不足道啊，就算是这样的不幸发生在他身上，他的哀痛也不过如此吧。”

过了一会儿，蒙太尼利抬起头来，看看四周。“无论如何，我绝不会强迫你回去的，特别是现在这个时候，”他的语调是那么的温柔亲切，“但是有一件事你得答应我，那就是，今年一放暑假，你就必须好好地放松一下。我建议你最好离开来亨，走得远一点儿去休假。我不能眼看着你的身体慢慢垮下去。”

“那么神学院放假以后，你打算去哪儿呢，神父？”

“我嘛，跟从前一样，先领学生进山，把他们在那儿安顿妥当。不过到了八月中旬，副院长就会休假回来了。那时候，我计划去阿尔卑斯山看一看，换一换空气。你有没有兴趣跟我一道去？我可以带你去山里好好游一游，你肯定会觉得考察阿尔卑斯山的地衣和苔藓是一次非常有趣味的工作。不过，单单咱们两个人去，你说不定会觉得有些枯燥乏味吧？”

“神父！”亚瑟高兴得拍起手来，琼莉亚把他这个动作叫作“十足的洋派作风”，“不论说什么我也要跟你一起去。然而……有一件事我还没法确定……”他停住了。

“你是不是担心伯尔顿先生不赞同？”

“他心底自然是不高兴我去，但是他恐怕也不便干预。我今年已经满十八周岁了，可以对自己的事情做出决定了。不管怎么说，他只是我的一个异母哥哥，我为什么非得照他的意思做呢？再说啦，他对妈妈的态度又是那么苛刻。”

“不过，如果他坚决反对的话，我看你最好还是不要违背他吧；要不然只会把你在家里的处境搞得更僵，你想想看……”

“还能再怎么个僵法！”亚瑟显然有些激动地打断了话头。“他们一直都把我恨得要命，以后也好不到哪儿去——我照不照他们的意思办事，并不会带来什么改变。而且，是你跟我一起去啊，詹姆斯总不至于也反对吧——你可是我的忏悔神父[①]啊！”

“可是有一点你别忘了，他是个新教徒。不管怎么说，你还是写一封信回去听听他的意见比较好。最重要的是，你千万不能性急，我的孩子；不管人家恨你，还是爱你，都不能放任自己的言行。”

神父把责备的意思表达得十分婉转，亚瑟听了并没有觉得脸红。“是的，这我也知道，”他说，叹了口气，“但是，要做到这一点可真不容易啊……”

“你星期二晚上没有来这儿找我，实在是太遗憾了，”蒙太尼利突然转换了话题，“那天晚上阿雷佐[②]教区的主教来了，我本来很想让你见他一面的。”

“那天我事先已经跟一个同学约好了，要到他的宿舍去参加一个聚会。如果我不去，他们会一直等我的。”

“什么样的会呢？”

对于这个问题，亚瑟一下子显得尴尬异常。“那……那也不……不是什么正……正式的会议，”他因为紧张和慌乱显得有点口吃，“有个从热那亚来的同学给我们讲了一次话……应该说……是做了个报告吧。”

“关于什么内容的报告呢？”

亚瑟又显得开始犹豫了。“神父，你不会向我追问他姓甚名谁的，对吗？因为我曾经答应过人家……”

① 忏悔神父：天主教徒向神父作忏悔，叫办神功，又叫告解，听取忏悔的神父叫忏悔神父。

② 阿雷佐：意大利中部城市，在比萨东南约二百公里处。

“我不会追问你的。既然你做出承诺要保密，那就不应该再让我知道。不过，我想事到如今，你应该是相信我了吧。”

“我当然相信你啦，神父。他谈的都是些关于……关于我们的事，以及我们对自己所担负的责任，还有……还有我们对人民又应该担负什么样的责任；还说到……如果我们要帮助他们，我们应该怎么去做……”

“帮助他们，他们是谁？”

“是农民——和——”

“和什么？”

“意大利。”

沉默长时间地弥漫着。

“亚瑟，你坦白交代，”蒙太尼利终于转过身来，语气十分严肃，“你考虑这种问题究竟有多久了？”

“从……去年冬天就已经考虑了。”

“那就是在你妈妈去世之前？她知道这件事吗？”

“不……她不可能知道。我当时也并不是太在意这些事情。”

“那么现在……你很在意这些事啦？”

亚瑟又从毛地黄的花枝上揪下了一把小花儿。

“所有的一切是这样的，神父，”亚瑟的视线扫落在地面上，开始讲述事情的前前后后。“去年我为入学考试准备功课的那个秋天，有机会结识了不少大学生；这些你都还有印象吧？大概就在那时候，他们当中有几个人曾与我交谈过……这方面的问题，还把书给我借阅。可是当时我并不热心这些事，我关心的只是赶快回家看望妈妈。你知道，那个家简直就像个地狱，和那些人生活在一起的妈妈又是多么的孤独凄凉！单单琼莉亚那条恶毒的舌头乱嚼起来，就能把妈妈气得死去活来。后来，冬季的时候，妈妈的病势沉重起来，我也没有心思去想那些大学生和他们借给我的书，就把它们给忘了。这以后的情形你也清楚，我根本连比萨也不来了。当时我要是记起来的话，不会不告诉妈妈的，可是我竟然一点儿也想不起来。再后来，我看出妈妈病得无法挽救了……你也知道，在她最后的那日日夜夜里，我几乎是一直陪伴着她的身前身后；晚上我整夜整夜地守护着她，白天，只有裘玛·华伦来替我的时候，我才能稍稍合会儿眼。正是在那些漫长的不眠之夜里，我才又想到那些书，又想起了那些大学生们对我说过的话……我思考着……他们所说的到底对不对……不知道……而我们的主对于这一切又是怎么看的呢？”

“你问过主吗？”蒙太尼利的声音显得有些颤抖。

“我不止一次地问过，神父。我还经常祈求主，求主指点我究竟该怎么办，有时甚至还求过主干脆让我伴随着妈妈一道去死。可是，我得不到任何答复。”

“但是，你却一直对我守口如瓶。亚瑟，我一直以为你是信任我的啊。”

“神父，你一定知道我对你的信任。但是，每个人都会有一些这样那样的事，是不好告诉别人的。我……我就觉得在这件事上，即便是你或我妈妈都没法帮助我。我必须从上帝那儿直接得到回答。你明白，这关系到我的一生，关系到我的灵魂啊！”

蒙太尼利把脸调过去，两眼若有所思地停留在昏黑模糊的玉兰树枝头。暮色一片苍茫，他的身影显得是那么的模糊，就好像是快要被浓重的树荫吞没的一个捉摸不定的幽灵。

“后来怎么样了呢？”他问得很慢很慢。

“后来……母亲撒手去了。你也知道，在她去世前的三个晚上，我寸步不移地守在她床边，一直守护着她……”

说到这儿，亚瑟说不下去了，陷入了一阵沉默；蒙太尼利坐在那儿，却也纹丝不动。

“妈妈下葬之前的那两天，”亚瑟又接着往下说，声音却低了许多，“我脑子里一片空白，什么都不想，也不愿去想。一等把妈妈安葬好，我就病倒了；也许你还有印象吧，我连忏悔都来不及了。”

“是，我记得很清楚。”

“就在那天半夜，我爬起来走进妈妈的房间。她房里空空如也，只有壁龛里那个大十字架还立在那儿。我突然想到：说不定上帝会帮助我，于是我就跪了下去，一直跪在那儿，等着——一直等了一夜。等第二天早上，我才清醒过来……神父，我无法说明白，我真的不知如何说明白！我很难跟你讲清楚我看见的到底是什么，这连我自己都是迷迷糊糊的。但是，我可以确信的是，上帝已经把他的答复给我了，我绝不能违背他的旨意。”

他们就那样坐在黑暗中，一时间沉默不语。待了一会儿，蒙太尼利转过身来，把手放在亚瑟的肩头上。

“孩子，”他说，“我绝不是想告诉你上帝没有把他的旨意昭示给你的灵魂。但是，你一定要记住一切发生时你自身所处的具体的客观情况，你不能把伤心绝望、病魔缠身时所产生的幻想当作主神圣庄严的感召。即使上帝真的是有意选择你正处在失去亲人的悲痛时刻，来回复你的祈求，你也一定要仔细领会，千万不能歪曲、甚至有悖于他的旨意。你说你现在已经想清楚了，你想清楚的到底是什么事呢？”

亚瑟站起来，一个字一个字清楚地从他口中吐出，就像在背诵教理问答[①]时一样。

“我要把我的生命奉献给意大利，为把她从奴役和苦难中解救出来而努力；把奥地利人赶出去，使意大利变为一个只有基督、没有君王[②]的自由的共和国。”

“亚瑟，你知道你在说什么吗？你连意大利国籍都没有呢。”

“这不能说明什么；我就是我。我遵奉上帝的旨意，我为此献身也在所不惜。”

又陷入了沉默。

“你刚才说的那些，如果按照基督的说法……”蒙太尼利慢慢地开了口，但马上就被亚瑟截住了话头。

---

① 教理问答：一种简易教材，用于基督教各派教会（包括天主教）对初信教的人传授基本教义。

② 称基督为主，常见于《圣经》。

“主基督说：‘为我而失去生命的将获得新生’。”[①]

蒙太尼利的胳膊斜斜地往树枝上一靠，抬起一只手遮住了眼睛。

“过来，我的孩子，坐到我身边来。”过了好一会儿，他终于又开口了。

亚瑟刚坐下来，神父便紧紧地抓住了他的两只手。

“今天晚上我不打算和你展开辩论，”他说，“这件事情，对我来说发生得太突然了……我连一点儿思想准备也没有……给我点时间，让我好好想一想，改天我们再找个时间详细谈谈吧。不过，现在我要提醒你一句：如果将来你为这种事情而遭遇到不幸，甚至……甚至如果因此而失去了性命，那么，你会害得我心碎肝裂的。”

“神父……”

“别忙，允许我把话从心底里都掏出来。从前我跟你谈话的时候曾经说过：你可以算是我在这个世界上唯一的亲人啦。我能看出，你并没有完全理解这话的真正含义。是的，年轻人要真正领会这一点，谈何容易；我像你这么大的时候，也一样不明白。亚瑟，对我来说，你跟……跟我的亲生儿子没什么两样，你明白吗？你就是我眼中的光[②]，你就是我心里的愿[③]。我宁可选择死，也绝不能眼睁睁地看着你因为一步走错而把一生给葬送。但是，我又无能为力。我也不需要你给我什么保证，我只希望你不要忘记我刚才说的几句话，并时时刻刻小心为上。如果你面临的是一步关键性的选择，那么事先一定要考虑充分。就算不为你母亲在天之灵，也请千万要看在我的面上多想一想。”

“我会的，那么……神父，就请你为我，也为了意大利，祈祷吧！”

---

① 此句引自《圣经·新约·马太福音》第十章三十九节。

② 眼中的光：出自《圣约》。见《旧约·诗篇》第三十八篇十节。

③ 心里的愿：出自《圣约》。见《旧约·诗篇》第二十一篇二节。

他一言不发地跪了下去，同样默然无语，蒙太尼利把手放在他垂下的头上。过了一会儿，亚瑟起身，吻了吻神父的手，便步态轻盈地穿过那片凝满露水的草地走了。蒙太尼利独自一个人坐在玉兰树下，注视着眼前的那片黑暗，一动也不动。

“上帝的惩罚已经开始降临，”他想，“正像当初惩罚降临到大卫头上一样。[①]我亵渎了上帝，我用不洁的手领受了圣体[②]——主一直对我容忍着。现在报应来了，你在暗中行这事，我却要在以色列众人面前，在光天化日之下来报复你。……所以，你所得到的孩子，必死无疑。”[③]

第二章

当詹姆斯·伯尔顿先生知道自己的异母兄弟打算和蒙太尼利一道“去瑞士一游”这个消息时，他心里是一百个不赞同。但他又转念一想，跟随一位德高年长的神学教授出外作一次对野生植物的考察旅行，其实本无可厚非；他要是直截了当跳出来阻拦的话，一定会让亚瑟觉得这个兄长太专横武断，太蛮不讲理了。再加上亚瑟并不了解他所以要阻止的内中隐情，那么，他很自然就会把阻拦的原因归到信仰偏见和血缘偏见上去，而伯尔顿一家恰恰一向是以宽容开明者自居的。早在一百多年前，自从伯尔顿父子在伦敦和来亨两地的轮船公司开业以来，他们这一家人就已经是忠心不二的新教徒和保守党了。不过，他们信守英国绅士待人接物上的公正原则，哪怕对方是天主教徒，也一视同仁；所以，当老主人因鳏居寂寞而续

① 据《圣经·旧约·撒母耳记下》而言：以色列王大卫看上了乌利亚的妻子拔示巴，并与其私通；并设计陷害乌利亚，霸占了拔示巴，生下一子。上帝为了惩罚大卫，使大卫与拔示巴所生的儿子得重病而死。

② 圣体：天主教徒望弥撒时，由神父分发圣饼（代表基督之体），称为领圣体。

③ 这是耶和华（上帝）派人对大卫说的，出自《圣经》。

弦，娶了他小儿女们的美丽的家庭女教师——一个天主教徒的时候，大儿子詹姆斯和次子汤姆斯面对着一位与自己年龄相仿的继母，心里虽然很不高兴，但总算还是把这种不满勉强压了下去，把这一切当作天意的安排而接受了。等到父亲一去世，大哥再一结婚，原本矛盾重重的家庭局面一下子面临着严重的危机；不过，要说起来，两兄弟多少还是尽了他们为人子的本分。继母葛兰第斯生前的时日，两兄弟一直尽他们所能来保护她，使她免受或少受了琼莉亚那条毒舌头的闲气。而在对待亚瑟的问题上，他们采取的是自认为已经尽责的态度。他们压根儿不屑于做一些表面功夫来造成他们很喜爱亚瑟的假象，但是，他们对他的成长又表现得慷慨而宽容大度：供给亚瑟的零花费用出手大方，并且给他充分的自由生活空间。

所以，亚瑟收到詹姆斯的回信时，信里附有一张足够花销的支票；而信上那几句冷漠的话语，也算对他暑假自由行动的打算做了个肯定答复。亚瑟把超出旅费预算之外的余额，花在了植物书籍和标本夹上，然后就同神父一起动身了，开始了他对阿尔卑斯山的初次探访。

蒙太尼利显得兴致勃勃，亚瑟已经有很长一段时间没见到他这样好心情了。那次花园夜谈曾对蒙太尼利的精神造成一定的打击，但是渐渐地，他又慢慢恢复了心情的平和，现在面对这个问题也比较能够泰然自若了。不管怎么说，亚瑟终归是年轻人，涉世未深；他立下的决心并不是无可挽回的。他只是准备朝着那条危险的道路迈去，只要对他晓以大义，并动之以情，委婉的劝阻应该能够阻止他进一步的滑落。

他们本来是打算在日内瓦多停留两天的；可是亚瑟一看到那刺得眼睛发疼的白色街道和满天尘土，游客拥挤不堪的湖滨步行道，就不由自主地微微皱起了眉头。蒙太尼利不动声色地把这一切都看在眼里，心里微微一笑。

“你是不是不太喜欢这儿，亲爱的？”

“很不好说。不过倒是跟我想象的差得太远。当然喽，这儿的湖光山色还是挺不错的。”这时，他们正站在卢梭岛[1]上，亚瑟一边用手指着萨伏依[2]方向连绵不断的起伏的群山，一边说道：“但是，这个城市看起来又死板又拘谨，就好像是——那些新教徒的地道作风，显得那么不可一世自命不凡。没错，我不喜欢这个地方，它让我一下子就想到了琼莉亚。”

蒙太尼利不由得笑了。“可怜的孩子，真够不幸的！不如这样吧，我们到这儿来是为了放松一下，不一定非要待在这里不可，所以我们先坐船游览一下景色，明天一早就离开这里上山去，怎么样？”

“可是，神父，你原来不是计划着要在这儿多待几天的吗？”

“亲爱的孩子，这儿几乎每个地方我都来过很多次了。只要你觉得开心，我就很满足了。你愿意到哪儿去玩玩呢？”

“要是你真的让我来选择的话，我挺想沿着这条河流溯源而上去看一看。”

“你说沿着这罗讷河？”

“不，阿尔芙[3]河，它流得多么湍急！”

“那我们先上沙默尼去好了。”

当天下午，他们就坐在一条小帆船上，在湖面上随波荡漾着消磨着时光。但给亚瑟留下深刻印象的，不是波光粼粼的日内瓦湖，而是混浊湍急的阿尔芙河。从小在地中海边长大的他，已经习惯了那种碧蓝的微波细浪，心底对于急泻而下的激流有一种隐隐的渴望，现在一旦面对着一条迅猛奔腾的冰河，他心里的兴奋和狂喜几乎是难以名状的。“真是浩浩荡荡啊！”他忍不住发出了这样的赞叹。

第二天一大早，他们便动身向沙默尼进发。当车子行驶在山谷里的肥沃原野时，亚瑟兴奋得很；可是等车子进入了克卢兹附近的

① 卢梭岛：法国十八世纪启蒙思想家卢梭曾在此小岛上避难，岛上立有卢梭铜像。

② 萨伏依：日内瓦以南原为萨伏依公园，后并入了法国版图。

③ 阿尔芙：从东南向西北流入日内瓦湖的一条小河。

盘山弯道，看见四周犬牙交错状的大山团团合拢过来，亚瑟便收起了笑容，一声不响了，脸上显出一种庄重严肃的神色。到了圣马坦，他们便下车开始步行，沿着山谷慢慢往上爬，到路边的牧人小屋或小山村里借宿一晚，白天则随着兴致继续漫游。亚瑟对于自然景观的领悟，仿佛具有一种天赋的敏感。当他在旅途中第一次看见瀑布时，他惊喜得几乎难以自持，他那副欢呼雀跃的高兴劲儿连旁人也不知不觉受了感染。但是，当他们慢慢接近那白雪覆盖的山巅时，亚瑟的狂喜却一下子被一种如坠梦里的恍惚劲儿代替了，蒙太尼利从来没见过他这么彻底地真情流露。亚瑟和这些连绵起伏的群山之间似乎有一种说不清道不明的天生的默契。有时候，他会一动不动地躺在阴沉幽暗的松林里，一躺就是几个小时，他静静地倾听着呼啸回荡的阵阵松涛，目光从挺拔高耸的树干之间穿过，一直望向远处那个在阳光照耀下群山竞相辉映、山崖尽情展露的明媚世界。蒙太尼利暗暗观察着亚瑟这一切，羡慕之余又感到一阵淡淡的伤感。

“亲爱的，你能不能把你看到的东西指给我看一看？”有一天，蒙太尼利忍不住这么问亚瑟。当时，正埋首书本的他偶然间一抬头，却看见平躺在他身边的青苔地上的亚瑟，仍保持着一个小时前那个姿势，眼睛却瞪得大大的，凝望着蔚蓝色的天空和在蓝天映衬下更显得晶莹耀眼的雪峰。在此之前，他们刚离开大路，到离戴厄萨瀑布不远的一个宁静的小村子里借宿。这时候，太阳已经缓缓西斜，天空中晴朗无云，于是，他们俩爬上了一个松林茂密的山崖，准备好好观赏一番阿尔卑斯山的落日美景。此地的勃朗山群峰相连，有的峰顶浑圆，有的则陡如刀劈，在晚霞的映照下，蔚为壮观。亚瑟听见神父问他，便抬起头来，眼里充满了惊讶和困惑不解。

“神父，你问我看见了什么，是吗？我觉得我好像看见在浩瀚无垠的碧空中，隐约有一个硕大无比的白色生命体在闪现，他不生不灭，永恒如一。他在那儿年复一年地守望，是准备迎接上帝圣灵的到来么！我也是看得模模糊糊的不太清楚，好像看到的是镜中的物像。”①

蒙太尼利叹了口气。

“过去我也常常看到类似景象。”

“那么现在你还能看见吗？”

“哦，我再也看不见了。可能永远也看不见了。我明明知道它们在哪儿，但我的眼睛已经没有办法再找到它们了。现在，我所看到的，是一些截然不同的东西。”

“那你看见的又是什么呢？”

“我吗？亲爱的，我看见了蓝天，雪峰，——这是我朝上看时看到的；如果往下看，又是另一番景象。”

他边说边用手朝下面的深谷里一指。亚瑟跪在地上，向悬崖峭壁的深处探身望去。河岸的两边，是一棵棵参天入云的巨松，好像列队警戒的哨兵，在慢慢转浓的苍茫暮色里看上去黑压压一片。不一会儿工夫，那如炽炭般强烈燃烧的太阳便慢慢消失在锯齿形的山峰背后，刹那间，所有的光明色调和生命力都从自然万物身上噩梦般地消失得无影无踪。笼罩着山谷的是一股肃杀阴森的氛围——阴沉、可怕，仿佛一片刀光剑影，令人心悸。西边那一片秃岭上的悬崖断壁，好像恶魔口中的森森獠牙，它在暗中窥伺着，准备着一有机会就咬住一个牺牲品，一直拖到深谷底去。那里深不可测，只有阵阵松涛如诉如泣，而笔挺的松树林已化作了一排一排的利刃，正压低着声音诅咒着：“跌下来吧！快跌下来吧！”在渐渐加重的黑暗中，谷底那汹涌奔腾的涧水呼啸着，咆哮着，怀着永久绝望后的疯狂，一次次地撞击着那狱墙般的山岩。

“神父啊！”亚瑟颤抖着站起身来，急急从悬崖边上抽身逃开，“这完全是一座地狱！”

“不是啊，我的孩子，”蒙太尼利的声音显得那么缥缈“那只是像一个人的灵魂而已。”

① 语自《圣约·新约·哥林多前书》第十三章十二节。亚瑟和蒙太尼利的下面对话中，多处引证《圣经》。

“是‘那些坐在黑暗的死荫里的人’[①]的灵魂吧？”

“不，是那些每天在街上与你迎面走来、擦肩而过的人的灵魂。”

亚瑟再低头看了看悬崖底那一片浓黑的阴影，忍不住又打了个冷战。一阵朦朦胧胧的白色雾霭在松林之间缓缓飘散开来，悠悠忽忽地在那奔流咆哮的急流四周游荡，好像一个无所依附的凄凉的幽灵，不能给人一丝一毫抚慰。

“看哪！”突然，亚瑟喊道，“‘在黑暗中行走的人看见了光明[②]’。”

东方那一带积雪覆盖的山峰，在落日余晖的映照下，像火烧似的通红通红。一直等到那片红光在山顶慢慢黯淡下去，蒙太尼利才转过身来，拍了拍亚瑟的肩膀，把他从心驰神往状态中唤醒过来。

“咱们该往回走了，亲爱的，天已经黑了。要是再待下去，黑乎乎的很容易走丢的。”

“看那整个是一具僵尸。”亚瑟说着又最后看了一眼那座隐隐约约的雪峰，它那惨白闪亮的雪光在深沉的暮色中，像一张鬼脸似的，说不出的诡秘可怖。

他们小心地穿过那片幽暗的树林，下了山崖，回到他们借宿的牧人家里。

到了吃晚饭的时间，蒙太尼利才走进屋，便发现亚瑟已在餐桌前等候了，他还看出来亚瑟已经把刚才那些失落阴郁的念头都抛到一边了，简直就像重新换了个人似的。

“嗨，神父，你快来看这只狗，它可有意思啦！它居然能用两条后腿跳舞呢。”

---

① 语自《圣约·旧约·诗篇》第一〇七篇十至十一节：“那些坐在黑暗中死荫里的人，被困苦和铁索捆绑得紧紧的，因为他们胆敢违抗上帝的话语，藐视最高者的意旨。”

② 语自《圣经·旧约·以赛亚书》第九章二节：“在黑暗中行走的人看见了光明；住在死荫之地的人，有光照耀他们。”意思是说，他们得到了上帝的恩惠和照顾。

亚瑟逗弄着小狗，欣赏着小狗的表演，那副专心致志的模样和他刚才欣赏晚霞时一模一样。这时候，那个面色红润，系条白围裙的女主人，把她两条结实粗壮的胳膊往腰里一叉，也站在一边微笑着看亚瑟逗狗玩。“会这样兴致勃勃地逗狗玩的人，心里肯定没有什么打不开的死结，”她用当地方言对她女儿说，“而且这小伙子长得好精神哪！”

亚瑟的脸一下子像个女学生一样涨得通红。女主人意识到他听懂了他的话，再看看他那窘迫的样子，就笑着走开了。吃饭时，亚瑟一个劲谈论的都是些关于旅游、登山、采集植物标本的事，其他则只字未提。显然，刚才那些梦魇般的胡思乱想丝毫没有破坏他的心情，也没有影响他的食欲。

第二天早晨，蒙太尼利醒来时，亚瑟已经不在屋里了。一大早，天还没亮他就跑到山上的牧场“帮加斯帕尔放羊”去啦。

早餐端上桌没多久，他就一阵风似的冲进屋里来了，帽子不见了，肩上骑了个三岁左右的农家小女孩，手里抱了一大把野花。

蒙太尼利抬头一看，不觉微微一笑。眼前的亚瑟，哪里还有一丝他在比萨，在来亨时那种沉默严肃的影子？真是鲜明的对比！

“你跑哪儿去了，你这淘气的家伙？连早饭也不吃就满山乱跑？”

“哎呀，神父，特别好玩啊！在山上看日出实在是壮观极了，早晨的露水又特别重！喏，你瞧！”

他伸出一只脚来给神父看，靴子上湿漉漉的，沾满了泥巴。

“我们随身带了一些面包和奶酪，又在牧场里现挤了些羊奶喝；哎哟，那羊奶腥得难以下咽！我现在肚子又空空的，还有这个小家伙，我也必须再找点东西让她吃。安妮特，来点蜂蜜怎么样？”

他坐了下来，让小女孩坐在他膝头上，还帮她一枝一枝地整理花。

“不行！不行！”蒙太尼利不同意他的做法，“你这样会着凉感冒的，我可不能对此视而不见的。赶快先去把湿鞋袜脱下来。安妮特，来，我抱抱你。你从哪儿找到她的？”

“就在村头。我们昨天见过她爸爸——那个村里的修鞋匠。你看哪，她的眼睛多么招人爱啊，对不对？还有只小乌龟藏在她口袋里，她叫它‘卡罗琳’。”

亚瑟将湿袜子换了，再转回来吃饭时，看见坐在神父膝头上的安妮特，正叽里呱啦地跟他讲述自己心爱的小乌龟的趣事。她把乌龟翻了个四脚朝天，用一只胖乎乎的小手托起来，她这样做是为了让“米歇”能够把那正在扭动不停的乌龟脚看得更清楚。

“你看你看，米歇！”她用那很难听懂的当地方言一本正经地叫着，“快看卡罗琳穿的古怪的靴子！”

蒙太尼利一直坐在那儿逗小女孩玩，摸摸她的头发，夸夸她最得意的宝贝小乌龟，还讲生动的故事给她听。当女主人进来收拾餐桌上的餐具时，看见安妮特正在乱翻这位仪态安详的神父大人的口袋，不由得吃惊地瞪大了眼睛。

“上帝赋予孩子们识别好人的能力，”她说，“安妮特一向最怕生了，可是现在你看，她对这位先生连一点害怕的感觉都没有。真是令人难以置信的事情！安妮特，快跪下来，在这位先生离开之前，请他为你求神赐福吧，这会给你带来好运的。”

一个小时以后，当亚瑟和蒙太尼利一起漫步在阳光明媚的牧场草地上时，亚瑟说道：“神父，我从来没想到你这么善于逗小孩子玩儿呢。那小孩的眼睛一直紧紧追随着你，一刻也没从你身上挪开。你知道吧，我想……”

“唔？”

“我正想——我认为教会不允许教士结婚，其实是很遗憾的事情。我很难理解其中有什么道理。你也明白，对孩子的教育是一件意义重大的事情，让孩子从小就在良好的环境中长大，并接受影响，对孩子的成长具有至关重要的决定意义。所以，我一直认为一个人所从事的事业越是崇高，他的生活就越清白，那么，就相应的越具有为人父母的资格。我敢说，神父，假如你不是发过誓——假定你已经结婚，你的孩子一定十分……”

“别再多说了！”

虽然声音很低，却显得那么突兀，以至于随之而来的静默也带有一种深不可测的意味。

“神父，”亚瑟面对着对方阴郁的脸色，心情也不由得沉重起来，为了打破这令人不安的沉默，他又开口说道，“你是不是觉得我刚才所说的话有一些不恰当的地方？当然，很可能我说错了，但是，这些念头都是从我心底不由自主地冒出来的，我不能弃之不管。”

蒙太尼利回答得很婉转：“也许你还并没有意识到你刚才所说的话的含义，等你再长大一点，你的想法就会有所改变的。现在我们不如谈点别的什么吧。”

在这次谈话之前，俩人的夏日之旅一直保持着一种默契融洽的气氛，但是，现在却开始投下了一道淡淡的阴影。

离开沙默尼，他们又再度沿着泰特恩河向前行进。天热得好像着了火一般，他们到了马蒂涅只好停下来歇口气。午饭后，他们来到旅馆的阳台上稍作休息。在这儿，太阳光不会直射过来，而且山上的风景尽收眼底，是个歇凉赏景的理想所在。亚瑟捧出了他的标本箱，两个人就专心地谈论起植物学问题来了，当然喽，他们用的是意大利语。

另外还有两个英国画家也在阳台上：一个在写生，另一个则有一搭没一搭地跟他聊着。他好像压根儿没想到新来的两个陌生人也有懂英语的可能这一层。

“这种风景有什么值得画的？威利，”他说，“你还不如画那个英俊的意大利小伙子呢！你看他对那几株凤尾草的痴迷劲儿。再看看他的眉毛，多有型！你只要把他手里的放大镜用十字架来代替一下，把他身上穿的短上衣和灯笼裤换掉，换上一件古罗马式的圆角大法衣，那么彻头彻尾的就是一个如假包换的早期基督徒了，简直连表情都是标准的基督教徒式的。”

“得了吧你，什么早期基督教徒。吃午饭时，我就坐在他旁边，他对那份烤鸡的专注劲儿，跟现在对这几棵乱草的痴迷样儿差不了多少。没错，他是长得一表人才，特别是那张橄榄色的脸庞，轮廓很美；但要是跟他父亲比起来，总觉得好像少了点什么，没有一种可以入画的意蕴。”

“谁？你说他是谁？”

“他的父亲，就是坐在你对面那位。你居然没注意到他？那才是真正的魅力十足！”

“天哪！你这个傻瓜蛋，你这种监理会的教徒除了只会上教堂，别的一窍不通，你难道连一个天主教的神父也认不出来？”

“神父？哦，我的天哪，真是一个神父呢！嗨，我忘了，神父是要发誓永不婚娶的，还有些别的什么清规戒律。好吧好吧，那咱们就别那么刻薄人家啦，算那个年轻人是他的侄子吧。”

“这两个蠢驴！”亚瑟抬起头来，两眼跳动着明亮的光彩，他低声说道，“但是，多蒙他们抬举，说我跟你长得像；我还真想我要是你的侄儿那该多好！怎么回事，神父？你的脸色看起来白得吓人！”

蒙太尼利慢慢站起身来，一只手压住了前额。“我觉得有点儿头晕，”他的声音很虚弱，又呆板，显得不自然极了，“很可能是今天上午被太阳晒得时间过长了，我需要休息一会儿，亲爱的，别担心，最多是中暑罢了。”

* * *

接下来的两个礼拜，亚瑟和蒙太尼利一直流连在琉森湖畔[①]。然后，他们取道圣哥大山口，踏上了回程。就他们碰上的天气来说，老天一直很给面子，让他们的远游进行得十分顺利，他们玩得很尽兴，但是尽兴之余，却让人感到多了一点当初出发时所没有的隐隐

① 琉森湖：位于瑞士中部。

的失落感。蒙太尼利一直怀着一块“心病”，心里总惦记着应该乘这次出游跟亚瑟再“好好谈一谈”，只苦于一直没有适当的时机。在阿尔芙河山谷里，他采取了有意绕开的态度，只字不提曾在玉兰树下谈过的话题。他觉得，亚瑟是这么富于艺术家秉性，如果在他为阿尔卑斯山的美景心神俱驰的时候，突然拿这些必然要引起痛苦的话题去打断他，破坏他的好心情，无论如何是让人不忍心的。而自从在马蒂涅听到旁人的议论之后，蒙太尼利几乎每天早上都要叮嘱自己：“今天一定要跟他谈谈。”而到了晚上又变成了：“我明天非跟他谈谈不可。”一直拖到现在假期都快结束了，他还在徒劳无益地“明天”下去。他心里充满着一种难以诉诸言语的悲凉之感，他感到有一种东西正在慢慢地发生变化，他觉得有一层看不见摸不着的薄雾隔开了他和亚瑟，所有这一切都在阻碍着他，使他难于开口。直到假期结束的前一天傍晚，他才猛然意识到，这已是最后一次谈话机会了。那天晚上他们在卢加诺[①]过夜，打算第二天一早就启程回比萨。他很清楚，卷入意大利的政治漩涡就意味着杀身之祸；那么，他至少心里应该有个底，自己最心爱的宝贝到底陷得有多深？

“现在雨已经停了，亲爱的，”傍晚时分，他提了个建议，“这可能是我们最后一次看湖景的机会了。让咱们出去走走，我还有些话要跟你谈一谈。”

他们沿着湖岸信步走着，来到一个清幽而不会被人打扰的角落，在一道矮矮的石墙上坐了下来。不远处有一大蓬野蔷薇，鲜红鲜红的累累果子挂了满枝；却单单有一枝长得比较高的花枝上，还开着一两簇迟开的蔷薇，白中泛黄的花朵里蓄满了雨水，在那儿径自晃来荡去，显得说不出的悲哀。蓝宝石般的湖面上，有一条小船在悠悠漂荡，那轻轻颤动着的白帆，在雨后独有的湿润而宜人的微风中缓缓飘动。看上去又轻柔又飘逸，倒仿佛是飘落在水面上的一簇银白色的蒲公英绒毛。修建在萨尔瓦托山峰上的一间牧羊人小屋，打开了一扇窗户，远看就像是山峦突然睁开了它金色的眼睛。

① 卢加诺：位于瑞士南部，在卢加诺湖畔。

在九月的闲散的白云下，蔷薇花们微垂着头，仿佛都进入了梦境。湖水轻轻地拍响了岸边的石头，呢喃着，私语着。

“我很想就咱们俩之间彻底谈一次，因为以后很长一段日子里，恐怕很难再找到这样的谈话机会了，”蒙太尼利开口了，“你将回到大学校园里，学校的功课繁忙，和朋友们交往又要占去很多时间；我呢，今年冬天可能也有许多事情要做。现在，我想弄清楚，知道今后我们之间的关系应该摆在一个什么样的位置上；所以，如果你……”他稍微停了停，把说话的速度放得更慢了，“如果你确信你信任我的程度还是和从前一样，那么，我希望你能够把在神学院花园里说的话更开诚布公地向我说明，你对那件事的参与程度到底有多深？”

亚瑟的眼睛注视着湖对岸，他平静地听着，却什么也没说。

“要是你觉得你可以对我说的话，我很想弄明白，”蒙太尼利接下去说，“你是不是受到了某种约束，比方说由于宣过誓，或是由于别的什么……”

“没有什么值得说的，亲爱的神父；我是受到了一定的约束，但是，它又不是真正约束我的原因。”

“我不明白……”

“宣誓能起什么作用呢？约束的力量，并不是宣誓所真正具有的。你如果能够领悟到某种事情的价值，那么它对你就产生了一种约束的力量；如果你没有领悟到，任何形式上的约束对你都不能发生效力。”

“那么，照你这么说，这件事……这种领悟，是无法改变的了？亚瑟，你可曾考虑过你说的这番话？”

亚瑟转过身来，目光直射进蒙太尼利的眼睛里去。

“神父，你刚刚才问过我是不是信任你。那么你呢，反过来是不是也可以信任我？说实话，如果我真有什么话应该让你知道的，我一定会告诉你；可这种事情，多说无益。我到现在也没忘记那天晚上你对我所说的话，将来也永远不会忘记。但是，我有我自己的路要走，追求的是我所认定的光明。”

蒙太尼利从身旁的蔷薇花丛里，随手摘下一朵，把花瓣一片一片揪下来，扔进了湖里。

“你说的句句实言，亲爱的。行了，今后我们不再谈论这个话题；确实，多说也无益……好啦，好啦，我们往回走吧。”

第三章

秋季和冬季依次平平淡淡地溜走了。亚瑟读书十分用心，时间安排得满满当当的。但是，每个礼拜，他都尽量挤出一点时间去看望蒙太尼利神父一到两次，就是短短的几分钟也好。有时看书碰到疑难，他就带上书去求教；即使在这种情况下，他们的谈话也都只局限在问题探讨范围之内，绝不越雷池一步。蒙太尼利通过他的感觉，而不是通过他的观察得出了一个结论：已经有一道无形无影实实在在的隔膜阻隔在他和亚瑟之间。所以他加倍小心，努力不让亚瑟对他力图维护从前亲密关系的煞费苦心起疑心。现在亚瑟的来访，带给他的烦恼远远大于愉快。因为他必须要强打起精神，装出一副什么也不曾发生的样子，这实在是一种精神上的折磨。亚瑟这一边呢，他虽然并不太明了其中的奥妙，但他也感觉到了神父态度上的细微差异，他朦朦胧胧猜到这种变化必然跟新思想[①]问题之间有某种必然的联系，因此，即使这些问题已经占满了他的思想，他也竭力地不在和神父的谈话中提到它。从前，他总会莫名地感到精神空虚，或是思想上觉得很压抑，于是为了忘掉它，他把自己埋进了深奥难解的神学理论和烦琐的仪式研究中。可是，自从接触了青年意大利党[②]之后，所有这些令人不快的情绪都奇迹般地消散掉了。

① 新思想：青年意大利党人关于解放意大利的新思想。

② 青年意大利党：意大利资产阶级革命家马志尼（1805—1872）于一八三一年在法国马赛创立，主张把奥地利人驱逐出意大利，建立独立统一的共和国。

从前守候着久病的妈妈时，在难耐的孤独凄凉中而萌发出来的种种病态的臆想，也都不见了；从前常常要求助于祈祷才能化解那些疑团，也都消失了。在他心底萌发出来的，是一股新的生活热情，一种更明确，也更富有生命力的宗教观（因为他把学生运动看作一种宗教观的表达，而不仅仅局限于政治发展方面），随之而来的，是他心境的释然和平和。他觉得生活是那样的欣欣向上和充满希望，他希望天下永享太平，他期盼人与人之间相互体谅、相互友爱；在这样平和庄严的心境中，他觉得整个世界都沐浴在光明和友爱之中。就算是他曾经最嫌恶的人，现在似乎也有了某些可爱之处；而五年来一直被他当作心目中的英雄来供奉的蒙太尼利，如今自然更增添上了一圈新的光环，好像他就是这新教派里的一位先知先圣似的。每次他都怀着一种迫切的热情去听神父的布道，希望从中找到哪怕一丝一毫的印迹，以证实教义的精神和自己的相同理想当中确实有一些潜在的密不可分的关联；他还仔仔细细地遍读了各福音书[①]，他惊讶地发现基督教教义里某些闪动的民主因素，真是又惊又喜。

一月里，有一天他带着书到神学院去还。当得知院长出去了，他就自己上楼径直奔蒙太尼利的私人书房，把书放回了书架上，正想转身出来，却被桌上一本书的书名给吸引住了。《帝制论》[②]，但丁写的。他就开始读起来，没多久，就被它深深地吸引住了，连房门的开关都未引起他的注意。直到蒙太尼利走到他背后并开口说话，他才猛地醒悟过来。

“我倒没想到今天你会来，”神父说着，一边拿眼瞟了一下书名，“我正打算差人去找你呢，看你今晚有没有空。”

“有什么重要的事？今晚我有个约会，不过不去也没关系，要是……”

---

① 各福音书：《圣经·新约全书》前四卷。包括“马太福音”，“马可福音”，“路加福音”，“约翰福音”。

② 《帝制论》：意大利诗人但丁所著。书中主张建立一个统一的意大利，主张政教分立。十九世纪时被教皇列为禁书。

“没关系，明天来也可以。我只是想跟你见上一面，我星期二就要离开了，奉令到罗马去。”

“去罗马？要待很久吗？”

“信上说的是‘要住过了复活节’，这是从梵蒂冈发来的命令。我本来想马上告诉你的，但这两天一直忙得脱不开身，神学院这头一方面有很多善后工作要交代，一方面又要为新院长的到来做好接待安排。”

“但是，神父，你总不会从这所神学院调开吧？”

“调离的事，已经成定局，不过有可能我还会回比萨来，至少要在这儿再住一阵子。”

“那么……可是你为什么会被调离呢？”

“这个呢，我已经被提为主教，只是正式命令还没有下来。”

“是吗？在哪个教区？神父！”

“正是为了这个问题，所以我才必须上罗马去。要么到亚平宁山里的一个教区当主教，要么留在本教区当副主教，一切都还没有决定。”

“那么已经选定了这里的新院长喽？”

“已经把任命下达了卡尔迪神父，他明天到。”

“这不是太出人意料了吗？”

“是，但是……梵蒂冈的决定通常是到了最后一分钟才下达的。”

“你认不认识这位新院长？”

“没有亲自见过，不过他享有很高的声誉。贝洛尼主教写信说他博学多才。”

“神学院的老师和学生肯定会十分想念你的。”

“他们到底感觉怎样，我不是太了解，不过我敢确信的一点是，你一定会挂念我的，对吗？亲爱的，我也会时时惦念你的。”

“我自然会十分想念你的，可是说到底，我仍为你感到十分高兴。”

“是吗？我倒反而搞不清楚自己究竟是高兴还是不高兴。”说着，他在桌子边上坐了下来，脸色十分疲倦，丝毫没有高升后的志满意得。

“亚瑟，今天下午你有时间吗？”停了一会儿，蒙太尼利又说道，“你今晚上来不了。要是下午没有什么重要的事的话，我想留你多陪我一会儿。我觉得我心里总有点不踏实，很想在走之前能跟你多谈一谈。”

“行啊，我会晚点儿再走。我的约会是六点钟。”

“是不是又是去开会？”

亚瑟点点头，蒙太尼利急忙打住了话头。

“我得跟你谈谈有关你个人的事，”他说，“我走了之后，你得另找一位忏悔神父。”

“那么等你回来后，我还到你这儿来忏悔，好吗？”

“亲爱的孩子，你怎么还这么问呢？我当然指的只是我不在这里的这段时间而已，你可以到圣凯瑟琳教堂去找一位神父，行吗？”

“好的。”

接下来，他们又聊了一会儿别的事情。最后，亚瑟站起身来。

“我必须要走了，神父，同学们该着急了。”

蒙太尼利脸上又浮现出那种疲惫伤感的表情。

“到时间了吗？你差不多把我的低落情绪都驱散开了呢。好吧，那就再见了。”

“再见，我明天一定会再来的。”

“争取早点来，这样我们可以有时间单独谈谈。明天，卡尔迪神父也要到这儿来了。亚瑟，我亲爱的孩子，我离开了以后，你一定要小心从事，别盲目地跟着别人莽撞行事，至少在我回来之前是这样。你可能并不能完全理解我的心情，我是那么为你担心啊！”

“不要这样，神父；一切都会顺顺利利的。将来的事，离现在还远呢。”

“再会。”很突然地，蒙太尼利说了这句话，就坐下去自顾自地开始写东西了。

亚瑟刚走进大学生们集会的房间，第一眼看到的就是从小一起长大的玩伴，华伦医生的女儿。她坐在窗户边的角落里，专心致志而又十分诚恳地听着其中一位发起人对她发表的演说。那个发起人，是一个穿着破外套的高个子伦巴第[①]年轻人。几个月的时间，她变化颇大，也长大了不少，现在看上去已经是一个颇有成熟风韵的姑娘了，只是脑后那两根又粗又长的辫子，还显出几分学生装束的味道。她浑身穿着黑的，头上还裹着一块黑披巾，这是因为屋里实在太冷，而且还有冷风吹进来。她的胸前还佩戴着一枝柏树叶子，那是青年意大利党的标志。那个发起人正在向她描述卡拉布里亚[②]农民生活的艰辛，情绪显得很激动。她坐在那儿默默无语地听着，一只手托住了下巴，两眼凝望着地面。她现在这副姿态，在亚瑟看来，全然就是忧心忡忡的自由女神的化身（当然，要是在琼莉亚的嘴里，那就不会有什么好听的啦，什么疯长的野姑娘啦，什么脸皮太黄，鼻子太歪啦，什么裙子太短啦，料子又过时啦等等）。

“你也到这儿来啦，吉姆！”趁着那发起人被人叫开的一会儿空闲，亚瑟赶紧走过去跟她打招呼。“吉姆”这个名字，其实是被孩子叫来叫去叫走了音的，她的教名叫詹妮弗，有点怪怪的。她的意大利女同学都叫她裘玛。

她吃了一惊，抬起头来。

“咦！亚瑟！我没料到你也是在这里边的！”

“你，我也没想到啊，吉姆。你是从什么时候起……”

“没有啊！”她赶紧打断了他的话。“我还不是党员。我才做了一点儿小小的工作，所以到这儿来了。事情是这样的：我结识了比尼——你认识卡洛·比尼吗？”

“当然，我认识他。”比尼是来亨支部的组织委员，青年意大利党人个个都认识他。

---

① 伦巴第：意大利北部的一个地区。

② 卡拉布里亚：意大利南部的一个地区。

“正是他告诉我一些有关这方面的事情，我就请求他把我带来参加一次学生们的集会。几天前他就写了封信给我，写到佛罗伦萨[①]去的——你还不知道的，这次圣诞节我是在佛罗伦萨过的！”

“我现在很少听到家乡的事了。”

“啊，可不是吗！对了，我在佛罗伦萨，就住赖特姊妹那儿。”（赖特姐妹俩是裘玛的老同学，后来随家人迁到佛罗伦萨。）“后来接到比尼的信，他告诉我回家时正好经过比萨，可以赶在今天这个时候到这儿来。哦，要开会了！”

今晚报告的主要内容是围绕理想的共和国而展开的，还谈到了青年为此应当做出怎样的努力。报告人自己对这个问题的思考其实也还并不是十分深刻，却已经让亚瑟感到打心眼里佩服了。亚瑟这时候的批判头脑仍处在最初的启蒙阶段，当他接触到任一种新的精神层面，他总是先不管三七二十一来个照单全收，却不去细想一下是否能理解消化。听完了报告，大家又热烈地就这个问题讨论起来，讨论结束，学生们陆陆续续地离开了。亚瑟发现在角落那儿，裘玛还待在原来的位置上，就朝她走了过去。

“我送你回去吧，吉姆。你在哪儿住？”

“借宿在玛丽埃塔家。”

“你爸爸从前的老管家吗？”

“对了，她家离这儿可不近。”

他们俩走了很长一段路，谁都没说话。亚瑟突然问道：

“你今年十七岁了，对不对？”

“去年十月份我就已经十七岁了。”

“我早就看出你和别的姑娘不一样，不会像她们那样长大了就只知道参加舞会。吉姆，亲爱的，我一直在想，你会不会某一天也成为我们当中的一分子。”

“我也一直在盼望着。”

“你刚才告诉我你曾经帮比尼做过一些工作，我没想到你与他

① 佛罗伦萨：意大利中部城市，著名的美术城市。当时是塔斯尼亚公国的首都。

会相识。”

“我不是帮比尼做事，而是为另一个人帮忙的。”

“谁啊？”

“就是今天晚上开会前那个与我谈话的人——玻拉。”

“你们很熟吗？”亚瑟紧跟着问了一句，语气里不可避免地含了一丝妒忌。一提到玻拉这个名字，他心里就有几分不顺。曾经有一次他和玻拉二人都争一项任务去做，最后，青年意大利党的负责人还是把它交给玻拉去完成，他们认为亚瑟太年轻了，经验不足。

“我们很熟，而且我很欣赏他。他以前住在来亨。”

“我知道，自去年十一月份他待在那儿了……”

“就是为的那件关于轮船的事。亚瑟，这件事要是能够利用你们家的背景作掩护，肯定比在我们家要安全得多，你说对不对？谁会来怀疑你们经营轮船公司的有钱人家？而且，你认识码头上的每一个工人……”

“嘘！亲爱的，小点声！这么说，那些马赛运来的书报是藏在你家里喽！”“就放了一天。哎呀，也许我不可以告诉你这些的。”

“为什么不可以呢？你了解我也是这个组织里的一分子。裘玛，亲爱的，要是有这么一天，你能和我们并肩战斗——你，还有神父。那么，我想，世界上再没有别的事情能令我更欣慰的了。”

“你的神父？他怎么可能……”

“没错，他的想法与我们不同。但是，有的时候，我就会想象……或者说希望吧……我也说不清……”

“可是，亚瑟，你千万要记住，他是一个神父呢。”

“这又有什么影响呢？我们的党组织里不也有神父吗？——有两位还在报[①]上写文章发表呢。为什么不能写呢？神父的义务是领导人类走向崇高的理想和伟大的事业，这和我们党的奋斗目标不正好一致吗？说到底，这不仅仅是一个政治问题，而且还与宗教和道德

① 指《青年意大利报》。

伦理密不可分。一旦人们具有了做自由公民的素质，他们勇于承担责任和义务，那么，谁也不能再奴役他们。”

裘玛的眉头皱得紧紧的。她说：“亚瑟，我总觉得你的逻辑在什么地方走岔了。神父只负责教义的宣讲，我不理解这与赶走奥地利人有什么关系？”

“神父是宣传基督精神的教师，而基督无疑是最伟大的革命家。”

“你知道吗？有一天，我跟爸爸就天主教的神父聊天，他说……”

“裘玛，你别忘了，你爸爸属于新教徒。”

停了一会儿，裘玛才转过身来很坦率地盯了他一眼。

“我说，咱们还是对这个话题避而不谈吧。一说到新教徒，你就控制不住自己的排斥情绪。”

“不是我情绪失控。我倒觉得恰恰相反，新教徒们一提到天主教教徒，就言辞尖锐得很。”

“也许你说的也有道理，无论如何，就到这儿吧，为这个话题，我们从前已争吵过不知多少次，再吵下去也没个完。你对今天的报告怎么看？”

“谈到今天的报告我认为很不错。我特别赞同最后一部分，因为他重点强调了我们为了实现天国理想必须要付诸行动，而不是仅仅停留在憧憬啊，梦想啊，这一点正好与基督教导我们的不谋而合，基督说过：‘天国就在你心中’。”

“我倒反而最不喜欢这一段，他先是说我们应该在思想上怎么怎么样，在感情上、在素质条件上又怎么怎么样，道理是讲了不少，但能够真正指导我们去实践去行动的，却一句也没有。”

“关键时刻一来临，我们自然会有许多工作要做；但是，我们不能焦躁，我们必须耐心等候，任何巨大的变革都不是一蹴而就的。”

“要做的事情愈费时，便更应该提早动手。你一直在说每个人都应当拥有自由的权利——那么，你倒想想，还有谁会比你妈妈更具备拥有这项权利的资格呢？像她那样如天使一般善良纯洁的完美女性，你可发现了第二个？可是她的善良又给她带来了什么呢？一直到她去世，她受够了你大哥詹姆斯和他妻子的欺侮和羞辱，简直就像一个奴隶。其实，如果你妈妈不是那么逆来顺受、一味退让的话，说不定情况倒会有些改善呢，他们至少不会那么肆无忌惮地任意折磨她了。现在意大利的情形与此类似，需要的不是忍耐，——而是需要人站出来，为了保护自己而挺身而出……”

“吉姆，亲爱的，如果光靠着一时的冲动和满腔的怒火就能拯救意大利的话，那么她早就已经获得自由了；意大利所需要的不是恨，而是爱。”

当亚瑟把“爱”这个字眼从嘴里吐出来时，他的脸上突然一下子布满了红晕，但又很快褪去了。裘玛并没有发现这个变化；她皱着眉头，小嘴抿得紧紧的，两眼盯住了前方，一动也不动。

“你觉得我的看法不正确，对吗，亚瑟？”她停顿一下，又说，“但终有一天，事实会让你明白过来的。好了，到了，这就是我住的地方，你要进去坐会儿吗？”

“不了，时间太晚了，亲爱的，晚安！”

亚瑟站在门口的台阶上，紧紧把裘玛的手握在双手之中。

“为了上帝和人民……”

裘玛以庄严缓慢的语气接了誓词的下半句：

“无怨无悔。”

说完她就把手抽了回去，跑进屋里去了。当门扇在她身后合上的一刹那，亚瑟看见那片佩在她胸前的柏叶掉在地上，他弯下身来把它拾了起来。

第四章

亚瑟回到宿舍的时候，心里那个快活劲儿就别提了，这一路上，他简直就像要飘起来似的，这是一种纯净得不能再纯净的快活。从会议里，可以捕捉到一些暗示，那就是武装起义已经在准备中了；再加上裘玛如今已经成为他同一阵线的同志——而他是爱她的。今后，他们将要为共和国的诞生而并肩战斗，甚至有一起牺牲的可能。他们所怀有的憧憬和梦想，就快要开花结果了，现在神父看见了，应该不会再有什么疑虑了吧。

但是到了第二天早上，他睁开眼时，头脑又冷静下来了，他想到裘玛将要回来亨去，而神父也要上罗马去了。一月，二月，三月——到复活节整整还有三个月的时间呢！而且，如果裘玛在家里又接受了新教徒的影响呢！（在亚瑟的固有观念里，新教徒就相当于“非利士人”[①]的另一种说法。）——不，不会的，裘玛绝对不会像来亨的那群英国姑娘那样倚门骂俏，暗送秋波去勾引、诱惑游客，或者是冲着那些早已谢顶秃头的轮船老板打情骂俏；裘玛是用非同一般的材料造就的。但是，她的处境恐怕会变得相当尴尬；她又年轻，又没有几个朋友，周围的人就跟木头人没什么两样，她一定非常非常孤独。要是妈妈没有去世就好了……

傍晚时分，他上神学院去，看见蒙太尼利正在接待那位新院长，带着一种又疲惫不堪又心烦意乱的神情。就连看见亚瑟时，不但没有减轻一些他的低落情绪，相反，脸色越发黯然了。

“这就是我刚刚向你提起的那个学生，”他介绍亚瑟时的语气是那么僵硬，“如果你能允许他继续到这儿的图书馆来看书，我心里十分感激。”

卡尔迪神父是一位看上去十分慈祥的老神父，他很自然地就和亚瑟谈起了萨平扎大学[②]，谈得又自然又风趣，看得出来他十分熟悉大学校园的生活。话题不知不觉就转到了大学的校规上去，这在当时是一个十分敏感的话题。亚瑟很惊讶地发现，这位接任者大力抨击学校当局的做法，他激烈抗议用种种毫无实际帮助的烦琐规定来

① 非利士人：非利士是巴勒斯坦西南沿海的一个古国。《圣约·旧约》上说他们自私，伪善，心胸狭窄，后来就成了追求物质、缺少修养的人的同义词。

② 萨平扎大学：亚瑟就读的大学。

限制学生、束缚学生。听得亚瑟既惊又喜。

“我自认在对青年人的教导这面还是有一些经验的，”他说，“我有一条处理问题的原则，那就是，如果没有相当充分的理由，那就不要去轻率地制止_。只要我们能够让青年人意识到，我们关心同学们的问题，尊重同学们的人格，那么存心寻衅找碴的人毕竟只是小部分。但是，如果你老是把缰绳收得紧紧的，那么再温驯的马儿也受不了，它们也会蹦起来反抗的。”

亚瑟吃惊得睁大了眼睛；新来的院长会站在学生的立场上来维护学生，这是他怎么也没想到的。蒙太尼利没有参加他们的讨论；显然，他对这个话题毫无兴趣。他的脸色看上去又烦恼、又憔悴，卡尔迪见他这副神色，一下子打住了话头。

“很抱歉，可能我的言论令你不堪重负，神父，我这人有时候话太多。只是这个话题引起我的感触实在太多，所以一谈起来就忘记了别人的感受。”

“哪里哪里，我听着觉得很有意思呢。”蒙太尼利很少说客套话的，现在这种语气使得亚瑟很不舒服。

卡尔迪神父回自己的房间去了，蒙太尼利这才转过身来，脸上依然是那副愁肠百结、心事重重的表情，自始至终整个晚上他都是这副样子。

“亚瑟，亲爱的孩子，”他缓缓地开了口，“我有些事要交代你。”

“他准是听到什么不幸的消息了。”亚瑟看着神父形容憔悴的面庞，这个念头一闪而过。沉默了很久，俩人谁都没有开口。

“你对这位新院长的印象如何？”蒙太尼利很突然开口问道。

问得这么突然，亚瑟倒一下子愣住了，不知该怎么说才好。

“我觉得……我对他的第一印象还不错，我又觉得……至少……不，我还不能完全肯定这一点。只见了一次面，很难说清楚。”

蒙太尼利用手轻轻拍打着椅子的扶手；每当他心里有事，或心绪不稳的时候，就会不由自主地拍椅子扶手，这是他的老习惯了。

“关于这次上罗马的事，”他又重新挑了个话头，“如果你觉得有什么……哦，我是说……如果你希望我放弃……或者别的什么，亚瑟，如果你希望是这样的话，我可以写信给他们，说我去不了。”

“神父！这可是梵蒂冈……”

“梵蒂冈可以另外物色合适的人选，我可以给他们一个合理的解释。”

“但这又是为了什么呢？我不明白。”

蒙太尼利用手擦了擦前额。

“我放心不下的是你啊。我想了很多很多，再说……我也并不是非去不可……”

“那么，还有那主教的职位呢……”

“唉，亚瑟！就算我当上了主教又怎么样呢，万一要是失去了……”

他说到这儿，突然打住了。这是亚瑟从来没见过的，他心里感到一阵莫名的焦躁不安。

“你简直把我给弄糊涂了，”他说，“神父，你能不能给我再解释得更明白一些呢，你心里到底在想些什么，在担心些什么呢……”

“我没想什么，我只是觉得有一种恐惧的感觉，心里怕得厉害。告诉我，你最近有没有碰到一些异常的情况？”

“他一定是有所耳闻，”亚瑟一下子联想到了当时关于起义的种种传言，心里不由一动。但他自己绝不能成为这个秘密的泄露者，所以，他又反问了一句，“应该有什么情况发生才叫异常呢？”

“不要反问我——要回答我！”蒙太尼利的话说得这么急促，竟显得带有些火气了，“你究竟有没有碰上麻烦？我不是要探听你的秘密，我只想要知道你现在的处境究竟是不是安全。”

“上帝掌握着每个人的命运。神父，每一分钟都会出现意想不到的情况。可是，我看不出到底有什么潜在的危险，在阻碍着我平安地再见到你的归来呢。”

“我的归来？——你听我说，亲爱的，我要你来决定我的去留问题。你用不着找理由劝阻我，你只要说一声‘别离开’，我就取消它。这不会伤害任何人，只要你和我待在一起，我就有一种说不出来的踏实感。”

在亚瑟印象里，这种莫名其妙的近乎病态的念头绝不是蒙太尼利性格的组成部分，他不禁有些担忧地望着他。

“神父，你很可能是身体健康状况不太好吧。那么，您就更要到罗马去了，静下心来在那儿休养一段时期，把失眠和头痛老毛病的根儿去了最好。”

“好吧，”蒙太尼利打断了他的话，似乎对这个话题已经不胜其烦，“我明天早上一早就动身，搭早班驿车去罗马。”

亚瑟望着他，心里很迷惑。

“你还有别的什么事要嘱咐我吗？”亚瑟问道。

“不，不，没有别的事了——没什么了不起的事。”神父好像突然间吃了一惊，脸色显得十分惊慌。

* * *

蒙太尼利离开以后几天，亚瑟到神学院图书馆去借书，在楼梯上迎面碰见了卡尔迪神父。

“嗨！伯尔顿先生！”新院长高声叫他，“我正想要找你呢。快请进来，帮我解决个难题。”

他推开书房的门，亚瑟跟在他后边走了进去，心里却不由自主地感到一种隐隐的不快。这个令他感到温馨的书房，原是他神父的私人读书处，现在看着另一个陌生人的侵入，心里觉得怪怪的。

“我是一只令人吃惊的书蛀虫，”新院长说，“我接任以后的第一件事就是到图书馆去好好看一看。这个工作很有意思，但是问题的关键在于，我不了解这儿的图书编目情况。”

“这儿的图书目录是不完全的；再加上最近又新添了许多颇值得一读的好书。”

“你能不能花上半个小时的时间，给我介绍一下这里图书的分类情况？”

他们一起进了图书馆，亚瑟把图书分类编排的情况向他作了一番十分详细的介绍。当他拿了帽子打算离开时，院长却笑着留住了他。

“别这么着急着走。今天是周末，功课可以先放在一边，或者留到星期一再做也不迟。我已经耽误了你许多功夫，搞得很晚了。你不如与我在这儿共进晚餐吧。吃完饭再走。我孤身一人，很希望有人做个伴。”

他这直爽洒脱的谈话风格，立刻使亚瑟仅有的一点儿拘束感也完全消失了。他们漫无边际地闲聊了一阵儿，之后，院长就问他认识蒙太尼利有多长时间了。

“大概七年左右。那时我十二岁，他刚刚从中国归来。”

“噢，没错！他声名远播正是在中国当传教士时期，你从那时起，就开始做他的学生吗？”

“我做他的学生是在一年以后的事情，可能差不多就是我认他做我的忏悔神父的同时。我上了萨平扎大学后，他仍像从前一样指点我，如果我想利用课余时间学习点东西，他都尽他所能地帮助我。他待我好到了什么程度——别人是没法想象的。”

“我完全相信你说的话；他是一位人见人赞的人——品行高洁，为人谦和。我曾经接触过几位当年跟他一起在中国工作的传教士，对他那种在常人难以想象的恶劣环境条件下所体现出来的勇气和沉着，那种百折不挠的献身精神，他们都发出了由衷的赞叹。你那么年轻，却能得到这样一个人的指点和提携，真是莫大的运气啊！但是，我听他说，你的父母亲都已过世了。”

“对，我父亲在我很小的时候就去世了，母亲是去年不在的。”

“你有兄弟姐妹吗？”

“没有，只有两个异母兄长。我还在牙牙学语，可他们已经经商赚钱了。”

“那么，你的童年一定过得很孤独很寂寞了，对吗？也许是因为这个原因，你才分外珍惜蒙太尼利神父对你的额外关照吧。顺便问一句，他离开这段时间，你是不是已经有了另外的忏悔神父？”

“我打算上圣凯瑟琳教堂去找一位，但是我不太清楚他们是否有足够的人手来接纳我。”

“那么，我做你的忏悔神父吧，你觉得怎么样？”

亚瑟惊诧得瞪大了眼睛。

“尊敬的神父大人，这……这当然很好，只是……”

“只是神学院的院长按通常情况是不接受平信徒[①]的忏悔的，对吗？按道理来讲，的确是这样。但是，我了解蒙太尼利神父非常关心你，而且，我有一种感觉，他一直很挂念你——如果我离开了我某个心爱的弟子，我也会有同样的感受——所以，如果他知道有他的同事来作为你灵魂的引导，一定会觉得很欣慰的。再说吧，孩子，我确实打心眼里喜欢你，我十分乐意尽我所能来帮助你。”

“如果能得到你的指点，那自然是最好不过了，我实在无法用言语来表达我的感激。”

“那么，你从下个月开始到我这儿来，好吗？行，就这样吧，以后你只要晚上没事，尽管过来好了。”

* * *

复活节到的前几天，蒙太尼利被正式任命为布墨西盖拉教区的主教。这个教区不大，位于伊特鲁里亚亚平宁山区。任命的消息是在复活节前公布的。他从罗马给亚瑟写了封信，在信中他显得平静

① 平信徒：没有圣职，没有神品的信徒。

而愉悦，从前那种烦闷焦躁的情绪已经找不到一点痕迹了。他在信中说："你有假期的时候，千万记着来看看我，我也会不时到比萨来一趟；这样，虽然我不再能像从前那样随心所欲地见你，但至少见面的次数也还不算太少。"

华伦医生也写信来，邀请亚瑟跟他和他的孩子们共同来庆祝复活节，不要再回到那个老鼠猖獗的冷冷清清的老宅子里去，更何况那儿现在已经成了琼莉亚不可一世的天下了。随信还附了一张小小的字条，字体很幼稚，是裘玛用她那歪歪扭扭的稚气的书法写的。她请求他能去尽量去，"因为我有件事想跟你说一说"。但是，还有一件事让亚瑟更感到热血沸腾的，这就是，大家都在私下里秘密传递着一个消息：每个人都应该为复活节后就要来临的大事做准备。

这一连串的好消息，使亚瑟陶醉在一种开心而雀跃的等待中，偶尔听见同学们的种种奇谈怪论，即使是最异想天开的念头，他也觉得它是理所当然的，仿佛两个月之内不会摇身变为现实一样。

他打算在受难周[①]的星期四回家，先在家里度过假的头两天。否则要是先到华伦医生家去的话，看见华伦一家，看见裘玛，那肯定会高兴得忘乎所以的。这样一来，就会跟这个节日所应有的气氛太不协调了。这个节日本来就是要求众教徒必须在此期间保持一种严肃庄重的心情来参加默念式的。于是，他回了一封信约裘玛，说好他会在复活节星期一到她家去。星期三晚上他回到宿舍时，心绪很平和。

第二天早晨亚瑟就要面对卡尔迪神父开始他的忏悔了，他在十字架前跪下来；这是他复活节领圣体前最后一次忏悔，所以一定要做到心无杂念，全心全意的虔诚祈祷。他双手合掌，低下头跪在那儿，从头到尾把这一个月以来的所作所为仔仔细细回顾了一遍。想来想去，也不过是犯了些诸如粗枝大叶、性情急躁之类的小过失，

① 受难周：复活节（必为星期天）前一个礼拜称为受难周，这一周的星期五为受难节（即耶稣受难之日），相传耶稣于这一天被钉死在十字架上。

就好像是留在洁白的灵魂上的几个淡淡的小污痕。其他，则再也想不出来了；这一个月以来，他神清气爽，所以也没有时间去过多顾及旁边，也没有精力去招惹是非。他在胸前画了十字，站起来，开始脱衣服，打算睡觉了。

他解开了衬衣扣子，一小张纸条从衬衣里掉下来，轻飘飘地落在地板上。这是裘玛给他写的便条，被他贴身放在领口里已经整整有一天时间了。他从地板上把纸条捡起来，铺平了吻了吻那可怜可爱的潦草字迹，又把它叠好了，这时他暗暗地为自己的举动嘲笑自己。忽然，他发现还有几句话写在纸条的背面，当时怎么就没发现呢。“你一定要来啊，而且越早越好，因为我希望你能见上玻拉一面。他现在住在这儿，每天我们总两个人共同学习。”这是裘玛附言上的话。

读到这儿，一股热血涌上了亚瑟的脑门。

又是玻拉！他跑到来亨去干什么？裘玛干吗又非得跟他待在一起看书不可呢？难道说他私运了一次书报，裘玛就为此被迷得神魂颠倒了？一月份那次聚会上的情形已经很明显了，他爱上她了，所以他对她宣传时那么热情洋溢。现在，他又跟她套近乎了——还每天俩人待一块儿学习呢。

亚瑟用力把信扔向旁边，又重新跪拜在十字架前。他打算以这样的一颗灵魂去向基督请求宽恕吗？！他打算以这样的一颗灵魂去领受复活节的圣体吗？！——他打算以这样的一颗灵魂去向上帝、向全世界请求和解吗？！这一颗灵魂里潜藏着太多的嫉妒和猜疑，太多的一己之怨和狭窄心胸？而且，所有这些不满的针对对象竟然是自己的一个同志！他不禁把脸埋在双手手心里，心里感到不可抑制的羞惭。五分钟以前，他还自认为离圣人已不远了呢，而现在的事实却证明了一点：他的心底深处潜伏着见不得人的卑劣心理！

星期四早晨，他到了神学院的小教堂，发现教堂里只有卡尔迪神父一个人。亚瑟背过了忏悔祷文，接着便开始述说昨晚犯罪的经过。

“我的神父，我坦白我犯了嫉妒和怨恨罪；我对一个无愧于我的人起了罪恶的念头。”

卡尔迪神父十分了解他所面对的这个忏悔者到底属于什么类型。他亲切地说：“可是，我的孩子，你还没把全部情况告诉我呢。”

“神父，有个我应该十分敬重和爱戴的人，但是，我却对他起了非基督徒才会有的想法。”

“这人跟你有什么血统关系吗？”

“比有血统关系还要密切得多。”

“那是什么呢，我的孩子？”

“同志关系。”

“这种同志关系是什么样的呢？”

“在同一项光荣而伟大的事业中并肩战斗的同志关系。”

静默了一会儿。

“这么说来，你对这位同志产生不满，有了嫉妒心理，是不是由于他在这项事业中的成就比你更突出呢？”

“我……是的，这只是其中一个原因。我嫉妒他的能力……他的才干。还有一个原因……就是我心里一直焦虑……一直担心……他会占据了我心爱的姑娘的心。”

“你心爱的这位姑娘，是属于我们圣教的吗？”

“不，她信仰新教。”

“属于异教徒？”

亚瑟觉得一阵发窘，只是用力绞着两只手。“对，她是个异教徒，”他补充着，“我们从小一块儿长大，我们的母亲是好朋友。我……嫉妒他，是因为我发现他也对那个姑娘产生了感情，还有，是因为……因为……”

“我的孩子，”沉默了一会儿，卡尔迪神父用慎重而缓慢的语气说，“在你心底，还有一些东西隐藏着，它们在压迫着你的灵魂，你还没有把它全部告诉我呢。”

“神父，我……”他迟疑地开了口，又打住了。

卡尔迪神父一言不发，安静地等着他往下说。

“我对他产生了嫉妒心理，因为他也是我们组织……青年意大利党的……一个成员。”

“嗯？”

“我们组织把一项工作交给他了，向我原本以为那项工作是非我莫属的，我觉得我适合干那项工作。”

“什么工作？”

“把一些书籍……一些政治性的书籍……从轮船上取走……拿到城里……把它们藏在一个隐蔽的地方……”

“是你的竞争对手得到了这个工作？”

“是，党把这个工作交给了玻拉——所以我就嫉妒他。”

“那么他就没有什么可挑剔的地方吗？他完成他的任务没出什么差错吗？”

“是，神父；他的工作非常出色；他是一个十足的爱国者；我对他，除去尊敬和爱戴之外，实在不应该再有其他的私心杂念。”

卡尔迪神父静静地沉思了一会儿。

“我的孩子，如果有一线新的光明出现在你面前，有一种新的理想在召唤着你，你愿意为了自己的同胞去实现一项光荣而伟大的事业，为了解救那些受尽了奴役和压迫的人们，那么，你一定要特别谨慎，谨慎地对待上帝所赐予你的这种最可贵的馈赠。世界一切真善美的事物，都源于上帝所赐，因为只有通过上帝的赠予才会有新生。如果你认为你已经找到了一条值得为之献身的道路。找到了一条通向和平的道路，既然你已经与你生死与共的同志们心手相连，要把那些在暗地里悲伤饮泣的人们从痛苦中解救出来，那么，你就一定得先使自己的灵魂远离嫉妒和情欲，使你的心像一座点燃圣火的祭坛一般长燃不灭。你时时刻刻都要记住：这是一项至圣至高的事业，要担负起完成这项事业的使命，你必须荡涤净化你的心灵，抛除种种的私心计较。这一项职责，和神圣的宗教使命是十分相似的，必须舍弃女人的爱，放弃世俗的短暂的肉欲的满足，那是‘为了上帝为了人民，要无怨无悔’。”

“啊！”亚瑟吃惊得跳起来，两只手不由自主地绞扭在一起；一听到这句誓言，禁不住激动得热泪盈眶。“神父，你以教会的名义赞同我们了！基督和我们在一起……”

“我的孩子，”卡尔迪神父神色庄严地答道，“基督把兑换钱币的商人赶出了神殿，因为上帝的圣殿应该是祈祷的所在，而他们却把它变成了贼窝。”①

亚瑟有好长一段时间静默不语，过了一会儿，才颤抖着低声说道：

“总会有把他们赶出去的一天，那时候，意大利也就又恢复为上帝的圣殿了……”

他说到这儿就停住了，神父以十分柔和的声调接了下去：

“主说过：大地和大地上的财富都归属于我。”②

第五章

那日下午，亚瑟很想试着安步当车地走回去。他就把行李托付给一个同学，自己向来亨走去。

天气很阴郁，感觉湿漉漉的，幸好不太冷；而那一片低低的原野，看上去好像比从前更令人感到神清气爽。沾满水珠的草踏上去软软的，充满了弹性，路边丛丛茂盛的野花已经开了，开得十分舒展自在，这些都令他觉得心情十分轻快。小树林的边上是一丛刺槐，一只小鸟正在当中垒窝，他的经过惊动了那只小鸟，它吱一声惊叫，扑楞楞地拍打着棕色的翅膀，急急忙忙地飞走了。

① 引自《圣约·新约·马太福音》第二十一章十二至十三节：“耶稣进入上帝的神殿，赶走做生意的人，推倒兑换钱币的桌子和卖鸽子人的凳子。对他们说：‘经上说：我的殿必为祷告的殿，你们反倒把它变成了贼窝’。”

② 《圣约·旧约·诗篇》第二十四篇一节（大卫的诗）：“地，和其中所充满的，世界,和住在其间的，都属耶和华。”其中第五十篇十二节：“……因为世界，和其中所充满的，都是我的。”神父引自这两处。

按照惯例，受难节前夕必须要平心静气，亚瑟努力使自己的注意力集中，努力进入一种虔诚的默念状态，但他老也管束不住自己的思绪，总是不由自主又想到蒙太尼利和裘玛俩人。最后，他干脆放弃了使自己专心致志于这项宗教仪式的努力，任着思绪自由飞翔：设想那将要发生的起义是多么激烈壮丽、波澜壮阔，设想他的心目中的那两位偶像在起义中又该处在什么样的位置上。神父在他的想象中，必将是领袖，是先知，是使徒，一切邪恶黑暗的势力在他的圣威面前都要落荒而逃；而为自由而战的青年勇士们在他的指点和引导下，必能对古老的教义真理温故而知新。

那么，裘玛会怎样呢？哦，裘玛应该是在街头巷尾的起义中冲锋陷阵。她是由建造女英雄的材料塑造而成的；她是那样的完美，全然就是众多诗人心目中理想的圣洁无畏的圣女。她应该和他站在一起，并肩战斗，共同分享血与火的洗礼中同生共死的喜悦。他们也许会同时面对死亡的来临，也许就死在胜利在望的那一刻——毫无疑问，最终胜利是属于他们的。他会把对她的感情深埋在心底，他将只字不提那些有可能令她为难，或破坏她心境，损害他们同志情谊的话。在他的心目中，她是那样的圣洁，正如一只纯洁无瑕的羔羊，为了人民的解放事业而甘愿牺牲自己，把自己献上祭坛；上帝和意大利早已把她的心占据得满满的，而他，又算是什么人呢，竟然也妄想踏足她那洁白如玉的心灵圣殿中去？

上帝，意大利……他一边走一边想着，不知不觉已走进了“宫殿街”上那座高大而阴气森然的府第，只一下子，他顿时从情绪高昂的云端跌落到了卑俗不堪的世俗环境里。在楼梯上，迎面就碰上了琼莉亚的男管家，穿戴整整齐齐，举止客气优雅，十分的客气，又十分的冷漠，骨子里却是目中无人的高傲。

“你好，吉本斯；哥哥们都在家吗？”

“汤姆斯先生在家呢，伯尔顿太太也在家。少爷，他们都在客厅里。”

亚瑟一走进屋里，立刻就被一种把人压抑得喘不过气来的沉重心情笼罩住了。好一座阴气森然的大宅子！生活像浪潮一样每天从它旁边翻卷而过，却仿佛永远泼溅不到它身上。宅子里的一切都还是老样子——同样的人，同样的祖先的肖像，同样笨重的老式家具和那庸俗的餐具，还有那俗气冲天的夸富耀贵的摆阔排场，和每一件东西上散发出来的死气沉沉，都一成不变。甚至连那些鲜花，那些插在黄铜花瓶里的鲜花，看上去也仿佛是刷了彩漆的铁丝制成的假花，即使是在万物苏醒的春季，也让人感受不到一丝春的活力，春的气息。琼莉亚，穿着晚宴的正式礼服，正在客厅里等待客人的到来；对她来说，这客厅就是她生活的全部中心内容。她脸上挂着僵硬的微笑，浅黄色的头发高盘在发顶，一只小卷毛狗趴在她膝头，她打扮的这样神气，十足是时装广告中的模特儿。

“你好啊，亚瑟。”她毫无热情地冲亚瑟打了一声招呼，把她的指尖递给亚瑟握了一握，很快又缩了回去转而抚摸小狗那皮光毛滑的身体，似乎这样做更使她感到乐意。“我希望你身体没出什么毛病，在学校里也很有长进噢。”

亚瑟也就胡乱地随便说了几句客套话把这个场面应付了过去，但接下来就陷入了冷场，让人觉得无所适从。詹姆斯陪着一位上了年纪的、态度倨傲的轮船公司老板走了进来，他自己也是神气活现的。但是，客厅里的局面并没有因为他们的加入就变得自然了一些。一直要到吉本斯来通知说晚餐已经准备就绪，亚瑟才仿佛得到解脱似的长长吁了一口气，站起身来。

“琼莉亚，我不想吃晚饭了。很抱歉，我想回房里去了。”

“你守斋守到这个地步是不是也太过分了，我的孩子，”詹姆斯说，“你这样会饿出毛病来的。”

“噢！不会的，没事，明天见。”

亚瑟在走廊里与一个打点杂物的女佣相遇，他就吩咐她明天早晨六点钟敲门把他从床上叫醒。

“少爷要上教堂去，对吗？”

“不错，明早见，黛丽莎。”

他走进自己的房间。这儿从前是他母亲的卧室，在她卧病不起的日子里，把窗子对面的壁龛改换成了祈祷坛。坛心当中，安放着一个很大的带有黑色底座的耶稣受难的十字架；坛前，有一盏小小的罗马式的吊灯悬挂着。妈妈就是在这个房间里咽气的，如今的房中，她的肖像画挂在靠床的墙上；桌上的一只瓷盆，也是她生前曾经用过的，缸内插满了一大把她生前最喜爱的紫罗兰。那天正好是她周年忌日，那些意大利仆人还记得这一点。

亚瑟从旅行包中把一幅画像拿出来，画像镶嵌了相框，并且被包扎得十分仔细。这是一幅蒙太尼利的淡彩铅笔像，前两天才从罗马寄到亚瑟手中的。亚瑟捧着这意外而珍贵的画像，正准备拆开它，琼莉亚的一个仆人端着食盘进来了，盘里装的是一些味道鲜美然而数量很少的食物。这些都是那个上了年纪的意大利老厨娘安排的，她早在琼莉亚这个尖酸刻薄的新女主人进门以前，就开始侍候亚瑟的母亲了。她让人送一点吃的上来，因为她想让她心爱的小主人吃一点点东西。这并不能算违背教规吧。但是，亚瑟只肯吃一块面包，其他的东西则原封不动。那个仆人是吉本斯的侄子，他撇下食盘往外走时，嘴角咧开了一个含意深远的微笑。其实，他也早在仆人当中加入新教徒的一群了。

走进壁龛后，亚瑟在十字架前跪拜了下去，他强迫使自己收心养性，静默下来，专心祈祷。但是，他发现他做起来十分吃力。汤姆斯说的有道理，他守四旬斋[①]守得有点太厉害了，由于胃里空空如也，他的头觉得昏昏沉沉的，好像喝醉了酒似的，背部也起了一阵微微的抖动，而眼前的十字架就好像在云雾里晃来荡去。他只是祈祷着，一遍又一遍机械地重复着祈祷。好久好久，才驱散了种种胡乱奔突的胡思乱想，竭力地把注意力又拉回集中到赎罪祈祷上来，心里回忆着基督为拯救世人而甘愿受难的种种圣迹。最终，

① 守四旬斋：基督教规定复活节前四十天为封斋期，教徒在此期间必须守斋，以纪念耶稣在荒野禁食。

身体的疲乏盖过了神经的亢奋激动，他一躺下去就睡着了，心里觉得又安宁又平和，彻底地从那些令人躁动不安的念头里摆脱了出来。

他睡得十分酣畅，突然响起了一阵急迫激烈的敲门声。“是黛丽莎吧？”他睡得迷迷糊糊的，一边想又一边睡意沉沉地翻了个身。敲门声又响起来了，这回可把他吓了一大跳，一下子惊醒过来。

“少爷！少爷！”是个男人的声音，喊的是意大利语，“快起来！快起来！”

亚瑟一下子从床上跳了下来。

“怎么回事？你是谁？”

“是我，是吉恩·巴蒂斯塔啊。快点起来，快点快点！”

亚瑟匆匆忙忙套上衣服，打开了房门。看着马车夫那惊吓得失了血色的面孔，他瞪大了眼睛，心里十分迷惑不解。这时候，走廊里传来了杂乱急促的脚步声，还有丁零当啷的金属响声，他一下子就意识到究竟发生了什么事。

“来抓我的？”他镇静自若地问道。

“对啊对啊，来抓你的；少爷，你快跑吧；哎哎，你有什么东西要藏起来吗？嗨，我来帮你藏在……”

“我没有什么要藏的东西，哥哥们都知道了吗？”

走在第一位的穿制服的军警的身影，已经在走廊的拐角处显现了出来。

“大少爷已经被叫醒了，全家上上下下都已经从梦中被吵醒过来了。唉！真是天有不测风云啊——好好的，怎么一下子会发生这样的大祸呢！而且偏偏又赶在受难节的节骨眼上！天主啊，请你保佑我们吧！”

吉恩·巴蒂斯塔急得哭出了声。亚瑟走上前几步，向那些皮靴声噔噔直响的宪兵迎上去。他们后边跟了一大群浑身打哆嗦的仆人，身上裹的是各式各样仓促之间抓到手中穿上身的衣服。宪兵走上前团团围住亚瑟，这时，他的兄嫂在这支奇形怪状的队伍最后出现：男主人套着睡衣，趿拉着拖鞋，女主人穿的则是一件梳妆长袍，满头裹满了卷发纸。

“看样子，又有洪水要发生了，看这成双成对的，都向方舟这边跑来呢！啊，又来了一对，这最后一对走兽可真够令人奇异的呢！”①

亚瑟盯着眼前这些奇形怪状的人，这样的两句话不由地如闪电一般划过脑海。他真想乐出声来，可又转念一想这个时候实在不适合笑，才勉强忍住了——这样的情况下，应该想点严肃的事才对。于是，他就开始默默祷告：“万福，圣母玛利亚，上天至圣母后！”默祷完毕，他赶快转过眼睛，免得再看到琼莉亚那满头颤动的卷发纸，那实在令人忍俊不禁。

伯尔顿先生走到带队的军官面前，质问道：“请你给我们一个合理的解释：你们以这样粗暴的方式私闯民宅，到底是为什么？我警告你，要是你不能给出一个令人满意的答复，我要到英国大使那儿去告你们！”

“我相信，”那宪兵队的军官态度十分强硬而倨傲，“只要你看了这个，你就会觉得理由不能更充分了，英国大使也不会例外。”他掏出一张逮捕证，把它递给詹姆斯。证上写了亚瑟·伯尔顿的名字，并注明了他是哲学系学生。军官还冷冰冰地加了一句：“如果你还需要更进一步的解释，不妨直接去找警察局长。”

琼莉亚从丈夫手里一把就把公文抢了过来，瞟了一眼，马上就把它朝亚瑟脸上扔了过去，完全是一派时髦妇人大发脾气时的架势。

“哦，原来是你啊，让我们全家把脸都丢尽了！”她的声音尖锐极了。“你是打算把全城的下等人都招引来看我们出丑，冲着我们又瞪眼睛又吐舌头，对不对？平时你不是一肚子的神圣理想吗，现在又怎么要进警察局了呢？说到底，我们早就应该想到，那个信

① 据《圣约·旧约·创世纪》记载，上帝发洪水毁灭世界之前，命诺亚（挪亚）事先造好方舟，带领家人避难，又命他把世上的走兽、飞鸟、昆虫各带一对以备洪水退去再开始繁衍。

天主教的女人能养出什么……"

"太太，你不能对一个犯人说外语的。"那个军官打断了她；但是，他的话早就被琼莉亚叽里呱啦的英语盖得一塌糊涂，什么也听不到了。

"就是啊，怎么可能好到哪儿去呢？外面装得又是斋戒又是祈祷，又是默念的，倒像一副圣徒的模样，可天知道暗地里搞的是什么！我早就知道会是这么一个结果！"

华伦医生曾经有过一个比喻，把琼莉亚比作一盘翻倒了醋瓶在里边的沙拉[①]。现在她那嗓音一嚷嚷开来如同撕裂般刺耳难听，亚瑟还真觉得牙齿有点酸，一下子就记起了这个比喻。

"有必要这样说么，"他说，"你完全可以一百个放心，你们绝不会因此而有什么牵连的；人人都很清楚，这件事与你们没有任何关系。我想先生们可能有搜查我的东西的必要吧，我没什么东西可藏的。"

宪兵对他的房间来个底朝天的大搜寻，信件也查了，学校里的作业笔记也查了，抽屉箱子也都通通翻一遍来了个彻底搜查。亚瑟则一直坐在床沿上等待，他的脸色因为激动而有些发红，却丝毫没有紧张的感觉。他并不害怕搜查。平时收到的信件，凡是有可能牵连到别人的，他都烧掉了，所以那帮宪兵徒劳地忙碌了一场，只找到几首诗，它们只是一半带革命色彩，另一半又染有神秘主义色彩；此外还有两三份《青年意大利报》，除此之外，一无所获。后来，在小叔子汤姆斯的再三劝告下，琼莉亚终于回房睡觉去了。她从亚瑟身旁擦过时，故意做出一副鄙夷不已的神气。詹姆斯也跟在她后面，乖乖地走了。

等他们离开以后，原先一直在房间里踱过来踱过去、竭力扮出一副无所谓神情的汤姆斯，这才走到军官跟前，要求跟犯人说几句话。军官点头之后，他走到亚瑟身旁，声音十分沙哑地说：

"真要命，碰到这样的麻烦事，我很为你感到难过。"

① 沙拉：凉拌生菜。以奶油，生菜为主，加火腿丁等。

亚瑟抬起头来，脸上的表情平静得就像夏天早晨的晴空一样。“你一直对我不错，”他说，“不值得为这难过。我不会有什么事的。”

“你听我说，亚瑟！”汤姆斯狠狠地捋了一把胡子，终于硬着头皮把那个尴尬的疑问提了出来。“我不知道……这些事是不是……是不是跟钱有什么关系？因为，如果是为了这个，那么我……”

“跟钱？噢，没有没有！这个跟钱能有什么样的……”

“那么说，这是玩的政治上的花样啦？我也是从这头想的。你呢，现在也用不着垂头丧气的——琼莉亚那些话你也用不着当回事，她那条舌头就是这样；如果有我能帮你的地方——不论是钱还是别的什么——你只管开口，好吗？”

亚瑟一言不发地把手伸出去，跟汤姆斯握了握手。然后，汤姆斯就走了，因为他出去时拼命要做出一副满不在乎的表情，这就使他那张平时就面无表情的脸更加死板不堪了。

宪兵的搜查这时也结束了，带队的军官要求亚瑟穿好出门的衣服。亚瑟马上照他的话做了，正要走出房间，却又忽然犹豫起来，停住了脚步。如果要当着这么多宪兵的面和妈妈的祈祷坛告别的话，他觉得有些为难。

“可不可以请各位先出去等我？”他请求他们，“我不会逃走，也没什么东西要藏，这些都是一目了然的。”

“十分抱歉。按规定禁止把犯人单独留下来。”

“那好吧，反正也没什么关系。”

他走进壁龛，跪下来，吻了吻耶稣蒙难像的双脚和它的底座，轻柔地说：“主啊，保佑我忠贞不渝吧。”

他站起来，发现那军官正在桌边审视蒙太尼利的画像。“他是你的亲戚吗？”他问道。

“不，他是我的忏悔神父，布里西盖拉教区的新主教。”

在楼梯上，那班又难过又担心的意大利仆人正在那儿等着他呢。他们都十分喜欢亚瑟，这不单是因为亚瑟本人的缘故，也是看在亚瑟母亲往日的情分上，所以这时候大家都围了过来，带着悲伤和忧虑的心情吻了他的手，他的衣服。吉恩·巴蒂斯塔站在旁边，眼泪滴落下来，顺着他花白的胡子往下落。然而，他的自家人却没有一个人出来为他送行。他们的冷漠，却愈发反衬出了仆人们对他表现出来的关切和同情。当亚瑟和那一双双向他伸过来的手逐一握别时，他觉得几乎要控制不住自己的感情了。

“再见了，吉恩·巴蒂斯塔，代我吻吻你的那几个小家伙。再见了，黛丽莎。为我祝福吧，也为你们自己！再见了！再见了！”

他急忙跑下楼梯，朝大门口跑过去。一会儿以后，台阶上就只剩下一堆沉默的男人和犹自抽泣着的女人了，他们站在那儿，目送着马车愈走愈远。

第六章

在港口，有一座中世纪的巨大城堡，亚瑟就被囚禁在那里。对他来说，监狱生活还可以忍受。他所在的那间牢房又黑暗又阴湿，令人十分难受；但是，亚瑟从小就在玻尔拉街的老宅子里长大，屋子里空气流通不畅，有老鼠、有异味等等这些，对他来说早已不是什么新鲜事了。自然，牢里所发食物质量极次，而且数量少得可怜，但是不久，詹姆斯很快就获得了当局的特许，即由家里提供一切生活必需用品。他被单独一个人关押起来，虽然说看守他的警卫并不像他想象中那么严苛，但是，他却一直没法打听出自己被捕的原因。尽管这样，他仍然保持着刚被抓进来时那份平和的心境。牢里没有书供他看，他就用祈祷和默念来打发时间，不急不躁，静静地等候着事情的下一步究竟会如何发展。

一天，一个看守打开牢门，冲他嚷嚷：“出来！这边走！”亚瑟向他询问做什么，看守抛给他的回复只是“不准说话”四个字，问了两三次都是如此。亚瑟无法得知，只好听从命运的调遣，跟在那个士兵后面，像走迷宫一样在数不清的院落、走廊，楼梯间穿来绕去，不论走到哪儿，总会有一股摆脱不掉的霉湿味儿萦绕身边，最后到达的目的地是一间宽大敞亮的房间。那儿有一张平铺着绿呢台布的长条桌，上面乱七八糟地堆满了公文，桌后坐的是三个身穿军装的人，正在那儿懒懒散散地瞎聊。亚瑟一进去，他们马上换上了一副正襟危坐的模样，摆出一副公事公办的架势。其中看上去年纪最大的一个，穿了一身上校制服，胡子花白，显出一派豪华骄奢的气息。他朝桌子对面的一张椅子指了指，预审就开始了。

亚瑟预想着自己要遭到威吓、侮辱和谩骂，他做好了心理准备，心想答话时一定要保持尊严和耐性来应付一切，但事情完全出乎他意料之外。上校的态度倨傲冷漠，而且官腔十足，但是却都符合礼节。他照例问了姓名、年龄、国籍、社会地位等问题，亚瑟都一一作答，而这些回答也被一一记录下来了。他正觉得十分厌烦难耐，上校却在这时提出了一个问题：

“伯尔顿先生，你能告诉我们一些你所知的有关青年意大利党的情况？”

“我知道这是一个团体组织，他们专门在马赛出了一份报纸，传发于意大利境内，只是为了号召人民团结一致，把奥地利军队从意大利国境上驱逐出去。”

“我觉得，你应该翻阅过这种报纸吧？”

“没错，我对这个问题十分感兴趣。”

“你看报的时候，你意识到你这样做已经触犯了法律吗？”

“意识到了。”

“那几份报纸是在你房间里搜出来的，你是从哪儿弄来的？”

“对此，我无可奉告。”

“伯尔顿先生，现在的情形下，说‘无可奉告’是行不通的；你必须要回答我的提问。”

“如果你不准我说‘无可奉告’，那我就说无话可说吧。”

“如果你还不自觉，还坚持用这样的口气说话，你要后悔的，”上校说，看见亚瑟无动于衷，他就又接着说：

“实话告诉你吧，从我们已经掌握的情况来看，证明你跟这个组织的关系并不是仅仅读一读报纸那么简单，你们之间的联系要密切得多。坦白交代对你有好处。不管怎样，事情一定会最终清楚的。你绕过问题或矢口否认，妄想混过去，是绝对行不通的。”

“我压根儿没有打算混过去。你想了解些什么呢？”

“第一个问题，作为一个外国人，你是怎么被这件事卷进去的呢？”

“我曾就此问题进行过认真的思考，而且还找来与此有关的材料加以仔细研究，由此，我作自己的决定的。”

“那么，你是在谁劝说下入党的？”

“没有任何别人，是我自愿的。”

“你在跟我玩捉迷藏啊？”上校变得十分严厉，显然他已经不耐烦了，“不经人介绍就能入党？你的入党意愿，又是向谁表明的？”

沉默，只有沉默。

“请你回答提问，好吗？”

“对你问的这一类问题，我拒绝回答。”

亚瑟的话里充满了怒火，他心里扩散着一种莫名其妙的焦躁，他觉得自己快要控制不住自己的怒气了。他现在已经意识到，这次在来亨和比萨两地都有很多人被捕；虽然他现在还不十分清楚这次灾难殃及的范围到底有多大，但就目前的情形来估计，已经足以使他为裘玛和其他同志的安全担忧万分了。这些军官们，表面上装出一副彬彬有礼的样子，而那些问答，就像格来挡去的击剑游戏般令人费力周旋，又充满了圈套和陷阱，令亚瑟十分烦躁和恼火，再加上门外岗哨那沉重作响的脚步声，踱过来又踱过去，刺激着亚瑟的耳膜，令他觉得几乎不能忍受。

“噢，那就顺便再问一句，你是什么时候最后一次见到乔万尼·玻拉的？”几句唇枪舌剑之后，上校换了一个问题，“是否是你离开比萨时那前几天？”

“我从未听说过这个名字，自然也不认识这个人。”

“你说什么！你竟不认识乔万尼·玻拉？怎么可能呢——他是个年轻人，个儿高挑，脸刮得挺干净。对了，他可是与你同学呢。”

“大学里，我不认识的同学多了。”

“是吗，不过这个玻拉你肯定认识，没错，一定认识的！瞧，这可是他亲手写的字儿。喏，对你他可是挺熟的呢。”

上校把一张纸条随手递到他手里，纸上赫然印着：“供词记录。”下面的签名竟然是：“乔万尼·玻拉。”亚瑟把目光朝下一瞟，发现了自己的名字。他震惊地抬起头来。“是要让我看吗？”

“对，你看看比较好，这与你有关。”

亚瑟开始看起来，那三个军官静悄悄地坐在一边，观察着他的脸色。看上去，这是对一长串审讯的回答记录。这样看来，玻拉无疑也被捕了。记录开头是一大套例行公事的问答；接下去的数句话，记录的是玻拉跟党发生联系的开端，叙进了他在来亨散发违禁书报，组织学生集会等活动，再接下去，有一句话：“参加我们组织的人当中，有一个年轻的英国人，名叫亚瑟·伯尔顿，他出身有钱阶层，家里人是开轮船公司的。”

亚瑟浑身的血一下子上涌，把脸涨得通红。玻拉竟出卖了他！玻拉，这个身负重要的使命，作为带路人的玻拉！——玻拉，这个曾经对裘玛进行党的启蒙教育……并且又爱上了裘玛的玻拉！他放下了手里的纸，瞪大了眼睛望着地板。

“我想，这份小小的文件一定有助于使你恢复记忆吧？”上校在旁边十分有礼地暗示着他。

亚瑟摇了摇头。“我并不认识叫这个名字的人，”他还是坚持说，声音僵硬而沙哑。“这里面一定发生了误会。”

“误会？你胡说！得了吧，伯尔顿先生，骑士风度和堂·吉诃德式的精神，愿望是好的，但是一定要把握好分寸，千万不要太过火了。你们年轻人刚开始都容易犯这同一个毛病。你不妨想一想，你已经被人出卖了，却还要在这种小细节上纠缠不休，结果却使自己陷得更深，甚至葬送了自己的前途人生，这对你到底有什么好处？现在你不是也已经亲眼看见了，他供出你的时候，可是没有什么顾虑的啊。”

亚瑟突然感觉出上校的声音里一丝隐隐约约的嘲弄意味，他吃惊地抬起头来，心里突然一下子敞亮了。

“这是骗人的！”他喊了出来，“这是你假造的！我从你的脸上一眼就可以看出来，你这个卑鄙无耻的家伙……你一定是想设计陷害什么人，或者，是想设一个陷阱让我掉进去。你捏造事实，你撒谎，你胡作非为，你这个流氓……”

“住口！”上校暴跳如雷；他旁边的两个军官也早已都站起来了。“托麦西上尉，”上校对他们其中一个说，“请打铃把警卫找来，把这位年轻的先生送到苦牢里去关几天禁闭。我看得出来，唯有给他一点教训他才能恢复理智。”

这所苦牢，是一间阴暗潮湿而且肮脏得令人难以忍受的地下室。这里非但不能使亚瑟“恢复理智”，把他更大的愤怒倒激起来了。出身豪奢家庭的他，早已养成了爱洁成癖的习惯，对个人卫生十分讲究。这儿的墙壁粘腻腻的，上面爬满了各种毒虫，地板上堆积的垃圾成山，还有其他的青苔、污水、烂木头等，所有这些东西无不散发出各式各样的恶臭，加在一起对亚瑟产生了强烈的刺激，这一点肯定会令那位受到冒犯的军官感到满意的。亚瑟被一把推进了苦牢，哐当地一响，背后那牢门就紧闭上了。他伸出两手，展开双臂，慎重地朝前试探性地走了三步，当手指头一碰到那黏糊糊的墙壁，他就直犯恶心，全身上下直打哆嗦。身陷伸手不见五指的漆黑一片中，他只能靠双手的试探，好找寻出一块不太脏的地方，以歇脚驻留。

四周黑漆漆的，漫长的白天就这样在黑暗和沉寂中溜过去了，黑夜也没有什么变化发生。外界留给他的印象在慢慢淡去，只剩一片长长的空白，渐渐地，亚瑟失去了时间概念。第二天一早，当一把钥匙塞入牢门的锁眼并转动发出声响时，老鼠一下子被惊动了，吱吱地尖叫着，从他跟前窜过去，他也受了惊吓，心里猛然省悟过来，只觉得狂跳不已，耳朵里有轰轰的响声，仿佛他脱离光明和声响，不是几个小时前发生的事，而是已经有数月之久了。

门开了，一点十分微弱的灯光钻了进来——这对他来说，却仿佛是光芒四射，双目几乎难以睁开了——进来的原来是看守长，拿来了一块面包，并端了一杯水。亚瑟向前走了一步；他起初还以为那人是来释放他的。可是，在他未来得及开门之前，那人把面包和水往他手里一递，一句话没说，便又转过身出去了，合拢牢门，又落了锁。

亚瑟气极了，他一个劲地跺脚，他有生以来头一次气得这么不可遏制。但是，随着时间一点一点地逝去，他的时间感和空间感也越来越淡漠了。他唯一的感觉是，这漫无边际的黑暗好像没有开始也不会有结束，而自己的生命已经凝滞不动了。到了第三天傍晚，牢门又被打开了，门口出现了看守长同一个士兵的身影，亚瑟刚一把头抬起来，就觉得一阵头晕目眩的感觉迎面袭来，于是下意识地急忙伸出手来，想要遮住那亮光，他现在已经不适应这种光亮了，并且心里一阵晕晕乎乎：自从关到这个坟墓之后，自己究竟挨了多长时间？是几个小时呢，还是已经几个礼拜？

“出来，往这边走。”看守的声音冷若冰霜，带着一副公事公办的口气。亚瑟站起身来，机械地向前跨着步子，但他几乎控制不住自己的步伐，东倒西歪的，像个醉鬼一样。通往院子的台阶十分陡峭，而且也很狭窄，看守走上前来想帮他一把，他拒绝了；但是当他走到台阶最后一级时，突然一阵眩晕袭来，眼前一花，身子再也把持不住平衡了。若不是他的肩膀被那看守及时地一把抓住了，他肯定就摔个仰面朝天了。

* * *

“行了，他马上就没事了，”一个很轻松的声音在说话，

“从号子里一放出来，经风一吹，多数情况下，都要如此晕厥一次的。”

又一捧水朝亚瑟脸上泼过来时，亚瑟被浇得喘不过气来，他努力挣扎着顺下了一口气。仿佛轰一声，眼前的黑暗一下子都土崩瓦解了；他随之恢复了清醒的神智。他一下子把看守的手推开，稳了稳步子，沿着走廊过去，爬上了楼梯。他们在一扇门前停住了脚步，稍微过了一会儿，门就开了，这时的他还没完全反应过来这是什么样的地方，便已置身于灯光闪亮的审讯室里了。他惊诧地瞪大了双眼，一动不动地盯着那张桌子，桌上一堆堆的文件和那几个坐在老位子上的军官。

“嗨，是你啊，伯尔顿先生！”那个上校说，“我想，现在我们大概可以比较从容地谈一谈了吧。怎么样，你觉得那间黑牢的滋味如何？与令兄长的客厅相比定不会那么令人感到舒适吧？嗯？”

亚瑟抬起头来，面对着上校那张满面奸笑的脸，一种狂野的复仇冲动忍不住从心底涌了起来。他恨不能冲上去扑到这个花白胡子的老花花公子身上，一口咬断他的喉管。这种冲动大概已经从他脸上一览无余地被表露出来了，因为上校立刻换了一种全然两样的口气接着说：

“请坐吧，伯尔顿先生，要不要喝点儿水，抚平一下过于激动的情绪。”

亚瑟一把推开递给他的杯子，两条手臂放在桌上，用一只手撑着额头，力图使自己平静下来。上校那锐利的目光紧紧地盯着他看，老练的他已经注意到了亚瑟那颤抖的手和嘴唇以及滴水的发梢，他还注意到了亚瑟的眼睛，虽然还对视着，却已没有什么光彩。这些都表明他的体力已经支撑不住了，神智也已不太清醒了。

“现在，伯尔顿先生，”过了一会儿，上校才又接着说，“我们还是从上次中断的地方开始谈起吧。不过，因为我们彼此之间心理上有一点小小的芥蒂，所以我需要事先声明一下：就我单方面而言，我绝不打算让你为难，想的都是对你尽量宽大处理。如果你能听话一些，顺从一下，也有理智一些，我保证，我们绝不滥用武力来解决问题。”

“你们到底想要我干什么？”

亚瑟开口说话了，他的声音完全变了，变得强硬而怒气冲冲。

“我希望你用一种坦率、诚实的态度，把你所了解到的有关这个党组织和其中成员的种种情况，都一五一十地告诉我们，首先，你认识玻拉有多久了？”

“我自始至终压根就没结识过这么个人，更无从谈起我对他的了解。”

“真的吗？好，这个问题咱们暂且按下不提。那个，有个年轻人，名叫卡洛·比尼的，你总该认识了吧？”

“我从来也没听说有这么一个人。”

“但是你可是给他写过信的，喏，就在这儿放着！”

亚瑟若无其事地扫了那封信一眼，然后把它放在一边不去理会它了。

“这封信你可认识吧？”

“不清楚。”

“若这么讲，你连自己的笔迹都不承认喽？”

“我不是不承认，而是我想不起来了。”

“那么，这一封信，你总该有印象吧？”

上校又递给他第二封信，他看了一眼，是去年秋天写给一个同学的。

“我也没什么印象了。”

“连那收信人也记不起来了？”

“是，记不起来了。”

“你的记性也未免坏得太离谱了。”

“这正是我一直为此苦恼的老毛病。”

“真是这样吗？可是我前不久曾经有一次听你们大学里的一位教授说起你，说你不但智力上毫无问题，而且还十分聪颖呢！”

“你判断是否聪明，用的也许是衡量特务的标准，而大学教授们用这个字眼，取的是另一层含义。”

亚瑟的口气腔调都明白无误地显示出，他的怒火是越烧越旺了。由于饥饿，睡眠不足，再加上黑牢里令人窒息的污浊空气，把他的身体搞得虚弱不堪，全身的骨头每一根都疼得要命；上校的嗓音又一次刺激着他愤怒得快要崩断的神经，他恨得直咬牙，那咬牙切齿的声音正像石笔在石板上硬划过一样，听得亚瑟直倒牙。

“伯尔顿先生，”上校把身体往后一靠，郑重其事地说，“你已忘了自己所身处的情形；我再一次警告你，这样的谈话方式对你有害无益。当然，你是已经知道黑牢的滋味了的，总不见得你现在就又想去过过瘾了吧。实话告诉你吧，你如果还是像现在这样顽固不化，不肯好好合作的话，我可就要让你吃吃苦头了。你听好啦，我手中握有证据——它们确凿无疑——足以证明这帮年轻人当中有人干了违法犯罪的事，他们把违禁书报私运入港，而且，你跟他们关系密切。现在，你是不是打算采取一种主动积极的态度，把你所了解的有关情况给我们说说呢？”

亚瑟的头垂得更低了。有一种突如其来的，潜伏着的然而又是如此狂暴不可遏制的愤怒在他心底开始奔腾激荡，仿佛是一个有生命力的东西。他觉得自己就要失控了，他为此感到害怕，这种内在的情绪冲动似乎比外在的恫吓更令人感到惊慌失措。他头一次意识到：在上等人的文化修养背后，在基督徒的敬神之心深处，同样隐藏着某种强大的能量；他感到一阵毛骨悚然，他畏惧的是自己。

“我在等你回答我呢。”上校说。

“我没什么可回答的。”

“你是在明确地说要拒绝回答吗？”

“我一点都不愿意告诉你。”

“那么，我只得下令再次送你去苦牢里，直到你最终想清楚了，准备回答问题了为止。如果你再滋生其他事端，重不可赦时我将奉送你一副镣铐。”

亚瑟抬起了头，气得浑身发抖。“悉听尊便！”他一个字一个字地说，“至于英国大使答不答应你们这样戏弄一个毫无过失的英国侨民，那就等着他来做决定吧。”

后来，亚瑟还是被又送回到最初的那间牢房，他进门就倒头便睡，直到第二天早晨，他才醒来。他没有被戴上脚镣手铐，也没有再被关进那间令人不寒而栗的黑牢；但是再增加一次审讯，他和上校之间的仇恨敌对情绪便又加深了一层。在牢房里，亚瑟时常向上帝祈祷，求上帝开恩，让他能够抑制住胸中那股越来越旺的邪火，有时还常常地想上大半夜，细细回味基督的忍耐和善精神，但是都不能带来任何帮助。他只要一置身于那个空空荡荡的长方形屋子，一站在那张铺着绿粗呢的桌子跟前，上校那两撇蜡黄色的小胡须一出现在眼前，他马上就被一种非基督的情绪笼罩住了，使他不由自主地用种种尖酸刻薄的如珠妙语来轻蔑地回敬那些提问。他在牢里待的时间还不到一个月，他和上校之间的仇视已经发展到了无以复加的地步，彼此只要一碰面，就立刻火冒三丈。

接连不断的争执和矛盾冲突，使亚瑟一直处于一种情绪紧张的心理状态，这些都严重影响了他的神经。他很清楚自己身处在严密的监视之下，又联想起从前曾听说过的一些吓人的传闻，据说犯人的饭食中常常被偷偷加入了颠茄，而他们在失去自控情况下所说的话，会被记录在案。亚瑟渐渐地变得不敢吃，也不敢睡了；如果半夜里有只老鼠从身边窜过，他马上就会惊醒，还吓出一身冷汗，害怕得身体直打哆嗦，总觉得有一个密探就藏在这间牢房里，准备偷听他说的梦话。那些宪兵很明显是在挖空心思地设置圈套，好让他吐出实话，以此来制服玻拉。他无时无刻不在担心自己稍有不慎，掉进陷阱，神经太过于紧张了，结果反而更容易导致犯错误。不论白天黑夜，玻拉这个名字时刻在他耳边回响，连他的祷告也受了影响，当他数着念珠念《玫瑰经》的时候，他会把圣母玛利亚的名字念成玻拉。但最最要命的是，日子一天天过去，他的虔诚的宗教信仰，随着狱外的世界一起，离他越来越远了。他以发疯般的狂热之情，拼命想要捍卫住这一块最后的精神立足点，他每天花上好几个钟头来祷告，默念；但他却愈来愈管束不住自己的心了，他几乎全部心思都集中在玻拉身上，祷告也就徒具其名了。

让他感到最大安慰的却是监狱里那个看守长。他是一个胖胖的老头儿，秃着顶，尽管他一开始竭力想装出一副凶神恶煞的神气；可是，天长日久，他那圆乎乎的脸上的每个笑窝都在泄露着他的善良本性。渐渐地，他因职责所系而产生的种种顾虑都让位给了他与人为善的天性，他竟然开始帮着在各个牢房之间相互传递消息了。

那是五月中旬某天下午，这个看守长走进了亚瑟的牢房间，露出一副恼恨阴沉的表情，亚瑟看了后不由暗自吃惊。

“怎么啦，恩里科！”亚瑟叫出声来，“你今天碰到什么麻烦事啦？”

“没事。”恩里科话里带着冲劲儿，他来到草铺旁边，伸手去扯那条垫毯，这是由亚瑟家里送来的。

“这是我的东西你拿它做什么？难道我又得换个牢房了吗？”

“不是，你被释放了。”

“我被释放了？什么——是今天吗？大家也都一起放出去吗？恩里科！”亚瑟激动得一把抓住了老头儿的手臂，却被他狠狠地一把推开了。

“恩里科！你怎么啦，你为什么不回答我的话呢？我们是全部一起释放吗？”

他那鼻中传出来轻蔑的“哼”的一声，以作回答。

“听我说！”亚瑟又一次抓住了看守长的手臂，脸上笑盈盈的。“你发脾气对我没用，因为我不会生气的。我想知道其他几个同志的消息。”

“其他几个同志？谁？”恩里科听见这话，气愤地把手里正在叠的一件衬衫用力一扔，“你指的不会是玻拉吧？”

“当然是玻拉他们啦。恩里科，你究竟是怎么啦？”

“他嘛，他怎么会很快就会被放出去的呢？这可怜的孩子，他被一个同志出卖了。嘿！”恩里科很不情愿又重新拾起那件衬衫。

“被出卖了？被一个同志给出卖了？！啊，真是可恶之极了！”亚瑟大大地吃了一惊，眼睛瞪得溜圆的。恩里科一下子把身子转过来。

“怎么，难道这不是你干的吗？”

“我？发了疯了？你！怎么会是我？”

“唉，可是昨天他们审讯玻拉时，就是这么跟他说的。如果不是你，那就很好，因为我一直把你看作一个正派的小伙子呢。这边走！”恩里科出了牢门，走到走廊上，亚瑟跟在他后面，心里的疑团一下子迎刃而解。

“他们故意告诉玻拉，说我出卖了他，对吗？他们捏造这类的假话毫不稀奇！老兄，我告诉你，他们还曾告诉我，说是玻拉出卖了我呢。玻拉绝不会不动脑筋到去相信他们的鬼话连篇吧？”

“这么说来，那些话都是骗人的喽？”走到楼梯口前，恩里科停下来，探询的目光把亚瑟从头到脚又打量了一遍，亚瑟的肩膀只是耸了几下。

“毫无疑问，是胡说八道的。”

“好，只要是胡说八道就行，我的孩子，我很高兴听到这个，我会告诉玻拉，说你是这么说的。可是，你知道他们是怎么告诉他的吗？说你之所以出卖他，是因为……因为嫉妒，因为面对一个姑娘，你们俩都爱上了她。”

“这是造谣！”亚瑟喘着粗气把这句话又小声重复了一遍。突然，一阵寒意从心底升起，他吓得全身瘫软。“同一个姑娘……嫉妒！他们怎么会知道得这么清楚呢？……怎么了解到这一点呢？”

“停一下，我的孩子。”在那通往审讯室的走廊上恩里科又一次把脚步停下来，轻声慢语地说，“对你我毫不怀疑；但是有一件事我想再问问清楚。我知道你是个天主教徒，那么，你在忏悔的时候是否曾向神父坦白过些什么……”

“胡说！”这一次亚瑟的嗓音又尖又高，是一种勉强压抑住的哭喊声。

恩里科耸了耸肩膀，接着往前走。“当然喽，这种事情只有你自己心知肚明；不过，有一点可以肯定的是，如果你受了骗，那么像你这样上当受骗的傻瓜，绝不止你一个。这些日子比萨城里为了一个神父正乱得不可开交呢，是你的朋友们抖出了事情的真面目，他们还印发了传单，说那神父是个间谍。”

恩里科推开了审讯室的门，一看亚瑟还站在原地一动不动，两个眼睛却茫茫然地瞪着前方，便从背后轻轻一推，把他推了进去。

“下午好，伯尔顿先生。”今天的上校笑容满面，微笑中露出了牙齿，“我十分欣喜地向你道贺。佛罗伦萨来的命令，批准释放你。请你在这文件上签个字好吗？”

亚瑟朝他走近了一些。“我想弄明白，”他的声音显得有些犹豫，“究竟是谁把我给告发了？”

上校的眉毛往上一挑，微笑着耸了耸肩。

“怎么会猜不出来呢？想一想。”

亚瑟摇一摇头。上校把两手一摊，摆作一副吃惊而不失分寸的很有礼貌的姿态。

“猜不出来？真的吗？就是你自己呀！伯尔顿先生，除了你自己，谁还会把你的恋爱隐私了解得那么清楚？”

亚瑟默然无语。他慢慢地转过身来，面对着墙上一个硕大的木制的耶稣受难十字架。他的目光落到了耶稣的脸上，但他的目光里不再有恳求或忏悔，取而代之的是一种隐隐的困惑。上帝啊，这位姑息迁就的上帝，为什么不把那出卖忏悔者的教会败类来个天打雷劈！？

“这是你的笔记本，把它都归还于你，请在收条上签个字好吗？”上校笑眯眯地说，“现在手续齐备，我也不耽搁你的时间了。我想你一定巴不得尽快回家去；我自己呢，我也正忙得焦头烂额呢，都是为了玻拉那个傻小子的案子。这回他为了考验你这个基督徒的坚忍性，真把你折腾得够呛。看来他得不到轻判了的。行，再见了！”

亚瑟签完字，取回他的笔记本，一直一言不发，然后，仍是沉默着离开了。他跟在恩里科后面走出了城堡的大门，却连一句道别的话也没跟他说。亚瑟拾级向下来到水边，早已有个船夫驾着渡船在那里等他了。他乘着渡船过了城壕，一级级蹬上通往街道的石阶，迎面跑来的是一个身穿棉布裙子，头戴草帽的姑娘，她张开了双手跑过来迎接他。

"亚瑟！啊，我真是开心极了——真开心极了！"

亚瑟却战栗着缩回了他的双手。

"吉姆！"他终于开了口，可是那嗓音却陌生得几乎不像是从他喉咙里发出来的，"吉姆！"

"我一直待在这儿，足足等了半个钟点了。他们说四点就可以把你放出来的。亚瑟，你怎么这么盯着我看？是不是发生了什么事？亚瑟，究竟怎么回事？站住！"

这时亚瑟已把身子转了过去，慢悠悠地抬脚离开了，一步步地朝街上走去，仿佛压根儿不记得旁边还有她这个人似的。裘玛看着他这副模样，简直被吓呆了，赶快追上他，把他的胳膊一把抓住。

"亚瑟！"

他停住了脚步，抬起头来面对着她的目光是那么的困惑。裘玛用手臂挽住他的胳膊，两个人默默无语地向前走去。

如此走了许久，裘玛开了腔，她的声音是那么的温柔而亲切："听我说，亲爱的，你千万不要为了这件意外事件把自己搞得魂不附体的。我知道你心里也不好受，但是大家心里都明镜一片。"

"什么意外事件呢？"他的声音仍是显得那么飘忽不决。

"就是玻拉写的那封信呀。"

亚瑟一听到这个名字，脸都痛苦得变了形。

"我还一直以为你不知道这件事呢，"裘玛接着往下说，"他们可能已经告知你了吧，那样疯狂的想法玻拉竟然也会产生，真是疯了。"

“什么样的想法？……”

“这么看来，你并不了解？他曾经写了一封信出来，真是骇人听闻，说正是因为你把有关轮船的事都讲了出来，才害得他入狱的。当然啦，这是一派胡言。凡是对你稍有了解的人都不会当真，只有那些不了解真相的人才会信以为真，才会气愤愤的。我现在跑来接你，就是特地过来告诉你——我们小组中，无论是谁都不会相信它的！”

“裘玛！但是……这是事实！”

裘玛的手一下子抽走了，她慢慢地从他身边退开去，退开去，最后站住了，纹丝不动，眼睛睁得那么大，里面布满了惊疑的阴云；脸色变得雪白雪白，白得简直就跟她脖子上那条丝巾一样。两个人似乎同时被一阵冰冷的巨浪裹挟住了，把他们卷进一个沉默得可怕的另一个世界，完全与这川流不息的街市和人群隔绝开了。

“没错，”亚瑟终于低低地开口了，“有关那轮船的事——我说过；而且，他的名字，我也说了……哎呀！我的上帝，上帝呀！我说怎么办才好呢？”

他猛然惊醒过来，意识到裘玛正站在他面前，清楚地看见了她脸上那惊吓得难以名状的表情。哦，天哪，她一定会以为……

“裘玛！你没弄明白！”他突然脱口而出，并朝她挨过去。但是，伴随着一声尖叫，她急急让开了：

“别碰我！”

亚瑟一把抓住了她的右手，抓得那么用力。

“听我解释，看在上帝的份上！这不是我的错，我……”

“放开我！放开我的手！放开我！”

她尖叫着，用力把手从他的掌中挣脱了，顺手甩了他一记耳光。

顿时，他的眼前被一种似雾非雾的东西罩住了。一刹那间，他什么都感觉不到，除了裘玛那张因绝望而变得雪白的脸，和她那只拼命在裙子上揩擦的右手，他的感觉丧失了片刻。再后来，他又慢慢能感觉得白天的光明了，但四周看看，只剩下他形单影只一个人了。

第七章

当夜幕已经降临很长一段时间之后，亚瑟走回玻尔拉街那座深宅大院的门口拉门铃。他还知道自己刚才在街上徘徊，可是到底在什么地方，为了什么缘故，徘徊了多长时间，他都已完全忘却了。琼莉亚的佣人来开门时打着呵欠，盯着亚瑟那张面黄肌瘦的脸孔深沉地咧开嘴笑了笑。当他发现从牢狱归来的小主人竟然跟一个醉酒之后神志不清的乞丐没什么两样时，不禁感到非常的可笑。亚瑟自行上了楼梯，在二楼与往楼下走的吉本斯正好相遇，吉本斯依旧傲慢地阴着脸，露出盛气凌人的架势，亚瑟嘴里嘟囔了一句“晚上好”，随即打算趁机溜掉，然而吉本斯却不会让任何人轻易从他身边溜走。

“主人们都有事出去了，先生，”他说完就用挑剔的目光注视着亚瑟身上脏兮兮的衣裳和头上乱蓬蓬的头发，“他们和女主人一道赴晚宴去了，差不多要到十二点钟才能回来。”

亚瑟看一下自己的表，刚九点钟。太好了！他有时间……有很长的时间……

“先生，女主人吩咐过我，说问问你想不想吃晚饭；还说她想让你等她回来，好和你一起说说话。”

“多谢，我没有什么要求；等她回家时你就跟她说我还没有上床。”

他来到楼上自己的屋子里。屋里的陈设一如他坐牢之前；蒙太尼利的肖像依旧放在桌子上，十字架也依旧放在壁龛里。他在门口站了一会儿，侧耳聆听，整个大房子里到处都很寂静，肯定不会有人来烦他。他轻手轻脚地进了屋，锁好门。

他觉得自己已经走到了生命的终点。除了那既无益处又拖累着自己的求生意志，他已没什么其他的念头，而再把这点求生意志也抛弃掉，就再没有任何东西能牵挂他、挽留住他了。但他感到这么做仿佛既傻气又没有任何意义。

他并没有一心想自杀，实际上他也没有仔细思考过，只不过觉得这件事显然是必须去做的。他连自己采用何种方式自杀也没有决定下来，只是感到无论什么方法，只要能干净利落地了断就可以——做了就无须再想了。他的屋子里连小刀这样的兵刃都没有，但这也没什么大不了——有毛巾就可以了，再不就把床单扯成布条也可以用。

窗子的上方刚好有一根长钉子。这就够了，但它应该钉得很牢固，要不就没法承受他整个人的重量。他站在椅子上去拔了拔钉子，发觉它有些松了，于是他又跳下去在抽屉里找来钉锤。他把钉子钉死了，便准备拽过床上的一条床单，这时他猛地记起祈祷还没有做呢。人在快要死的时候不祈祷怎么行呢，作为基督徒来说更要严格遵守这一点，神父对于快要去世的人还要做一番独特的祈祷呢。

他来到壁龛前十字架下双膝着地。“万能的慈爱的主啊……”他刚刚高声祷告了半句就再也祷告不下去了。说实话，人世间已是如此黑暗，祷告与咒骂又有何用？并且，连耶稣都没有经历过这种遭遇，他又如何能知道这种痛楚？他从没有上当去害别人，仅仅是如同玻拉那样被别人害了而已。[①]

亚瑟立起身来，下意识地在胸口画了个十字。他来到桌前看到有封写给他的信放在桌上，笔迹是蒙太尼利的。信是用铅笔写就的：

“亲爱的孩子：我深感遗憾在你重获自由的这一天无法与你见面；正好有人请我去为一个快要去世的人做祈祷，得到深夜才能回家。明日凌晨你就过来找我吧。匆匆书此信。

① 此处指门徒犹大出卖耶稣之事。

罗·蒙”

亚瑟叹息着放下了信：说真的，这件事让神父受到了强烈的震撼。

大街上的人们依旧在嘻嘻哈哈地谈天说地！一切都与他过去活着的时候毫无二致。他身边的任何生活中微不足道的小事都一点儿也没改变，一个人的精神并未因一个人充满活力的精神被毁掉而受到什么影响。所有的东西都和以前一个样。喷泉池中，浪花依旧飞溅，屋檐下面，鸟儿依旧鸣叫，以前它们就是如此，以后它们还会如此。然而他却已经死去了——整个儿地死去了。

他坐在床边，双臂交叉着趴在床后的栏杆上，脑袋深藏在臂弯里。时间还长着呢，然而他的脑袋却痛得快要炸开了——好像是大脑的深处在剧痛。哎，活在世上真是没劲！真是没意思！……简直是无聊透顶……

* * *

震耳的门铃声传了进来，他大吃一惊，连气都喘不过来，双手按住了脖子。他们回家了……他始终在这里恍恍惚惚地坐着，珍贵的时间就这么平白无故地浪费掉了……此刻他不得不去忍受着他们的可恶神情和尖酸嘲弄了……随他们去嘲弄、挖苦好了。噢，我怎么连一把刀都找不着呢……

他在屋里使劲地到处寻觅，他母亲的针线包放在一个小柜子里，那里面准有剪子，可以拿来剪断喉管。不行，如果时间还够用的话，床单布与钉子的成功率更高一些。

他把床单从床上拽了下来，拼命地扯下一条布来。这时上楼的脚步声传来了。不行，这布条太宽了，没法在钉子上系紧，并且还必须打个活结。随着脚步声的逼近，他的行动也越发快了起来；太阳穴里的血液似乎要沸腾了，耳朵里一片轰鸣。快——再快一点！噢，天哪！我还得需要五分钟的时间！

叩门声已经响了。那布条从他手中突然飘落，他木然地坐着，屏住呼吸聆听着。门把手旋了一下，跟着传进来琼莉亚的声音：

“亚瑟！”

他气喘吁吁地立起身来。

“亚瑟，开开门，我们都在等你呢。”

他把扯裂的床单揉起来塞进抽屉里，又急忙把床收拾平整。

“亚瑟！”这次传来的是詹姆斯的声音，门把手被他急不可耐地旋动着，“你睡下了吗？”

亚瑟四处瞟了瞟，发现所有东西都收拾好了，才去开门。

“亚瑟，我跟你说了不要那么早就睡觉，这句话你总该听一听吧，”琼莉亚愤怒地说着闯了进来，“你把我们撂在外边都半个小时了，似乎我们活该这么着……”

“只有四分钟罢了，亲爱的，”詹姆斯尾随着他夫人的粉色绸子长裙走了进来，口气和缓地改正了她的话，“可是亚瑟，我认为你的确也该做得更……更讲礼仪一点儿，要是……”

“你们要告诉我什么事吗？”亚瑟不让他再说下去。他的手抓着门，站在那里，似乎是一头困兽，悄悄地瞟瞟这个，又瞥瞥那个。但是他那异常的神态，无论是大大咧咧的詹姆斯还是怒气冲天的琼莉亚都没有觉察到。

詹姆斯拉过一把椅子给他妻子坐，他仔细地拉了一下新裤子的裤脚管，也坐下来了。然后他开口说：“琼莉亚和我认为我们责无旁贷地应该跟你仔细商量商量有关……”

“今晚我无法和你们商量了，”亚瑟的语音既模糊又有些异常，他神色迷茫，说话前言不搭后语，“我……我难受。头痛欲裂……过几天我们再商量吧。”

詹姆斯惊诧地环顾一下四周。他猛地记起亚瑟刚从一个传染病高发区回来，便不由得急忙问道：“你是不是得了什么病了？看上去你似乎在发着高烧。”

“别瞎说了！”琼莉亚恶狠狠地插话道，“他又要起老一套装模作样的本领来了；他是由于羞于看到我们才变成这个样子的。亚瑟，来，你坐下。”

亚瑟缓缓走到床边坐下。“怎么回事？”他厌烦地问道。

伯尔顿清了清嗓子，又抚了抚原本就很齐整的胡须，这才把他那刻意准备过的一番话语又从头开始说起来。

“我认为我责无旁贷地应负起令人头痛的责任——该与你详谈一下你那些过火的行为，你与一伙……嗯……视法律为儿戏的明火执仗的强盗和一帮……嗯……臭名远扬的流氓混在一起。我认为这可能是由于你的愚昧无知，而并非由于你的道德沦落……”

他顿住了。

“这又是怎么回事？”亚瑟再次问道。

“是这么回事，我并不想责怪你。”詹姆斯的语气变得温和了一些，这是由于他被亚瑟那既沮丧又无助的模样所打动了，“我发自内心地坚信你是被那帮坏朋友给教坏的，我也会考虑到你年龄还小，涉世不深，再有你那与生俱来的脾气……嗯……冒冒失失……自制力又很差，这大概都得自于你母亲的遗传。”

亚瑟的视线缓慢地投向她母亲的肖像，又缓慢地收了回来，然而他一句话也没有说。

“然而我觉得你还是个很明白事理的人，”詹姆斯又继续说道，“我们绝对不会把一个败坏我们这个世人敬仰的家庭的名誉的人还留在家中。”

“这又是怎么回事？”亚瑟又一次问道。

“喂！”琼莉亚啪的一声把扇子收起，放在膝上，没好气地说：“亚瑟，你怎么老是重复地说‘怎么回事’，‘怎么回事’，你就不能老老实实说几句话吗？”

“我还用得着说什么吗，随你们的便吧，”亚瑟木然地缓缓说道，“怎么着都行。”

“都……都行？”詹姆斯一愣，也跟着说了一遍。他的妻子却嘻笑了一声立起身来。

“喔，都行对吧？那行啊，詹姆斯，这下你死心了吧，你总算知道他这种人就是这样对你感恩戴德的。我老早就对你说过，你热心帮助这种人是没有什么好下场的，这种心术不正的信仰天主教的女人，再加上她们的后……”

“好了！好了！不要再说了，亲爱的！”

“你别打岔！詹姆斯！应该有个了断了，不能再这么遮遮掩掩下去了！本是个私生子，还想成为家里的正式成员——他的母亲究竟是个什么货色得让他清楚清楚！我们干吗得养着这个天主教神父由于奸情而留下的孽种？有样东西……给你看看！”

她把装在兜里的一张揉皱的纸团，隔着桌子丢向亚瑟。他展开纸团，发现上面写有他母亲的笔迹，是在他出生前四个月写给她丈夫的一封悔罪书，底下还有两个人的签名。

亚瑟的视线在纸上一行行地往下移，他看见在母亲的歪歪扭扭的签名底下，竟然签着“罗伦索·蒙太尼利”，那硬朗的笔锋是他十分熟悉的。他木然地注视着这个签名，过了一会儿他默默地再次把纸又折成原样，把它放到桌上。詹姆斯站起来拽住了他妻子的胳膊。

“行了，琼莉亚。已经是深夜了，你回楼下去吧。我还有些鸡毛蒜皮的事儿要跟亚瑟谈谈。那些事你是不爱听的。”

琼莉亚仰起头瞧瞧丈夫，又扭头瞧瞧亚瑟，发现亚瑟正一言不发地盯着地板直发愣。

“瞧他几乎都傻了。”她压低了嗓门说。

她掀起长裙走出去了，詹姆斯接着就仔仔细细地把房门锁上，坐回到桌边的椅子上。亚瑟始终木然地默默坐着。

“亚瑟，”琼莉亚已经走了，因此他的语气和善了很多，“我很遗憾，事情给泄露了。但我没想到你居然能如此平心静气，这让我很是欣慰。说真的，这事本不应告诉你，不过那已是陈年旧事了。琼莉亚真是稍稍……稍稍过分了点儿；女人都是这种……不管怎么说，我是不会令你太尴尬的。”

他顿了一顿，想知道自己这些温言慰藉有没有奏效，然而亚瑟依旧一动也不动。

“确实，孩子，”片刻之后他又继续说道，“我们以后还是对这件事闭口不谈吧，因为它毕竟是一件令人难受的往事。当时你母亲向我父亲坦白了她那不光彩的经历，我父亲很宽容，他没有与她离异，而是仅仅提了一个要求，就是要那个玷污她清白的男人立即远离这个国家；因此，他去了中国，当了一名传教士，这些你是知道的。再后来他又回国了，我拼命反对你再和他有什么往来；但是我父亲临终之前竟然赞成让他当你的老师，只是要求他此生再也不和你母亲相见。凭良心说，我认为他们俩对这样的协定是忠诚地履行到底的。哎，这原本是一件令人难过的事情，但是……”

亚瑟仰起头来，他的脸庞上看不见一丝生机与神情，如同一个蜡制的人脸。

“你……你觉得……”亚瑟低声说道，他的口吃中带着一种怪怪的感觉，“这……这件事……是……是不是很……很……很可笑？”

“可笑？”詹姆斯把椅子从桌边往外拖了拖，坐在那里盯着亚瑟看：他由于震惊过度连如何生气都忘记了，“可笑？亚瑟，你神经错乱了吗？”

亚瑟把脑袋使劲往后一靠，突然放声狂笑起来。

“亚瑟！”这位轮船公司的经理阴沉着脸，站起来叫嚷道，“你这么不认真，太出乎我的意料了！”

亚瑟不停地大笑着，笑声既响亮又肆无忌惮，面对丝毫不作回答只顾大笑的亚瑟，詹姆斯心里直犯嘀咕：这种外表的不认真是不是还隐藏着什么更深层的东西。

“几乎跟一个发了癔症的女人差不多，”他低语了一声，鄙夷地耸了耸肩，在屋里急躁不安地踱来踱去，“说句实话，亚瑟，你还比不上琼莉亚。行了，别笑了！我哪能一个晚上耗在这儿守着你。”

然而，除非壁龛里的十字架能够自动走出来，否则他的话对亚瑟起不了丝毫作用。无论他是在劝谕还是在训斥，亚瑟都已一概不理了。亚瑟只会做一件事情：笑，笑，永远笑下去。

"太荒谬了！"詹姆斯最终停下了踱来踱去的脚步，"今晚你已经狂乱得神志不清了，跟一个神志不清的人如何谈正事！明天早饭后你到我那儿去吧，眼下你还是去睡觉的好。明早见！"

他走出屋子，使劲把门带上。"马上又要去处理楼下那个发癔症的人了，"他嘴里咕哝着，同时踏着重重的脚步往楼下走去，"楼下的也许在哭泣呢！"

狂笑从亚瑟的嘴中停了下来，他将桌上的那把铁锤一把操起，歇斯底里地冲向了那个十字架。

一阵稀里哗啦的声音响过后，他猛地惊醒了过来，在他面前唯有一个底座，上面空空如也。他依旧把那把铁锤拎在手里，木然望着十字架的残骸，在他的脚边，它们撒得满地都是。

他把铁锤抛在了地上，"没什么大不了嘛！"他说罢转过身子，"我可真是个笨蛋啊！"

他在桌旁不停地喘息着坐了下去，用一只手把前额架着。过了一阵儿，他立刻起身走向洗脸盆，在自己的头上、脸上，他不管不顾地浇上了一壶凉水，他的心终于镇定了下来。他返回了桌边落座，陷入了沉思之中。

正是因为这些东西——这些戴着假面具、奴颜婢膝的人们，这些并无灵魂，呆若木鸡的神像——才有这许多痛苦降临在他身上：欺凌、侮辱、折磨、绝望，让他不堪承受。说句实话，仅仅因为一个神父满口谎言，他就做好了绳套想自缢而死。可是否其他的人不是满口谎言的呢，谁又能打保票呀？算了，让这些东西统统离他而去吧；眼下，他心中明镜一般，只要这些毒蛇被他摆脱掉了，崭新的生活就可以开始了。

在码头停泊的货船为数不少，这本是易如反掌之事——藏到一艘货轮中，随着它一同出港。去哪里都无所谓，什么加拿大、澳大利亚、好望角，去的国家是哪个无所谓，只要离此地隔了千山万水就行。说到他在那里怎么过日子，他能审时度势，要是那儿让他不舒服，他还能想办法挪到别处去。

钱包被他打开来点数。三十三个帕奥洛[1]，这是所有的钱，不过他还有块手表，那可是价值不菲的哟，它对他还有些用，大不了把它卖掉，总之这没什么大不了的——面前的重重障碍，他总会闯过去的。麻烦是，这些人肯定会找寻他的踪迹，他们会到处打探，也会到港口上探访。不成，一定要给他们灌点儿迷魂汤，让他们稀里糊涂，以为他死掉了。这样他就如同出笼小鸟——彻底自由了。伯尔顿一家会四处寻找他的尸体，这种场景让他一经想起便会禁不住微笑起来，简直是好笑透顶。

把一张纸铺开来，他不假思索地写上了心中的话：

“我从前对你的信任，正如我对上帝的信任。我只用了一锤，上帝就粉身碎骨了，原来他只是个泥塑。可是你却一直用谎言来蒙蔽于我。”

纸被他折好了，封面上写好蒙太尼利的收信地址，他又铺开一张纸，用一行大字填满了所有空白：“去港口找我的尸体吧。”他把一切设计完毕，便把帽子一戴离开了。他在母亲的遗像前走过，他把目光抬高瞥了它一眼，发出一声冷笑，把肩膀耸了耸：妈妈也不例外地用谎言蒙蔽了他。

因为生怕把在楼下睡觉的吉恩·巴蒂斯塔吵醒，他穿过院子时蹑手蹑脚地很是小心，在后院，有个镶着铁栅栏的小窗户开在堆放木柴的地窖里，窗子正对着河，和地面的距离不过四英尺，在他的记忆中，那生了锈的铁栅栏已经有一边松动了；只要略略推一把，他就能很轻易地从推出来的洞中钻过去。

可是那铁栅栏竟非常坚固，他的手因此被蹭伤了，它还剐破了他的外衣袖子，可这也没什么。对着街道的两端他放眼一瞧，没瞧见一个人影，悄然横卧于面前的唯有这条深沉、黝黑的河水：把这条丑陋的水沟夹峙在中间的，是那两条直上直下的大堤，堤上泥泞不堪。或许，那个正有待于他去历险的世界并不美好，不过它的卑

① 帕奥洛：当时意大利通行的银币。

贱、它的污秽绝不会比他眼下正要逃开的这个旮旯更多，依依不舍已是不必，他也不觉得惋惜。这一小片天地是疾病横生的，充盈于其中的只是卑下的谎话、拙劣的欺诈，还有这些水沟，它们臭气冲天，却浅得连一个人也淹不死。

顺着河岸，他再向前行，他来到了小广场上，它位于美第奇[①]宫的附近。裘玛在不久之前曾跑着过来迎接他，她张开双臂，脸上的神情是多么愉悦生动啊。那些直通狱河的台阶上水淋淋的，那座堡垒[②]便矗立在污水沟的对面，它笼罩着一片阴郁之气。这座低矮的堡垒竟然有着这般肮脏、卑鄙的面容，从前他竟从来没有发现。

他又穿越了几条窄窄的胡同，达森纳港口就在眼前了，帽子被他一把撸下扔到了水里。到了他们来找他的尸体时，这顶帽子肯定会被他们发现的。然后，他顺着口岸接着往前走，为了想出下一步怎么走，他殚精竭虑了。最重要的是他得设法上条船而不被人发觉，不过这事儿有些棘手，只有一条路好走，先到美第奇防波大堤——这条老旧的堤的末端去，一家低等小酒家正矗立在堤的末端，在那里，他也许能花钱买通一个水手。

不过，港口上此刻大门紧锁。这个门他如何才能过得了呢？海关上的检查他如何能够逃得过去呢。这会儿已是夜半三更，他手中又没有护照，想让他们放他过去，光凭他的钱可不够贿赂的费用，还有，也许他们会把他认出来呢。

正当他在“四个摩尔人”的铜像下经过时[③]，一个人影猛地从港口对面的老房子里晃了出来。那人影一路向桥走来。在铜像后面那浓重的投影下，亚瑟赶快躲藏了起来。他在黑暗中俯着身子，让目光越过了铜像的底边，十分谨慎地探察着。

那个春天的夜晚气氛温馨，春光荡漾，暖意盈人，漫天都是灿

① 美第奇：美第奇家族曾出过两个教皇，世袭佛罗伦萨公爵及托斯卡纳大公，为佛罗伦萨望族。

② 堡垒：此处指监狱。

③ 指在托斯卡纳大公柯西莫·美第奇（1519—1574）的纪念碑底座上，有四个被绑的摩尔人铜像。

烂的星辰。在港口的石堤上，海水在轻轻拍打着，在码头上的石头台阶边，它正缓缓形成小旋涡，它流动的声音仿佛是有人在轻声笑着。一条铁链在来回摇摆，发出咣啷咣啷的响声。在无边的夜色中，一台重型起重机矗立着，看上去，它显得既巨大又凄冷。那四个奴隶的雕像，在满天灿烂星斗和缕缕彩云的照射下发着暗光，他们的身上戴着镣铐，正在激烈地反抗着那冷酷的命运，尽管这么做是无用的。

顺着岸边，那个人一摇一晃地走了过来。一支黄色的英国小曲正被他哼唱着，显而易见，这是个水手，他刚在哪个酒馆中畅饮了一番。旁边一个人也看不见。一等他走了过了，亚瑟忽地把身体立了起来，他一步跨到了路中央。小曲儿声停止了，那个水手的口中发出了一声咒骂，他急忙收住了脚步。

“我想和你说件事，”亚瑟操着意大利语，“你对我的话能听明白吗？”

那个水手把头摇了摇，“别跟我讲此地方言，没用，”他讲的是英语，然后他又换成了一口不太流利的法语问道，口气中充满了恼怒，“想干什么？为什么不让我过去？”

“和我一起找个暗地说话，我要和你说件事。”

“哦？你想设计害我？让我到暗地里说话！没准儿你把一柄刀藏在身上了吧？”

“不是，朋友，你这是说哪里的话！我只是求你搭把手，我有些困难。如果你肯伸出援手，我会给你酬劳的！”

“哦？是这样？看你倒是一副有钱人家少爷的打扮……”那个水手又操起了英语，然后，他向阴影中走了进去，在铜像底座外的栏杆上，他斜倚着身子。

“好啊，”那口不流利的法语又从他嘴里冒了出来，“告诉我，你让我帮什么忙？”

“我想从这里逃出去……”

“哈哈！是想偷渡呀！让我帮你藏在船上，对吧？我想你一定犯了什么罪吧，拿刀把人给宰了，对吧？和那群外国佬学！那么你是打算逃往何方呢？总不见得往警局里逃吧？”

一脸醉意的他开怀地大笑起来，还恶作剧地对亚瑟眨眨眼。

“你在哪艘船上当水手？”

“卡洛塔号——它是走来亨到布宜诺斯艾利斯的，把油从这里运过去，把皮子从那里运回来。你瞧，泊在那里的就是它。”——他一边说一边往防波堤那边指点着——“这个老家伙，路都快走不动了！”

“布宜诺斯艾利斯……太好了！把我带上船，让我不管藏在什么地方，可以吗？”

“你打算给我多少钱？”

“我没有更多了，就几个帕奥洛。”

“那可不成，少了不成，至少五十个帕奥洛……这还是少的呢……你可是有钱人家出来的。”

“有钱人家出来的？什么意思？我可以把我身上的衣服换给你，倘若你乐意这么干的话，不过钱我只有这么些，多一分钱也没有了。”

“你不是还有块表在身上吗？把它给我。”

一只女式金表被亚瑟掏了出来，极为精美雅致的花纹镌刻在那表上，“G・B”两个缩写字母则镌刻在表的后面，那是主人的名字①——可如今谁还管得了那么多呢？

“哎呀，”把那金表打量了一眼之后，那水手惊讶地说，“绝对是偷的，这还用说吗！拿来给我瞧瞧！”

亚瑟赶快把手缩了回来，“不成，”他说，“要给也得在上船之后，在船下甭想我给你。”

“你没你外表看上去那么笨，真没看出来！不过，我相信自己的眼光没错，这事儿你是生平第一回犯罪，是吗？”

“跟你没关系。呀！巡夜人来了！”

在铜雕像的身后，他们伏了下去。巡夜人过去之后，水手立起

① 指亚瑟的母亲葛兰第斯・伯尔顿（GladysBuron）。此处的“G・B”是它的缩写。

身来，命令亚瑟在他后面跟着。然后，他挂着一脸傻乎乎的笑意，径自往前走，他身后跟着亚瑟，一语不发。

在水手的带领下，他们又回美第奇宫附近的那个说方不方、说圆不圆的小广场上来了。在一个漆黑的旮旯里，水手立住了脚，他悄声叮嘱着亚瑟，声音呜哩呜噜的：

“在这儿等我，你要再往前面去，那帮当兵的就会发现你。”

“你到哪儿去？”

“帮你搞几件替换的衣服。你瞧你那满是血印的衣服袖子，这样把你带到船上去怎么得了。”

亚瑟把头一低，那衣袖映入了眼帘：窗户上的铁栅栏把它剐破了，几个血印印在上面，那是被擦破的手抹上去的，显而易见，他被水手当成了杀人凶手。算了，没什么大不了，他爱怎么想就怎么想好了。

那个水手过了一阵子才回来，一包东西夹在他的胳膊下面，他一副洋洋自得之态。

“把这个换上，”他压低了嗓门说，“麻利一些。我得尽快回到船上去，那个犹太老家伙非得和我讲价钱，我被他缠得脱不开身，一晃半个钟头就过了。”

亚瑟听话地照办了，他一和那些旧的衣裳相碰触，心中就本能地涌上一阵难受，他的动作迟疑了一下。幸运的是，尽管这衣服料子有些粗糙，却还是干干净净的。他把衣裳换好，往光亮处一站，那水手尽管醉态可掬，却依旧上上下下认真端详他，然后便点头以示赞许，态度还蛮严肃的。

“全成了，”他说，“到这边来，一句话也别讲。”他把换下的衣服往胳肢窝中一夹，亚瑟便在他的身后，和他闯入了一个幽暗的世界，河道一条挨着一条，蜿蜒曲折；残旧的小胡同中光线黯淡，又很狭窄。从中世纪起，这里就是一个贫民窟了，对于它，来亨的居民有个称呼：“新威尼斯。”在两条臭水沟之间，在一排排残破的房屋和肮脏不堪的院子旁，有时也会屹立着一座阴郁的古老的宅院，一派萧瑟之色笼罩着它，仿佛它正在徒劳的妄想留住那昔日的尊严。

水手在一座小桥旁边停下了脚步，他把周围打量了一下，确定没有人之后，于是便从石头台阶上往下走，一直走到了一个埠头上。埠头很狭小，一只破烂不堪、污秽遍地的小船泊在那儿。他命令亚瑟马上躺到船里边去，口气很是严厉，他自己则坐到了船上，朝着港口的方向划起船来。在那不断渗着水的船板上，亚瑟纹丝不动地躺着，一堆破旧衣服盖在他身上，那是水手放上的；从衣服的下面，他正悄悄将目光投向那些街道和房屋，他多么熟悉它们呀。

船在不久之后就从一座桥底下通过，他们再向前划船，就会划进那座堡垒的壕沟。在水中拔地而起的是这座堡垒那厚厚的城墙，它有着宽阔的基座，往上伸展时却越伸越细，那阴郁的塔楼就耸立在最顶端，他在几小时之前还感到它是个威风凛凛、巨大可怕的东西！但是眼下……

在船底下，躺在那儿的他轻轻笑了起来。

“别搞出声音来，”水手压低了嗓门儿说，“盖上你的脑袋！我们接近海关了。”

亚瑟把蒙在他身上的衣服扯到脑袋上，捂了个严严实实。小船继续前行，在几码之后它不动了，在河面上横着的是一排连在一块儿的桅杆，它们把海关和堡垒围墙之间那细小的水道给封锁住了，也挡住了小船的去路。一个海关人员出来了，他睡意正浓，呵欠连天，一盏灯拎在他的手中，他走到了岸边，弯下腰叫了起来。

“对不起，护照！”

水手递过了他的护照。被衣服给闷得几乎窒息的亚瑟依然认真听着，屏住呼吸。

“你可真行，这会儿才回来，深更半夜的！”那个海关人员以抱怨的口气说，“在岸上太开心了吧。什么玩意儿搁在船里啊？”

“旧衣服。便宜货，白捡的。”他边说边拎起一件背心，以便对方过目。风灯被放低了，那个海关人员把身子俯下来使劲儿打量着。

“成了。你过去吧。”

横在河上的桅杆被他拉了起来，小船慢慢地驶向了港口，那是一片黑黝黝的、波涛起伏的所在。亚瑟又等船驶了一段时间，便把衣服一揭坐了起来。

那水手划着船，一语不发，一会儿之后他悄声说：“你来看，这条船就是我们的，你紧跟在我身后，什么也别说。”

在这个黑乎乎的大怪物身上，水手一溜烟地爬了上去，他不住地埋怨着，骂亚瑟——这个初涉海洋的人笨得要命，上船上得太慢。实际上，如果其他人来爬，会更加笨手笨脚的，亚瑟还是生来十分灵活的。他们爬上了船，一路平安，在一堆黑乎乎的缆绳和机器之间，他们异常谨慎地爬将过去，他们最后来到了一个舱口，舱口的盖被水手悄然揭开了。

“下去吧！”他压低了声音说，“一会儿我会再回来的。”

这个船舱中潮湿不堪，黑乎乎的，还散发出一股令人窒息的臭味儿。亚瑟简直受不了了，那股生皮子和油脂混合的味道一个劲儿往鼻子里钻，他不禁向后退着，不过，那“苦狱”回到了他的记忆中，这让他把肩膀一耸，从梯子上走了下去。生活仿佛在各处呈现着一样的面貌：丑恶无处不在，腐朽到处充盈，害人虫哪里都是，还有那见不得光的阴谋，黑暗的犄角旮旯。但是，生活还是生活，他应该在这其中努力奋斗。

水手不一会儿就返回了，几样东西放在他的手中，在漆黑一片的舱中，亚瑟什么也看不清。

“给我你的表和钱。快一点儿！”

在那一片漆黑之中，亚瑟乘机扣下了一些钱。

“总得让我吃点什么吧，”他说，“我饿得受不了了。”

“我早都给你弄好了。给你。”一把水壶、几块硬饼干和一块咸肉被水手递到了他手里。“你可听清楚了，你在明天早上，海关人员检查船的时候就进这个木桶，它是空的，可别忘了！在我们出海之前，你可什么动静都别弄出来。我会来通知你何时能出来。另外，让船长瞧见你也不是好玩的，一定别让他发现你……行了，就注意这些事！你把水放稳了吗？晚安！”

舱盖盖好了，那壶金贵的“水”被亚瑟放在了一个稳当的地方，为了吃掉那咸肉和饼干，他爬上了一只油桶。他一吃完，就倒了下去，把身子蜷缩在那脏乎乎的地上，平生第一次，他没有打算做祷告就要入睡了，在一片漆黑之中，一群耗子在他的身边折腾来折腾去，他的睡意很浓重了，他不管四处乱窜的耗子，也不管令人恶心的油脂味，还有对明天晕船的担忧。他也管不了了。这些他已全都不管不顾了，正如在昨天，那些神还被他顶礼膜拜着，眼下这些偶像却被他打得粉碎，不再有威严了，这些他已全都不管不顾了。

第二卷

第一章

这是一八四六年七月的某个黄昏，佛罗伦萨市的法布里奇教授家热闹非凡，有很多熟悉的人都聚集在这儿，他们是受教授的邀请来参加讨论的。大家一起商讨下一步的政治活动的计划。

与会的人员政见不一。其中有马志尼党人，他们的主张明确而坚定，那就是建立统一的民主的共和国。不达到这个目的，他们就会奋斗不止。其余的也有坚持君主立宪制的人和一些不同程度的自由主义者。在诸多种政治派别中达成统一的意见几乎是件不可能的事。但是异中求同，他们有一点是一致的——反对托斯卡纳[①]公国的出版审核制度。这一点也促使法布里奇和佛罗伦萨的几个名人达士要召集今天这个会议，使大家在共同利益的促使下，能够商定一个修改出版检查制度的可行的方案来。

以法布里奇教授为首的达士争取修改出版检查制度也是事出有因。自庇护斯教皇即位，第一项大举措就是颁布了大赦令，释放了一大批的教皇领地（当时国境内一个小国）的政治犯，随后，不到两个星期，意大利全国范围席卷了一个自由主义的热潮。其中，在托斯卡纳，政府部门对此也有热切的关注。在这种情况下，法布里

① 托斯卡纳：意大利中部的一个公国。

奇教授认为，修改出版检查制度可以借此自由主义之波顺利进行。

“这是当然啦，”诚如该问题第一次摆到他面前时一样，剧作家赖加仍一如当初的口气，“要想早一日把我们的报纸办起来，首当其冲的事就是修改出版法。从目前的形势看来，我们可以出版一些小册子，通过出版检查制度。但重要的是我们的行动要快，这样可以早日实现修改出版法的目标。”

此刻，这位剧作家又进一步重申了作为自由主义作家应该采取的方针和策略。

在座诸位当中有人要插话了。他是一位花白头发的律师，说起话来不紧不慢：“这是毫无疑问的事情，但我恐怕眼前是我们推进改革的重大时机，所谓机不可失，时不我待。但我恐怕这些小册子未必会有很大作用，反而可能造成于我们不利的结局——吓跑了政府当局，而不是让他们最终站在我们这一边来。一旦政府把我们当作煽动危险的恐怖分子，我们借助他们的力量的理想就落空了。”

“那么，你看我们该怎么办？”

“向政府请愿。”

“向大公[①]请愿？”

“不错，要求大公扩大出版的自由度。”

窗户边有人笑了一声，转过身子面向着大家。他是一个面色黝黑、目光锐利的男子。

“请愿，最终你会体会到这一举措的美好结局的。我以为伦奇的案子已经擦亮了大家的双眼，让大家充分汲取了教训呢。还想用这种办法？”

“尊敬的阁下，引渡伦奇的事我和你一样地难过，我们曾设法但终未能阻止这事。不过，说实在的我不是想故意来伤害别人的感情，我从内心里一直认为那次行动失败的主要原因是我们阵营内部的一部分操之过急，没有沉得住气来。我一直都在怀疑……”

“皮埃蒙特人都是你这样。”没等对方说完，那个皮肤黝黑的人就打断了他的话，语气咄咄逼人。“我不知道你所指的操之过急

① 大公：托斯卡纳的最高统治者，当时在位的是奥伯德二世。

与沉不住气都表现在何处？难道是那张语气和善斯文的请愿书吗？你们托斯加尼和皮埃蒙特人是这样认为吗？我们那不勒斯可不这样认为，绝不！”

“庆幸的是，”皮埃蒙特人也不甘示弱，“那不勒斯人的激烈性格只让那不勒斯独占。”

“好啦，大家有话好好说，别吵啦！”法布里奇教授立刻进来打圆场。“那不勒斯的办事作风独树一帜，皮埃蒙特人的作风也有他的优点。不过，作为托斯卡纳人，我们最会把握住眼前的事务。现在大家商讨的初步结果是，格拉西尼提议去请愿，他遭到了盖力的反对。大家还有什么意见，列克陀医生？”

“我同意请愿的意见。如果格拉西尼愿意起草请愿书，我将非常荣幸地在上面签名。但我看单纯的请愿未必能达到我们的最终目的，不如综合两种手段，在请愿的同时也出一些小册子。大家看，这样做成效可能更显著吧？”

“问题就在于，我们一出小册子，政府马上就会有反感，必然不会答应我们的请愿。”格拉西尼仍然坚持道。

“反感也罢，不反感也罢，反正请愿的要求政府不会答应。”盖力忽地站起身来，走到桌子前面。“各位，幻想走请愿的路是行不通的，与政府之间妥协退让也不会有什么好结果。当务之急，我们必须发动起群众。”

“说起来倒挺容易，怎么着手发动呢？这可就是难事喽。”

“用得着去问盖力吗？他一开口就是要把检察官揍个鼻青脸肿的！”

“不不不，我可不是那个意思，”盖力坚决地自卫，“你们老是用老眼光看待我们南方人，以为我们个个只知道用刀用枪，不懂得策略。”

“好啦，好啦！大家安静下来！看来盖力有好的方案，我们大家恭听他的高见！”

这话一出口，本来三五成群、喧闹的人群渐渐地安静了下来，大家不自觉地便围在了盖力的身边。盖力两手往空中高举了一下，对大家大声说：

“各位，我现在只是有个不太成熟的想法，可能还很难称得上是个什么方案。在我来说，在大家都双手拥戴新教皇即位的同时也潜伏着一种危险。现在，大多数人都有这个不成文的想法在心里边。新教皇是我们的福音，他的新政、他的大赦天下给了老百姓新生。只要我们团结在教皇周围，拥戴他，他就会给我们一个光明的未来。我很坦率地说，对于教皇的新政和大赦令我是拥护之至，这些措施无论如何也是一项可以用溢美之词来称颂的壮举。”

“阁下满口的恭维和赞美定会让教皇喜不自胜……”格拉西尼抢着说，口气里明显地带着鄙夷。

“格拉西尼！请你让他讲下去行吗？”列克陀也插了一句。“你们俩也真奇怪了！不碰到一起还能相安，一见面就像狗见猪，气呼呼的！盖力，你接着往下说！”

“我的意思是这样的。”那不勒斯人接上自己的话题，“教皇之所以这样，无可否认愿望是好的；只是，他实施的新政会有多大的实效，给老百姓带来多大的利益，这可要另当别论了。我分析眼下的形势，革命进展得顺利，在近几个月里，意大利各地的反动势力暂时都潜藏了起来，还不敢有什么举动。待到大赦令在人们心中掀起的高潮渐渐回落，他们就会卷土重来。但是，要让他们彻底退出历史舞台，交出手中的权力，免不了还需要一场恶战。我计算着，今年深冬以前，那些派系，耶稣会①呀，格列高利派②，以及圣信会③，肯定又会蠢蠢欲动，向我们开火，想尽千百种诡计来搞破坏活动。他们为了自己的利益，会不择手段地党同伐异。”

“完全有这种可能？”

“说得极是，那么我们现在该怎么应对呢？我们难道要在这里

① 耶稣会：十六世纪早期西班牙教士罗耀拉创立的一个教派，它极力维护和支持天主教反动派的统治。

② 格列高利派：教皇格列高利十六世的支持者。

③ 圣信会：创立于一七九九年，又叫“神圣信仰门徒会”。这支派别极端仇视民族解放运动，支持奥地利。

等着，双手呈送我们的请愿书，等着大公爵被拉姆勃鲁斯契尼和他的党徒们说服；让耶稣会派的人来管制住我们吗？抑或让他们派奥地利的轻骑兵来接管我们？还是说我们先下手，在他们未能得势的时候，先发制人，给他们致命的一击？”

“那你倾向于哪一种方案呢？”

“我提议，我们要先来反对耶稣会派，通过对民众有组织的宣传和鼓动。”

“你不是指的是用这些小册子吧？”

“正是。我们要激起老百姓的情绪，通过揭露他们对于意大利的阴谋来号召老百姓反对他们，打倒他们。”

“对是对，可是我们怎么能辨别得出谁是耶稣会派的党徒呢？我们总不能乱攻击吧？”

“你还怕没有？不出三个月，你会发现四周到处都是。到那时再想击退他们可就不容易了。”

“要想激发大众的革命情绪，必定要一针见血地揭露耶稣会派的种种罪恶，但这同时也会触犯检查制度。这就是个问题了。”

“我不打算避开检查制度，我是要直接挑战它。”

“你的意思是匿名印发小册子？大家都是行家，你知道秘密出版物的最终结局，大都是……”

“你误解了我的意思。我主张公开印刷这些小册子，注上我们的姓名和地址。我们不怕他们来检查，只要他们有足够的胆量。”

“愚蠢之极？”格拉西尼大喊起来，“简直是荒唐到将自家性命投到狮子口里去。”

“你害怕了吗？”盖力鄙夷不屑的口吻，“放心吧，你可以不参加，我们出我们的小册子，不会牵连进你去坐监牢。”

“不要胡言，盖力！”列克陀说，“这不是谁害怕不害怕的事。只要对革命有利，如果需要的话，我们大家都陪你一起去蹲监狱。可是，作这种无谓的牺牲是幼稚的。我个人对此方案有一点修正的意见。”

“说说看，你如何进行修正。”

“我想二者兼顾，既要和耶稣会派进行斗争，同时尽量不触犯检查制度，谨慎行事。”

“你说的，我真还不太明白。”

“我认为我们不妨迂回作战，在小册子的文字上做文章，把我们要表达的意思用委婉的方式表达出来，使得检察官们……”

“使得他们看不明白是吗？那么我们的文化水平不高的老百姓就能看得明白吗？你的这种想法不太现实可行吧！”

“玛尔蒂尼，请你发表一下意见。”法布里奇教授转身问他身边的一个人，那人宽宽的肩，长着一脸棕色的胡须。

“我暂时保留个人意见，目前的事实根据不足。我想我们在正式采取行动之前，应该先作一些尝试性的行动。根据这些尝试的结果再决定以后的行动。”

“那萨卡尼，你的意见呢？”

“我想先听听玻拉太太的意见。她一向见解独到，可能会给大家提供很好的建议。”

大家都把头转向了玻拉太太。她是这个房间里唯一的女性。玻拉太太一直端坐在沙发上，一只手托腮，不时地把眼光转向发言人的身上，静静地倾听大家的意见。她有一双墨色的黑眼睛，敏捷而深邃。听见大家的话音，她把头抬起来，眼睛明显地含着一种嘲弄的神色。

“我恐怕要与各位的高见大相径庭了。”她不紧不慢地说道。

“这是你一贯的风格，不过在多数的情况下，你的意见总是对的。”列克陀插了一句。

“我们大家起码在一点上已经有了共识，那就是设法来对付耶稣会派，不是用这种手段，就是用那种手段。但是公开地挑战和抗争未免力量不够；躲躲闪闪地避开检查制度也不是容易的事。至于说递请愿书，形同儿戏。”

格拉西尼郑重其事地插话进来：“太太，你总不至于想到了采取……暗杀的手段吧？”

教授的话引得大家都笑了。玛尔蒂尼不自觉地捋了捋他的大胡子，盖力笑出了声，就连一向不苟言笑的玻拉太太也忍俊不禁。

“请大家放心，”她说，“我就是私下里敢想到用此类手段，也不敢幼稚到在今天的场合里让大家公开讨论。不过，我的意思，最能给敌人致命的打击的手段首推讽刺。如果我们能够用嘲讽的手段去揭露耶稣会议的丑恶嘴脸，让民众能获悉他们的诡计和图谋，就可以达到不战而战的目的了。”

“我相信你这些话的确很有道理，”法布里奇说，“真要实施起来恐怕不易吧。”

“怎么不易？”玛尔蒂尼问，“讽刺文章比严肃的政论文章更容易通过检查制度。借助独特的文体特点，就像披上了一层保护的薄纱，一般的老百姓不仅能从讽刺文章中读到隐含于其中的深意，而且不需要费很大劲，比读一篇经济论文或科学报告实在要轻松多了。”

“那么，玻拉太太，您是建议我们发行带讽刺色彩的小册子，或者试办一种幽默小报吗？如果真要这样，那么我敢断言，我们的结果仍是过不去当局的检查制度的。”

“我并不是非要主张出小册子或者办报纸，我确信如果我们连续地大批发行一套讽刺传单，用诗歌或散文的形式来写，在大街上低价出售或免费派送，会卓有成效的。最妙的是我们能请到一位能准确领悟这些文字的画家，给我们的文字配上插图，这样效果会更妙。”

“这个主意的确不错，如果能付诸行动的话。这样的事情不做便罢，既然要做我们就得做得漂亮些，坚持干下去。可我们去哪儿找一位才华横溢，能妙笔生花的画家呢？”

“这是个问题，”剧作家赖加也应和道，“我们这样的人板起面孔来写政论文章写惯了，忽然要改变风格去写讽刺文章，结果就恐怕要像拉着大象跳塔兰台拉舞，滑稽透顶了！请恕我对大家的失敬。”

“我可绝不会强逼着大家都一窝蜂地改写讽刺文章，去做我们不能胜任的文章。我的意思是：我们应该去找一个真正的天才，写讽刺文章的天才，替他筹集一笔经费保证他来开展这种工作。当然，前提是我们必须对这个人知根知底，保证他能按我们的方针来行事，不能有偏离。我们意大利偌大一个国家，按理说应该能找出一个像这样的人来吧。”

“去哪儿能找到符合我们的要求的人呢？要是讽刺作家而且要有才华，这样的人扳着手指头都能数出来只有那儿几个，可惜都不合适，裘斯梯[①]不会同意与我们合作，而且他已经百忙缠身。伦巴第[②]倒是有几个优秀的，可惜他们只能用米兰话[③]来写……

“还有一点，”格拉西尼说，“我们要影响塔斯加尼还得想另外更高明的方法。如果我们把像政治自由、宗教信仰这些严肃的问题当作玩笑来开，他们肯定会觉得我们有失体面，缺乏政治‘才干’[④]。佛罗伦萨也不是蛮荒之地，不是只知挣钱开办工厂的伦敦，也不似穷奢极欲的巴黎，它有着曾经炫目的文明……”

“雅典的情形同它一样。”玻拉太太微笑着插话，“可是我们这里，用一句形象的话来描述就是‘臃肿而麻木的庞然大物，要想清醒过来，必须用一只牛虻要刺激刺激它’。”

列克陀拍了一下大腿：“对呀，牛虻，我们竟然把牛虻给忘了！他是最理想不过的人选了！”

“谁？”

“我指的是牛虻——亚瑟·伊万雷斯。你们都忘了吗？三年前，穆拉多里[⑤]那支队伍从亚平宁山下来。牛虻就是其中的一员。”

“哦，你认识这支队伍的人，对吧？当时他们决定去巴黎，你也跟着他们一起去的。”

---

① 裘斯梯：全名裘斯壁·裘斯梯，意大利天才讽刺作家，他19世纪30年代的作品讽刺抨击奥地利侵略者及其在意大利的走卒。

② 伦巴第：意大利北部城市。

③ 米兰话：意大利北部著名城市米兰的地方方言。

④ 才干：原文是法语。

⑤ 穆拉多里：教皇领地波伦亚和拉文那的一支准备起义的组织。因被暴露，一部分人逃往亚平宁地区，后遭政府迫害。

“对，我和他们一直走到来亨，送伊万雷斯去马赛。当时他坚持要去法国。起义失败了对他打击很大，留下托斯卡纳除了嘲讽也无别的事适合他做。与哥拉希尼先生的见地相同，他感觉塔斯加尼这个地方不适合于讽刺。成功的把握有多大，我不敢说有十分，但我想如果我们去请他，向他说明我们的主张，他多半会回来的。这样他又可以在意大利大显身手了。”

“你刚才说那个人叫什么名？”

“伊万雷斯。我依稀记得他是巴西人，或者至少曾在那里待过。在我一生结交的人当中他是最机智的人。我们一起在来亨住了一个星期，大家心情都很压抑，也提不起精神来。每每念到我们失去的同志，想到那可怜的兰姆勃尔梯尼①，我们就悲痛万分。幸好我们有伊万雷斯在一起，是他让大家脸上的愁容消散。我们难以想象，他的嘴里永远都有那么多谈吐不尽的诙谐和幽默。他的脸上有一道可怕的伤疤，我曾经替他缝过伤口。他这人的确有点怪，不过他的调侃和满腹的机智曾经打消了许多人的伤心与失望，也鼓舞了许多人的斗志。”

“他是那个用牛虻的笔名发表文章的人吗？他的文章把法国的权贵大大地讽刺了一番。”

“我说的就是他。他的文章多半短小精悍，多半是言辞犀利的杂文。亚平宁半岛的走私贩子都曾领教过他的厉害，痛恨之余给他起了个‘牛虻’的绰号。他索性把‘牛虻’当了笔名，把它署在自己的文章上。”

“我对这位‘牛虻’先生已有所耳闻，”格拉西尼接过话来，仍是一副他惯有的缓慢而矜持的样子，“就我所耳闻的，也不全都是对他的溢美之词。他的确有股机灵劲，也有点小聪明，因此也吸引了不少的人。但是要说他有超凡绝伦的天才，那未免也有点言过其实了。也许他有一股子的猛劲，敢作敢当，胆子大，但他在巴黎和维也纳的口碑，的确不怎么样。他的形象看似一个绅士，并曾有过传奇般的冒险经历，可是来路不明。他之所以能到这儿，也是因

① 兰姆勃尔梯尼：穆拉多里队中的一员。

为当初杜普雷的探险队从南美赤道一带发现了他，好心地收留了他，带他出来。据探险队的传说，他当时相当落魄，整个儿一个野人。他为什么会在那个地方生活，一直是个谜，他也没能给人一个合情合理的解释。本来，参加亚平宁地区起义的人的成分就很复杂，什么样的身份都有。在波伦亚处死的一些人中，有的是一些匪徒；在逃的一些人，身份大多可疑。当然，我不否认他们中也有品格高尚的正派人……”

“有一些还是我们当中的人的志同道合的朋友呢！”列克陀打断了他的话，听得出他的声音里有带愤愤然的情绪，“格拉西尼，你这样分而论之，不一概而论的做法是公正的，可这些被你叫做‘匪徒’的人，他们是为了自己的理想和信仰而献身，这实在比我们大家正在从事的事业还要高尚。”

“我也要补充一点，”盖力接着说，“下次如果还有这些来自巴黎的流言蜚语传到你耳朵里，你就说是我说的，现在在外面散布的关于杜普雷探险队的故事与事实根本就不是一码事。麦丹尔，就是杜普雷的助手，他把事情的来龙去脉都告诉给我了。他们见到伊万雷斯的时候，他的确在过着流浪的生活。当时他是个在逃的俘虏。因为参加阿根廷共和国的独立战争不幸被俘，后来设法逃了出来。他一直乔装改扮，在阿根廷各地流浪，设法重回布宜诺斯艾利斯。不知道是谁捏造了探险队好心收留他的故事，其实根本不是那么回事。他其实是探险队请来的翻译。探险队的人都不懂当地方言，把他请去帮忙。他跟探险队合作了整整三年，一直在亚马孙河支流一带探险。麦丹尔曾不止一次地在我面前夸奖过他。多亏了他，要不然他们那次探险任务是无论如何也完不成的。”

“姑且不去评论他是个什么样的人吧，”法布里奇教授说，“能让杜普雷和麦丹尔这两个经验丰富的行家一见如故的人并不多。看来，这个人的确有一些过人之处。你说对不对，玻拉太太？”

“这事我可不敢妄下断语；当初那一队人马在逃，经过托斯卡纳的时候，我还在英国呢，对这些我一点也不清楚。不过要我来说，既然探险队的人都和他在一起，一待就是三年，给了他那么多的好评，而且与他一起战斗过的人也对他推崇备至，这就是他个人情况的最有力的说明。既然这样，那些关于他的种种流言和谰言也就不攻自破了。”

“有一点可以肯定，”列克陀说，“他的同志们都很爱戴他。从穆拉多里和柴姆贝卡里直到最普通的山野之民，都敬仰他。另外，他还和奥尔西尼颇有深交，是难得的挚友。从巴黎传出来的流言也是难免的。作为一个政治讽刺家，他不可避免地会遭到敌人的攻击。”

“我模模糊糊地记得一些，”赖加接着列克陀的话说，“好像我还与他有过一面之缘，当时他们刚逃到这里来。他是弓着背，不知是驼背还是有点佝偻病？”

“我这儿应该能找到他当年的通缉令。”教授抽开了他的书桌的抽屉，从里面取出一大堆东西翻阅着。“当年他们从山上逃出来的时候，警察发布了捉拿他们的通缉令，上面把他们的相貌和形体特征描画得清清楚楚。大街上到处都贴着这些通缉令。那个混蛋红衣主教——斯宾诺拉[①]还用高价悬赏他们的人头呢。”

“警察局的通缉令倒让我联想起伊万雷斯的一次与敌人斗争的辉煌的故事。他设法弄了一套官兵的旧制服，乔装成骑兵的样子。在遇见斯宾诺拉的搜索队时，他谎称自己在执行任务时受了伤，与队伍失去了联系，正在赶路。斯宾诺拉的走狗们居然让他搭乘了他们的便车。这一路上伊万雷斯把这群家伙戏弄了个够。他先编了一大堆惊险的传奇故事给他们听，说自己曾经被起义的叛匪俘虏过，被关押在一个山洞里，因为拒绝泄露军事情报而受尽了种种酷刑。当搜索队的人把通缉令拿出来给他看时，他又编了些故事把那个绰号叫‘牛虻’的恶魔大肆描绘了一番。可是到了晚上，他给这群人开了个不小的玩笑，趁他们都睡着了，他提了一大桶水把他们的火药浇得湿透了，临行前还在自己口袋里‘顺便’装满了粮食和

① 斯宾诺拉：十九世纪三十、四十年代镇压起义的刽子手，是教皇手下的省长之一。

弹药……”

“我找到了，就是这张告示。”法布里奇教授拿着那张通缉令给大家看。“‘亚瑟·伊万雷斯，绰号叫‘牛虻’。年龄，三十岁左右；身世不详，可能来自南美洲。职业是记者。身体特征是：个子不高，黑头发，长着一大把胡须，皮肤黝黑。蓝眼睛，宽额头……看下边，右脚瘸，左臂伸不直，略弯，左手缺两个手指；脸上带着刀疤；说话有点口吃。’这里有个对他的特别说明：‘该犯枪法娴熟，捉拿时要千万提防。”’

“他与那些搜查队的人在一起的那一天，那些人手中就拿着这张描述详细的单子，他居然能够躲过搜查，而且还骗得他们的信任，这简直是个奇迹，这也足见他的机智和才能了。”

“真是！不说别的，就凭这一点已足见此人的足智多谋和超乎常人的胆识了。在伴君如伴虎的场面，只要敌人对他稍存疑忌，他就没命了。只要能够根据实地情况灵活应对，用一幅老实巴交的样子换得别人的信任，那么不论身处何种险境都能够化险为夷了。现在我们讨论到现在这种程度了，大家有什么别的意见？我们当中已经有几个是伊万雷斯的熟人了，要不要派人立即去与他联系，跟他详细地说明我的方案和具体计划，以取得他的帮助？”

法布里奇心似仍有所顾虑：“我们要不先别那么着急，不如先试探他，考验考验他是否真的愿意帮助我们。”

“你们这个担心是多余了，他保准会愿意的，我敢打保票。只要是与耶稣会派的人斗，他会尽全力支持。在以前类似的行动中，他总表现得最积极，积极地投入工作，义无反顾到了近乎狂热的地步。”

“列克陀，你能跟他联系上吗？马上给他写封信。”

“行！他这个人天生喜欢四处奔忙，居无定所，我眼下还难说他在什么地方。让我想想，哦，可能在瑞士，我这就给他写信。那么我们的小册子……”

大家又把话题从伊万雷斯身上回到小册子上，热烈地讨论了半天。散会时，玛尔蒂尼留下来，走到那个沉默少语的妇女面前。

“裘玛，让我送你回家，好吗？”

“多谢！我正要与你商量工作上的事。”

“联络地址出了问题，对吧？”他压低声音问道。

“问题不算很严重。可我认为我们的地址也很久没有变动了，我查出我们这个礼拜被警察扣留下的两封信了。虽说信上没有泄露出什么消息，但我们必须要千万谨慎，不能出半点差错。只要任何地址让警察产生了怀疑，我们就必须取消它，重换别的。”

“咱们今天就不谈这个了，我明日再跟你具体地谈。你看上去已经很疲倦了，我马上送你回家休息。”

“谢谢，我还行。”

“你是不是又难过了？”

“啊，没什么，都过去了。”

第二章

“啊，是凯蒂，太太现在在吗？”

“是的，先生，她在楼上，正在更衣。您在客厅里稍等一会儿，我这就去叫她下来。”

凯蒂热情地把客人迎进客厅坐下，玛尔蒂尼给她的印象相当不错。他看上去像个外国人，还会说英语，虽然不很标准，但也算是相当不错了。他是个很会体贴人的男人，不像有一些男客人，一来就在主人面前高谈政治，一谈就谈到深夜，也不管太太的体力是否能支撑得下去。而且这位先生是在太太最无助的时候帮助她。当初太太的孩子不幸夭折了，丈夫也生命垂危，玛尔蒂尼专程赶到德文郡[①]来帮助她，安慰她。从此，这个家里就添了一个新的成员，而且与大家和谐地融在了一起，就像那只老爱蜷伏在他的右膝上呼呼大睡的猫咪一样，大家都没把他当外人。黑猫帕什特也习惯地把他的

① 德文郡：英国西南部省。

膝当作最佳的安身之所，玛尔蒂尼很是钟爱这只猫，从不让它受踩踏之苦，也不对它吐烟圈，什么都由着它；在进餐时也不让猫在脚下候着，仿佛不让猫受到渴望吃鱼而又不可得的痛苦。这只猫和他的交情可以说有多个年头了。有一次女主人生病了，没有精力去照顾它。（它那时还只是个小猫咪，特别需要精心护理。）多亏玛尔蒂尼的细心，用小篮子把它从英国运到这里。长久以来的交往和接触也让这只黑猫认识到，与他在一起的粗笨、高大的人也可以成为它的亲密伙伴，共度生活中的危难。

“看这两伙伴的亲密劲儿，”裘玛边走进客厅边说，“不知情的人还以为你们就想这样子共度良宵呢。”

玛尔蒂尼用双手小心地把猫从膝盖上捧到地上。“我今天特意早点来，准备在出发之前在你这儿吃点早点。今天格拉西尼家人肯定多，而且他们未必能做出什么体面的东西招待我们。他们只知道赶时髦，做出来的东西总是不合口味。”

“看你把人家一家给损的，”裘玛笑着说，“几时变得和盖力一样的嘴不饶人啦。格拉西尼背负的罪名已经不少了，连他妻子的不善招待客人的罪名也往他头上扣。我已经吩咐给你准备茶点了。凯蒂还专门准备了德文郡饼。”

“凯蒂总是考虑得很周到。你到底没忘了穿上这套漂亮的礼服，我以为你不记得了。”

“我答应你，就穿上它。天气这么热，我担心不太适宜。”

“这里是有点热，到了菲琐尔[①]就会凉起来。你穿这件白色毛绒礼服再恰到好处不过了。我这里特意给你买了几朵花，你戴上它，效果肯定会更佳。”

“这一束玫瑰花开得这么好，我太喜欢它们啦！可是我想最好还是把它插在花瓶里，摆在家里吧。我不太热衷于戴花。”

“看看，你又来了！又要开始迷信了！”

“不，我不是指那个。我觉得我这个人没那么浪漫，让这些鲜花白白地陪我一个夜晚，我怕它们都会烦我。”

① 菲琐尔：佛罗伦萨附近的城镇。

“要说烦，今晚到会的人十有八九会有这种感觉。到会的都是名流和望族，会有什么让人感兴趣的事呢？”

“为什么会这样？”

“今晚的聚会是格拉西尼一手策划的，只要是他操办的，肯定和他本人一样的乏味。”

“你不要这样说，今晚我们都是他的客人。客人给主人这样的评价未必显得太刻薄了吗？”

“是，太太，您说的是对的。我的意思，今晚之所以乏味，是因为那些略带幽默作风的朋友都不会来参加。”

“为什么会这样？”

“我也不是很知情。我知道有的去了外地，有的身体不适。当然，少不了要有几位外国大使会来，还有几位德国的学者、俄国王子、法国军官和一些颇带传奇色彩的旅行家。估计文艺俱乐部也有一些人来凑热闹。所有的这些客人，我几乎都不怎么熟，除了那个众人目光所聚集的新来的讽刺家。”

“谁？新来的讽刺家？是伊万雷斯吗？他也受到了邀请？我一直以为格拉西尼不能够接受他呢。”

“他是一直都不怎么赞成伊万雷斯。可是既然有那么多的人推崇他，并且已经把他请来了，格拉西尼自然要把他的家作为迎接新到作家的最佳场所。格拉西尼平日在背地里对他颇有微词，也不少给他非难。这些话虽然还不曾传到伊万雷斯的耳朵里，但凭他的敏感和洞察力，只怕已经心知肚明了。他可是聪明之极的。”

“我这里竟然一点儿也没有关于他的到来的消息。”

“昨天他才刚到。茶送来了。我去拿茶壶去。裘玛，你先歇会儿吧。”

玛尔蒂尼一旦身处这间小书房之中，心情就无端地非常舒畅。在他平淡烦闷的生活中，令他最欢愉的就是裘玛给他的友谊，散发着那种让他沉迷却不乏端庄大方的自然气质，那种坦诚无间的同志般的情感。只要他较往日心情郁闷时，他就会在公务繁忙之中抽出时间来此看看她。一般情况下，他只是坐在旁边不发一言地端详着她做针线活的样子，低垂着头，时不时放下手中的活起身倒一杯茶。对于他郁闷的原因，她可从不主动去询问，也从不没话找话地劝慰他；但稍后出门时，他总能感受到心底那份重新滋生的坚强，心绪也平稳了许多，就像他自己心底里暗暗想的："一下子倒又生发出无穷的劲头儿，还可以挨过这两周了。"对此，裘玛从未意识到。说白了，正是她身上有股先天的禀赋，无形之中就可以抚慰别人的心灵。两年前，有几位玛尔蒂尼的朋友被人出卖，并被别人残害于卡拉布里亚①。玛尔蒂尼当时的精神一直处于绝望的低谷。要不是来自裘玛的坚定的信心的鼓励和支持，他可能都走不出那个阴影。

每逢星期天早晨，他就会上门拜访，这是他们专门讨论"正事"的时间。所谓"正事"，就是指马志尼党内的一些与具体工作相关的事务。他们俩是忠诚的党员，在马志尼党活动中非常积极。生活中的裘玛与工作中的她完全判若两人。一旦进入工作情况，裘玛就变得冷静而沉稳，而且公正。她的思维灵活，有条不紊，丝毫不拖泥带水或者沾染主观感情色彩。不管是谁，只要与她有工作上的交往，领略了她从政的能力，就会把她看成是一个忠于职守、机警果敢的从事秘密地下工作的难得人才，在工作的任何方面都无可挑剔，既忠心耿耿又胆量十足，只是容易因太强的个性和缺乏女人味，让人退避三尺之外，不好接近。盖力就曾经这样评论过她。"她是一个革命的天才，在工作中能以一当十，只是除此之外，还有什么特别的可说的呢？"对于玛尔蒂尼所结识的这位"裘玛夫人"，人们总是无法了解她。

裘玛起身去开食品柜的门，想把茶具取出来，同时又回头望着玛尔蒂尼，问："哎，你跟我说，'新来的讽刺家'究竟是什么样子？西萨尔，给你这些甜食。我闹不明白，难道搞革命的人都热衷于吃甜品吗？你尝一尝，有大麦糖，还有蜜饯罐头。"

"有好多革命党人士也都喜欢吃甜食，只是他们对此羞于启齿

① 卡拉布里亚：意大利南部地区，这里指的就是一八四四年班迪亚拉兄弟起义而被人出卖的事。

似的，觉得会有损他们的面子。你在问新来的讽刺作家？他这人一般女人都容易被他吸引，不过不是你感兴趣的那种人。可以这样描述，他就像一位善于抛售刻薄之语的职业贩子，喜欢说一些挖苦人的俏皮话，摆出一副忧国忧民的样子满世界乱跑。不过无论走到哪里，身后都要形影不离地跟着一个颇有几分姿色的跳舞女郎。”

“你怎么能如此说呢？他真有那么一位跳舞女郎随行吗？还是你对他不平，心中有怨气，嘴上就不自主地刻薄了起来？”

“上帝保佑，我没有一点怨气，那位跳舞女郎确有其人，在许多人看来是很不错的，美丽动人的外貌下也藏着点泼辣劲儿，这可取决于各人口味怎样了。若就我的口味而言，我不大喜欢。列克陀曾跟我介绍过这姑娘的来历。她好像来自匈牙利，有着吉卜赛人的血统，大概就是这种人吧，曾在加里西亚一个不知名的戏院里跳过舞。每次这个姑娘和讽刺作家一起出入的时候，他总爱向别人介绍她，俨然把她当作自己家没有出嫁的姑妈似的。他的脸皮厚得我可真不敢恭维。”

“你这样说未免又显得刻薄了些，人家姑娘自己愿意跟着他，又不是被他拐带出来的。”

“亲爱的裘玛，别人可不像你这样地有善心，用好意去揣测别人。他给别人介绍那个姑娘，对方多半都会反感，大家都心知肚明，知道她不过是他的情妇罢了。”

“他自己没有说，人家怎么就会知道她是他的情妇呢？”

“这不是显而易见的事吗？谁见着了都会这么认为的。他今晚可能还不敢把那个姑娘带到格拉西尼的家里去的。我想，他脸皮可能没那么厚。”

“聚会的主人可能也不会欢迎她的。格拉西尼太太是个正派的严肃的女人，绝不会容忍违礼的行为的。不过，我现在最关心的还是伊万雷斯——这个讽刺家的真实面目，到底是个怎样的人。我对人们背地传播他的私生活一点也不感兴趣。法布里奇教授曾告诉我，他是应我们的邀请函来到这儿的。他本来就一直坚决地与耶稣会在战斗着，而我们目前主要的对手也是耶稣会，那他自然会很愿意加入我们的斗争。我获悉的消息也就这么多。这个礼拜我忙得一直都没有一点闲暇时间。”

“我所知道的能告诉你的也就是这么多了。筹款的问题一直让我们担心，不过事实比我们预期的乐观得多——他可以不要稿酬，而且会竭尽全力地协助我们开展工作。看来经济倒还宽裕。”

“这么说，他该有自己的一笔家产喽？”

“那还用说，不过倒也让人颇不可思议。你还记得那晚在法布里奇教授家，人们对他从前经历的描述吗？他那会儿，在杜普雷探险队发现他时，是何等的落魄之极！不过他现在拥有巴西的某个煤矿的大股的股票；他在巴黎、伦敦、维也纳等地写小品文章也是红极一时，收入相当不错。这样说的话，他精通五六种文字，同时给好几家有名的报纸撰稿。我们这些骂耶稣会的工作，他不用费多大的力气就能做得很好，同时，他也能在这儿保持与其他报纸的联系。”

“对，这倒是真的。我们该启程了，西萨尔。就依了你，我就戴上这朵玫瑰花吧。请再等我一会儿。”

她又匆匆地上了楼。一会儿下楼时，已经戴上了花。玫瑰花在她胸前娇艳欲滴，头上还多了一条镶着黑绸花边的长围巾。玛尔蒂尼迎着裘玛，用赞许的目光审视着她，仿佛艺术家在欣赏一幅珍品。

“我的夫人，你的气质和魅力简直像个皇后，丝毫也不逊色于示巴女王[①]。”

“你又在嘲弄我了。”裘玛含着笑，假装成责备他的样子，“你心里清楚我挖空心思地要把自己打扮成上流社会的阔太太，心里已经觉得别扭了。一个干地下党的秘密工作的女人可没谁愿意扮成这副模样的。那些不过是不想招来那群讨厌的探子们的注意，结果引起一大堆的麻烦来。”

“那些上流社会的阔太太们的俗气恐怕你这一生怎么学也学不

① 示巴女王：《圣经·旧约》上所述的所罗门时代的女王秀拉蜜敷，美貌绝伦，聪颖无比。

来。不过，你已经够美了，用不着像格拉西尼太太那样为了装作娇媚的样子，用扇子去半遮住脸冲着那些人笑。那些密探只要看你一眼，保准都已经痴了，也忘了猜测你政治态度等别的事了。”

“西萨尔，你又在损格拉西尼太太了。饶了那可怜的女人吧。用不用我拿几块糖填了你的嘴，消消怨气，少得你又去刻薄别人。准备好了吗？我们该出发了！”

与玛尔蒂尼预料的没有两样，当晚的聚会的确嘈杂、拥挤，并且无聊之极。那些所谓的文人学者口中攀谈的都是些客套的交际话题，使人深感厌恶，恨不能逃离此处。客厅里往来穿梭的都是那些俄国王孙和一些传奇性的旅行家。他们相互打探着名流人士，并尽力地想要摆出斯文姿态与那些名流唠嗑。格拉西尼对客人的招待可谓体面而灵光，灵光得像他脚上那双照得见人影的靴子。当裘玛踏进客厅的大门的时候，他那本挂着假笑的脸上马上显得神采飞扬。他并非真正地喜欢裘玛，或者更确切地说，他是有点怕这个女人。但是他又心里明白，像这样的场合，如果没有她出现在自己家的客厅的话，就对调动起大家积极的情绪缺乏号召力和影响力。格拉西尼这几年于本行业中可谓是首屈一指的人物了，名利双收，目前未了的最大心愿就是他想把他的家变成自由派、知识界等社会各界人士聚集的中心地方。只是一直让他耿耿于怀的是他的妻子人品不入流，而且打扮得常常出格，很没有给他争面子。他无法想象自己年轻时选择的婚姻原来是现在的一个无法挽回的错误。他的妻子相貌平凡、谈吐平庸，这样的太太要来应付他经常举行的大型文学沙龙，实在难以胜任。为此，每次聚会，比如像今天这样的场合，裘玛如果能答应参加，他立刻就精神抖擞起来，对晚会的成功确信不疑。裘玛天生的丽质，贤淑恬静的气质，无论她走到哪儿，都会让人感到赏心悦目；这位男主人正隐约觉得自己家中有那么种挥之不去的俗气，而这位女士的到来则使之云消雾散；并为整个会场平添了不少的生气。

见到裘玛，格拉西尼太太亲热地迎上去，对着她的耳朵貌似窃窃私语，实则大声地说道：“你今晚可真是光彩照人，魅力四散呀！”脸上堆着恭维的笑，边说边用那种刻薄的眼光挑剔着裘玛的白羊毛礼服。她对裘玛一直怀有嫉恨，嫉恨她那沉稳而坚韧的个性，那份庄重真诚的坦然，那种心如止水的平静，甚至对她面部表情也恨之入骨。而这些正是玛尔蒂尼最欣赏的东西。而对于格拉西尼太太而言，只要对哪个女人嫉恨，就会将心里埋藏的怨恨外化为极度夸张的热情释放出来，故而在与裘玛在一起的时候，她更是故意地恭维，表现出过分的热情来。对于这些，裘玛根本不去在意，也很习惯地去漠视她的恭维和殷勤，也不去费劲儿揣测她背后的用意。在她看来，“出入社交界”既累人又无聊，裘玛只是像例行那种吃力的密码书写工作一样执行公事，为了从事秘密活动而认认真真地工作着，避免引起不知会潜伏在何处的密探的注意。裘玛很清楚，在这种社交的圈子里女人的美丽和衣着的人时、谈吐的不凡会带来什么样的优势，会无形给工作的开展带来极大的安全，免遭怀疑。正因深知此招的妙处，像研究那些密码一样，她曾潜心地研究过时装和服饰。

裘玛的到来立即引起了全场的关注，尤其是那些无聊得厌烦的文人雅士。裘玛在他们心中一直享有盛誉；特别是一些具有激进思想的新闻记者，立刻集拢到长长的大厅的一端，围住了她。长期从事秘密工作的裘玛应对这种场合的经验是何等丰富，才不会被他们这些人给困住，哪天再找他们也不迟。故而，一见他们聚拢过来，她首先笑着婉转地提醒他们该做的事情，今天到会的那些旅行家实际上是最应该得到他们的关注，可无须对自己白费力气。共和党的竞选迫切地希望得到一位英国议员的支持，利用今天的机会，裘玛想取得会中一位议员的信任，以便争取他的支持。她早已在私下里打听过有关这位议员的情况，知道他是一个财政专家。所以，裘玛很谦虚地向那位议员请教了一下奥地利货币的某个专业问题，随后又把问题巧妙地过渡到伦巴第——威尼西亚政府的财政收支的问题上。一直都提不起精神准备应付聊天的英国议员立即对裘玛的问题吃了一惊，不由得多看了她几眼，以为遇着了一个女学究。但眼前这位举止坦诚且不乏风趣的太太，他就消除了心下顾虑，就意大利财政问题大侃而特侃起来。议员与裘玛的交谈进行得很愉快，仿佛像与奥地利首相进行的交谈一样。后来，在格拉西尼的引见下，有一个法国人过来，向玻拉太太询问意大利青年党的历史问题，打断了他们的谈话。议员这才不情愿地起身，向裘玛告别。这时他心中惶恐颇多：看来意大利人牢骚满腹的原因可比自己最初想象的复杂多了。

夜深了，裘玛抽空溜了出来，在客厅窗外的大阳台上找了个簇满大山茶花和夹竹桃的隐蔽、幽静的地方，一个人坐了下来。刚才在沉闷的客厅里被那些穿梭如流的“活跃分子”和不断地故作惊叹的太太们扰得她头都已经有点晕晕的了。阳台另一端放了一排栽在一个个大缸中的花木，有高大的棕榈和凤尾蕉，前面又围着大片百合花和其他的植物，以遮掩大缸。这些植物相互映衬着，构成了一个美妙的绿屏风，屏风后边还空出一个隐秘的小角落，从那儿可远眺正对着的山谷中的美景。裘玛找到了这个好地方，坐在那恬静地注视山谷里的如诗境的夜色。

藏在这个角落里，裘玛希望没有人会发觉她的行踪，这样她就可以休息片刻，落得一点清静，也不受头痛的折磨。夜晚气温并不太低，而且四周一片静寂。但裘玛出来却不禁感到了有点凉，刚从那聒噪闷热的大厅里出来，是会有点冷。裘玛把那条有花边的围巾搭在了头上。

没过多少时候，裘玛听到走廊那边过来的声音，有说话的声音，还夹杂着脚步声。她被惊醒了，刚才迷迷糊糊瞌睡的感觉也没有了。她不愿被别人发现，就把身子缩到黑暗中去。她想再一个人安静一段时间，过一会儿还要去周旋那些交谈的事。她的脑子已经很疲乏了。可是，令她厌烦的是，那阵脚步声就在屏风的附近停住了。她听到格拉西尼太太的尖声尖气的笛子般的声音，接下来是一刻不停地对话声。

除了格拉西尼太太，还有一种男声，低沉而温柔；但声音里有一点缺憾，就是声音拖得很长。仿佛是故意地在那儿摆官腔，但更有可能的情况是在克服着口吃的毛病，久而久之形成了这种说话的方式。一种让人不自在的话语。

“你说是个英国人？”那男子的声音。“看他的姓倒是地道的意大利人。是叫玻拉吗？”“是，他叫乔万尼·玻拉，是她的丈夫，现在已不在人世了，四年前死的。你忘了吗？哦，我知道了，——你那会儿在到处漂泊，显然也不会了解我们这个多灾多难的国家里的那么多牺牲的勇士——这样的人不计其数！”

格拉西尼太太长叹了一口气。这是她与陌生人交谈的惯用方式；那种神情俨然自己是一位忠诚的爱国主义者，慨叹意大利的兴亡，而又带着小女孩撒娇的样子，翘着嘴，像是寄宿制学校的女学生。

“是在英国去世的？”那男声像是把她的话又说了一遍，“那么，他那会正在流亡之中？我觉得我对这个名字有点耳熟，好像听说过。他是不是与初期的意大利青年党有着某些瓜葛？”

“没错，一八三三年被捕入狱的年轻人有一大批，他不幸成为其中一员——你该对历史的惨剧记忆犹新吧？他被关押了几个月，之后被放出了监狱。但事隔两三年，政府又下令四处逮捕他。这就是他流亡到英国的原因。之后，据说他在那边安了家。整个事件都很曲折，带点传奇色彩，不过那可怜的玻拉一直都让人觉得像谜一样不可理解。”

“玻拉是在英国死的，对吗？”

“没错，因为得了肺病死的，英国那种非常恶劣的气候不利于他的健康。在他生命垂危的几天日子里，她的独生子也夭折了，因为得了猩红热。真让人心寒啦，你说呢？裘玛非常受我们大家的欢迎！她真是个可怜的女人！只是，稍稍显得有点傲，有点清高。英国人嘛，都爱这样，你该很清楚这一点。不过我可以理解，她的生活太不幸了，才会把她折磨成这样，再加上……”

裘玛无法再忍受下去。她人生际遇的不幸怎么能被人当作茶余饭后的谈资？她起身推开石榴树的枝条，从黑暗中走出来。在灯光的照射下，她脸上明显地挂着怒容。

格拉西尼太太马上恢复了镇静，她的这种灵活应对真让人叹服。“亲爱的裘玛，刚才你去哪儿了？我一直在琢磨这事儿。有个人想同你见一见面，他就是范里斯·伊万雷斯先生。”

“原来他就是牛虻。”裘玛心里思量着，好奇地上下打量着他。他一边很绅士地向她鞠了个躬，一边也用目光在不断地扫视着她。在裘玛看来，那目光既显得高傲又具有穿透力，像是在审问人的架势。

“这里真是个清……清……清静的所在，原来你在这儿，”他一边说，一边用眼睛环顾了那厚厚的花架屏风，“这里的风……风景……独具魅……魅力！”

“这是真的，这块地方虽小，真是不错。这里的空气很清新，我来透透气。”

格拉西尼太太扬起眼睑张望天空中的星斗（这样正可以向别人展示她那迷人的眼睫毛）。“这样动人的夏夜，如果只是坐在室内，那真太有负于宽厚的上帝了。伊万雷斯先生，你看啦！为什么我们意大利只有给人家当奴隶的命！如果我们伟大的祖国也拥有了自由，它不就成了人间的天堂吗？真是太辜负了这明朗的天空和烂漫的花朵。”

“还有那些满怀爱国主义情感的女性！”牛虻含糊不清地说，那拖音很长的话声调很低，而且无精打采。

裘玛心头一震，转过头去看了他一眼；谁听不出他那冒犯人的讽刺话。不过，她显然低估了格拉西尼太太爱听漂亮话的胃口；那可怜的太太舒了口气，低垂着眼睑。

“唉，伊万雷斯先生，女人能够做的事情实在有限！可是，谁说得准？真是希望会有那么个日子，我自己可以证实自己是一个不愧对祖国的人。我该进去了，有客人等着我招呼；我要向这里所有的知名人士介绍一个姑娘，是法国大使的养女。我受了她养父之托来替她引见。你们不想进去和她见面吗？那真是个可爱的女孩。喂，亲爱的裘玛，我带伊万雷斯先生来这儿欣赏我们迷人的风景，我现在让你来关照他了，我知道你会答应我，向他介绍在座的每一位客人。那边那个引人注目的俄国王子过来了！你是否见识过他？

据说他是尼古拉皇帝[1]身边的红人，非常受宠。他现在是波兰一座城堡的司令。那座城堡的名字呀，恐怕谁都没本事能够把它说出来。多美妙的夜晚啊！是不是啊，我的王爷[2]？”

格拉西尼太太急匆匆地离开了，像只轻盈的花蝴蝶。她和那边一个男子聊得很热烈。那男子的脖子有公牛的那么粗，下巴上吊着好些赘肉。他的一身外套上赫赫地挂着熠熠闪亮的勋章。格拉西尼太太免不了又为“我们多灾多难的国家”[3]大发悲吟之声，中间还夹杂着“多动人啊，”[4]“我的王爷”[5]的点缀之语。这些话渐渐地消失于阳台的那边。

在石榴树旁边站着的裘玛一点儿也没动一下，她很难过，为那个可怜而又愚蠢无知的女人难过。而她又感到愤怒，为牛虻的无精打采的失礼的嘲弄感到气愤。牛虻用目光追随他们远去的背影，脸上露出让裘玛觉得很难过的表情。他怎么这么缺乏大度，何苦要去嘲笑这样一个可怜虫一样的女人呢？

“意大利的爱国主义者和……俄罗斯的爱国志士，他们亲热得舍不得松开手。能够和对方做朋友，彼此都乐此不疲。你对于这两种爱国主义，倾向于哪一种呢？”

她蹙着眉头，并不作答。

“当……当然啦，”牛虻接着说下去，“这里面包含着个人的喜好。如果要我说，这两者之间，我还是倾向于俄罗斯式的爱国主义——它来得直截了当。如果单用那些鲜花呀，天空呀，而不采取俄罗斯式的大炮火药，以巩固其霸权的地位，你去想想，我们的那位‘可爱的王爷’能够镇守得住波兰的城堡吗？能够维持几……几天？”

裘玛用很冰凉的口气回答他：“我可以说我的意见。每个人都

① 尼古拉皇帝：即俄国皇帝尼古拉一世。

② 原文是法语。

③ 原文是法语。

④ 原文是法语。

⑤ 原文是法语。

有自己与众不同的想法，可是并非一定要用他来嘲笑我主人。毕竟我们是受人之邀的在她的家里作客的人。”

“啊，你说得真是不错。我竟忘……了，意大利人有名的好客传统，是个热情待客的民族。这一点是奥地利人早已很清楚地知道的。夫人，您请坐呀！”

他摇晃着身子，瘸着腿走到走廊的那头，搬了一张椅子给她坐，而他自己却斜靠在她对面的栏杆上。刺目的灯光从窗户那边射过来，射到了他的脸庞上。她可以慢慢地仔细地看看他，把他打量一番。

看了他的面目，裘玛有些失望。在她的预想中，牛虻即使不是特别光彩照人的话，至少也会有几处动人的地方，富有阳刚之美。可是这一眼看过去，除了他的衣冠华贵之外，其他的似乎无什么可取之处。而有一点也是显而易见的，他的神态中，他的举止之中到处充满了傲慢。别的特征，他的皮肤透着黑，像是黑白皮肤的混血儿。虽然腿是有残疾的，可是动作却如猫一样轻捷、敏锐。他的各种特征综合起来，让人联想到美洲虎。从前额到左边的脸颊上，有一条很长而且弯弯曲曲的刀疤印，更衬出他的脸的骇人。裘玛注意到，当牛虻口吃而话不成句的时候，那半张脸就会失控似的不断地抽动着。这张脸实在不愿多看。假如没有这些不足的地方，牛虻的长相也算是不错，虽然他的那种锋芒毕露的神气和躁动不安的表情不太受欢迎。

他那低沉而又含糊不清的话语又在耳边响起。裘玛在心里琢磨着：“我怎么觉得是只美洲虎在说话呀。如果美洲虎真能同人一样开口，在它性情温驯的时候，可能与他很相似。”

“有人告诉我，”他说，“你的兴趣，其中之一是一些思想激进的报刊，而且经常可以在那些报刊上读到你的文章。”

“我没写什么文章，也找不出那么多时间来写。”

“这话说的是！我听格拉西尼太太说，你同时在做着一些别的非常重要的工作，对不对？”

裘玛心中不知道格拉西尼太太都跟牛虻谈了些什么，这个女人真是太傻气了。她扬了扬眉毛，心里真的是生起对牛虻的厌恶之情。

她用冷冰冰的口气说："谈到忙，我真是忙得不可开交。不过格拉西尼太太对我太言重了，我的工作哪里说得上重要。我主要做一些一般性的闲杂的事务。"

"是的，如果我们大家都只知道用大把大把的时间来为意大利唱挽歌，我们这个世界要想好起来是绝对不可能的。我注意到，今晚受这一对夫妇之邀而成为座上客的人个个都小心翼翼的，把自己贬得微不足道，而且尽说些无关紧要的话。""我当然明白你的意思；你的话也不无道理，可是他们这对宝贝所体现出的爱国主义未必也太让人觉得荒诞得很——哦，你现在就要进去？外边的风景多让人留恋啊！"

"我觉得我想进屋了，我的围巾，哦，谢啦。"

牛虻拾起围巾，递给她，两只眼睛正张得很大，直直地盯着她。他那对眼珠子像清溪边上长着的勿忘我的花朵，蓝蓝的，又晶莹又纯净。

"我很清楚，我只不过是对那个打扮得俗气和滑稽的蜡像一样的女人开了个玩笑，你就一直为此耿耿于怀了。"他一边说着，一边似乎有点悔意，"可我又能如何呢？"

"既然话说到了这儿，我不妨说出我的想法。凭着自己的才识，去愚弄那些心智不及自己的人，是一种不厚道……甚至可以说是……卑劣的做法；这就好比是以自己的健全之躯而嘲笑一个瘸子，甚至……"

牛虻的脸上显出痛苦的表情，长吸了一口气，身子不由得缩了回去，低头看了看自己残缺的手和瘸腿，但在很短的时间内，他又换上了惯有的那种神态，接着是一阵大笑的声音。

"这不能算作是一个恰当的比喻，玻拉太太。我们瘸腿的人并不曾在别人跟前炫耀自己的残疾；而格拉西尼太太却在别人面前一再地张扬自己的愚昧。这一点你总该明白，品行不端、不光明磊落的人固然遭人唾弃，可身体残疾，模样不端正也实在不是一件让人好受的事，这里要上台阶了，我扶您一把，好吧？”

裘玛惴惴不安地回到屋，一声也没吭。她实在很吃惊，也觉得很出人意料，牛虻的那根神经敏感得让人不敢相信，这使她完全陷入尴尬的境地。

当牛虻一推开格拉西尼家那高大的客厅的大门，裘玛已经感觉到一定发生了什么不寻常的事，虽然她离开只一会儿的时间。有大半儿的男士的脸上都写满了气愤和不平静，那些女士们的脸上也泛着红晕。不过大家都尽力摆出一副超然的态度，像什么事儿也没有！房间的一头挤着好些人；格拉西尼先生极力地控制自己，不让肚子里的火气发泄出来，他用手指托着眼镜的边。几个旅行家聚集在一起，站在客厅的角落，把目光投向那边，脸上挂着饶有兴致的笑容。看得出来，他们的目光指引的地方一定发生了什么事儿，否则他们不会觉得兴趣盎然。而在大多数的眼里，这事肯定是不可容忍的。整个大厅里唯一没有一点反应的恐怕就只有格拉西尼太太了。她还用手不停地摇着那把扇子，跟一个人聊天。那人是荷兰大使的秘书，脸上挂着笑，在倾听她说着什么。

裘玛就在门口站住了，扭头看看牛虻，察看他对于这一切的反应如何。牛虻的目光先停在那愚蠢而不自知的格拉西尼太太的身上，继而又转向房间那一头的沙发上。从他洋洋自得而又故意的恶毒的目光里，裘玛明白了一切：原来他采用移花接木之法把他的情妇也带进来了。可是除了蒙住了格拉西尼太太之外，谁的眼睛也瞒不过。

那个吉卜赛女郎轻倚在沙发的靠背上，吸引了一大群放浪的公子哥儿和故意装斯文的骑兵军官，与他们周旋着。她的打扮具有浓烈的东方气息，衣服是淡黄与绯红相间的，上面还戴着花花绿绿形色各异的装饰物。这种样子在意大利的这种文艺沙龙中特别扎眼，就像一只突然飞到麻雀和八哥群中的热带鸟，给整个会场带来了不小的震惊。她自己似乎也意识到与其他太太小姐们的打扮不太协调，就用大胆侮蔑的目光怒视着那些嫉恨她的女士们。当她的眼睛瞥见站在门口的牛虻和裘玛时，立即从沙发上跳起来，跑到牛虻的跟前，叽叽喳喳地说出了一大串漏洞百出的法语。

“伊万雷斯先生，你刚才去哪儿了，让我好找！萨尔蒂柯夫伯爵问你明天晚上能不能抽空去他的别墅，他在那儿开舞会。”

“对不起，我去不了。即使去了我也没法参加舞会。我来向你们介绍吧。这位是玻拉太太！绮达·莱尼小姐。”

这位莱尼小姐用挑衅的目光上下打量了裘玛，轻描淡写地向她鞠了个躬。玛尔蒂尼说得没错，她的确很美。只是带着几分富有生命力的、像野兽似的原始的野性，而且透着一种粗犷。不过她整个的举手投足十分自然，行动也很洒脱，倒是不遭人厌。美中不足的是她的额头太窄了，而且生得很低；鼻子的曲折虽然很细致，但却透露出刻薄和不近人情。这个吉卜赛女郎的出现加深了裘玛心头的压抑感。本来与牛虻在一起已经让她不轻松。所以，在一起没一会儿的工夫，当格拉西尼先生邀请她去招待另一个房间里的几个旅行家时，她一点儿也没推辞。之后，她像卸掉了沉重的包袱似的长吐了口气。

* * *

深夜，在回家路上的马车上，玛尔蒂尼和裘玛并肩坐着，他问她：“裘玛，你对牛虻有什么印象？”“我觉得他过分了，那样愚弄可怜的格拉西尼太太，真是卑鄙！这样的人真还不多见。”

“你不是在说那个芭蕾舞女郎吧？”

“没错，他在格拉西尼太太面前吹捧莱尼小姐，说她将来肯定会红得发紫。你又不是不知道格拉西尼太太的脾气，只要是名人，她就趋之若鹜。”

“我觉得他这样做太不应该了，也太刻薄人了。不仅丢了格拉西尼夫妇的脸面，也未必对那个莱尼小姐有好处。这对于她本人来说也做得很无情。无可否认，她那会儿整个人也不会觉得轻松吧。”

“你同他聊过天，对于他这个人，你看怎么样？”

“西萨尔，没有什么感觉。我倒是觉着离开他的时候心里有一种说不出的轻松。他这人真是特别讨厌，也是相当少见的一种人。他浑身上下都透露出不安分的气息。我们在一起都没超过十分钟，我的头都大了。”

“我说得没错吧，对他这种人，你也不会产生什么好感。我对他的印象，老实说，也不怎么样。我觉得我建立不起一点对他的信任感。这小子滑溜得很，简直就是条泥鳅。”

第三章

牛虻的公寓就在罗马门外边，离莱尼小姐的住处不多远。他的生活有点类似西巴列斯[①]的风格。他的房间的布置虽然并不过分豪华，但一些零零碎碎的饰品也显出了奢靡之气。可以看得出来，整个屋子的设计是别出心裁，非常雅致的。这使得盖力和列克陀在拜访了他的住所之后，多多少少感到不胜惊诧。对于一个在南美洲的亚马孙河流域的荒山野岭生活了多年的人来说，他们认为，应该在生活中不会有太讲究吧。可是，在他的房间里，当看到他那些无半点尘杂的领带、排列得齐齐整整的靴子、书桌上四季不断的鲜花，，使得他们惊奇地要重新审视他一番。不过，总的说来，他与他们的交往是非常愉快的。牛虻的性格热情、乐观，对待马志尼党内的成员更是这样。不过这里边也有个例外，那就是裘玛。他们第一次见面时，牛虻对裘玛就没有多少好感。打那之后，他总是对她敬而远之，避免与她碰面。有那么几次，他对她的态度几乎可以称作很失礼。因为这事玛尔蒂尼对牛虻恨得咬牙切齿。牛虻与玛尔蒂尼也像是天生都不投缘似的，性格上的差别也非常明显，大有势不

① 西巴列斯：意大利南部的繁华城市。那里的人以追求奢侈的消费而著称。

两立的架势。他们俩见了面也没有多少好脸，都相互建立不起好感。特别是对于玛尔蒂尼来说，这种反感在很短的一些日子里就进一步深化为仇视了。

“如果他只是看不上我，我倒也不会往心里去，不会去计较，”有一次，他这样对裘玛说，心里边烦闷得很。“说句心里话，我又何尝看得起他呢？这一切大家都无所谓。可是我看到他对你的态度，我都要火冒三丈了。我真想找这家伙理论一回，把这事说清楚，可是我顾虑党内的其他人会在背后对我指指点点，说我气量小，容不了人，把他请了来又要与他闹。”

“西萨尔，你何必去管这些呢？你觉得这些重要吗？其实，我也有对他失礼的地方。”

“是吗，怎么会有这样的事？”

“还不就是那天，在格拉西尼家的晚会上。在第一次与他交谈的时候，我一时出言不慎，冒犯了他，伤了他的心。”

“你哪句话伤了他的心？这种事在你身上并不多见吧，夫人。”

“我当时也是随口带出来的，完全是有口无心。话才说完，我就后悔莫及了。我当时是说了个比喻，提到人们嘲笑瘸子的字眼，他就认为我是在间接地侮辱他了。我一点也不敢撒谎，我在心坎里都没有把他当过瘸子，他也实在称不上是个有残疾的人。”

“我也同意你这话。他当然不是残疾人。他只是肩膀不平，一高一低，左胳膊因为受伤的缘故伸不直。除了这些，他一不驼背，二不跛腿，虽然走路的时候会有点瘸，这些也根本不是什么大不了。”

“不过当时他气得身子直抖，脸色都沉了下来，虽然是我粗心，少长了点心眼，说错了话，可是他那么多心，那么不肯原谅人，未免也并不多见吧，我猜测他从前是不是也被别人很无情地挖苦过。”

“我倒觉得，他这人看上去像个绅士，风度翩翩，举止文雅，其实内心里可歹毒了。他之所以表现出那样，十有八九是因为他也这样地对待过别人。一想到这样，我的汗毛根都竖了起来。”

“西萨尔，你这样可就不妥当了，显然有夸大其词之嫌。我们俩素与他有隙，就不必要去背后这样诋毁他了。他的样子让谁看了都不会舒服，一副故意做作的德行，——我觉得这恐怕与别人对他的态度有关，大家几乎都要把他捧到天上去了——还有，他口气总不离那些漂亮话，久而久之也不会让人觉得新鲜有趣；不过有一点我不怀疑，他绝对不会有什么坏心眼。”

“不管他是有好心眼还是有坏心眼，我自己也没有一个定论，但我琢磨，如果一个人生活在这个世界上，却老是一副愤世嫉俗、看不起一切的心态，这个人必然是有点不大对头吧。他几乎是一种否认一切、打倒一切的处世观点，什么事情在他的眼里看来都变得无可取之处了，拼命地要从中发现其中的不良动机来。头几天，我们一起在法布里奇教授家里，大家自由发表言论，我对他的主张和态度就颇有微词。他把罗马教皇采取的一系列的改革措施批得体无完肤，让我心里真难受。”

裘玛“唉”地叹了口气：“说到这个问题，我感觉自己和他的观点都像是不谋而合。你同许多的心地善良的人的愿望一样，总是习惯于理想化，对未来充满了美好的设想。难道你们相信一个青春年少、心灵还没有受到侵蚀的有见识的正派人做了我们的教皇，我们所有的一切的一切都要好起来了吗？这简直是一种空想。只要这位大人下令开放牢门，为老百姓们祈祷，三个月之内，我们‘幸福生活一千年’的心愿就能满足了吗？你们大概很难理解，就算教皇是真心想励精图治，大展宏图，目前的局面也未必能让人乐观。问题的症结在于事情立足的原则上，并不完全与这种人或那种人的实际作为有关系。”

“你是指什么样的原则？是教皇独立于世俗的权力这条原则吗？”

“这一条并不需要突出出来强调。这只是整个错误中的某一个部分罢了。于人们不利的原则是：有些人能够对别人的生死的命运具有控制的特权。这些导致了人与人之间关系的不合理和不公正。”

玛尔蒂尼用手在空中做了个动作。“打住吧，尊敬的太太，”他一边说，一边挂着笑容，“你是不是又要发表那些早已成为故纸堆的‘道德废除论’[①]？我可以避免与你讨论这个问题吗？我猜测你应该还信仰十七世纪英国的社会平等主义[②]的理论。可是我今天来这儿的目的是专为它而来。”

他的衣袋里放着一篇稿子，他把它取出来。

“一篇伊万雷斯的愚蠢之作，他昨天交到我们的委员会上。过不了多久，我想，我们和他免不了有一顿争吵。”

“愚蠢之作？伊万雷斯这人虽然让人瞧得不顺眼，但也够不上愚蠢吧。你怎么回事？你是不是对他成见太深了？”

“啊，我也承认这篇文章在某种程序上表现了一点它的机智；但是，不如你自己去看看它吧！”

这是一篇带讽刺色彩的文章，主要针对当时那股以新教皇为中心而形成的一种疯狂崇拜的潮流，这股潮流仍然在意大利发挥着轰动的效应。它仍不脱离牛虻的那尖刻、毒辣的写作风格；虽然裘玛不认同这种风格，但是她从内心里认为这篇文章的论点句句在理。

“我一点不反驳你的看法，这篇文章的狠毒的风格非平常的文章所能及。”她把稿子放在一边，“很不幸的是他可言一语中的，许多话都一下切中要害。”

“裘玛！”

“我说得没错啊，通篇都说得有理啊！他就是站在了道理的立场上。虽然人们可以指责他麻木不仁，可以说他滑溜得如同一条泥鳅。文章就是说到刀刃上了嘛，我们为什么要故意去否认这些呢？这显得多么口是心非啊！”

---

① 道德废除论：即用福音代替道德的主张，它宣扬主要相信福音，即使不去遵守道德也可以去拯救世界。这种主张的提出主要以约翰·安顿列科拉为代表。

② 社会平等主义：代表人物是约翰·李尔本，他们是17世纪英国民主共和国克伦威尔的军队里的最激进的一派，他们主张归还农民被圈占的土地，以农民和手工业者为其社会基础。

“那么，你的意思，我们应该立即去发表这篇文章了？”

“不，这与这是两码事。我当然不主张让这篇文章照这个原样去发表了。那会让所有的人都吓跑，也会伤了某些人的感情，最终落得个徒劳无功的下场。可是，这篇文章也可以成为一篇上乘之作，只要他同意修改，去掉那些对人身进行攻击的语句。我觉得他写得非常好，这让我很意外。他说出了我们应该说的话，我们不敢说的话。这一段是最为精彩的。它把意大利描绘成一个喝醉了酒的汉子，在搂着一个人的脖子诉苦，痛哭流涕。可谁知道那个人是个小偷，在那当儿，他的手正向他腰包里摸去。这一段写得生动而富有寓意，简直太妙了！”

“我讨厌这一段，裘玛！我觉得它是整篇文章的一处败笔！我最反感这种嘲弄一切人和事的态度。”

“我的看法与你基本相同，但是问题的要害不在这个地方。人们可能都不大能接近伊万雷斯这个人，他的文章也是，在写作风格上也容易拒人于千里之外，但是他的这种主张是非常非常在理的：我们太容易沉迷于宗教的游行活动，在那里高声疾呼博爱、和平、宽容，相互拥抱，营造出一种热热闹闹的气氛。这种做法只会有利于耶稣会派和圣信会派。我不知道你们昨天的会上最后通过了什么决议？我很遗憾我没有能参加这个会议。”

“我今天为什么到你这里来？就是为了这个。我们委员会一致同意你去找他谈谈，设法说服他缓和缓和文章中尖锐的笔调。”

“为什么会提议我去？我对伊万雷斯几乎可以说是一无所知，并且，他也不怎么肯接纳我。你们不是有不少的人吗？我不会是唯一的人选吧？”

“大家是人人都有自己繁忙的事务；而且，我们都不如你沉稳，你不会像我们动不动地就容易和他辩论、争执，最后落个不愉快的结局，对大家也都没什么好处。”

“这一点可以保证，我说什么也不会与他吵架的。既然大家要求我去，我就去吧。不过我可要说清楚，我成功的把握也没多大。”

“我相信，只要你愿意去试一试，成功的可能性会很大的，会说服他的。我还忘了告诉你，你就说委员会的人都认为他的这篇文章，如果从文学价值来看，是很有价值的，大家都很称道他这篇文章。他会爱听这种话的，而且，我们也没说假话。”

* * *

牛虻坐在一张桌子旁，桌子上摆着好多盆鲜花和凤尾草。他的膝盖上摊开着几张信纸，可是两眼却木然地望着地板上。一只毛茸茸的牧羊狗在他脚边的地毯上躺着。裘玛敲了敲那扇虚掩着的门，惊动了那只牧羊狗，它警觉地扬起头，汪汪地叫了几声。牛虻连忙起身，很绅士地向她弯了弯腰，但那态度透着明显的不自然。他的脸也突然变了，一脸的严肃，木然无表情。

他用一种非常冷淡的口气对她说：“你太客气了，有什么事儿，你只要吩咐一声，我马上就会去登门领教了，不劳你来这儿来谈。”

裘玛马上看出了他的这种不愿接纳她的态度，首先就对他说出了自己此次前来的目的。牛虻又向她弯了个腰，搬了一张椅子请她坐下。

裘玛开门见山地说：“我是受委员会之托，前来找你商量点事。他们要我转达他们的意思，是关于你写的那篇文章，他们的意见与你不同。”

“这个，果然不出我所料。”牛虻微微一笑，在她对面的椅子上坐了下来。他随手推了推一个插着菊花的花瓶，以此来遮挡住眼前的太阳光。

“绝大多数委员的意见相同，感觉它是一篇非常值得赞赏的文学作品。只是，如果就照这个原样送去出版，恐怕是不是不很妥当。您的文章在语言风格上有点过分尖锐，可能会冒犯一些人，而且很可能会吓跑一些人，而这些人是平常一直在同情和帮助我们的党外人士。”

牛虻用手在花瓶里掐了一朵菊花，用手去撕那些白色的花瓣，慢慢地、一片一片地把它撕下来。裘玛看着这一切，看到他的那双手，非常瘦削，骨头都突出来，不断地撕着花瓣，一片接着一片，她心里突然一阵阵地发紧，从前好像在什么地方看过类似的动作。

“如果把它当作一篇文学作品来欣赏，”牛虻的声音很低，而且冷得惊人，“我觉得，它没有一点值得赞赏的地方。恰恰是那些不懂文学的人才会把它当作佳作来欣赏。至于说行文的风格以及它将带来的效应，这是我刻意追求的！”

“您的意思我理解，只是我们所顾虑的是这样可能会伤害一些不该伤害的人，失去一些本来可以争取的朋友。”

牛虻不以为然地耸了一下肩膀，把一片花瓣塞在他的牙缝里，显出无可奈何的样子。“我实在没闹明白，你们请我来，让我写文章去讽刺和抨击圣信会派的人，我一直都是朝这方面努力，也按你们的意思做了。你们现在又让我修改，到底什么意思？”

“我们并不怀疑你的能力以及您与我们合作的诚意。您的文章也定会给圣信会派的人很沉重的打击。但我们关注的这篇文章可能会使我们失去自由派人士的同情，并且失掉许多工人对我们的支持。我们认为，您的文章不仅针对圣信会派，也针对整个教会，包括新教皇。而这不是我们的本意，委员会认为这样做是不合适的。因此，也构成了我此行的目的。”

“我现在明白了，明白了你们的用意了，也明白了你们对我写作的要求了。如果我按你们的意思来写，只涉及对某些你们认为应该受打击的人的攻击，那么我就可以尽情抒发，痛快淋漓地揭露真理了。一旦我的笔伸到你们委员会中某些人支持的对象身上，我的行为就该有所收敛了，‘真理就是一条狗，必须被关进狗窝里去；如果是圣父被攻击的话，那就还应该用皮鞭把它赶出去。’[①]不错，

① 这段引文源于莎士比亚的悲剧《李尔王》第一幕第四场，是剧中人傻子的一段话，稍作了修改。

傻子[①]的这段话太对了，可惜除了做傻子，我什么样的人都愿做。当然，我应该尊重委员会的意见，但我只是要提醒一点，我们不要被假象迷惑住了眼睛，只把攻击的矛头指向几个不重要的小喽啰身上，而忽视了对最重要的人物，我指的是对蒙……蒙太尼……尼利主……主教大人的攻击。”

“蒙太尼利？”裘玛失声叫了出来，“我不太确定，您指的是布墨西盖拉教区的蒙太尼利主教吗？”

“正是，他目前可是教皇跟前的红人，刚被提升为红衣主教。我这儿有一封信，是有关他的情况的。您有兴趣听吗？这是我一个在边界上活动的朋友寄过来的。”

“您是指教皇领地的边界吗？”

“就是那儿。信的内容是这样……”他拿起那封放在膝盖上的摊开的信，大声地念给裘玛听，但是却因为太激动，不住地口吃。

“不……不久以后，你……你将有……有幸见到我……我们最凶……凶狠的敌人，红……红衣主教罗伦梭·蒙太尼利。他……他是布西盖拉的主教。他……他……他……”

念到这儿，他实在无法继续念下去，只好停顿了一下，调整了自己的情绪，缓和了一下，然后继续往下念。这一次他念得特别慢，为避免口吃，把声音拖得特别长，让人听了觉得异常难受。

“你可能在下个月就有幸一睹这位红衣主教的风采了。他下个月到托斯卡纳去，肩负着和平使者的使命。他的日程安排是，先在佛罗伦萨布道，大概停留二十天左右，然后前往塞纳和比萨，最后前往辟斯托亚，从那儿回到罗玛亚省。他表面的身份，可以算是教会中的中立派，教皇和费勒蒂大主教的密友。目前是他的教会生涯如日中天的时期，他在格列高利在位时，是亚平宁地区一个无声无息的小卒子，不为重用，但新教皇很赏识他，他也因此大红大紫起来。但他同圣信会教士没有区别，仍受耶稣会控制。他这次出行，也受到耶稣会派的支持。他们一致的意见是希望他能够鼓舞民众对新教皇的热情，让它不会消退下去；同时也要迷惑住众人的视线，

① 傻子：即《李尔王》剧中的人物。

直到大公爵能够在耶稣会派的代言人呈上的计划书上最终盖上同意的大印。我怀疑这里边可能有某些不可告人的东西。但具体的内容如何，我尚不能得知。我们要对蒙太尼利主教千万提防。他是天主教会里首屈一指的传教士，忠心耿耿，心狠手辣，几乎可以与拉姆勃鲁斯契尼大主教媲美。”

“这下面还有一点，”牛虻接着往下念，“我目前无法断言，蒙太尼利主教是与耶稣教会一丘之貉呢，还是他们的一个工具，被他们给耍了，只有两种可能性：要么他是天下最高明的阴谋家，要么就是受人支使，被人愚弄了还不知道。不过，令我不解的是，他生平从不受贿赂，也没有关于他有情妇的风传——这种人是我从未遇到过的。”

他放下了信纸，眼睛眯成一条缝，坐等裘玛发表意见。

裘玛一边听一边思考，半天没有开口。好一会儿，裘玛抬头问了一句：“你的这位写信的朋友可靠吗？他说的情况是来自第一手材料吗？”

“你指的是什么情况？是关于蒙太尼利主教的清白的私生活吗？这很难让人相信，包括他本人。这下面有一句有疑问的话：但据传闻讲的……”

“我不是指的这方面，”她不客气地打断了他的话，“我说的是关于红衣主教此行的目的之事。”

“我可以担保，我的这位朋友是一个最值得信赖的人之一。他是我一八四三年的战友。他之所以能打听到这个消息也与他现在所处的地位有关。”

“看来他所说的朋友一定是梵蒂冈一个高级官员了。”裘玛心中立刻悟到了这一点。“没有料到您还有这么神通广大的联系。这一点我早该能猜得到。”

“这封信是一封绝密信。我只对你们委员会成员通报，也希望你们要守口如瓶，不能透露了消息。”

“这一点请您放心，我们有我们的原则性。我想，关于那篇文章的事，我就回去报告，说经过讨论，您已经答应按我们的意思作一些修改，把语气缓和一点，或者……”

“玻拉太太，恕我冒昧地问一声，您不觉得如果按你们的意思修改了，虽然语气有所缓和，但同时在‘文学价值’方面会有所削弱吗？”

“您是在问我个人的意见吗？我代表的是整个委员会的意见。”

“您自己的意见如何？你不赞同委员会的意见，对吗？”他把那封信折了一下，把它插进口袋，身体稍向前倾，目不斜视，似乎在迫切而专注地倾听玻拉太太的意见。

“您真想知道我个人的意见？我与委员会的多数同志的意见不完全一致。我并不认为它是一篇极有文学价值的作品，也没有从文学的角度来欣赏它，但是对于它所揭露的事实的真相，对现实背后的真正目的的洞察，却由衷地赞同。而且它所运用的策略是非常巧妙的。”“那么，您……”

“对于文中对意大利当前处境的比喻，好比一只被鬼火引诱误入迷途的羔羊，将要身陷囹圄也浑身不觉，却反而在那儿沉醉于目前的令人鼓舞的场面，我觉得非常深刻而贴切。而且你文风的大胆和锐利，为了达到彻底打击敌人，哪怕吓跑了一些在旁围观甚至可能支持我们的人，我也觉得痛快之至。但是我只能代表我个人的意见。如果我的意见与组织的意义不相符，我当然别无选择，只有保留自己的意见。但是，从理性的角度，我也不得不承认，话是要说出去，但可以表达得平和一些，考虑读者的阅读心态，便于他们更好地接受。”

“这个，那我再快速地浏览一遍，您稍等一会儿好吗？”

他又翻开那本原稿，一页页地读下去。眼睛在字里行间左右移动着，不知不觉，眉头也皱了起来，似乎自己也觉得不太满意了。

“您指教的是，我的这篇文章简直像下等咖啡馆里的那些小报上刊登的文章，端不到政治斗争的台面上来，不像是一篇政论性文章。那现在我该怎么做呢？既要符合你们的要求，适合阅读者的水平，不能写得过于正式、书面化，又要用刻毒的语言来写避免文章写得索然无味。你说我怎么达到八面玲珑呢？”

“没有说要求你用刻毒的语言来写，难道说语言过于恶毒就不会让人觉得也很乏味吧？”

裘玛只觉得牛虻那像两把利剑一样的目光直刺了她一下，接着听他发出一声长笑：

“尊敬的玻拉太太，我实在钦佩您的见识，您说的话什么时候都是对的。我窃以为您的意思是在劝我改掉这个恶毒的毛病，否则我也会沦为那个被我嘲笑过的格拉西尼太太的乏味的命运。天啦，那是多么可悲而又可怜的命运啦？您为什么皱眉，我说的不对吗？我知道我不讨你喜欢，我马上就会说到小册子的问题上。我现在面前摆着的是两种选择，一种是我顺从你们的意思，删掉那些人身攻击的部分，而主要的部分仍保留不动，那么，委员会的人一定会认为我的文章仍然不能通过，不会拿它去印发的；另一种选择是我一改本文写作的主旨，无视政治上的真相，除了把矛头对准该受抨击的敌人外，其他的人一律不涉及。这样的话委员会的大多数人定会举双手赞成，高声赞美这篇文章，那么我的文章也得以荣幸地变为铅字。可是，你我都明白得很，这样的文章即使印出来，意义也已不大了。这里恰好也构成了一个谬论：要么不管其有无价值，保证把它印出来；要么不让它印出来，保留其真正的价值，是这样吗，玻拉太太？”

“我想您言重了！事情并非如您所想象的那样子，一定要强迫选择其中一种决定。我认为，如果您肯删掉文章中人身攻击的部分，委员会会赞成印行的。我虽不能保证所有的同志都能够同意，但我相信这篇文章出版后会发挥它应有的作用，起到很大的战斗作用。但有一点是最基本的，你必须要收起那一副刻毒的口气。即使你所说的是一剂良药，那也没有必要一定要苦到人们无法接受的程度。你的那种口气只会吓跑他们。”

牛虻叹了口气，很无奈地耸耸肩：“我听你的，玻拉太太，我承认我认输了，只好听您的了。这次可以说是您占了上风，我放弃了我的讽刺的写法，但是下次，当尊敬的红衣主教亲自光临佛罗伦萨的时候，我说什么都不会放过他。我会竭尽我之所能去嘲讽他，揭露他。到那个时候我想你也绝不能再阻止我的刻毒做法了，我坚持我的这份权利。”

他似乎心里装满了愤懑，对世间的一切都看透了，以横眉冷对万物，冷酷得没有一点感情。他又随手摘了一朵菊花瓣，高高地举起来，高过头顶，在太阳底下照了一下。他拿花瓣的那只手明显地抖个不停。裘玛不解地把这一切看在眼里，心想：“他是酒喝多了吗？”

“我想，有些东西，要不您还是直接与委员会联系，这样会更好一点，您说呢？也许他们还有什么别的意见？这些我也不得而知。”

“那么，你个人的意见呢？”牛虻看到裘玛要起身离去的样子，也随她站了起来，斜靠在桌子旁，手里还拿着一只花瓣，把它贴在脸上。

她犹豫了一下没开口，接着脸上露出了痛苦的神情。往事在她脑海中一闪，她不愿去回忆，可偏偏挡不住这一幕一幕，她终于鼓起了勇气说出来：“我——我很矛盾。我认识蒙太尼利主教已有多年，应该说从孩提时就认识他，当时他是一位神父，是我的家乡的神学院院长。我经常从一位……一位朋友……一位很熟悉他的朋友那儿了解到他的许多事情。他从来没遭过别人非议，也未被指责有过不轨的行为，我一直认为，至少在那个时候认为，他是个有口皆碑的受人拥戴的神父。但是那都是多年以前的事了。也许人都在变，隔了这么多年，一切都很难说了。权力会改变许多人，会让他们在追逐名利中走向毁灭……”

牛虻从花束中站起来，望着她的脸，双目射出的是两道誓死不动摇的眼神。

“我能理解您的心情，”牛虻说，“我们也不希望这样，但有一点似乎可以肯定，即使蒙太尼利主教本人没有我们设想的那么坏的话，他也一定是敌人手中一把杀人的刀。对我们这些人来说，不论他属哪种情况，如果对我们构成了‘拦路石’的阻碍，我们就一定要把他拿掉。这一点无可商榷。抱歉，玻拉太太！”他站起身，摇晃着去给裘玛开房门，同时按响了送客的铃。

“玻拉太太，要您亲自光临寒舍，与我讨论工作，我的心里实在有些过意不去。我给您租辆马车，送您回去吧？不要了？您怎么那么客气，我真是于心不安。那好吧，比艾嘉，请你为这位太太开大门。再见！”

裘玛没有坐马车，一边走在回家的路上，她一边整理着思绪。“牛虻的那位边界上的朋友是何种人呢？他们要用什么办法去对付蒙太尼利主教呢？如果说只是用写文章去痛快淋漓地攻击的话，他的表情怎么那样痛恨之极，牙咬得紧紧的，眼睛里射出不择手段的凶光？”这些都是她脑子里画的一个个问号。

第四章

在十月份的第一个礼拜天，蒙太尼利主教来到了佛罗伦萨。他的到来给这座城市带来了一定的震动。他不仅仅是一个声名远扬的传教士，也是教会革新力量的代言人；人们都非常热切地企盼他的到来，向他们进一步解释新的改革措施，成为他们心目中的和平、友爱和光明的使者，以此来解除意大利的苦难。前不久，原罗马圣院书记长拉姆勃鲁斯契尼被查办，由红衣主教吉齐来取而代之。拉姆勃鲁斯契尼是个深为民众痛恨的家伙，这一重要举措立即把人们心中的热情激发成新的高潮，而蒙太尼利主教此次访问佛罗伦萨正可以维持这一种热情，不让它回落。在大多数的人眼中，蒙太尼利是一个正派的人，他在个人私生活方面几乎可以说无可指责，非常严于自律，这在当时天主教会的上流社会的人士中间可谓凤毛麟角。而那些高级神职人员在人们眼中最擅长的三件事就是：敲诈勒索、侵吞公款以及引诱妇女，这几手与他们的生活不可分离。而这些在蒙太尼利身上是从未有闻的。因此，他在人们心中享有别样的声誉。何况，蒙太尼利作为传教士的非凡能力也足以让民众倾倒。他举止优雅，在布道时嗓音优美，富有吸引力，因此，凭着他的人品和才识，不管何时何地他在人们心中的知名度都极高。

格拉西尼这一群追名逐利之流，如同迎接每一位新来的名人一样，对这位蒙太尼利主教大人大献殷勤，几次三番地邀请他去参加他在家中举办的宴会。可是蒙太尼利并不是他想象中的那么好被笼络的人。面对多次的邀请，他总一副很超然矜持的态度，既不答应下来，也不失礼，总是以一些托词婉拒，说自已刚来乍到，有许多的事情要做啊，身体不太适应当地的气候呀，诸如此类。

有个礼拜天的早晨，天气晴朗明丽但略带点寒气，玛尔蒂尼和裘玛一起走在经过西格诺里亚广场的路上，玛尔蒂尔不禁略带忿忿然地说道：“主教到的那天，当蒙太尼利的马车过来时，他们冲他的那一恭恭敬敬的鞠躬简直卑贱谄媚得可以算是一绝了。他们对时下人们议论的话题中的人物，无论哪一个他都当作是不得了的人物，对他们顶礼膜拜。像这种追逐名人的人我还是头一次见到。八月份的时候巴结的是牛虻，如今又换成了蒙太尼利。他们那副诚心诚意的样子大概让主教大人非常得意吧！像这样子趁机拍一把、和蒙太尼利拉关系的人，就我所见到的，还真不少呢！”

他这段话是对刚才教堂里发生的事作的议论。他们一起来听蒙太尼利主教布道。来的信徒特别多，教堂里全站满了，没有一点空隙。玛尔蒂尼担心裘玛受不了这种场合，又引发她头疼的毛病，因此，没等弥撒做完，他们就挤出来了。久雨初晴，这是个难得的好天气，玛尔蒂尼建议和裘玛一起散散步，去圣尼科罗山坡上的花园里走走，也不辜负了这样的好天气。

“我不想往那儿去。”裘玛这样回答他。“如果你今天有闲暇，我们可以散会儿步，但最好别去山上。我们可以沿隆·阿诺河的河岸走一走。待会儿蒙太尼利从教堂出来，他肯定会经过这儿的。咱们不妨也学格拉西尼一回，瞻仰一回名人，一睹这位主教大人的风采。”

“刚才在教堂里你不是都见过了吗？”

“教堂里人太多，又挤，我没看清楚。等他的马车过来的时候，立刻又过去了，只看见了个背影。他下榻在隆·阿诺河边，如果我们就站在桥头，肯定可以清清楚楚地看清他的面目。”

“你怎么变得热衷于关注传教士，想去看蒙太尼利？这可不是你一贯的作风。你从前对有名的传教士，可是不屑一顾的。”

“我也不是关注名教士，只是想见见蒙太尼利本人。这么多年没见面，不知道他的面目有没有什么改变。”

“你上次见到他是什么时候？”

“是亚瑟死后的第三天。”

玛尔蒂尼看了她一眼，脸上露出了忧虑的神情；这时俩人已抵达了河滨大道，裘玛面对着水面，她的目光随着对往事的回忆变得辽远而深沉，甚至有些茫然起来。对于她脸上的这种神态，玛尔蒂尼是最怕看见的。

“裘玛，”待了一会儿他说道，“你就不能把那件多年前的不幸的记忆扔给岁月吗？不能一辈子就让它纠缠下去呀。十七岁，少不更事，谁不会犯错呀。”

“十七岁，每个人都有可能犯错，但不是每个人都会害死自己最亲密的朋友。”她被痛苦折磨着，一脸的疲惫，用胳膊抵在桥头的一根石栏杆，眼睛呆呆地看着桥下流过的河水。玛尔蒂尼小心翼翼地，不再吱声了。每次遇到这样的场合，与她交谈对他而言简直是难事。

“每次看到河里的水，我就会不自主地想起了往事。”她说到这里，把头慢慢地抬起来，看着玛尔蒂尼的眼睛，身子上泛起一阵神经性的哆嗦。“西萨尔，我们别站在那儿，太冷了。我们继续往前走吧。”

他俩肩并肩地过了桥，谁也没说什么。沿着河岸走了一会儿，裘玛首先打破了沉闷的空气。

“那位主教的声音多动听啊！那里边有一种很特别的东西，似乎在别人的声音里是找不到的。在我看来也许这就是蒙太尼利特别具有感召力的大半原因之所在吧。”

沉默了那么久，玛尔蒂尼怕裘玛再沉浸于因河水而引起的对可怕往事的追溯之中。一看到裘玛首先开口了，他赶紧接上话题：“是啊，我也觉得他的声音很美妙，并且他在我所听过布道的传教士中是最才华横溢的最杰出的一个。我坚信除了独具魅力的声音外，他更大的魅力还在于他生活的态度表现出的人格的魅力，那就是，他在生活方面是个严于自律的人，与天主教会的其他高级教士完全不同流合污。我觉得在整个意大利教会里，除了教皇外，他的声誉是最佳的，从来没有被人指责过什么劣迹，哪一个高级教士也比不上他。我曾经在去年到过罗玛亚，途经他管辖的教区。那天，天下着大雨，在泥泞的路边，顶着雨，许多山野粗民在那儿等着不肯离去。原来蒙太尼利主教要路过那里。许多人之所以愿受大雨的浇淋，只是为了能亲眼看见这位大主教大人的姿容，或者能摸一摸他的衣角。人们爱戴他，简直把他当作一尊神来崇拜了。你知道，罗玛亚是出了名的憎恨穿法衣的人，但是他们却这样拥护蒙太尼利，这里就可见他的影响力了。我曾经同一位老农民——一个我一生所见过的典型的以走私为生的罗玛亚人闲谈过。他告诉我：‘我们恨透了主教，他们都是不折不扣的骗子；可我们热爱蒙太尼利大人。他是一位诚实、正直的人，从来不撒谎，从来也不曾做过一件伤天害理的事。”’

“我心里在想，”裘玛好像是自己对自己说，“你说他本人到底是否知道他在别人的眼里有这么高的知名度、人们对他有这么多的好评吗？”

“怎么能意识不到？你为什么问这个？难道你对别人的评价持异议吗？”

“是，我对此持异议。”

“你怎么会如此看呢？”

“是他亲口这样告诉我的。”

“他亲口告诉你？裘玛，你指的是什么？”

她用手轻轻向后拢了一下额头前边的一缕头发，转身面对着玛尔蒂尔。他们无言地面对面站住了。玛尔蒂尼轻倚着栏杆，裘玛仍一副若有所思的样子，一只拿着雨伞的手用伞尖在地上轻轻地划着线。

“西萨尔，我们是多年真诚的朋友。我一直没有勇气告诉你亚瑟那件事的真实情形。”

“你不必告诉我，亲爱的。我已经很清楚这件事的始末了。”玛尔蒂尼马上打断了她。

“是吗？是乔万尼对你讲的吗？”

“不错。在他生命垂危的日子里，有一天晚上，我陪着他，坐在他身边，他把这件事一五一十地向我说了一遍。裘玛，亲爱的，既然我们终于正面提及这件事，我不如对你不再隐瞒了。他说了那件事，末了，他告诉我，你经常为这件事不断地自责，不断地受到来自良心的谴责，他托付我，让我尽力成为保护你的好友，让你能够不再为这件事所烦恼，快快乐乐地生活下去。多年以来，我一直尽力地做着，但是我感觉自己失败了。可我的确全力以赴了。”

“谢谢你，西萨尔。我知道你的确已经全力以赴了。”她温柔地回答着，并轻轻地抬起头来。“如果没有你的情谊，我都不知道自己能不能度过这些时光。但是乔万尼有没有向你提起过蒙太尼利的事呢？”

“没有。我不明白蒙太尼利怎么会与这件事有所牵连呢？他对我说的就是关于那个间谍的事，还有，还有……”

“还有我向亚瑟打了个耳光，而后他投河自尽的事，对吧？我现在就告诉你蒙太尼利与这件事有关的情况吧。”

他们又折回去，走向蒙太尼利将要经过的那座桥。裘玛一边不眨眼睛地望着那微泛涟漪的水面，一边谈着这一切。

“在那时，蒙太尼利仅仅是一名神父，任比萨神学院的院长。亚瑟在上萨平扎大学。因为对一些哲学上的问题感兴趣，常受蒙太尼利的指点，并他们经常在一起读书。这的确是一对相当投缘的师徒，或者更确切地说是一对志趣相近的朋友，二人互相信赖地交往。亚瑟对蒙太尼利的崇拜简直到了近乎狂热的地步，差不多要去吻他踏过的路面。有一次他曾对我说，如果世界上没有了‘神父’

（亚瑟一直这样称呼蒙太尼利），他简直宁可投河自尽。后来的事呢，你也知道的，我们内部出了奸细，亚瑟真的去投河自尽了。就在事发的第二天，我父亲，还有亚瑟的那两个同父异母的兄弟——再让人讨厌不过的两个家伙，在内河港里打捞了整整一天，希望能找到他的尸体，结果落空了。而我，自始至终孤身待坐在房间里，对自己的行为不断反思着……”

裘玛顿了一下，然后接着往下讲：

“那天晚上，时候也很晚了，父亲走进我的房间对我说：‘裘玛，我的孩子。楼下有个人等待多时了，你下去看看，和他见见面。’我跌跌撞撞地随他下了楼，见父亲的诊室里坐着一个年轻人，一副学生模样，他也是个党员。我看到他的时候，他脸上一点血色都没有，整个身子也不停地抖着。他对我讲，他们收到了从监狱里传出的乔万尼所写的第二封信。信上讲，他们从监狱的狱卒里打听到了有关卡尔迪的情况，得知亚瑟是因做忏悔而陷入了圈套。我记得他还说，现在事实终于澄清，亚瑟真的是清白无辜的，这对我们大家来说多少也是一种安慰啊！父亲把我的手紧握住，不断地用话语来劝慰我，可是他怎么会知道，是我亲手打了亚瑟一耳光，促成他的自尽。回到房间，那天晚上我一整夜没有合眼，一个人呆坐在房间里。第二天一大早，我听见父亲又和伯尔顿两兄弟去打捞尸体了。他们这次是去海港里打捞，希望那儿还有一线希望。”

“后来呢，他们找到了吗？”

“没有。但当时他们总抱着能找到的一点希望，可是最终还是没有捞到，可能是被冲到深海里去了。一整天，我仍然在房间里一个人发呆。一个女仆上楼来传话，说有一位‘敬爱的神父’[①]登门拜访，听说老爷去码头上了，他就告辞了。我知道她所指的一定是蒙太尼利，就跑下楼从后门追上去。在花园门口，我终于见到了他。我叫住了他，对他说：‘蒙太尼利神父，我想跟您说件事。’他默默地站着，两眼看着我，听我说话。西萨尔，遗憾的是你也许从来没有见过他的那张脸上所浮现的神情，我从前也没见过，所以从那

① 敬爱的神父：原文是法语。

以后，好几个月的日子里，每天晚上，只要我一闭上眼，我还能清清楚楚地看清他的那张脸。我对他说：‘神父，我父亲就是华伦医生，我是他的女儿。我要告诉您，是我亲手害死亚瑟的。’我把事情的经过详细地告诉了他。他像一尊冰冷的石像立在那儿，一言不发，一直到我讲完，他才对我说：‘你安心吧，可怜的孩子，杀死亚瑟的不是你，而是现在站在你面前的人。我欺骗他，最后终于被他发现了。’话说完，他片刻之间就转身走出花园的门口，头也没回。”

“后来有什么别的消息吗？”

“没有。据说，当天晚上，他一个人上街，在街道旁晕倒了，多亏周围的人把他抬到码头边的一家人家里救了他。再后来我也不知道他的下落了。当时父亲想方设法地安慰我，我终于鼓起勇气告诉了他我的过错。父亲立即决定离开那里。他关闭了诊所，我们搬到了英国，远离了那个不断勾起我痛苦记忆的地方，防止我再因什么消息而沉浸在往事的痛苦之中。父亲一直都担心会失去我，怕我投河自尽。事实上，这个念头萦绕在我心头多时，差点儿被我实践。后来我们得知父亲已染上绝症，要不久于人世。面对现实我突然清醒过来变得坚强起来。除了我之外，没有人能够去照顾父亲。父亲终于没有能够活多久，留下了我和几个不懂事的弟弟。我开始挑起家庭生活的重担，一直到我大哥能够抚养我的弟弟们。这时乔万尼也到了英国。你知道吗？他到英国之初，我们几乎都避免见到对方，怕的是又互相勾起可怕的回忆。当时他也是万分追悔，因为他对亚瑟的死也负了一份愧疚，他说他不该从监狱里寄出那封惹出祸端的信。话又说回来了，我觉得也许是心头怀着共同的忏悔，共同的苦痛让我们的心走近了，最终能结合在一起。”

玛尔蒂尼微笑着，摇摇头否定了。

“你这方面的情况也许是这样。但是，对于乔万尼而言，他可是对你一见钟情，从见到你的第一眼就已经下定了这个决心。记得他第一次访问来亨，再从那儿回到米兰后，他对你这个英国姑娘赞不绝口。他每次见到我就要在我面前夸赞你，以致我对裘玛这个名字特别过敏。恐怕我当时对你真有点厌烦了！啊，你看，那辆马车开过来了！”

马车开过桥，在河滨大道的那所大房子门口停住。门口已经站满了围观的虔诚的信教的人们，都是为了领略主教大人的风度。蒙太尼利将全身倚在座垫上，仿佛精神疲乏困顿得很，面对兴致勃勃的信徒，没有一点反应。与刚才布道时的如同通灵似的神采飞扬相比，他简直是判若两人。上午的阳光照在他那张脸上，尽显出他脸上的因忧郁的、长期的疲惫和所镌刻成的苍老的皱纹。他慢慢地、左右摇晃地下了车，一副心力交瘁的样子，看上去像突然老了许多。他的脚步显得沉重而乏力，最后消失到宅子里了。裘玛见此状转身向桥头慢慢地走过去。玛尔蒂尼追上她，跟在她身后，没有作声。一时间裘玛似乎像是受了蒙太尼利那痛苦且憔悴神色的感染。

这样走了一会儿，裘玛才开口说话。“我一直在想，蒙太尼利是在什么地方欺骗了亚瑟呢？有某些时候我也会有那么突然的一闪念……”

“你想起了什么？”

“我觉得有时候感觉怪怪的，他们俩的长相竟有那么惊人的相似之处。”

“你是说谁和谁？”

“蒙太尼利和亚瑟。不止我一个人有这个感觉，周围的人都隐隐约约地透露了这个想法。此外，伯尔顿那一家人的关系似乎被罩上了一层神神秘秘的迷雾，让人琢磨不透。亚瑟的母亲——伯尔顿太太，是我见过的最贤淑、最端庄、最善良的女人。她的脸上有一种同亚瑟一样的圣洁的神韵。而且我认为他们母子俩的性情也非常相似。可是，我发现，她时不时会流露出内心的恐惧，像是一个等待查办的罪犯。伯尔顿前妻的儿媳妇对待自己的后母简直连常人对待狗的态度都不如。而且，怪就怪在亚瑟本人也同伯尔顿一家人水火不容，他不能容忍那一家人的俗气和世故。我那时还很小，还没有想过这类习以为常的事情。但是现在仔细回想起来，这事儿的确有些蹊跷。我在想，亚瑟与伯尔顿那家人是一家子的吗？”

“也许正是你猜测的那样，亚瑟的母亲的确有着某些不可告人的事儿，亚瑟因对此有所察觉而投河自尽了。他的死可能与卡尔迪事件是无关的。”玛尔蒂尼一心只想化解开裘玛心头笼罩着的阴影，所以只能用这样的话来安慰她。裘玛听了，只是把头摇了摇。

“你不了解我们之间发生的事情。如果你看到了被我的一耳光重重一击之后的亚瑟的那张脸，你就不会有刚才的那种想法了。也许蒙太尼利说的话是真的，亚瑟的死别有原因，但是我所做的事情毕竟是错的，而且已无法可以挽回了。”

玛尔蒂尼又不说话了。他们就这样又默默地走了一段路。

过了好半天，玛尔蒂尼终于首先打破了沉默。他说：“裘玛，亲爱的，假如这个世界上还有一种能让人弥补过失，挽回缺憾的良药，那么我们还可以为自己过去的所作所为去费一番心思苦思一场。但是现在，这是不可能的事。过去毕竟已是过去了，在我们心中，这自然是一种悲痛的事；但是那位可怜的亚瑟，他的死又何尝不是一种解脱，与一些没死的或流浪或坐牢的人相比，他还是挺幸运的，起码可以不用再受残酷的现实的折磨，不用受坐监牢和四处流亡漂泊之苦。我们有什么权利不顾活着人的苦痛和灾难，而要终日为死去的人黯然神伤丧失斗志呢？你该记得诗人雪莱的一句诗：‘过去属于死神，未来属于自己。’把眼光放到现在吧，亲爱的，在它还没成为过去之前属于你的时候立刻抓住它，把劲儿用到该用的地方，不要到当它变成过去时又再因为一些缺憾来苦痛着自己。我们现在所能做的和应该做的就是尽全力去帮助那些身边需要我们帮助的人。”

玛尔蒂尔充满激情地去劝解裘玛，在情急之下，他双手握住了裘玛的手。就在那时，猛然间他的身后传来一阵又细又轻的说话声。那话音拖得很长，非常冷淡。他很吃了一惊，握着裘玛的手也立刻松开了，并缩了回去。

“蒙……蒙太尼……尼利主教这个人啦，”那声音慵懒地小声说道，“其实真是名副其实了。你说是不是，我亲爱的医生？像他这么好的人早已不配住在这个世界上，而应被恭送到另一世界。我打赌只要他到了那个地方，也定会像这次一样，在那里引起不小的喧哗。因为，在那儿，肯定有为数不少的老鬼多年也没有见过类似他这样的诚实的红衣主教一类的玩意儿。对于鬼而言，大家也明白，一定也非常欢迎这样的新奇东西……"

列克陀医生听到他这样的话，抑制不住心中的愤懑，问道："你这话怎么讲？"

"列克陀先生，这些是《圣经》上说的。如果福音书所言可信的话，从那儿可知，即使那顶呱呱的上流社会的鬼也都喜欢形形色色的风马牛不相及的拼凑物。你看，举例而言，'诚实的主教'，是'主教'和'诚实'加在了一起，这种拼盘难道不是很特别吗？而且像是把小虾和甘草硬拼在一起，你不觉得很可笑吗？哈哈哈……哦，原来玛尔蒂尼先生和玻拉太太也来了，真不巧了！雨霁的天气真是清新而怡人啊！你们二位听过了那位叫作……新……新萨沃那洛拉[1]的布道吗？"

玛尔蒂尼忽地把身子转了过来，看见牛虻叼着一支烟，一支温室培育的鲜花插在纽孔里；他的那双瘦长的手戴着一双做工精良的手套，向他这边伸了过来，要和他握手。玛尔蒂尼抑制住心中的怒气，勉强和他握了一下。牛虻那方殷勤异常，而玛尔蒂尼则表情愠怒、冷漠。在玛尔蒂尼看来，牛虻今天显然显得春风得意的样子，一身上下衣冠楚楚，靴子擦得油光可鉴，在阳光下为他增色不少，挂着笑容的脸上也显得意气风发，光彩照人，腿也不似平日那么跛了。

这时，列克陀医生突然惊慌失措地叫了一声：

"玻拉太太的脸色不太好，该不会是不太舒服吧？"

裘玛戴着帽子，大家看到她的帽檐下露出的半张脸，神色难看，面无人色。从脖子下系帽子的丝带的抖动中可以看出她心情紧张，心跳很快。

"我想回去了！"玻拉太太虚弱地说了声。

① 萨沃那洛拉：十五世纪下半期佛罗伦萨著名的传教士，以揭露当局和教会的腐败行为著名，最终遭到迫害。

他们立即叫来了一辆马车，把裘玛送上车，玛尔蒂尼因放心不下也上了车，一定要护送她回家。裘玛的披风因不小心被钩在马车上了，牛虻就弯下腰来，替她解开。不经意时他抬头看了她一眼，视线正与她的脸相遇，裘玛突然打了哆嗦，好像被吓得够呛，身子也不由自主地往后缩了一下。这些被坐在她身边的玛尔蒂尼都看到了。

“裘玛，”等马车启动后，玛尔蒂尼用英语向她问道，“那个讨厌的家伙刚才是不是对你说了什么？”

“没，没说什么，西萨尔。不关他的事，是我心里暗自吃惊。”

“暗自吃惊？”

“是的，我把他看成了……”裘玛立即用手蒙住了眼睛，玛尔蒂尼默默地坐在旁边待她情绪好转过来。过了一会儿，裘玛的脸上慢慢恢复了红润，心情也平静了下来。

“西萨尔，我觉得刚才你所说的是对的，”终于裘玛转过脸去面对着玛尔蒂尼，她的语气恢复了往日的平静。“我们不能总去想那些无法回首的过去的事情。如果仍那样纠缠不休，苦苦抓住不放的话，那不仅是没好处，造成自己精神的痛苦，甚至会错乱了神经，尽想一些乱七八糟的怪念头也有损于健康。西萨尔，这个话题我们以后永远都不要再去提它了。要不然我越发想入非非了，可能会把每个人都看成亚瑟。这纯粹是种幻觉，和做白日梦几乎没有差别。刚才那个玩世不恭的先生在我面前乍一出现的时候，我差点就把他当作可怜的亚瑟了。”

第五章

也许牛虻天生就生了一副引来反对者、使自己不由自主地身陷囹圄的本事。从八月份来佛罗伦萨到现在，不过两个月的时间，他已经把委员会里的成员的四分之三都得罪了，他们纷纷站在了玛尔蒂尼的立场上了，特别是蒙太尼利主教来佛罗伦萨之后，牛虻对他毫不留情地猛烈的进攻把许多拥护他的人都弄生气了；即使是一向激进的盖力．也一改从前对牛虻言听计从，全力支持的态度，也在私下里发一些牢骚，认为他没有必要这么大肆攻击红衣主教。“本来清正廉明、作风正派的主教就不多，应该对他表示欢迎才对。”

面对铺天盖地的漫画和讽刺文章的攻击，只有一个人始终保持着镇定和沉着。这个人就是蒙太尼利主教本人。正如玛尔蒂尼感慨的，如果一个人能够面对尖锐的攻击和挑战，用这样镇静、平和的态度去对待它，那么再去费力气攻击他也是枉然。城里有关他的传说很多，其中有一则是说：有一天蒙太尼利与佛罗伦萨的大主教一起共进午餐，在餐厅里他看到一篇牛虻写的大肆讽刺他的文章。蒙太尼利本人不但没有大发雷霆，反而对大主教说：“这篇文章写得很妙，你看呢？”

有一天，城里又传发着一张传单，赫赫的标题为：“奉告节①的秘密。”即使隐去了那个早已为读者所熟知的签名——用简笔画勾勒出来的一只振翅欲飞的牛虻，只要读到那行文的风格和尖酸的笔调，大家大概已能猜得出，那显然是出自牛虻之手。这是一篇对话体写出的讽刺小品。在文章里，作者把托斯卡纳人民比作圣母玛利亚，把蒙太尼利比作大天使加百列。他作为一名奉告人民的使者，手里握着一枝洁白的百合花，头上围着一圈用象征和平和安宁的橄榄枝扎成的花环，向人民宣读一条消息：“耶稣会即刻降生。”这篇文章带着大胆的主观主义的色彩，通篇都是有关人身攻击的含沙射影的语言，其中还有许多的暗指，非常胆大和露骨，让佛罗伦萨的人们觉得写这样的讽刺文章实在算不上有什么大度，也与公道的标准相违背。不过，由于文章的写作风格的影响，每个读完这篇文章的人都不由得会忍俊不禁地放声笑出来。牛虻故意假装严肃的样子，对人们说了一些很荒唐的话，这种妙趣横生的风格给人很深的

① 奉告节：基督教的节日之一，在三月二十五日，为了纪念天使加百列奉上帝之命，向圣母玛利亚传达耶稣降生的消息。

印象。只要是牛虻用妙笔写出来的小品文章，他最忠实的拥护者读完都会捧腹大笑，即使有一些对牛虻一直持反对意见的人，最不接纳他的人读了这种文章也会哑然失笑。尽管这张传单的语气令人不愉快，但对人们的情绪上的影响却是非常深刻的。虽然蒙太尼利在佛罗伦萨的知名度非常高也非常稳固，讽刺文章的作者即使是妙笔生花也不会给他多少深重的打击。但是，在公众的舆论中渐渐形成一种于他不利的逆流，虽然大主教出入仍旧是前簇后拥，有许多热情的崇拜者仍然注视他上下马车，但是在那欢呼和祝福的声音当中也会不时地冒出几句刺耳的、令人惊愕的叫骂："耶稣会的一丘之貉！""圣信会派的叛徒！"

但是，蒙太尼利也同样有一些支持者，暗中有人站出来为他辩护。在传单发行的第三天，《信徒报》——当地首屈一指的教会报纸发表了一篇写得很长、相当漂亮的文章，标题叫作《答"奉告节之秘密"》，以"一教徒"的名字署名。这是一篇为蒙太尼利申辩的文章，指责牛虻的文章是在无中生有地造谣，是一种对大主教的毁谤。这位作者虽然没有透露他的真实姓名，但是可以看得出他有很好的文采，也有满腔的激情。他在文章中诠释了人类和平、宽容待人的意旨，并说，这是新任教皇向人们传播的福音。在文章的结束部分，他对牛虻的那篇小品文提出了斥责：他那些语气确定的论断句句从何而来，以何为据？同时，他鼓动民众说：无中生有的造谣是卑鄙的，大家万万不可轻信。这篇文章"只立不破"的论述文章的说服力是显而易见的，从文学作品的角度来看，它也是非凡的。这些已经使它超出了平常文章的水平，引起了城里人的极大的兴味。而且，这篇文章的作者究竟是谁，这对报纸的编辑来说也是个不解之谜。不多时，文章就以小册子的形式另外发行了单行本；于是，在佛罗伦萨的许多咖啡馆里，人们都在展开热烈的议论，中心话题就是那位"以匿名方式"写辩护文章的人。

对这篇辩论文章，牛虻仍是对新教皇及其追随者进行更疯狂的攻击。他把蒙太尼利作为他更加关注的攻击对象，并且隐晦地指出，是他在背地里支持那篇辩护文章的发表。于是，那个匿名作者又在《信徒报》上写了回复的批驳文章，同时很生气地否认了他的主观臆测。在蒙太尼利停留佛罗伦萨的好长时间，两位作者在报纸上打的文字官司一来二去，非常热闹，也很难分清谁能占上风。这些吸引了许多人来关注这场纸笔战争，对蒙太尼利这位卓越的布道专家反而冷遇了。

自由派的一些人曾经很大胆直接地劝慰牛虻，说他应该放弃用恶毒的文章去攻击蒙太尼利的做法，因为这样做实际上是没有必要的。可是劝来劝去，在牛虻身上看不到一点儿效果。牛虻总是一副嬉皮笑脸的样子，懒洋洋地答复他们，还用结结巴巴的话说："老……老实说吧，各位，你们要这样做实在显得不公正了。上次的那篇文章，我最后作了让步，答应了玻拉太太的要求，我也跟她讲定了：在这个机会里我可以开个小……小……小小的玩笑，也算是一种自娱自乐吧。这些可是契约上明文规定了的。[①]"

十月结束了，按事先安排，蒙太尼利该回罗玛亚省自己的教区里去了。在告别佛罗伦萨返回之前，他作了一场告别布道。这其中提到了那一场牛虻与"一教徒"的辩论。蒙太尼利对双方采取的敌对攻击的态度委婉地表示出不赞成，同时诚恳地请求那一匿名作者以和为贵，做出一种宽容别人的表率，把这一场有失君子风度且不会有什么好结果的辩论结束。第二天，《信徒报》立即对他的布道有了积极的回应，"一教徒"登了一则启事，表示愿意退出这场无休止的论争。同时对蒙太尼利的宽大仁慈的意愿表示由衷的钦佩。

接下来的事，大家都把目光集中到了牛虻的身上。牛虻也发表了一张小传单。在上面，他表示他已经被蒙太尼利主教基督教的宽大、柔顺的精神所感动，解除曾抱有的敌对武装，并且对自己的行为表示忏悔，愿意和第一个相遇的圣信会教徒拥抱，流着泪请求圣信会的谅解。他还写道："我甚至愿意曾与我敌对了近一个月的那位匿名作者本人拥抱；而且，如果那些我的读者能够像我，像蒙太尼利主教一样，明白我们这样做所代表的意义，明白那位与我抗争的作者至今仍采取匿名的原因，他们一定会接受我，相信我的态度

① 选自莎士比亚《威尼斯商人》，是夏洛克说的一句话，有所修改。

的转变是出自内心的。”

半个月后，牛虻向委员会告假，说他计划去海边休假半个月。按理他应该去来亨，可是列克陀医生一路赶过去追他的时候，找遍了整个来亨城都无从找到他。就在十二月五日，教区领地的沿亚平宁山各个地区，爆发了声势浩大的示威游行。大家把这与牛虻联系起来，觉得他之所以突发奇想地要在隆冬时节去海滨玩可能与此事有关。那次示威很快就被当局镇压下去。待到风头过后，牛虻重又回到了佛罗伦萨。一次，在大街上，他无意之中遇见了列克陀医生，微笑着同他搭茬：

“我听说您曾经赶到来亨去找我来着？真不巧，我正好去了比萨——一座悠久、美丽的古城！我觉得它真是有埃尔卡第[①]的意境。”

圣诞节过后，一天下午，牛虻按事先的通知，去十字门旁边的列克陀医生的寓所参加一次文化委员会的会议。别人到会都很积极，他到场的时候，已经有点迟到。他在门口向全场的人鞠了一下躬，表示歉意。那天到会的人相当多，环顾四周，牛虻找不到一张空椅子坐下。列克陀要替牛虻去隔壁搬一张椅子，被牛虻委婉地阻止了。他注意裘玛身旁的窗台，于是就在那个窗台上，挨着裘玛旁边坐了下来，同时把头悠然地靠在了百叶窗上。

他眯着眼，用温和微笑的眼神俯视着裘玛。就在裘玛的目光与他的半闭着的目光相遇时，她的心又颤抖了一下。那是一双狮身人面像一样神秘的目光，像是列奥那多·达·芬奇的人面像一样，笼罩着一层让人迷惑、茫然的色彩。裘玛先前对他一贯抱有的反感此刻变成了一种恐惧。

这次大会讨论的中心是托斯卡纳面临的一场饥荒。委员会针对灾情和当时局势，决定发布一期专刊，发表对灾荒的看法，同时想办法采取措施救济灾民。委员会内部存在的左右两派使全体委员达成一致的协议十分困难。两派成员从不同的立场出发，各抒己见。激进派以玛尔蒂尼、裘玛以及列克陀为代表，他们一致主张全力救

① 埃尔卡第：古代文学作品中描绘的世外桃源，这里是讽刺的说法。

济这场灾荒，向社会各界和政府大声疾呼，希望更多的人来关注和救助灾民，同时要采取切实的行动来救济灾民。而保守派，以格拉西尼为代表，非常顾虑政府当局会对此举有异议，害怕激怒当局，反而于事无补，不敢轻举妄动。

格拉西尼面对那些激昂、热切的积极分子，故意用一种平静而又包含着仁慈的口气说："各位，各位，请听我一言。救人如救火，采取措施当然是应该的。只是，我们老是要对那些不可能达到的状态提出过分的迫切的要求。如果我们一开始就如某些人提议的那样去公然地采取某些措施，很可能使当局开始的时候在一旁静观，直到灾情严重的时候才插手进来救济。与其那样，我们不如一开始就向当局建议，劝告他们去调查农民的收成情况，以使他们认识到灾情的严重性。我认为这是一个不可缺少的准备工作。"

盖力本来坐在火炉的旁边，当听到格拉西尼的这一番话时，忍不住跳了起来：

"准备工作？我亲爱的格拉西尼先生，你说得倒不错，可是，万一等灾情严重起来，它恐怕不会给我们时间和机会去一步一步从容地应付势态的发展。我担心的是，在政府切实的救济措施出台之前，那些难民恐怕都要因饥饿而不在人世了。"

"我很想知道……"萨卡尼开始说话了，但是旁边的声音盖过了他的声音。

"请大点声，我们什么也没听见！"

"街上在发生什么事，简直像地狱中的群魔乱舞的声音。列克陀，窗户关上了没有？我自己都要听不见自己在说什么了。"盖力生气地大声说。

裘玛转身看了一眼："窗口都关紧了。可能是有什么马戏团的一帮人正好经过这里。"

这时街上传来百种声音交杂在一起的声响，有叫声、大笑声、铃铛响的声音、用脚打拍子的声音以及三流乐队的吹奏声和大鼓震天的敲打声。

列克陀说："圣诞节期间，免不了有一阵子吵闹得人不安宁。

算了吧！萨卡尼，你刚才想说什么？”

“我想听听比萨和来亨那边的形势以及他们对这边的灾荒的看法。伊万雷斯先生刚从那边过来，我们还是请他来谈一谈吧。”

正说话的那一刻，牛虻正盯着窗外看，没作回答，显然并没有在意众人议论的话题，也没有听见萨卡尼的话。

“伊万雷斯先生！”裘玛忙喊了他一声。裘玛离他最近，见他还是没有动静，忙起身用手碰了碰他的肩膀。牛虻这才慢慢地转过头，望着裘玛。他的样子实在让裘玛倒抽了一口冷气。一张灰白的脸，面无人色，两眼呆滞，木然地盯着她。停了一会儿，两片没有血色的嘴唇才机械地翕动了两下，可是那个样子真不像是个大活人。

“没错，有一帮玩杂技的人。”他的声音很低，似乎是在对自己说着话。

裘玛有一种预感，牛虻眼前的情形肯定有点不大正常。为了不让众人看见他这副样子，她唯一的念头是要马上遮住他的脸。裘玛从前从未见过牛虻像今天这样失常，可能他正陷入一种完全失去理智的可怕的幻想之中，还没有完全清醒。她连忙转身，打开了一扇窗户，把头探出去，像是受了牛虻的感染，也对外面大街上的情形发生了浓厚的兴趣。

街上有一帮玩杂耍的马戏团，有骑在毛驴背上耍杂技的，也有穿怪模怪样的“哈里昆”①，还有一些戴着假面具、在大街上游行的群众。他们大叫着，推攘着，与一些装扮成小丑的人互相打闹、逗乐。同时把纷纷向坐在马车上的“考伦朋”扔过去一个个小纸袋，那些纸袋装满了陈皮梅。“考伦朋”一个人坐在一辆马车上，身上披着金丝银线，插着各色的羽翼，五光十色，光彩照人。几绺卷发垂在额头的前面，若隐若现地露出一双媚眼，一张涂得红艳艳的嘴正冲着过往的人神秘地假笑。车后还簇拥着一大堆各色各样的人。有蓬头垢面的流浪儿，有面色饥黄的乞丐，还有戴着小绒帽、一路

① 哈里昆：意大利民间传说中的人物，一位油滑的男仆，和快乐的考伦朋女仆谈恋爱。

上翻筋斗的小丑，还有驮着包袱沿街叫卖的小商贩。在这些人中间有一个中心人物，大家围着他又是挤，又是推，时不时还响起一阵喝彩声。裘玛很想看清楚那个人是谁，但老是被人流挡住了视线，看不清楚。过了一会儿，她才看明白，原来那是一个驼背，衣帽小丑的打扮：穿着一身又短又小的小丑衣服，头上的绒帽上挂着一串铃铛，随着他的摇头晃脑，铃铛发出一串串清脆的声音。他看上去像个跑江湖的老练的艺人，不断向观众做出不同的鬼脸，把身体扭动得丑态百出，博得了围观人的阵阵哄笑。

“看你们这副津津有味的样子，街上到底发生了什么事？”列克陀忍不住走到窗前看一眼，问裘玛和牛虻。

他向窗外看，发现他们关注的竟是江湖上卖艺的小丑的表演，而且还让所有的人都等着他们，心中大惑不解。裘玛转身对着大家。

“没有发生什么事，只是一群玩杂技的和一边看热闹的人。我听到那么吵的声音，以为出了什么事呢。”裘玛看上去漫不经心的样子。她说这话时，就站在窗前，一只手搭在窗台上。突然，她感觉自己的那只放在窗台上的手被牛虻的瘦削冰凉的手握住了，还激动地摇了一下。“谢谢你！”牛虻悄悄地对她说，然后关上了窗户，仍然回到原来的位置。

“抱歉，各位，”他又恢复了那副老样子，用很轻松很随意的腔调对大家说，“刚才我正在看……看大街上表演杂耍，怪……怪有意思的。”

“萨卡尼正问你的话呢，大家都等着你！”玛尔蒂尼生气地说了一句。他觉得牛虻那副德行简直到了让人无法忍受的地步了，在这么重要的会议上竟然还走神。尤其让他无法理解的是一向表现稳重，举止得体的裘玛居然也学着他。这在她来说还真是头一回。

牛虻告诉大家，关于比萨的情况，他一点也不了解，他去比萨“只是去度假”，其他的情况一点也没关心。但是他的话匣子一开，他就说个没完，从农业的发展状况和未来趋势谈到小册子的问题，结结巴巴却又兴致勃勃地说个不停。大家对于这一大堆无关紧要、不痛不痒的话腻味极了，但他也不理，自我陶醉于自己的声音，都到了痴狂的地步。

会议结束的时候，大家都纷纷离开，列克陀让玛尔蒂尼留了下来。

“你能不能留下来吃顿饭？法布里奇和萨卡尼已经答应留下来，等会儿我们边吃边聊。”

“谢谢你的好意，可是我必须把玻拉太太送回去。”

“你每次是不是都怕我一个人回家就找不到回家的门了？”裘玛半开玩笑地说，披上她的披巾，准备走了。她回头对列克陀医生说：“您放心，他会留下来吃饭的。他该在外面多接触一些东西，调剂一下生活。他在外应酬交往的次数真是太少了。”

“如果您不介意，玻拉太太，我想我很荣幸送您回家。”牛虻忙插上话，“我正好经过您的住所。”

“如果那样，那太好了……”

“今天晚上你恐怕再没时间折回来了吧，伊万雷斯先生？”列克陀一边问，一边给他们开了门。牛虻站住了，回头开怀大笑：“列克陀，是说我吗？我还打算去看杂技表演呢？”

“他真是个荒唐可笑的家伙。我不解他怎么对江湖卖艺那么着迷，喜欢看巧嘴的小丑。”列克陀送走他们，回来的时候一边关门一边对留下的法布里奇和玛尔蒂尼说。

“我觉得他与那些人大概有一点同行的情结，”玛尔蒂尼答道，“说不定早些年这家伙也是这样的人物，扮过小丑。”

“如果他仅仅是一位卖艺的小丑倒也没什么，”法布里奇教授严肃地说，“只恐怕他是一个危险的小丑。在他背后恐怕有危险的活动。”

“什么危险活动？”

“你们难道不对他的行踪表示怀疑吗？他竟然是个短期旅游癖？这短短的几个月的时间里，他已经进行了三次旅行。我十分怀疑他的神秘举动，也对他的来无影去无踪表示怀疑。他果真去过比萨吗？”

“我看他没去比萨这件事大概已成了大家心目中不公开的事实了。他是去了山里，”萨卡尼说，“他和山里的人仍保持着密切联系。那次在萨维涅奥[1]起义的事件中他结识的一批走私贩子就住在这里。他没有中断与这些人的联系，也从来不否认与他们的关系。所以，如果能利用他同那群人的关系把我们的传单偷运进教皇国，那倒是一件顺理成章、自然而然的事。”

“没想到你也想到了这一点，”列克陀说，“不瞒你说，我今天特地留住二位也是想和你们讨论这件事。我私下里有个想法，如果我们能请伊万雷斯来领导我们的走私工作，让他负责能把我们的传单捎带出去，那将是一件再好不过的事情。如果仍像辟斯托亚的印刷所，仍用老一套的方法走私，成功率太低了，敌人一眼就识破了他们把传单藏在烟卷里的做法。”

“我觉得那种方法应该还有可行的地方，”玛尔蒂尼心里很不平。盖力和列克陀老是褒奖牛虻，列出他的种种过人之处，他听得心里很烦，他老是琢磨着：在他没来之前，我们这里运转得不是挺好的吗？如今这个“大胆的冒险家”一到，一切都显得那么不顺眼了，这个得变动，那个也不能继续保持原样了。

“从目前来看，我们之所以仍沿用这种方法，那也是不得已。我们再不能找到更好的办法。你们知道吗？我们因为这个走私的事已经有许多的同志被捕，有无数的传单被没收、焚烧。现在我们有了可利用的伊万雷斯，如果他肯帮忙，答应负责这项工作，我想我们的工作局面会有新的起色。”

“你怎么就认为他会使工作有起色呢？”

“你听我说。首先，如果我们自己去找山里的那些走私贩子，他们很可能会把我们当作门外汉，甚至会趁机敲我们一把。但如果牛虻出面，那情形就是两样了。他们很可能会很忠实于他，为他效力。别忘了他们是那次萨维涅奥起义中的患难朋友，而伊万雷斯在起义中表现得很英勇，许多的人都很钦佩他，甚至为他赴汤蹈火也万死不辞。这些都是伊万雷斯开展工作的资本。其次，伊万雷斯对

① 萨维尼奥：一个村庄名，一八四三年的起义就是发生在这里。

这一带山林的地形非常熟悉，而且有过好几年在山林里生活的经历，所以我想他在山里活动会很有经验。那群走私贩子也很知道这一点，他们绝对不敢欺骗他的。就算真正与他周旋起来，我想，他们也欺骗不了伊万雷斯的眼睛。”

“那么你打算在哪种程度上让伊万雷斯来负责这项工作？是让他负责整个的发行事务，包括保管、发送、投递工作，还是说只是利用他来把东西送过境呢？”

“关于投递和保管这一套，我想我们可能没有他的经验丰富，我们想到的方法他恐怕都知道，我们想不到的方法他恐怕也会想得到。这部分工作交给他我们大概会比较放心。发送的工作怎么安排，我还得听听各位的意见。关键的是我们怎样把东西偷送过境，如果这一关过了，东西进了波伦亚，剩下的事情就好办多了。”

“我不赞同你们这样的设想，”玛尔蒂尼说，“当然，这只是我个人的意见。我会说明我的理由。第一点就是，你们口口声声说他是个走私的老手，可是有谁亲眼见他顺利地把东西送出境了？都是在猜测。谁又能保证他在关键的时候能够保持沉着冷静，不会捅出娄子来？”

“你说这个，我看你多虑了。”列克陀立即插话，“历史能够证明，那次萨维涅奥起义中他的表现就可以证明他是相当出色、相当冷静的。”

“第二点，”玛尔蒂尼接着往下说，“我们的这项走私工作是件很机密、关系到组织存亡的事情，必须把它交给我们最值得信任的人去完成。让伊万雷斯这样的人来接替这项工作，我非常不赞同。我想大家也都很清楚他的为人了。实话说，我可不敢完全信任他。他给人的印象是玩世不恭、荒诞不经，而又爱做作，对生活、对工作太缺乏严肃感和责任感。所以，如果要把党内的重要工作交付给这样的人，恐怕还要再考虑一下。您看呢，法布里奇教授？”

法布里奇教授听了玛尔蒂尼的话，回答说：“玛尔蒂尼，如果以上说的两点是你反对把工作交给伊万雷斯的理由的话，我劝你还是放弃吧。我们现在说的话题是伊万雷斯无不具备列克陀所说的胜任工作的条件，我也不怀疑他丰富的经验，对附近山林地势了如指掌；不怀疑他曾表现出来的英勇、胆识和临危不惧的品质；他与那些走私贩子的交情以及他们对他的忠实，也是不可否认的事实。这些证据足以让我举双手赞成他能胜任我们这项重要的工作。只是我有一点顾虑。他几次三番去山里，与那些人来往甚密。我怀疑原因可能不仅仅是为了走私那些小册子，恐怕他是另有所图。当然我也没拿到什么证据，只是私下里猜测。我估计他大概与某个地下‘组织’进行秘密活动，恐怕还是个最危险的组织。”

“你是指……‘红带会’吗？”

“不是，是叫作‘短刀会’[①]的。”

“‘短刀会’！我好像有所耳闻。据说参加这一组织的大多是一些农民，而且大多数是一些亡命之徒，他们既没有文化，也不具备多少政治上的经验。”

“当年在萨维涅奥起义的就是这一帮人，起义的群众虽然大多目不识丁，可是他们的领袖却是受教育水平很高的人。现在他们的领袖可能也是这样的文化人。如果关注一下当前的局势，我们会发现罗玛亚省的几个有势力的组织里，有大部分是萨维涅奥的起义中未阵亡的人。他们吸取当年失败的教训，认识到，公开的武装暴力是不成功的，因为面对强大的镇压势力，他们的力量单薄得可以说经不起一击。于是他们把公开活动的方式转变为地下秘密活动，采用暗杀的方式，他们的力量很弱，很难弄到真枪实弹，所以采用比较方便弄到的短刀，因此而得名‘短刀会’。”

“请问您是如何看出伊万雷斯与‘短刀会’有些瓜葛的呢？”

“我没有切实的证据，只是有点怀疑。为了以防万一，在正式把走私工作托付他之前我们必须查清楚他的在这种事情上的真相。如果他真在那个‘短刀会’挂着职，我们就坚决不能用他。如果让他在两面兼职，那将会对我们党的名誉是一大损害，也会有损于我们曾取得的成就。所以，对这个人，大家必须千万留意。下次开会时希望我们在这件事上能有个决定。现在我要跟你说一条来自罗马

① 短刀会：原文是意大利语。

的最新消息。消息的内容是那边已经成立了一个专门的委员会制定一部地方自治宪法，确定自治的问题。”

第六章

在隆·阿诺河的河岸上，有两个人影在并肩默默地移动着，那就是裘玛和牛虻。牛虻一改往常的神采飞扬、喋喋不休的劲儿，表现出出奇的情绪低落。自从踏出列克陀的门槛，他一路都是在低头走着路，一句话也没说。见他不吱声，裘码倒觉得心里自在点。与他在一起，裘玛总觉得很不舒服，说不出为什么。今天牛虻在会议当中的失常表现，让她觉得对他真的有几分恐惧，这个人实在太费解了。

他们走到乌菲齐宫[①]前，牛虻站住了，转过身子，终于开口说了话：

“您觉得累了吗？”

“还好，不怎么累，怎么了？”

“您今晚还有别的什么重要的安排吗？”

“没有。”

“我想，我想请您陪我一起走一走，散散步。”

“那你打算去哪儿呢？”

“随便，只要您愿意，我们去哪儿都无所谓。”

“你怎么会请我陪你散步？该不会是有什么事吧？”

“我……没，没有。其实我也说不清，只……只是我不知道该怎么说。如果您有空，我请求，请求您陪我散一会儿步，您愿意吗？”

他一直是低着头，说话的这会儿他突然把头抬了起来，两眼望

① 乌菲齐宫：佛罗伦萨十六世纪时修建的著名建筑，现为意大利的艺术馆。

着裘玛。裘玛与他的目光相遇时，她发觉他的目光好怪！

“你怎么了？好像不太对劲。”她尽量使自己的话音显得委婉一些，使他好接受。牛虻又习惯性地从他那纽扣孔上插的花撕下一片花瓣，用手指使劲地撕它，直到它被撕得粉碎。裘玛惊奇地望着他，脑子里立刻又浮现出另一个熟悉的影子。他的这个动作怎么那么像一个人呢？好像也是他这样的动作，也是这样的敏捷而迅速，显得那么不耐心，带点神经质的样子。

“我心里不痛快，好闷，”他低着轻声说，眼睛只是盯着自己摆弄花的双手。他像是与自己对话，声音低到裘玛几乎听不到，“我……今晚我不想独自一个人。您陪我散散步好吗？”

“没问题，不妨到我的寓所里坐坐吧。”

“我看，我们还是先找个饭馆去吃点东西吧。不如去西涅奥里亚广场那一家。你不会推辞吧？你可是已经答应我的了。”

他们往西涅奥里亚广场的那家饭馆走去，进了饭馆后，牛虻点了菜。可是牛虻只是看着自己面前的那份儿端上来的东西，一动也没动。他始终不吭一声，只是用放在餐桌上的双手不停地扯着面包，有时则拿着餐巾边上的流苏随意玩弄着。裘玛感觉到气氛异常沉闷，浑身上下都不舒服，心中暗自后悔答应与他一起出来，一起走进这个饭馆。两个人若就这样面对面地尴尬地坐着，一言不发地冷着场，好像对方早已忘记坐在对面的她了，她可不好意思首先开口与他聊天。坐了一会儿，牛虻总算把头抬起来，突然说了一句。

“你喜欢去看杂耍表演吗？”

她吃惊地看着他。他是否神经出了问题，怎么这会儿突然又想到杂耍表演了？

不等她回答，他又接着问了一句：“你过去看过表演杂耍的吗？”

“没有，从来都未看过。我对这方面没有什么兴趣。”

“可好看啦！我相信，如果一个人要想研究人民的生活，不去看杂耍表演是不成的。我们到十字门那儿瞅瞅怎么样？”

等他们走到十字门的时候，城门旁边已经有卖艺的人在那儿搭起了帐篷。表演大概已经开始了，传来一阵阵很响的大鼓声和刺耳的拉提琴的声音。

杂耍表演可以说是最粗俗的娱乐之一。那个马戏团的总体阵容一般包括以下这些：几个小丑，“哈里昆”、演杂技的、骑着马钻铁箍的，还有打扮得花枝招展的“考伦朋”，还有做出各种枯燥而又愚蠢的逗乐动作的驼背人。总的感觉是，这些娱乐也不是太粗俗或令人厌恶，但也都是平淡乏味的东西，也没有什么新花样，整个过程也很难引起人们心中的兴致。但是托斯卡纳人生就具有礼节观念，对于那一套一套的表演，他们都报以掌声和欢笑声；其中最受他们欢迎的还只有那个驼背的表演。在裘玛看来，那也没有什么有趣或奇异的内容。表演说起来也不过是一系列的奇奇怪怪、难看的身体姿势被扭曲了。可是围观的人却都学他的样儿，而且把带着的孩子放在他们的肩上，好让那些小孩儿也能看得见那个“丑人儿”。

牛虻一只手抱住支帐篷用的柱子，站在裘玛旁边。裘玛回头对他说：“伊万雷斯先生，你真的觉得这种表演有意思吗？我却觉得……”

她突然住口了，只是愣愣地看着他，不出声了。除了多年前，在来亨花园门口与蒙太尼利交谈时在他脸上看过一次那种表情外，裘玛再也没有见到过牛虻脸上的那种叵测、绝望、痛苦的表情。看着看着，她心里不由自主地联想到但丁的地狱[①]。

演了一些时候，那个驼背被一个小丑在驼背上踢了一下。他翻了个筋斗，滚到圈外去了，像个形状怪异的肉球。于是两个小丑对起话来了。牛虻这时候露出一副如梦初醒的样子。

他问：“我们现在走吗？还是你要接着往下看？”

“我觉得我们最好走吧。”

他们走出帐篷外，穿过那片幽静、黑暗的草地，朝着河边走过去。仍然是好长时间的沉默，两个人都没开口。

---

① 地狱：意大利文艺复兴时期的诗人但丁（1265—1321）所写的《神曲》中的描写的地狱。

“这场表演，你觉得怎么样？”过了一阵子，牛虻问道。

“在我看来，它显得令人害怕，其中有些部分使我看了难受至极。”

“是哪些部分？”

“哦，就是那个扮成鬼脸的，弓着背，把身体扭出各种动作的部分。那些真是令人厌恶，说不上有什么精彩。”

“你是不是说那个驼背人的表演？”

裘玛知道对有关身体残疾的话牛虻极为敏感，就尽量不提杂耍中的那个节目；但是牛虻自己说到这个话题上，她就答道：“对，我最不欣赏的就是这个部分？”

“可最被观众欣赏的就是这个部分呀。”

“也许是吧，这也是让我觉得最糟糕的原因。”

“因为它算不上艺术吗？”

“不，这种杂耍表演本来就不能称作艺术。我想说的是——这一部分让人觉得残酷。”

“残酷吗？你是针对驼背人，觉得对他残酷，是吗？”

“我是想说——当然，对那个驼背人自己来说他是不太在乎的。他只是借这些来谋生，与马戏团中的骑马的、扮演‘考伦朋’的其他人，并没有两样，但是，看这种表演，让人心中不畅，觉得这是一种耻辱，是人类的一种腐化与堕落。”

“也许有的人没有干他这一类事，但比他更堕落也说不定；说到堕落，我们大多数的人都免不了，只是在方式上各自不同而已。”

“你说的没错，不过说到这儿——你肯定会说这是一种可笑的偏见，不管怎么说，我认为人的肉体是神圣之物，我不愿意看它遭侮辱而最终变得丑陋不堪。”

“除了肉体，灵魂呢？”

牛虻突然不往前走了，眼睛直视着裘玛，他的一只手则放在堤岸的石栏杆上。

她吃了一惊，“灵魂？”她也站住了，把他说的重复了一遍。

他的脸上露出激动的表情，并用两手做了一个很热烈地挥手动作。

“不知你有没有去想过，那个可怜的小丑，在他那弯曲的身体里有一个被囚困的灵魂，一个鲜活的、不断作着抗争的灵魂，被压迫着充当它的奴隶？对于万事万物你怀有慈悲之心，同样，你也同情那个穿着小丑的衣服，挂着铃铛的血肉之躯，可是你有没有想过，最可怜的是那个灵魂，没遮没挡，连可以遮掩的五彩的衣衫都没有，就那样直露在围观的人的面前。想想吧，他全身瑟缩不已，侮辱和痛苦无情地压迫着他。他还要承受观众的讥笑和嘲讽，像承受抽过来的鞭子。人群中爆发的哄笑像烧得火红的烙铁，烧灼着他没有保护层的皮肤和‘血肉’。你设想一下吧，在观众跟前，它又能奈何什么呢？环顾四邻，呼山山不应，山不会挡他的身躯；喊石石不灵，石不会成为它面前的庇护石；它甚至连老鼠都过分地羡慕，羡慕它可以在地洞里藏身。你也清楚，灵魂说不出话来，连笑、喊都不能。它所能做的只有忍受，忍受！哦！我是不是又开始胡言乱语了！你听了我所说的，为什么不笑出来？你这人真是太没有幽默感了！”

裘玛慢慢地回转身来，在寂静里，继续沿着河边向前走。一整晚，她都没有停止过思考，可她想不出他为什么会那么痛苦和烦恼？这原因为什么总和杂耍班、马戏团有着千丝万缕的联系？这会儿他发出的一通感怀，又似乎让她隐隐地窥到他心灵世界的一点儿影子。她觉得她是同情他的，可是又不知道该说些什么能够去安慰安慰他。他在她身旁走着，却一直望着那河面。

“抱歉，我要你知道，我刚才说的那些话，每句话都不是真的，是我胡乱想象出来的。我这个人就是喜欢去幻想，但我却不希望它真被别人当回事。”他突然一转身，又露出挑战的样子。

裘玛不语。他们仍然沉默着肩并肩地朝前走去。当他们经过乌菲齐宫的门口时，牛虻突然走到路边去了，弯腰看一堆黑乎乎的、靠着栏杆的什么东西。

“喂，小家伙，发生了什么事儿？”牛虻问道。那种话音异常温和，是裘玛从未有耳闻的，“你怎么没有回家里去？”

那一堆黑东西蠕动了一下，好像用一种什么话在回答他，那声音又小又怯，带着很大的伤痛。裘玛立即走过来，发现了一个小孩，大概六岁的样子，穿着一身很脏的衣服，上面还有裂开的口子。他正跪在人行道上，俨然就是一头被打伤的小野兽。可是牛虻却弯下身子，在那长着脏乱头发的脑袋上摸了摸。

“你说什么？”牛虻听不见小孩嘴里发出的不清楚的声音，腰弯得更低了些。“这么小的孩子深夜了还在外边蹲着，会被冻坏的。你该回自己家去睡觉了。你的小手，伸过来，使点劲，坚强地站起来！你们家在什么地方住？”

他握着那小孩的胳膊，拉了他一把。可是那孩子的身子往回一缩，接着“哇”地叫了一声。

“怎么啦，你？”牛虻的双腿跪在人行道上，问道：“玻拉太太，你过来看呀！”

孩子的肩膀，还有衣服上，沾满血渍。

“你跟我说，怎么会是这样子？”牛虻用温和的口气问，“是你摔了一跤后成了这个样子吗？不是？是有人把你打成这个样子？对！一定是这样！是谁动的手？”

“是我叔叔。”

“原来这样。他什么时候动的手？”

“就在今天早晨。他酒喝多了，我……我……”

“你惹他讨厌了……对不对？小娃娃你该知道吧，如果有人酒喝多了，你就千万别去烦他，不然的话他们十有八九会冒火的！玻拉太太，你说我们现在怎样处理这个小孩？小娃娃，你到亮处来，我看一眼你的肩膀上的伤。用你的手搂着我的脖子。不会疼的，我保证。对，就是这样！”

他用手抱起那个小孩，穿过街道，在那宽宽的石栏杆上放下他。从怀里掏出一把小刀，牛虻麻利地划开那孩子裂开口子的衣服，同时拿自己的胸膛顶着小孩的脑袋。裘玛在旁边帮他端着孩子带伤的手臂。孩子伤得不轻，胳膊上有一截很深的口子，肩上也带着伤。

“对这么小的孩子动手，还打得这么狠，简直都不是人做的事。”牛虻用自己的手绢替孩子去包扎伤口，以防被衣服蹭着，同时又骂道。“他是用什么东西打的？”

“是一把铲子。我想到拐弯的地方买一碗粥，问他要一个索尔多[①]。他听了就抡起一把铲子打过来。”

牛虻不禁倒吸了一口凉气。“小娃娃，”他轻声地问，“是不是很疼啊？”

“他拿着铲子打我……砍到我身上了……后来我就跑……跑出来了。”

“你一天都在街上逛，也没吃任何东西，是不是？”

孩子没作声，却悲痛地“哇哇”大哭起来。牛虻用双手把孩子从栏杆上抱下来。

“喂，不要再哭了！待会儿就没事了！不知从哪儿能找到马车？今天晚上在戏院上演大型的演出，大概所有的马车都聚集在戏院的门口了。琅拉太太，太抱歉，也拖累你，耽误你这么长的时间，可是——”

“我真心愿意与你在一起，也许还能帮上你点忙。这孩子大概也不轻吧？你抱着他要走这么远的距离，成吗？”

“啊，多谢多谢，我想出办法了。”

他们到达了戏院门口。戏院门前有三五辆马车候着，可都是有人预约了的。演出已经演完了，大部分的人都已经走了。今晚的演出海报上赫然登着“绮达”二个大字，她是今晚芭蕾舞的领舞主角。牛虻让裘玛在前门等，自己去找后门演员出入处一个当差的人询问消息。

“莱尼小姐，她离开了吗？”

“她没走，先生，”那当差的答道。当看到牛虻这位衣着华丽的绅士竟然怀抱着一个衣服破旧的流浪儿般的小孩时，眼睛惊奇地瞪着他。“莱尼小姐该出来了吧。那边有她的马车在等着。哎，你

① 索尔多：意大利货币，合一里拉的二十分之一。

看，她过来了！”

绮达挽着一位年轻的军官的手走下楼。她身着晚礼服，外面罩一件火红的天鹅绒料子的披肩，腰间还垂着一把非常大的鸵鸟毛做的扇子，显得非常动人。当来到门口时，她站住了，从青年军官的臂弯挣脱出手，她充满惊异地走到牛虻跟前。

“伊万雷斯！”她柔声柔气地叫他，“你抱的是什么东西？”

“我在街上捡的，一个小孩。他身上带着伤，一整天都没吃东西，我想立即把他带回去，可是我没见着这会儿哪儿有马车，所以打算向你借用一下马车。”

“伊万雷斯！你要把这个令人恐怖的小叫花子带到你自己家？赶快通过警察，把他送往收容所，或者别的什么地方就行了。街上的小叫花子多得数不清，你想带也带不完……”

“他身上有重伤，”牛虻又说了一遍，“即使是送他到一个什么收容所，那也得等到明天才行。但是现在，我得带着他，还得给他弄一点什么东西吃。”

绮达扮出个鬼脸，显出厌恶来。“你看，你还让那个脏脑袋靠在你的衬衫上。你不知道轻重，那有多脏啊！”

牛虻生气了，把头抬起来，那眼睛闪着一股愤怒的火苗。

“你不知道什么叫作饥饿吧，”他很凶地一个字一个字吼着，“他很饿！”

“伊万雷斯先生，”裘玛走上跟前，插话说，“我的公寓倒是离这儿不太远，我们不如把这小孩领去我家里吧。如果你实在找不到马车，在我家里过夜也行，我会安排妥当的。”

他立刻转身，问：“你会不会觉得很麻烦？”

“那是当然不会的，那么，莱尼小姐，晚安了！”

那个吉卜赛女郎很不情愿地向裘玛鞠了个躬，带着一股子的怨气，耸了耸肩，然后挽住了那位青年军官的胳膊，拎着她的裙幅，从他们身边昂首挺胸地走过，上了那辆不愿借给牛虻用的马车。

在登上车门的踏脚时，绮达又停住了，对牛虻说：“伊万雷斯先生，如果你觉得还有必要的话，我过一会儿会让马车过去接你和那个小孩。你说呢？”

“那很好，我来对车夫说清楚。”他走到人行道那边去，对马车夫说明了地点，转身就抱着那个小孩，和裘玛一起，回裘玛的寓所。

当他们三个人到裘玛的家里时，凯蒂正在盼着裘玛赶回来；裘玛告诉了凯蒂事情的来龙去脉，凯蒂立刻去准备热水，还有其他必需的物品。牛虻让孩子躺在一张椅子上。他跪在旁边，很快、很敏捷地扒下孩子身上那身破破烂烂的衣服，细致又轻柔的先给孩子洗干净伤口，又用纱布包好伤口，动作相当熟练。完了之后，给他洗了个澡，用一床软软的毛毯裹住小孩的身子，就在这时，裘玛端进来一个盘子。

“你的这位小病人准备好了吗？开始吃晚饭了。”裘玛冲着那个小孩微笑了一下，“我已经为他准备好了晚餐。”

牛虻站起身来，把小孩的那身脏衣裤团成一团。“我们把你的屋子搅得太不像样了，”他说，“这些脏东西，还是把它烧掉的好，我明天再给他买一身小孩穿的新衣服。请问，您这儿是否有白兰地？我觉得这个小孩喝两口会比较好。如果不麻烦的话，我想先去洗一下手。”

小孩吃完晚饭，不一会儿就倒在牛虻的怀里入睡了，他那一头乱蓬蓬的头发就靠在牛虻雪白衬衣上。裘玛和凯蒂一直收拾东西，等一切都拾掇利索了，裘玛这才坐在桌子旁边。

“伊万雷斯先生，回去前你也应该吃点什么东西了。今天晚上你什么也没吃，而现在已经是深夜了。”

“我想饮一份英国茶①，如果准备起来不太麻烦的话。我真是心里过意不去，这么晚了还在打扰你，让你不能休息。”

“哪里，哪里！我不要紧。我看你怪累的，不如在这沙发上放下孩子吧。先别忙着放，我在上面再垫一床毯子。不知你对这个小孩准备下一步怎么办？”

“你在提明天的事？我得先去打听打听，这个孩子除了那个狠

① 英国茶：一种习俗，喝茶时还要吃点心。

毒的酒鬼叔叔之外还有什么别的亲人；如果再没别的人的话，我只好依了莱尼小姐，送他到收容所里去了。其实，如果说是最慈悲的办法可能还是在他的脖子上吊一块大石头，让他沉到河里去；不过这样做会给我带来无尽的内疚的。他睡得多香啊！你这个不幸的小鬼，真可以算是少见的倒霉蛋儿，——其实说起来还不如一只迷了路的小猫咪呢！连保护自己的力量都没有。”

当凯蒂手里托着盘子走进来时，那孩子已经醒了，睁着双眼看着，随即立刻坐了起来，脸上显出一副迷惑惊恐的表情。他一下子就认出了牛虻，似乎早已习惯于当他是自己理所当然的保护人，就从沙发上撑起来，把那条毛毯围在身上，拖拖拉拉地来到牛虻的跟前，靠在他的身上。这会儿他可有精神了，就满心好奇地向牛虻问起好多事儿来。当时牛虻正在用那只缺了手指头的左手拿着一块蛋糕，小孩用手指指着他的这只手，问他：“这个是什么呀？”

“这个吗？是块蛋糕。你该不是又要吃东西吧。你刚才吃得可不少了，如果想吃，得等到明天，知道吗？”

“我不是问这个，是指的那个！”他伸手过来，对牛虻那几只短了半截的手指头疑惑不解，还包括他的手腕上的一个很大的疤痕。牛虻把手里拿着的蛋糕放了下来。

“你问的是这个吗？也是被人打伤的，和你肩膀上的那个口子是一样的，打我的那个人的力气也比我大。”

“这是不是痛得要命啊？”

“啊，这我也说不清，可能与别的伤口一样疼吧。好了，都三更半夜了，你是不是也该睡了。这么晚了不许再多说话了。”

马车来之前，孩子再次睡了过去；牛虻担心把小孩弄醒，于是轻手轻脚地抱着他，走出门，向楼梯口的方向走去。

走到门口的时候，牛虻止住脚步对裘玛说：

“我看，今天晚上你可真是个充满爱心的忙碌的天使啊！尽管如此，我以后还会与你放开嗓门吵架，这并不左右我要和你吵个痛痛快快！”

“我的本性是从不愿与任何人吵架。”

“哦？是吗？可是我喜欢吵架。就像平平淡淡的生活中需要加一把盐一样，生活少不了要有些争吵声。这会给每日平静的生活平添不尽的乐趣。这比去看杂耍表演有趣得多！”

说完这些，他抱着仍没有睡醒的小孩，一步步地下了楼梯，脸上还挂着嘻嘻的笑。

第七章

元月份的第一周的一天，玛尔蒂尼给委员会的成员发了一张每月例会的帖子，准备召开一次座谈会。没多久，他收到一张牛虻的字条，上面用铅笔草草地写着几个“抱歉，我不能来”的字样。玛尔蒂尼心里有点冒火，因为帖子上很清楚地标着“要事”的字样。而如今牛虻这种做法简直可以说是傲慢到失礼的地步。除此之外，那天他又收到三封带有让人伤心的消息的信；不巧的是，正好碰上这几天刮东风，风沙还特别大。这些加在一起让玛尔蒂尼心下不畅快，肚子里的火气也烧得更旺。那天会议开始，列克陀医生向他打听伊万雷斯怎么没到的原因，他就没好气地回答：“也许人家正从事着让他更有兴趣的事情呢。谁知道他到底是不能来还是根本不屑于来呢？”盖力听了很气愤，他说：“说老实话，玛尔蒂尼，在佛罗伦萨恐怕要数你这个人的成见最深了。只要是你不抱好感的人，你都要用恶意去揣测他的一切言行举止。伊万雷斯不能来是有原因的，他生了病。”

“你怎么得知他生病的？”

“我听说他在床上已经有四天不能下地了。你们一点儿都不知道吗？”

“他生的是什么病？”

“具体的情况我不是很了解。本周四，我们原订是要碰面的，后来他病了，就改期了。昨晚我去拜访他，听说他的病日益严重起来，不能够见客人。我以为那个时候列克陀在给他做检查呢。”

“这事儿我一点消息都没有。不过我晚上就去看望看望他，也许能帮帮他。”

次日清晨，列克陀医生出现在裘玛的那间小书房里。他看上去很疲惫，脸上一点血色也没有。裘玛和玛尔蒂尼在配合做一项工作：坐在桌前的裘玛嘴里念着一大排枯燥的数字符号；玛尔蒂尼一只手举着个放大镜，一只手握着一支削得非常非常尖细的铅笔，在一本书上做很小很小的记号。列克陀来到书房时，他看到裘玛打手势让他在一旁坐着不要出声的暗示，于是他在裘玛身后的一个沙发上坐了下来。列克陀医生知道，他们在译写暗号时是万不能打扰他们的。他坐在那儿，不住地打着哈欠，眼皮重得都快睁不开了。

书房里只有裘玛那节奏不紧不慢的声音，如同运转平稳的机器声：“2、4；3、8；6、l；3、5；4、1；8、4；7、2；5、l；好，这一句就结束了，西萨尔。”

她在结束的地方用一根针扎了一个眼，做了个记号，然后才将身子转过来，招呼列克陀。

“早啊，列克陀医生。你看上去似乎疲惫不堪的，是不舒服吗？”

“哦，不，谢谢你，我身体很好。只是太累了。昨天晚上我整夜没合眼，一直陪着伊万雷斯折磨了一宿。”

“哦，是吗？你陪着伊万雷斯？”

“对，一夜都未合眼地守着他，现在，我还得去医院治病去。那儿还有许多人等着呢。我是特地拐弯过来问一问，看看有没有多余的人手，抽几天时间去照看他。他的确病得不轻。本来我应该尽全力去给他治病的，只是还有一大堆病人在等着我给他们治病呢，我实在脱不了身。我本来想叫我的护士来照料他，但他死活也不肯。”

“他哪儿得的病？”

“哦，这个，复杂得一句两句还说不清。首先是……”

“首先是我想问，您吃过早饭了吗？”

“吃了，吃了，多谢。伊万雷斯的病包含了多种神经症状，所以病情也很复杂。不过，主要症结还在于他过去所受的伤。可以看出，在那时候，这伤并没有引起足够的重视，这真是医生没有医德啊！总的来说他的身体状态是一直处于绵延不断的伤病的折磨，伤口老也不能愈合。我推测，这个病痛大抵是他参加南美的战争中留下的根儿——负伤的那些日子他一定没有得到好好的治疗，大概那会儿前线上的急救和医护措施是很草率的，也不很细致，而且设备粗陋。他能够生还，现在还活在人世已经是非常幸运的。可是那伤痛最终转化为一种慢性炎症的症候，它很容易被一些小事引发而急性发作……”

“这是不是很危险？”

“危险——倒也说不上；只是在爆发的时候会把人折磨得绝望，甚至驱使他们去吞下砒霜。”

“那是痛苦无比的啦！”

“那种痛苦令人害怕。我实在搞不明白，伊万雷斯怎么能够忍受过来。昨天晚上，我实在逼不得已，才设法用鸦片麻醉他，——这东西我几乎就不怎么用到神经症患者身上。可是我，我确实不忍心看他那样受折磨。”

“我猜想他大概都神经不正常了吧？”

“没错，而且非常严重。但是他具有超人的意志力，能够经受巨大的痛苦的折磨。昨儿晚上，当他没有完全被痛得失去知觉的时候，他的理智的神经真是为人所折服。只有到了实在不能忍受的时候，我才不得不让他吞了鸦片。你们大概都不晓得他病了有多少时日吧？五天五夜！而且旁边连个人影都找不着，除了那个反应特别迟钝的房东太太。那个房东太太是连屋子塌方也浑然不觉的一种人。就算把这样的人叫过来也是于事无补的。”

“可是，不是还有个跳芭蕾舞的姑娘吗？”

“这又是一件蹊跷的事。他禁止她靠近他半步，对她的讨厌程度简直都显得不正常了。一言蔽之，伊万雷斯是我有生以来遇着的最令人费解的人物，他的身上汇集了各种各样的矛盾。”

列克陀医生摸出表，看了一眼时间，脸上一副忧心忡忡的表情。“我去医院又要来不及了。这也是不得已的事情。只能让我的助手先撑着了，让他一个人开业吧。我很遗憾，我昨天才得知他的病情，要是头几天就有他的消息就好了。如果是那样，他也不会被多耽误这许多天，使病越拖越难办。”

玛尔蒂尼插话说：“他不愿意让我们得知这个情况，不肯派人过来送信，是出于何种原因呢？他不应该怀疑我们会全力帮助他，绝不会扔下他不闻不问的。”

裘玛说：“你昨天晚上也应该从我们这里调过来一个人手，列克陀医生。也不至于把你自己弄得这样筋疲力尽。”

“玻拉太太，我本来是要去找盖力过来的。可一问伊万雷斯，他像疯了一样，无论如何也不肯答应，我被迫无奈，只好答应了他。我又问他，他希望谁来过去陪他，看着他。他的眼睛一动也不动地盯着我，好像是被我的话吓着了似的。然后，他用手蒙住自己的双眼，告诉我：‘我不想让他们来看我，他们肯定会嘲笑我的！’他那会儿仿佛完全陷入了梦境的幻想世界里，好像看见一群人在嘲弄他。我也没听明白都是什么东西。他说了稀奇古怪的东西，好像全是西班牙语。有时候病人身上会出现这种情况也是很正常的。”

“他现在身边还有什么别的人在照顾他吗？”

“只有两个人，房东太太和他的佣人，没第三个人。”

玛尔蒂尼立即起身：“我看看去，现在就走。”

“太感谢了，玛尔蒂尼。晚上的时候我再过来。如果他疼得实在受不了，你就到隔壁的一个屋里去，从壁橱的架子上取下鸦片，给他服一点，千万记住，只能服一点，不可过量。关于服法，你可以打开大窗户前面的桌子的抽屉，找一张服用说明，那是我写的。你还要注意要把药瓶放在他够不着的地方去，否则他会在他疼痛难忍的时候过量地服用。”

当玛尔蒂尼一脚进到牛虻的那间被遮挡得几乎没有多少亮光的房间时，牛虻立即扭头，看着他，一只滚烫的手伸给玛尔蒂尼。他仍竭力地要摆出他在人前的轻松的、无所谓的样子。

“玛尔蒂尼，你是来向我要清样的，对吧？昨天晚上的会我是没参加，因为我的身体的确有点不大对劲。另外……”

“昨天的开会，你就别再想了。我是刚刚从列克陀医生那过来的，看看能不能帮上点什么忙。”

牛虻的脸顿时变得铁青。

“哦，是这样？那太感谢你对我的好意了。我用不着麻烦你，只是稍微有点身体不适罢了。”

“你不用说了，列克陀医生已经告诉过我，他昨晚守了你整整一夜。”

牛虻死命地用牙咬着自己的下嘴唇。

“总之我没事，谢啦，我不需要你帮我什么忙。”

“那也行，我就坐在隔壁的屋子里，还是留你一个人清静一点吧。我这扇门就不关了，只要有什么事，尽管叫我一声，我会马上过来的。”

“我奉劝你，别在我身上浪费时间了，我真的什么也不用，你不如省点力气？”

“你还要这样说，我的朋友！”玛尔蒂尼不客气地打断他的话，大声说：“你的这些话骗得了我吗？你以为我看不见这一切吗？不要再说话了，好好躺着，要是可能的话，你还是睡会儿吧。”

说完，他径自走到隔壁的房间里，取了一本书在那儿坐下来看。没隔多久，他听见牛虻在床上翻过来翻过去的声音。他放下书，屏住气息听，又没动静了。但是过了一阵子，又是那种声音响起。牛虻可能在咬牙忍住疼痛的折磨，不让自己发出一声痛苦的呻吟声。他听到一种非常急迫的喘粗气的声音。

“伊万雷斯，你需要我帮帮你吗？”

没听到牛虻回答，他就走到牛虻的床前。牛虻的脸青得像鬼的脸，两眼盯了他一会儿，只摇了摇头，没吱声。

“那我再给你吃一服鸦片。现在吃吗？列克陀这样嘱咐我，如果你痛得实在不能忍受了，就可以吃一服的。”

“现在还不用，多谢。我再忍一会儿，等疼得太厉害的时候再吃吧。”

玛尔蒂尼无可奈何，耸耸肩，答应了他。他就在床边坐着，默默地看着他。这样挨了似乎非常漫长的一个小时，他再也坐不住了，去隔壁拿来了一服鸦片。

“伊万雷斯，我不忍心再看你这样了；也许你能咬牙忍着，可我却受不了。我现在就让你吞下这个。”

牛虻没再坚持，默不作声地吞了鸦片。吃完以后，他便背过去安静地睡了。玛尔蒂尼又继续守在他身边，倾听着他的呼吸慢慢恢复了深而均匀的节奏。

牛虻折腾了那么久，体力已经衰竭了。因此，他这一睡就难再醒了。时间一点一点地过去，一小时、两小时……牛虻就那样躺着，身子纹丝不动。白天过去，夜幕降临，玛尔蒂尔几次过来看他，牛虻仍是直挺挺地不动弹，除了能感觉到他那浅短而均匀的呼吸外，其他方面都不能体现他还活着。那张脸仍是那种灰白色，见不着一点生气，让玛尔蒂尼也怕了。他怀疑自己让牛虻服了过量的鸦片。牛虻把那条带伤疤的左臂露在被子外面，玛尔蒂尼抓住它摇了几下，想把他弄醒。不想那本没有扣上的袖子垂下去，他的手臂显出来，上面有一串伤疤，个个都深得让人看着害怕，这伤疤从腕部一直延伸到臂肘部。

“当初，当这些疤痕还没变黑的时候，这条胳膊一定是条很俊的胳膊吧！”玛尔蒂尼听到了从身后传来的列克陀的话音。

“列克陀，你终于来了！你看看，他怎么回事，一直就这样睡着，连一点动弹都没有。我给他服了一服鸦片，之后他一躺就是十个小时，连根筋也不曾动过。”

列克陀弯下身去听牛虻的声音。

“没什么问题，他呼吸正常得很。可能是极度疲劳，经历了非常人能忍受的一夜，这种情形可以预料。我担心的是，到天亮的时候他的病还有一次发作。所以，最好还是要有一个人来陪他。”

“盖力可能就要到了，他刚才托人带信，十点前后到。”

“马上就是十点了。瞧，伊万雷斯醒了。你赶紧让女佣热一下肉汤。得了，得了，伊万雷斯，你不要再打了，你的动作轻点，我可不是什么主教。”

牛虻突然从梦魇中醒来，脸上显出惊惶不安的神情。“该我了吗？”他本能地用西班牙说道，带着一股慌张和不确定，“不如再等一会儿，让他们再玩一会儿吧，我——哎！你列克陀，我怎么没见你！”

他又看看四周，疑惑地看了看周围，用手拭了拭前额。“玛尔蒂尼，你怎么还没离开？怎么了，你一直在这儿吗？我是不是睡得太沉了？”

“你这一觉睡了十个小时，知道吗？跟童话故事中的睡美人一样。你饿了吧，喝点汤吧！”

“我睡了十个小时了？你一直都在这儿陪着我吗？”

“我一步也没离开你，看着你。看你一点动静也没有，我都害怕了，以为给你吃鸦片吃得太多了。”

牛虻偷偷看了他一眼。

“如果我因为吃了鸦片就这样过去了，那岂不是太便宜你们了？到了你们开会的时候，谁和你们争吵不休呢？你又来了，列克陀。看在上帝的份儿上，你们让我好好再睡一觉吧。我不喜欢听医生唠叨不休。”

“好，我不说什么。你把这碗肉汤喝了，好好地喝下去。我过几天再来，看看你有没有好转，再对你进行全身检查。你到地狱溜达了一趟，他们到底还是没收下你。把你给退了回来。我看你的脸色也不像只装酒的骷髅了。”

“我会以惊人的速度恢复过来的，多谢你，医生。那边是谁？盖力也来了？我今晚真是亲朋好友群英荟萃呀，真是荣幸之至。”

“我是赶来陪你过夜的。”

“你胡说什么呀？我可不喜欢有人盯着我睡觉的样子。都走吧，回家去吧，你们大家都走。我的病如果发作，你们大家都在这儿看着也不管用。放心吧，我不可能完全靠服鸦片战胜疼痛。不过，那种东西偶尔吃一两次还行。”

“你的话是说得不错，”列克陀说，“不过有些事情是说得容易，做起来可就难说了，特别是要坚持下去。”

牛虻笑了一下，说：“你们不用担心！我不会上瘾。要是真上瘾也不会等到今天了。”

“但是，无论如何，我们起码要留下一个人要陪着你。”列克陀严肃起来，“盖力，你跟我到隔壁的房间里，我有事要跟你说。晚安，亲爱的伊万雷斯先生，我明天会再来看你。”

玛尔蒂尼跟着他们一起走出房门，到门口的时候，牛虻轻轻地唤了他一声：“玛尔蒂尼！”随即向他伸出了一只手。

“多谢你了！谢谢！”

“别再多说了，好好睡吧！”

列克陀医生走了之后，玛尔蒂尼又和盖力谈了一会儿话。当他从牛虻家的前门准备离开的时候，园门口来了一辆马车。车上走出一个女人，沿着小路走过来。他认出那个女人就是莱尼小姐，显然是刚参加完什么宴会。玛尔蒂尼向她扬一下帽子，站在路边让她先过来，一点也不失礼，然后一个人向着帝国山方向的黑胡同走去。没过多久，玛尔蒂尼听见牛虻的院子门又开了，接着是跑步的声音传过来。

“等一下，先生！”绮达叫道。

玛尔蒂尼转过身，往回走，迎着她。绮达停了一下，然后慢慢地顺着胡同里的篱笆向他这边走过来，一只手放在了身后。拐角处有一盏昏暗的街灯，照在她的身上。借着光，玛尔蒂尼隐隐约约地看到她低着头，似乎在看着自己的裙幅，显出很害羞、很不自然的样子。

“他，怎么样了？”她仍低着头问道。

“他的情况已经有了好转，气色比早上的时候好多了。他睡了整整十个小时，精力也差不多恢复了。我想，他目前已经脱离了危险期。”

她仍然不抬头看一眼，继续问道：

“这一次的发作，情况严重吗？”

“我想从前可能不会有比这更厉害的了。”

“我想也是，只要他闭门不见我，那一定是病得很严重的时候。”

“他经常像这样子发作吗？”

“有好多次了。发作的时间也说不准。去年夏天我们在瑞士的时候，他的状况还好好的，也不像要发作。可是到了冬天，我们在维也纳的时候，他的病又突然发作了。发作的时候特别可怕。一连好几天他都不让我在他身边。每到这个时候，他就像躲避瘟疫一样地避开我。”

她的头迅速抬起来，看了他一眼，又低下去继续说道：

“每次病发之前他都会有预感，于是他就找借口支走我，给我安排许多场舞会、音乐会，然后就把自己锁在屋里。我常常悄悄地溜回去看他，在他的房门外等着。可是，如果知道我在外边，他就会大发脾气。我有时想我在他心目中连条狗也不如。他的狗在他门边叫唤的时候，他都会开条门缝让他进去。”

她满含哀怨地诉说着，心中像是积压着一种恨怨交织的感情。

“我想，这次发作马上就会过去的，但愿他今后不要再复发了。”玛尔蒂尼试图安慰一下她，“列克陀医生对他的病非常重视，正在试图把他治愈。从目前的情况看，他的病已经得到了一定的控制，估计不会再恶化了。不过下次如果遇到类似的情况，你最好能够尽早地通知我们，如果能够早一点开始治疗，他也不会受现在这么大的痛苦了。晚安，小姐！”

他伸手过去，准备同她握手告别，可是绮达却立即把手缩回去了。

“你干吗要和他的情妇握手？”

玛尔蒂尼的手停住了，他尴尬地笑了一下：“当然，您可以随意。”

她突然发起怒来，用脚在地上使劲地跺了一下，两眼通红地瞪着玛尔蒂尼，大声喊道："你走开！我讨厌你，讨厌你们这些人！你们可以和他在一起谈笑风生，讨论政治问题。他让你们昼夜不离地守着他，给他喂药，可我呢？我连低下身子从门缝里看他一眼的资格都没有。你们和他是什么关系？为什么能够接近他，把他从我身边抢走？我讨厌你们这群人，讨厌！"

说着，她用手捂着泪流满面的脸，转身跑进了牛虻家的院子，顺手反推，把门"呼"的一声给关上了，留下玛尔蒂尼一个人在那呆呆地望着……

"上帝啊！"玛尔蒂尼自言自语地说着，转身又继续往回走，"这样一个女人？她竟然真心地爱着他，这真是不可理解……"

第八章

没过多久，牛虻身体就恢复健康了。到了第二周的某天下午，列克陀再来探望他时，牛虻身着一件土耳其式样的睡衣，边躺在沙发上，边和玛尔蒂尼和盖力俩人聊得火热。牛虻还表示想到楼下出去活动一下筋骨，对他的这一想法，列克陀只是哈哈笑了笑，问他，既然是要下楼活动，不如干脆翻山越岭跋涉去菲琐尔。[①]

"这样一来，你正可以去格拉西尼家拜访一下他们夫妇两个，换种新口味以舒缓一下情绪嘛，"他又不依不饶地嘲讽着说，"那位夫人一看见你保准会欣喜若狂的，尤其是你现在这副样子，脸色苍白得是如此打动人。"

牛虻闻言双手紧握，十指交叉，摆出一种戏剧中常见的悲剧姿势。

"哎呀呀，我的天哪！你看我竟然想不到这一点！一看见我，她一定会认为我是一位意大利的光荣烈士，并会跟我侃侃而谈爱国主义的。我自然也理所应当地将烈士演得像模像样的，向她讲述我

① 据前文所述，这是格拉西尼家所在的市镇，位于佛罗伦萨东北部。

如何在一个地牢里被刽子手剁成几块，然后又杂七杂八地堆在一起拼贴好的；她必定会刨根究底地追问我这被肢解又拼贴的滋味感觉怎样。你说，她会不会相信我所说的一切，列克陀？我敢跟你打赌，即使我杜撰什么荒诞而又稀奇古怪的谎言，她也会毫不迟疑相信的；就以我那把印第安人的匕首和你医疗室中的那瓶绦虫作为赌注，怎么样，可不要错失这个千载难逢的良机哟，一睹为快如何？”

“多谢了您，我可与你不同，那种杀人的玩意我可是敬而远之从不碰的。”

“算了吧，若说杀人的话，绦虫可一点儿不比匕首差；但若美观的话，绦虫可就绝对逊色啦。”

“不过，我亲爱的牛虻，我偏偏只是喜欢绦虫，而绝不想招惹匕首。玛尔蒂尼，我还必须赶回去。至于这个不安分的病人交给你来全权负责。”

“哦，三点的时候，我要与盖力一起去圣米尼阿托看看，到时，玻拉太太将会来照看你，等我回来后再替她。”

“玻拉太太！”牛虻惊慌得大叫道，“怎么会是她，玛尔蒂尼，可别这样做！麻烦一位夫人专门来照料我，这太让我过意不去了。况且，她在这儿怎样坐呢？这儿可绝不是她喜欢待的地方呀。”

“如此啰唆的臭规矩，你又是何时养成的？”列克陀边笑边说，“我亲爱的朋友，玻拉太太可是位护士长呢，里里外外一把手，从年轻时候她就照料病人了，而且干得非常出色，在我所见过的所有的嬷嬷[①]中她可是首屈一指的。对她你竟会说这儿不是她喜欢待的地方？嘿，你所指的不会是格拉西尼的那位夫人吧！太好啦，玛尔蒂尼，若是玻拉太太来换班的话，我就不用对用药说明再啰唆了。我的天，已两点半了，现在我非走不可了！”

“那好，伊万雷斯，来，先把药吃下去，再等她来接班吧。”盖力一手拿着一只药杯走到沙发边说道。

---

① 嬷嬷：专门在医院守护病人的天主教的修女。

“这要人命的药！”牛虻这时正处于康复时期喜怒无常的情绪之中，常有意地刁难那些忠于职守的朋友们。“我今天一点儿也不觉得疼痛了，你们怎么……怎么还使劲逼迫我灌这些无聊的玩意儿？”

“只有吃了它们，你才能真正不痛。等玻拉太太来值班时，你若再犯痛得死去活来的话，她肯定又得让你吞咽鸦片了，何必非要到这种地步呢？”

“我的亲爱的……亲爱的先生，如果疼痛真的要发作的话，那再怎样做也终究要痛的，它可不是牙……牙疼那样，稍用点儿无用的药水就可吓跑它。而拿这些药水来对付我的病痛的话，简直是拿玩具水枪去救着了火的房子，毫无效用的。话又说回来了，我明白若不咽下这杯药的话，你们无论如何是饶不了我的。”

他将左手抬了起来端住了杯子，那些吓人的疤痕又露在盖力眼前，这让盖力又想起先前曾提起过的一个话头。

“麻烦问一句，”他说，“这些上上下下的伤痕是怎么落下来的？是不是战争留下来的？”

“唉，刚刚你没听见吗，我不是告诉你们这是秘密地牢日子中百般折磨的记录，当然还有……”

“鬼才会相信，那种话是专门用来让格拉西尼太太那种人听的。我可是正儿八经地问你的，这是怎么弄的。我想会不会那次与巴西打仗时受的伤？”

“没错，那次我是挂了点儿彩；此外，又有在荒山野岭之中狩猎时不小心挂的。”

“啊，我明白了，你确实还参加过科学探险队。好了，扣好衬衫，我已敷好药了。这样说来，你的经历还是丰富多彩而且刺激十足的。”

“那是当然。那儿是尚未开发的野蛮之地，惊险的事儿自然时不时会有一些的，”牛虻极为轻松自然地说着，“不过，可不是像你想的那样充满乐趣的。”

“但有一点儿，我仍心有疑惑，你怎么会如此不小心地弄了这么多伤疤？莫非是你与野兽巧遇搏斗而吃尽苦头——就像你左胳膊上的那道道疤痕，个个都不能让人小看。”

“啊，它们是一次狩猎美洲狮时留下来的。情况很简单：当时我开枪射击……”

这时，有人敲了敲门。

“玛尔蒂尼，这儿的一切收拾得怎么样了？都收拾好了吗？如果没问题的话，就去开门吧。啊，太太，烦劳您实在让我承受不起；恕我无法起身迎接您，请见谅。”

“别这样客气，没关系的，你千万别动身儿，我这次来可不是做客的贵宾。伊万雷斯，我提前来了，怕玛尔蒂尼和盖力俩想早些离开。”

“没有关系，再待上一刻钟也没问题。来，让我帮你把披风拿到隔壁房间挂起来。那篮子用不用也捎带过去？”

“哦，拿去吧，小心轻放就行，里面是刚出窝的新鲜鸡蛋。这是今天早上，凯蒂专门从奥利弗托山那儿买过来的。另外，还有几枝圣诞玫瑰[①]捎来送给你，伊万雷斯先生，我清楚你很喜欢花的。”

边说着，她就坐在桌边修剪着那些花的枝梗，把它们插放在花瓶之中。

“嘿，伊万雷斯，”盖力说，“接着讲你那件狩美洲狮的事情，刚才只是提了个话头儿。”

“行，我接着讲！太太，刚才盖力询问我那段生活在南美洲的惊险经历，我正向他描述我的左臂是如何挂彩受伤的。那次狩猎美洲狮是在秘鲁，我们正在泅水过河时，它出现了，我提枪就开火，谁知火药沾上了水竟没打响；当然了，那美洲狮子可不会好心地给我留出换取子弹的时间的，于是我就不可避免地落了个这样的结果。”

“哈哈，这样的日子真有意思。”

“哦，确实如此！不过，有甜头也有苦头的；总体来看的话，

① 圣诞玫瑰：又称黑儿波，是一种冬季开花的毛茛属植物，花色为白或淡紫色。

那段时光的确是令人惊奇万分的，比如捕蛇……”

就这样，牛虻一件接着一件奇闻逸事接二连三地讲述着：先是阿根廷的战争，然后是巴西的探险经历，接着又谈到狩猎过程中的野外聚餐，甚至是突遭土著人和猛兽袭击的惊险片断。这让盖力听得如痴如醉，像沉迷于神话传说中的小孩一样，一会儿问问这，一会儿问问那，在这些惊险而令人向往的事件面前，他那易于感受一切的那不勒斯人的特性使他不可抗拒地为之吸引着。裘玛则从篮子中取出编织的物品，低头忙着织了起来，同时不吱声地做着听众。玛尔蒂尼眉头紧蹙，一会坐一会站惴惴不安的样子。看见牛虻那种讲述故事夸耀做作的样子，他极为反感。尽管一个礼拜之前，他亲眼看见牛虻在饱受肉体的病痛折磨时，表现出那令人佩服的坚韧毅力，这使他敬畏不已，但此时的牛虻举止轻率、神态浮夸，使他在心中颇为不赞赏。

“这种生活才称得上辉煌光荣的岁月！”盖力不由得长叹一声。“这一切太令人钦羡了，你怎么会当时痛下狠心从巴西回来呢。你不觉得除了巴西，其他任何地方都比之平淡无聊吗？”

“其实，最快乐的时光还是秘鲁和厄瓜多尔的那些日子。”牛虻接着说，“在那儿，有美丽富饶而且辽阔的土地，不过气候太热了点儿，尤其是厄瓜多尔沿海地区那儿更为炎热，让任何人都难以忍受，但是风景非常迷人，是那种超乎人的想象的一种美丽。”

“我坚信，”盖力说，“能在一个野蛮的地区过上一段自由自在的生活的话，对我而言，比任何美景都更具有魅力。只有这样的自由生活，才会真正拥有个性的解放，自我的完善，人类的自尊，可惜这在我们这种拥挤不堪的城市之中是无法获得的。”

“不错，”牛虻回答说，“那确实不失为……”

这时，裘玛抬头看了一眼牛虻，他一下子就舌头打住了结，满脸通红。短时间的沉默弥漫开来。

“是不是病痛又发作了？”盖力急切地询问。

“哦，没影儿的事，谢谢你们那种止……止……止疼药膏，我刚才还使劲诅咒的东西。玛尔蒂尼，你要准备出发了吗？”

“不错。我们走吧，盖力，要不就晚了。”

裘玛把这两个人送了出去，过一会儿回来时手上端来了一碗牛奶冲鸡蛋水。

“喝了它吧。”她温和地说，语气却又充满不容辩驳的命令意味，然后又坐下来继续编织着。牛虻一声不吭地顺从地将它喝了下去。

接下来的半个钟头的漫长时间里，屋内一片寂静，俩人相对无言。牛虻压低嗓音叫了一声：“玻拉太太！”

裘玛把头抬了起来，看到牛虻正手扯着那床毛毯沿的穗子，并且低眉顺目地垂着眼皮。

“我刚才所说的一切，你是否不信？”他问道。

“那些话我一听就知道是谎言。”她神色不变地静静地回答了一句。

“你是对的，自始至终每一句话都是我自己编造的。”

“关于那次战争的话也是如此吗？”

“不论哪桩事都是假的。那次战争我压根未参加过；探险倒也曾有过几次经历，我刚所说的故事有很大一部分是事实，但绝非我遍体鳞伤的缘故。既然你现在已一针见血地刺穿了这些谎言，我干脆就一筒子倒干净地全部揭穿它们。”

“既然如此，编造这么多谎言，你也不觉得很累？”裘玛问道，“何苦呢？”

“但，话又说回来了，要不如此又该怎么办？就像你所知的英语的那句谚语：‘若不是多嘴多舌地打探他人，又岂来入耳之谎言。’我素来讨厌以谎言去糊弄他们，但既然无法避免的话，还不如就用心地编得更让人听得兴趣盎然。你看，刚才盖力听得多么津津有味呀。”

“为了让盖力听得有乐子，你就抛弃了说真话的诚实？”

“真话！”他的头一下子抬了起来，手里挑着已扯下来的毛毯穗子。“跟他们讲真话吗？那还不如先把我的舌头一刀割下来！”突然，他语调一转，尴尬之极不自然地略带羞涩地说，“真话我从未对任何一个人说过。如果你想听的话，现在我就讲给你听。”

裘玛默不作声地将手中的编织物放了下来。眼前的这个男人，粗鲁、冷峻而且诡秘得不甚可爱，而且他似乎既不了解也不太喜欢她。现在他突然要向她这个素昧平生的女人倾吐心底的真言，这使得她深觉感动，并意识到其中一定隐藏了人不可知的悲痛。

接下来又是长久的沉默，她抬起头瞅了瞅他。他的左臂正支在身旁的小桌上，那只残缺的左手遮掩着眼睛，她注意到他的手指正处于一种神经质性的紧张，甚至牵动着手腕上那块疤痕。她向他走了过来，低声唤了一下他的名字。他猛然惊醒，抬头而视。

“我竟然一下子忘……忘了，”他不好意思地慌张地解释道，“我正准备要……要讲给你听……听……”

“让我听一听究竟什么意外事件把你弄成这样的。当然，如果你觉得为难，认为还是不讲的好，那么……”

“意外事件？啊，你是指那顿毒揍吧！哦，这并非一次意外，我的腿是因一根拨火棍而致残的。”

她闻听此言惊得不知该做出何种反应，只是茫然地瞪着他。牛虻用那颤抖的手将自己的头发掠了掠，抬头看着她笑了笑。

“你不妨坐下来吧！把椅子移到这儿来，挨得近一些。实在抱歉，我无法亲自为你效劳了。说……说实话，现在回想起来，如果当时列克陀遇上我的话，我的伤情定会让他如获至宝，深感有如此运气碰上像我这样的少见的病例；列克陀实在是名副其实的外科医生，对碎折的骨头有着浓厚的兴趣。我坚信那一次，只要是我体内能折断的全都折断了——除了还幸存脖子。”

“最坚不可摧的还有你的勇气。”她轻声轻语地插话说，“也许你把它归于折不断打不碎的东西的行列里了。”

他把头摇了摇。“不是的，”他说，“连上我的勇气，所有的折断的东西都是后来修补好的；当时，我的勇气脆弱得如同一只茶杯，一击就碎；这是那次毒揍中最惨痛的部分。啊——对了，刚才我提到那根拨火棍。”

“那或许是——容我想一想——或许是大约十三年前的事情

了，发生在利马[1]。刚才我曾说秘鲁是个能让人过得最充满趣味的地方，但这只限于手中有钱的情况。而当时我手无分文，那可就天差地别了。我去过阿根廷、智利，差不多一直都在饥寒交迫之中四处漂泊；这之后我临时受雇于一条船，趁着这艘牲口船从瓦尔帕来索[2]来到利马。在那儿，我没有任何工作来赖以生活，只好到码头去碰运气——你也知道那儿的海港码头都位于卡亚城[3]。港口里船舶众多，汇聚了许多靠航海这碗饭生存的人，自然四处都有一些下等的场所；没过多久，我就为那儿的一家赌场雇佣，做饭、守在台球台边记分、为水手和他们的女人端酒送茶等等，什么样的活儿都要干。这种差事可不是什么好差事，但能有干这活儿的机会我已经满足了，毕竟凭此我就不会再饿肚子了，而且可以看见别的人的面孔，听到别人的交谈声了——如此说来倒也可将就的。或许在你看来，不觉得这有什么了不得的，可对我而言却不是如此。要知道在这之前我刚因一场黄热病而病倒在一个混血儿人家的破房子后边的窝棚内，孑然一人，吃尽了苦头，对自身处境实在惧怕之极。所以，进赌场干活倒也不错。但是有一天晚上，一个拉斯克[4]因醉酒而撒泼，老板命令我赶他出去。这个拉斯克人在这儿将钱输得半个子儿也不剩，已面临无物果腹的困境，故心中憋了股恶气就酗酒滋事。我可不敢不听从老板的话，否则就得丢掉饭碗再度挨饿，可是那个水手身强力壮，而我很年轻，只有二十一岁，大病初愈的身子虚弱不堪，他一个人是足顶我两个。更为甚者，他手中还捏着一把拨火棍！”

他说到这儿停了一下，向裘玛偷偷地看了一眼，然后又接着说：

“明显得很，他有意地想一下子结束我的小命儿；可他操手做这活毕竟干得不彻底不地道——这是拉斯克人干活总马马虎虎的习

① 利马：智利的首都。

② 瓦尔帕来索：智利的一个港口。

③ 卡亚城：一个港口城市，位于利马西边。

④ 拉斯克：西方人所谓的“东印度”，此处指来自亚洲南部的一个水手。

惯；幸而这样，我倒还保留了点儿好皮好肉，未被砸成一摊烂泥，留住了一口活气儿。”

“天哪，当时在那儿的其他人呢？他们看到这也不出面管一管？难道一个拉斯克人就镇住了那么多人？”

他的头抬了起来，视线扫了下裘玛，然后突然爆发出一阵笑声。

“其他的人？你指那群赌徒和赌场老板吗？我的天，你真是什么都不明白！那些人有的是黑人，有的是唐山佬，有的甚至不知路数和根底，对他们来说，我只不过是攥在他们手心儿中的仆人而已。逢到这种场面他们除了站在一边看热闹儿可什么也不会做的。在那儿，这种事情就是一件乐儿子。说实在的，只要你不是被看的对象，看看这种乐儿子倒也蛮有趣的。”

裘玛闻言浑身不禁起了一层疙瘩，心中恐惧。

“那，最后结果呢？”

“结果是什么，我也说不上来；任谁碰到这事定也会连着数天脑子一片空白的。不过，那时附近正好有条船上有位医生，或许因为我还未咽气，就有人把他请了过来。而他只是将我草草地包扎了一下——据列克陀说，这个医生包扎得简直乱七八糟的，不过也许只是同行相轻罢了。不管到底怎样，反正最后我意识清醒了过来，我才得知自己被一个土著老太太大发慈悲地收留了——这的确听起来有点传奇色彩!这位土著老太太总是在小屋子的角落那儿坐着，卷成一团，手拿着支黑烟管抽着，时不时啐儿口唾沫，还老哼着不知名的小曲调。她对我倒是一片热忱，向我保证，我可以在那儿安心地升入天国，绝不会有任何人来骚扰的。但是我心中求生意识强烈，充斥着一股反抗的精神。我决心活下来。在那一步步捱回生路上的日子里，真很费劲，我有时都要坚持不住甚至想一弃了之，我常常害怕与死神的抗争只不过是场徒劳无功的事情。幸运的是，那位老太太倒也真有耐心，竟收留了我足足有四个月的时间。在那段时间里，我一直躺在她的小屋里，一会儿如同疯子般狂喊乱叫，一会儿又随便地肝火上升暴躁得很。要知道，当时伤口实在痛得要命，而我又从小从未受过这种苦难，脾气骄横惯了。”

“然后呢？”

“哦，然后，我总算从死神那儿爬了回来，终于爬得起来了，我就从老太太那儿爬着离开了。你可别认为我因长期受一个穷苦的老太太照料而怕再添麻烦走的，我早已没有这种意识了；我走的原因是我实在是无法在那个地方再多待一分钟。刚才你还说我勇气坚不可摧，那是你没亲眼所见我那时的落魄情形！那个时候，每当傍晚夕阳西沉之时就是伤口痛得最最要命的时刻，每逢此时，我就一个人躺在那儿，瞅着西山的夕阳一点一点消隐……哎，那种心境你永远不会明白的！时至今日，我一看到夕阳薄暮的景象就心中恐慌不安！”

他沉默了许久。

“后来我到了内地四处谋生找工作——若再在利马待一会儿我真会被逼得神经错乱的。就这样我又流浪到库斯科[①]，那里……算了，算了，这些陈芝麻烂谷子的事我干吗要翻它呢，这种东西好听倒也不妨讲给你听听，可惜又不那么动听！”

裘玛抬眼看了看他，眼睛里充满深挚与诚恳，她说：“万万不可这样讲。”

牛虻使劲地咬着嘴唇，手又扯下一绺毛毯边沿上的穗子。

“你还要接着听吗？”他待了一会儿才问。

“你如果……如果想说的话，就接着说吧。我只是害怕回忆这些当时的事会令你心中难受。”

“你想想，如果我闭口不谈就可抹掉过去的一切吗？越不提越憋闷得难受。这倒不是仅仅因为这些事情而愁闷，你不要误会，令我发愁的是我对控制自己已力不从心了。”

“我……对你所说的有点儿不太明白。”

“我的意思就是说，我为自己已经丧失勇气而苦闷难受；变成这样的我简直是一个胆小鬼！”

① 库斯科：原为秘鲁一座古城，十六世纪之前一直为印加帝国的首都；距离利马六百公里远．位于其东南方。

“对任何事物，人能忍受的程度毕竟是有个限度的。”

“不错，更何况此次尚可达到这个限度，下一次是否还能挨到这个限度可就难说得很。”

“你愿不愿意向我解释一下，”她迟疑着说，“刚刚二十岁的你怎么会孤零零地一个人在海外流浪奔波？”

“那还用说：流浪前我在国内出身显赫，但我抛弃了选择了孤身流亡海外。”

“为何这样做？”

他又爆发出一阵响亮而震耳的大笑。

“你问为何如此吗？或许当时年少不懂事的我，颇有些自以为是吧！我的家庭条件优越得有点儿过分，从小长在这样的环境之中享受了无尽的娇宠与爱护，使我误以为身外的世界美妙之极，甜蜜之极；谁知某一天，我竟猛然发现自己长期信任的一个人欺骗了自己。你怎么啦？怎么如此惊讶？发生什么了？”

“没事儿的，你接着说吧！”

“我发现他编造了一套的谎言，而我却那么信以为真上当受骗。其实，这件事简直是鸡毛蒜皮之事，不值一提，可当时，我就像刚才我所说的那样——年少不懂事而且自以为是，想当然地认为撒谎者定下十八层地狱，去他妈的！故而，我就从家里出走，大着胆子到南美闯荡，能活下来就活，不行的话干脆就死。那时的我，身无分文，一句西班牙语也不会讲，唯一可糊口的依靠就是一双白净娇嫩的手，外加养成的少爷德行。结果呢，理所当然的，我就在地狱里走了一遭，尝了一回苦头；这全是我对真实的东西视而不见，却只管对虚妄的东西想当然的原因所致。这苦头可真让我尝了个够——整整五年的时间，正是杜普雷探险队才算把我从苦海营救了出来。”

“五年！天哪，确实太长了！难道没有一个朋友可求救？”

“朋友？我——”突然，他猛地扭转过脸，冲她狠狠地瞪了一眼，“我这一生从未有过所谓的朋友。”

但是，他仿佛立即觉察到自己的失态，便尴尬地匆忙地接着话头讲下去。

“话又说回来了，这也只是说归说罢了，你也别放在心上；也许我的描绘太夸张了些，老实说，开始的那一年半时光里，我过得倒也还凑合；日子虽艰难，但我年轻体健，倒也可支撑下去，可后来我身上留下那个拉斯克给我的纪念之后，整个情况大变。从那儿之后，我无处安身，无事可做。你不觉得神奇吗？只要运用恰当，一根小小的拨火棍作用可是非凡的；一旦成为一个残废，哪还有人乐意雇佣你呢？”

“那你找什么活儿来过日子呀？”

“来者不拒，有什么就干什么。有一段日子里，我所借以糊口的就是做甘蔗种植园黑人奴隶手下跑腿的，帮忙打打杂儿，搬运东西等等。顺便说一下，世间怪诞之事颇多，而其中之一就是奴隶的人总想自己也掌管一个奴隶。同样的道理，黑人则乐得有个白人被他指挥得团团转，可随意训斥。即便如此，我仍是常无工作，因为监工老是赶我走。我又是走不快的瘸子，又搬不动重物，再加上总会病情突发，要么是旧伤发炎，要么是染上某种该死的病。”

“这样挨了一阵儿，我来到南部银矿那儿想寻点儿事做，可四处触壁。像我这种人早就成了废物，矿上的经理压根不会看一眼的，而那群矿工则恨不得要我的小命。”

“为什么呢？”

“唉，在我看来，不外乎是缘于人之本性罢了。我毕竟还余下一只手可还手吧，至少他们这样认为。这些人多为黑人和赞博[①]，不仅血统杂，素质也差。而那些来自东方的苦力又是狠得够劲儿！后来，我实在无法忍受就又上路四处漫游，没有目标地流浪，到哪儿就算哪儿，只是心存一线盼望奇迹的降临。”

“四处流浪？就这样一瘸一拐地走？”

他的头抬了起来，呼吸屏住了，露出一副可怜兮兮的模样。

“我实在……实在饿得撑不住了。”他说。

裘玛把头稍稍扭向一边，用一只手撑在下巴下面。沉默了一会

① 赞博：一种黑人和印第安人的混血儿。

儿，牛虻又接着说，只是声调越来越低：

“就这样，我一直四处流浪，流浪四方，直至最后快要神经错乱的地步我仍是双手空空。到了厄瓜多尔那儿，我的处境越发恶劣了。我只是赖以偶尔的为他人补旧锅这样的手艺度日——我还会一手补锅的手艺！有时我则替人跑跑腿，或者替人打扫打扫猪窝，或者……唉，我也不知道自己曾经做过什么。直至后来有一天……”

桌子上的那只又瘦削又黑的手突然攥成了拳头，裘玛把头抬起来，用担忧的眼神看了看他。展现在她眼前的正是牛虻的侧面轮廓，她发现他太阳穴那儿的青筋如同锤子敲击一般，不停地接二连三地急促而又慌乱地搏动着。她把身子探向前去，用手轻轻地按了按他的手臂。

“算了，别讲了，你现在已这样难过了。”

他盯着裘玛的手，迟疑着好半天，又摇了摇头，继续讲述下去：

“后来的某一天我碰上了一个在江湖上混饭的杂技班。那天晚上所见的那个杂技班，你还记得吗？对，就是和它差不多的杂技班，甚至比它还不堪人流，粗俗卑陋。赞博人可不同于这儿的佛罗伦萨人，后者总算是还多少有点儿教养，而前者却是非恶丑粗俗者不喜，只有粗俗野蛮得要命他们才喜欢。自然其中斗牛是必不可缺的。晚上他们露营路边，我就去向他们乞求施舍。可那天天气闷热得很，而我又饿得头脑发晕、四肢无力，于是……我刚走到他们宿营的帐篷门口就昏倒在地。那时的我简直如同寄宿学校束胸束得过紧的女学生，稍不小心就会突然昏过去。我就被他们抬了进去，又被灌了点儿白兰地，吃了点儿东西，总而言之，受到了不少照料关爱；接下来……次日清晨……他们就对我说……”

正说着声音消失了，他停顿了一下。

“他们说缺一个驼背的角色，最起码这个角色也要是个有点儿残疾畸形的人，可让孩子们有对象可投扔橘子皮、香蕉皮之类的东西……也可为黑人逗乐……就像那天晚上你所见的那个小丑一样的角色，老实说，我就扮演了那种角色……整整演了两年的时间。在我看来，对于黑人、唐山佬之类的人，你颇富同情和仁慈之心。若是你曾为他们所欺凌嘲弄的话，你也许就会有与此不同的态度啦。”

“嗯，于是，我学会了演杂耍。按照他们标准，我这样子虽瘸着腿却远远称不上畸形，幸而他们脑筋转得快，专为我安了一个假驼背，又在我那瘸腿烂胳膊上大做文章，尽情发挥创造……而那些赞博人倒也极易满足的，他们无甚高的要求，只要能活活折磨玩弄一个活的东西不管人或兽之类的就可以了——那身的装扮收效颇为显著。”

“但唯一的困难是我总会生病无法登台表演。有时，虽然我病发伤痛得厉害，可恰逢班头儿心情不好，我就得硬撑着上场亮相；每逢此时，观众的反应超乎寻常的热烈。在我记忆中，曾有一次，我刚演到中间突然撑不住昏倒在台上……待我有所意识时，发现身子周围站满了层层的观众……他们大声欢叫着好啊，还畅快地拿各种东西向我身上扔着……”

“停下来吧，我实在是不想接着听了！好了，够了，求求你，够了！”

她边说边手捂着双耳，从椅子上站起来。牛虻马上闭嘴不吭声了，他抬头看见在她双眸之中莹莹的泪花在闪烁着。

“笨极了，我这人是越来越不开窍了！”他暗地里嘀咕了一句。

裘玛向屋子另一头走了过去，在窗户那儿停住了脚步，站在那儿双眼眺望着窗外。不久，她把身子转了过来，看见牛虻又恢复了一只手撑在桌子上捂着眼睛的样子。显而易见的是，他已把她的存在给抛到脑后去了。裘玛也干脆默不作声，回到他身旁椅子那儿坐了下来。过了许久，她才一字一句地问道：

“我想向你请教一件事。”

“什么事呢？”牛虻仍是姿势不变地反问道。

“处于如此状况之下，你为何不自杀了断一切苦难呢？”

他抬起头来，看着她，神色严肃庄重之中流露出惊讶。“你怎么会如此问呢？我真没想到你会这样说，”他说，“如果如你所言，我就该抛下事业啦？那有谁来代替我完成我那未竟的事业？”

“你的事业？……啊，我知道了？虽说你口口声声说自己是个怯懦胆小之徒；可在我看来，你在如此苦难风雨折磨之中志向不改，可以称得上是个勇敢的人啦，你是我这一生中所见过的最勇敢的一个！”

激动万分之下，他的一只手又捂住了眼睛，另一只手则把她的手紧紧地抓住。俩人执手相对无言，唯有沉寂无边。

突然，房外花园里传来歌声，一个清悦的女高音，透着青春朝气；这是选自低劣的法国歌曲中的一段：

“嘿，皮埃罗！舞步跳起来呀，皮埃罗！
快将你的步子舞起来吧，我可怜的让诺！
世间奇妙之事最数跳舞寻乐！
青春年少不妨潇洒乐逍遥！
虽说我泪长流气长吁，
虽说我的脸愁云布满——
先生，你不知这只是我的玩笑而已！
哈！哈，哈，哈！
先生，你不知这只是我的玩笑而已！”

闻听此歌声，牛虻的手马上从裘玛的手上缩了回去，身子也不由自主地打了个哆嗦，若非他努力自控的话，或许早已叫喊出了声来。裘玛赶快拿手死命地按住他的手臂，如同禁锢动外科手术时手术台上的病人一样。然后歌声消逝了，而花园里又爆发了一阵笑声与喝彩声。牛虻抬头看着裘玛，双目中露出一种饱受摧残的野兽狂野的眼神。

“毫无疑问，这是绮达的歌声，”他的话一个字一个字地从胸腔迸了出来，“还有她的那群军官朋友。就在列克陀到我这儿之前的那天晚上，她曾试图闯进来。若是那时她触我一下的话，我肯定会丧心病狂发疯的！”

“可是，这她可并不知晓的，”裘玛似乎并不认同这点儿，只是婉转地说，“她并不知晓你对她会敏感得如此难受。”

“她活似个克里奥尔人[①]，”他边说着边忍不住战栗了一下。“你是否记得，那天晚上她看见我们领回那个流浪街头的小孩时脸上是什么样的神色吗？那种神色是那种混血儿笑起来时所独有的。”

又是一阵大笑从花园那儿传了过来。裘玛立身将窗户打开。只见绮达正在花园的小径上站着，手中高举着一束紫罗兰花，头上缠绕着一条绣着花镶金丝的围巾，极为风情万种。而另外三个青年骑兵军官仿佛正为她手中的那束花而相互争抢着。

“莱尼小姐！”裘玛叫了一下她。

绮达马上阴下了脸，万种风情为一片乌云所遮掩。“怎么了，夫人？”她把身子转过来，抬起双眼，满是挑衅的意味。

“麻烦你的朋友们说话声略微压低一点儿，行吗？伊万雷斯先生因为这感觉难受得很。”

那位吉卜赛姑娘把手中的紫罗兰花束一下子扔了。“Allez—vousen！”[②]她猛然回过身子对着那几个面露惊讶之色的军官说道，“Vousm é mb ê tez，messieurs！”[③]

她缓慢地离开了花园，拐入一条小胡同内。裘玛就关好了窗户。

“他们都离开了。”她转过身对他讲。

“多谢了。实在……不好意思，给你添麻烦了。”

“倒也谈不上麻烦什么的。”她吞吞吐吐地说着，牛虻立刻觉察出了这一点。

“那又怎么了？”他问，“太太，你别把话说一半吞一半，你心中还想什么，别窝着不说出来。”

---

① 克里奥尔人：南美用语，多指欧洲人的后代同黑人的混血儿。

② 原文是法文：“滚开！”

③ 原文是法文：“先生们，我厌恶你们！”

“既然你对我的心思猜测得一点儿不差，那么我讲出来你可别生气。我所想的倒不是关于自身的，不过，我无法理解……”

“是否无法明白我对莱尼小姐怎么如此嫌恶，对吗？实际上，这也只是偶然这样……”

“不对。既然你一方面如此嫌恶她，那又怎会心甘情愿地与她同居呢？在我看来，你的做法对她而言就是一种欺骗与轻蔑，这不仅仅是对她这样的小姐的欺骗与轻蔑，而且还是……”

“一位小姐？”他猛然爆发了一阵尖锐的笑声。“在你心目中，小姐的形象就是如此的吗？‘太太，你只是开玩笑而已吧！’”①

“你如此说简直太离谱！”她说，“你怎能如此贬斥她呢，这样说做都是不礼貌的——更别说是就一位小姐而言！”

牛虻把脸扭了过去，身子卧在那儿，眼睛睁得大大的，呆望着窗外日落西山的景色。裘玛不愿让他凝望这夕阳西沉的暮色，于是合拢了百叶窗，把窗帘拉好，然后自己走到另一扇窗户边儿，坐在桌子旁，重新把毛线拿起来继续编织。

不久，她问道：“要点灯吗？”

对方摇了摇头。

最后，屋子陷入一片黑暗之中，目不可视物了，裘玛收拾起编织物，将之放在篮子中。有一阵的时间里，她只是双手叠加在一起呆坐在那儿，不吱一声地凝视着牛虻那凝固不动的身影。暮色吞噬下的一丝光亮投到他那脸上，笼罩了他那满脸挂着的讥讽的自负的神情，似乎要将之融化，另一方面则又深深地衬托出他那嘴角边道道洋溢着悲哀的皱纹。猛然间，裘玛心头闪现一道闪电，激醒了她记忆中她父亲为悼念亚瑟而立的十字形石碑上的碑文，它清晰地浮现了出来：

“我身上曾席卷过你那阵阵的轰然的涛声与耸人的浪涛。”

在这种沉寂之中，一个小时已悄然而逝。裘玛终于站了起来，悄无声息地走了出去。不一会儿又回来了，手上端来了一盏灯。她

① 此处，牛虻模仿了莱尼小姐花园中所唱的那支法国歌歌词。

以为牛虻已经入睡，就小心地未敢走过去。可谁知灯光一照到牛虻脸上，他的脸就扭了过来。

她把灯放了下来，说道："我已为你煮好了咖啡。"

"先搁在那儿吧。麻烦你来一下行吗？"

牛虻一下子握紧她的双手。

"我刚才想，"他说，"你所说的倒也很准确，我在个人生活方面的确是乌七八糟，大扫颜面的。但是你也没忽略了，配得上……你去用心爱的女人，可不是随时随地能遇上的；更何况，我……我的处境一直进退维谷。我只是害怕……"

"怕？"

"我只是害怕黑暗。有时，一到夜幕降临，我就没有勇气孤身独处。无论是什么东西，只要身边有那么个有生气的……能够感受得到的，我才会放下心来。对于周身那无边的黑暗，我心里一直很畏惧，总觉得那黑暗中隐藏着……不！不！我惧怕的不是这种无尽的黑暗，它所给予我的烦恼并不值得一提！……我真正惧怕的是自己内心深处的那无底的黑暗。在那黑暗的笼罩下，没有哭的哽咽声，没有恨得咬牙切齿声，弥漫的只是死一般的沉寂，永远不可消逝的沉寂……"

他把双目瞪得大大的。裘玛一直不敢动一动，甚至屏住气息好半天，直至他又开口说话，这才将心中的那口气吐了出来。

"你是不是认为我所说的玄乎其玄得不可理喻？你当然是无法理解的——对这些无法理解倒是你的福分。我的意思是，如若就这样形影相吊度日的话，我只怕早就神经错乱了……我只是奉劝你莫太感情用事，把我想成十恶不赦的坏蛋；或许你已把我定为一个无道德羞耻观念的色鬼，其实，这并非实情。"

"对于你的一切，我自然不能妄加评判，"她回答说，"你所描述的那些苦难，我并未亲身经历过。不过……我也曾陷入过非常艰难的境遇之中，虽然只是方式不同罢了；我认为——不，我绝对可以把握十足地说——如果一个人前怕狼后怕虎只是屈从行事，从而做出了相当残酷的事情，或者是非正道的谈不上崇高的事，那他以后一定会悔之莫及的。若再深一步讲——如果这一关你挺不过去，那么我就斗胆认为：如果换我处在你当时的处境之中，那我就会一命呜呼的——我就会抛弃上帝，走上绝路一条的。”

她的手仍然被牛虻紧紧地抓在手中。

“请对我说说，”他以一种非常轻的声调问道，“那你这一生是否有过你所说的那种相当残酷的事吗？”

她默不作声，她的头低了下去，牛虻的手上落下了二颗大大的温热的泪珠。

“对我说说吧！”他小声请求道，激动之余把她的手抓得更紧了。“给我说说吧！我把我的苦恼都说了出来。”

“有的……有过一次……那是发生在很久很久以前了。我对我最最心爱的人偏偏做了一件非常无情的事。”

那双抓她的手的双手颤抖了起来，快而且猛烈，但始终未曾松开。

“他是我们这边的一个同志，”她继续讲着，“而我却轻信谣言，那些诬陷他的话——它们是由警察当局编造出来的。虽然它们编得差劲儿之极，一眼就可以看穿，但我却昏了头脑，误认他为叛徒，打了他一个耳光。而他就一声不响地投了河，自杀了。直至两天之后，我才意识到他的清白与无辜。这件旧事就这样永远刻在了我的心底，它与你记忆中的任何折磨人的事情相比绝不逊色多少。假若这一切发生过的事能够重新开始的话，我心甘情愿地以砍掉右手为代价来换取。”

一道迅如闪电的颇具危险的亮光从牛虻眼中一闪而逝——这可是裘玛从未见过的陌生的事情。他突然出人意料地低头在她手上吻了一下。

她惶惑惊惧之极，极力向后退着。“别这样！”她可怜兮兮地叫嚷道，“请你以后千万别这样做了！否则会让我伤心的！”

“你难道不认为你也会让你所逼死的那个人伤心吗？”

“被我……逼死的……那个人……啊，玛尔蒂尼回来了！我……我必须走了！”

* * *

玛尔蒂尼从外边走了进来，看见牛虻仍旧一个人躺在沙发那儿，一杯未曾喝过的咖啡则静静地放在他的旁边。

第九章

过了几天，牛虻到公共图书馆的阅览室去想借蒙太尼利主教的布道集看，他还是苍白着一张脸，比平日还要一瘸一拐。列克陀抬头看到了他，他正坐在近处的桌旁。对牛虻，他有挺好的印象，可他不能忍受他那怪僻的性格——他对某一个人的仇恨，怎么能达到如此怨毒的程度?

“你又计划开始去攻击那位不幸的主教了吧？”列克陀的声音中有些愤怒。

“老朋友，干吗总……总……当别人出于不良的动……动机去做事呢？太……太不像个基督徒了。为了能让新……新报纸登载，我计划写一篇有关当代神学的文章。”

“什么新报纸？”列克陀眉头紧锁。当时马上要颁布新的出版法，为了让全城人惊诧，反对派正计划办一张很激进的报纸，这个秘密或许已公开化了，可就形势而言，此事还是个机密。

“不是《诈骗报》，就是《教会怪谈》。”

“嘘！嘘！伊万雷斯，我们妨碍其他人了。”

“得了，到你的外科学中去搞研究吧，你的专业就是这个。别……别……别操心我的神……神学——我的专业是这个。你去钻研如何救治骨头断裂吧，我不……不……不打扰你，尽管就骨头断裂来讲，我比你了解得多……多多了。”

他落座了，带着专心致志的表情去阅读布道集，一个图书馆管理员向他走来。

“伊万雷斯先生！在亚马孙河支流探过险的杜普雷探险队，你大概参加过吧？为了解开一道难题，你可否伸出援手？一位太太要借那次的探险记录看，可记录恰好在装订。”

“她想查阅的是什么？”

“两件事：探险队出发是在哪一年？又在哪一年途经厄瓜多尔。”

“一八三七年秋，探险队由巴黎出发，途经基多[①]时是一八三八年四月。在巴西，我们待了三年，随后去里约，回到巴黎时是一八四一年的夏季。对于每个重大发现的具体日子，那位太太也想得知吗？”

“不，感谢你，她只想知道这个。我把它们记下来了。贝波，给玻拉太太送去这张纸条。太感谢了，伊万雷斯先生。不好意思，麻烦你了。”

一脑袋雾水的牛虻倚到椅子背上，眉头紧锁，要这些日期，她想干吗？途经厄瓜多尔正是……

拿着纸条，裘玛回到了家。一八三八的四月……亚瑟的死期是一八三三年五月。是五年整……

在房间中，裘玛来回走着。近来，她有好几天都睡不着，黑眼圈显现在她的眼眶下。

五年！……还有一个“过度奢华的家庭”……还有一个“他信之不疑的人把他骗了”……把他骗了……他知道了这点……

她停住脚步，双手捧头，啊，岂有此理……这不可能……太荒唐了……

但是，他们当初在港口里面，是如何打捞，也没有找到尸首呀！

五年……那个拉斯克凶残地殴打他时……他还“没到二十一

① 基多：厄瓜多尔首都。

岁”……那么，他是在十九岁时离开家的。他不是讲“开头那一年半”……那样的蓝色眼睛怎会长在他脸上？他那神经质的、动个不住的手指又是怎么回事？恨起蒙太尼利来，他怎会如此怨毒？五年……五年……

倘若她能确证他已投水自尽了……倘若他的尸体能让她亲见，那么，她的旧创总会有痊愈的那天，她也不会再为记忆而恐惧。或许二十年之后，她回首往事时不会再心怀畏惧了。

对自己的错误，她一直无法释怀，因为她在年轻时受尽折磨。她日复一日，年复一年，不屈不挠地和那悔恨的妖魔做斗争。还有长久的事业在等待她，她只能将这一点记在心里，对那挥之不去的旧日阴影，她只能闭眼塞目，置若罔闻。但是，日复一日，年复一年，她的脑海中始终闪现着那被冲入大海的尸体，它总也不能消散，那沉重的哀号压在她的心上，它无法被抑制：“我杀了亚瑟！亚瑟死了！”有的时候，这种精神负担让她不堪忍受，它太沉重了。

但是，如今她希望这沉重的心理负担能再度压在她心上，就算她得付出半条命的代价。倘若是她杀死了他，难过是不假，可它业已被她熟悉了。这么多年，她一直承受着它，如今也不会不堪重负。但是，倘若她并未将他逼到自杀的地步，而是让他……她坐下了，拿手把眼睛蒙住了。她的生命黯淡无光，都是因为他！因为他死了！啊，如果她让他承受的，不是比死更糟糕的东西就好了……

她一步一步探寻他那段惨痛的经历，她牙关紧咬，不再怜惜什么，那些活生生的场面让她有身临其境、耳闻目睹之感。那不由自主的、赤裸的灵魂的战栗，那讥讽嘲笑比死去更令人痛苦，那份寂寥叫人害怕，那肉体的伤痛是慢性的、煎熬人的、冷酷无情的。她好像在印第安人那脏乱不堪的草房中与他共坐，她好像在银矿里，咖啡地里，令人恐惧的杂耍班里，和他一起受着折磨……

那杂耍班……不，想别的可以，可不能去想这个：只需稍想想那些事，都能让人神经错乱。

写字台的一个小抽屉被她拉开了。几件个人纪念品搁在里面，她不忍丢掉它们。把这些令人伤怀的物件收藏起来，并非她惯常所为，但是，脆弱的一面存在于她的性情之中，她虽然总在压制着它，费尽力气，但她到底让步了，留下了这几件纪念品。她在一般时间总克制自己不去瞧它们。

这会儿，这些东西被她一件件拿出来：乔万尼给她写的第一封信；死去后握在他手中的花束；一绺头发，是她那死了的孩子的；一片枯叶，她从父亲坟墓中捡回来的；一张小相片放在抽屉的顶里面，那是亚瑟十岁时照的——他留下的照片只有这一张。

她捏着照片坐下了，细细打量相片中的脸，美丽而又充满稚气，她的眼前又生动地显现出了亚瑟真实的脸庞，多么清晰的一张脸啊！嘴边的曲线极富感情，蓝色的眼睛很是诚恳，那神情如天使般纯洁——这些，在她的记忆中刻下了深痕，好像是昨天，他刚死去，她的眼因渐渐满溢的泪水而模糊了。

啊！她怎么能这样胡思乱想呢！想象那已升入天堂的灵魂生活在低贱、痛苦之中，就算只在梦里想也是有罪的。上帝让他不得安享天年，是对他的宠爱呀！已魂归天国的他比活在世间作牛虻要好一千倍呀——这个牛虻，领带打得纹丝不乱，话说得机巧又别有深意。舌头尖刻刁钻，还有个跳芭蕾舞的女人跟在身旁！不！不！这是胡思乱想，一点也不真实。这种不切实际的幻想是自寻烦恼。亚瑟已经死了！

“我能进来吗？”在门边，一个低低的声音问道。

她被惊了一下，照片从手里滑落。牛虻拐着进了屋，捡起相片，把它递给她。

“你吓着我了！”她说。

“不……不……不好意思。或许，我干扰了你？”

“没有。我在翻些旧物件。”

她迟疑片刻，接着递给他那张小照片。

“这个人的相貌，你认为如何！”

照片被他接过去了，他端详着它，她仔仔细细打量他的脸，好像他的神情能判定她的生死。但他露出一份淡然的、挑剔的神情。

“你出了道难题给我，”他说，“照片的颜色都褪了，同时，一般很难对孩子的脸下断语。不过照我说，长大之后，这孩子是个倒霉蛋儿，最好的办法就是别让他长大。”

“怎么呢？”

“你瞧他下嘴唇的曲线。那……那……是他性格的明证：为受到的痛苦而痛苦，为受到的误解而委屈，在人世间，这种性格的人不被……不被……收容。世界需要的人只能是埋头苦干，不能有什么感情的。”

“你熟悉的人有像这照片里的人的吗？”

他更为认真地端详了照片一下。

“没错，真叫人惊讶！真像一个人，太像了！”

“和谁像？”

“蒙太……蒙太尼利……大……大主教呀，我真怀疑，莫不是这位品德高尚的大主教有个侄儿？这是谁的相片，能告诉我吗？”

“这个人就是那天我向你提起的朋友，他在少年时拍了它……”

“就是被你杀了的那个？”

她禁不住战栗了一下，这几个残忍的字眼，竟被他不当回事似的、轻轻松松便说了出来！

“没错，被我杀了的那个——倘若他真的已去了的话。”

“什么？”

她一眼不眨地端详着他的脸。

“有时候，我会起疑心，”她说，“我们总也找不到他的尸首。没准他也离开了家到南美去了，就和你一样。”

“但愿并非如此。你会因此受一辈子折磨的。我在青年时……时代不是没……没……没跟人猛烈搏斗过，被我送……送回老家的人也只怕……不少了；不过，要是有人……有人被我逼到南美去了，我一想起这事，就会难以入睡的……”

他的话被裘玛截住了，她把手拧着往他那里走了一步说：“倘若他并没有自沉于水底——倘若他也活到今天，有着和你一样的痛苦遭遇——那么，在你看来，他永远都不愿回来重修旧好了？你觉得，那些往事，他永远都不愿抛到脑后了？可别忘记，我也为它付出了不少代价。来看！”

额上那浓厚的鬈发被她掀到后面去了，一绺银发显现在乌鬓之中，数量不少。

很长时间一片寂静。

然后，牛虻慢慢说，“我觉得，逝去的就让他逝去好了。要人把一些事情抛之脑后很不易，倘若我是你那去了的朋友，我宁愿……一了百了，死了算完，鬼魂还阳会很丑陋的。”

照片被裘玛放回抽屉，她锁上了它。

“你的看法太无情了，”她说，“讲点什么别的事。”

“我原打算来与你商量件事，倘若你赞成——这是我个人的事，我正在筹备一件事。”她把椅子往桌旁一拉，坐了下来。

“对于正在草拟中的出版法，你怎么看？”他不再像往日说话时那样结巴了。

“我怎么看？没什么价值，我就这么认为，但半块面包总好过没有面包。”

“这是当然。在那些善人正在筹备发行的报纸中，你是打算出一份力了？”

“我计划过。很多实际工作在开始筹备发行报纸时总是很需要的——什么印刷、发行，以及……”

“你把你的聪颖才干这么虚掷，要到哪一天才算完？”

“怎么算虚掷呢？”

“因为这不是虚掷又是什么。你明明知道，你的智力远远超过和你在一起工作的那些人，可你却叫他们拿你当苦工和打杂儿的用，你的知识比格拉西尼和盖力丰富多了，比起你来，他们就是两个小学生，可是，你成天替他们看校样，和印刷所里的学徒工别无二致。”

“首先，我没为看校样耗费我的所有时间；另外，你过多地渲染了我的聪颖才干，我就是这么认为的，实际上，我可不像你认为的那么聪颖能干。”

“我并未过多渲染你的聪颖，”他回答时语气平和，“不过，很重要的一点就是你很有见地，在委员会召开那些无聊会议时，你老是把人们不合逻辑的发言指摘出来。”

“你这么看他们缺乏公正。像玛尔蒂尼他这个人的头脑就很富逻辑性。也不应去对法布里奇和赖加的才能抱有怀疑。还有，在意大利经济统计方面，格拉西尼比这个国家任意一个当官的有着更为丰富的学识。”

“没错，可这又怎么样，对于他们及其才能，我们还是不聊为妙，其实，以你的才能，分明有更重要的工作等待你去干，有更需负责任的重担等你去挑。”

“对于眼下的境况，我已经心满意足了，或许，我正在干着的工作意义不大；可是，我们是尽己所能去完成工作的呀。”

“玻拉太太，这种恭维和谦逊的玩意，你我还是别玩了。把真话告诉我，你承不承认，这个眼下你正费神去干的工作，换了个能力不如你的人也能干得不错？”

“要是你非要逼我对你说，那也可以——没错，在一定范围中是没错的。”

“那么，你继续这么做是什么意思？”

她没回答。

“你继续这么做是什么意思？”

“因为……我别无他法。”

“为什么？”

她仰起头看他，眼中盛满责备：“你太过无礼——你这么逼我是不对的。”

“你得告诉我，我非这样不可。”

“倘若你非要我回答，那也可以——因为我的生活塌陷得粉碎了，高尚的事业，我是无力去创办了。在革命中当一匹拉车的老马，我只能做做这个，替党解决一点琐事，我至少干起来认认真真的，再者说，总得有人去干这些琐事嘛。”

“自然，得有人干这个，但让一个人不停地干，也是不对的。”

“这种工作最对我的胃口，也许就是如此。”

他斜盯着她，有些迷惑。她随即把头仰了起来：

“我们的话题又回到老地方去了，原本我们今天有正经事要聊呢。跟你说真的，我可以干这，我能够干呢，你对我说这些一点儿用也没有。眼下，我绝对不会去干别的事了。不过，对于你想干的事，我没准儿可为你出谋划策。你想干什么？”

“起先你讲我说的一点儿用也没有，这会儿又问我想干什么，我想干的事不仅需要你出谋划策，还需要你付诸行动。”

“先给我讲讲看，随后我们再作打算。”

“先对我说，要在威尼西亚①发动起义的计划你听说过没有？”

“我自打长大起到如今，总能听到什么地方有起义的打算，要么就是圣信会有什么阴谋要搞，对这两种消息，我只怕都深表怀疑。”

“大致说来，我持和你相同的意见；但是，这会儿我讲的是，人民真的在认真筹备这一反抗奥地利人的起义，它的规模遍及全省。教皇国中——尤以四个教省为最——不少青年正暗地里计划越境，好到威尼西亚加入志愿军，一同起义。在我的罗马涅的朋友那里，我听到……”

“对我说，”她插了一句，“你那些朋友是否可靠，你能确定吗？”

“能确定。我和他们常常来往，还曾是同志。”

“这话的意思是，他们属于你们那个‘帮派’了？对于我的怀疑，请你予以谅解，对于秘密帮派中透露出来的消息，我老是持怀疑态度，习惯成自然……”

“我是‘帮派’分子，谁对你说的？”他截住她的舌头，口气很严厉。

① 威尼西亚：意大利东北部的一省，本来是独立的共和国，一八一五年归入奥地利统治。

“没谁对我说，我自己这么猜。”

“哼！”他在椅背上靠着身子打量着她，眉头紧锁，一会儿之后他问道：“猜别人的隐私，你总爱这么干？”

“总这么干。在观察别人方面，我挺在行，还有个习惯，爱联想事物。明白告诉你，你以后有什么不愿对人明言的事，可要小心才好。”

“不管让你探听到什么，只要不对别人说就没事。我认为，这件事你大约不曾……”

她把头仰起来，表情诧异中夹杂着恼火。“这有什么值得问的！”她说。

“对外人，你不会说什么，这点我自然清楚，不过对党内成员，你没准儿会……”

“党要根据实际去工作，不能以我个人的猜测和假想为出发点。对这件事，我当然没告诉过任何人。”

“太感谢了。那你猜我是哪个帮派的成员呢？”

“我希望——对于我说话的直白，请你不要见怪，你得记得，是你自己挑起了这个话头——我希望你不是‘短刀帮’的成员。”

“你这么希望有什么理由？”

“那样你会大材小用的。”

“如此说来，我们都是大材小用了。这和你自己的回答是相同的。其实我不是‘短刀帮’成员，我加入了‘红带帮’。这个帮会是较为稳妥的，有着认真的工作态度。”

“工作，你指暗杀？”

“那不过是一种工作。暗杀有它自己的用处，不过，若没有后盾——大型的、组织严谨的宣传，暗杀也就无用了。正是因为这个缘由，我对‘短刀帮’没有好感。他们认为，世界上的所有难题，只凭一把刀就能解决，这是不对的。很多难题可以用刀去解决，但它不能包治百病。”

“你确实认为很多难题可以用刀去解决？”

他惊讶地凝望着她。

“当然，”裘玛往下讲，“有些难题是由一个奸诈的暗探，或是一个令人生厌的当官的引起的，刀是能暂时将它解决。不过，存在一个问题：一个难题解决了，会不会引出更大的难题？正如清扫了房屋，修饰了墙壁，却把七个鬼[①]引了来。一个人遭了行刺，警察会更加横暴。这使得老百姓对于横暴和野蛮熟视无睹了。这样做的结局是，导致比从前还要混乱的社会秩序。”

“你觉得革命降临时又是怎样一番情景呢？那一时刻的人民不应对暴力司空见惯吗？战争就是充满暴力的。”

“没错，可公开的暴力应另当别论。在人们的生活中，这只是片刻的事，何况这是必然会付出的代价，是为了促进人类的进步。可怕的事情不需怀疑地会出现。只要是革命，就没法避免它。但是，这些事件是个别的——是非常事件，发生在非常时期，动不动就搞暗杀的最可怕之处就在于，它成了习惯。对于这种事，人们已经司空见惯。对于他们来说，‘人类的生命神圣’这一观点已日渐淡去。我不怎么去罗马涅，我也对那里的风土人情知之甚少，可从我的一丁点儿的见闻中，一种印象已留在我的脑海：那种机械的、使用暴力的习气正在形成，或是业已形成。”

“就算是这样吧，它比麻木地卑躬屈膝这种习惯要好多了。”

“我可不这么觉得。习惯养成总是不好的，它会使人盲从。这种暴力习惯尤为如此。自然，倘若你把从政府求得的丁点儿让步视为革命者的工作，那么刀子和秘密帮派肯定会被你视为最好的武器，能让政府惊惧失色的，非此二者莫属。不过，倘若你不把用暴力逼迫政府当成目的，而是当成一种手段，用来达到目的，就像我认为的一样，人与人之间的关系才是真正需要我们去变革的，那么你的工作方式就会改头换面了。让无知无识的人民对暴力司空见惯了，人的生命价值在他们的心中又怎能有所提高？”

“他们的心中还有宗教的价值呢？”

“你的话我不懂。”

他轻轻笑了起来。

① 源自《圣经·新约·马太福音》。

“依我看，对于祸患的根子在何方的看法，是我们意见的相异之处。你觉得，不对人的生命价值予以重视，是祸患的根子。”

“说清楚些，是对人性的神圣性重视的还不够。”

“你想怎么说都行。但是照我想，有种心理疾患，才是我们懵然无知、行事有差异的主要根源，它就是宗教。”

“你指的是某个宗教？”

“不！不！不同的宗教只是有不同的表面特征。宗教教义的心理才是病根子。这种心理是病态的，它渴望树立起一个偶像，并对其崇拜有加，甚至不惜伏在地上叩首。这偶像是基督也好，是佛也好，是吐姆树[①]也好，都无关紧要，对于我的观点，你自然不同意。不管你是个无神论者，还是个不可知论者，还是什么别的，你身上的那股宗教味道，我在五码外都闻得到。但是，我们说这个一点儿用也没有。可你的看法极不正确，只把暗杀作为消除讨厌的当官的一种手段，你以为我也这么想？这种手段最先要取得的目标是：把教会的威信打下去，教会的所有跟班都是祸害，得让民众慢慢发觉这点，我认为要取得这一目标，这种手段最有用。”

“等到这一目标为你所实现，等到那在人民心中熟睡的野蛮被你唤醒，被用来攻击教会，到那时——”

“到那时，我功成名就，死而无憾。”

“这个工作就是你那天谈到的愿望？”

“没错，是它。”

她打着战，把头拧了过去。

“我让你失望了，你是否这样以为？”他仰起头说，脸上挂着微笑。

“不，并非如此。我是……仿佛我感到……你让我惧怕。”

她等了片刻才把脸调转过来，说话时的语调又像她素日和人商讨事宜时一样了：

“我们再争讨也没什么意义。我们的出发点大相径庭，我赞同的是：宣传、宣传、再宣传，公开的起义到时机成熟时再举行。”

① 吐姆树：一种树，非洲人奉为神明。

“我们还是绕回来聊聊我要做的那件事吧，它和宣传关系紧密，更和起义紧紧相连。”

“是吗？”

“在罗马涅，不少人要到威尼西亚人的队伍中当志愿兵，这点我已对你讲过了。何时起义会爆发，这会儿我们还不清楚。没准儿到今年秋天或者冬天才行。不过，为了做好所有准备，必须将亚平宁山区的志愿军武装好，一声令下，他们能立即攻向平原。我所担当的任务是：把武器、弹药往教皇国里偷运，让他们得到……”

“停一下。和他们共事，怎么可能？伦巴第和威尼西亚革命党的成员无一不是新教皇的拥护分子。和教会进步团体手拉手，肩并肩的他们对自由派的革新鼎力支持。你怎会与他们和谐相处，你是个‘死不悔改’的反教会主义者呀？”

他把肩一耸：“他们[①]爱玩布娃娃和我有什么相干？他们能把自己的工作干好便行。教皇之于他们，也就是个幌子。我管他们怎么去做，只要起义可以照旧就成。只要是去打狗，你管是什么棒子呢，我觉得，任意一个口号都能使用，只要它能让民众反抗奥地利人。”

“你让我帮忙的是什么工作？”

“主要是给我搭把手，运送枪支弹药。”

“这事我能干得了吗？”

“这件事，只有你方能干得天衣无缝。本来，我计划从英国买军火，但在运输方面阻力重重，从教皇所辖治的任何港口运人是行不通的。唯一的办法是先运至托斯卡纳，然后再往亚平宁山区运送。”

“这样的话，越境就不是一回，而是两回了。”

“没错，可不这样就没有别的法子了。这么一大批货物，要想运入一个素无贸易的港口是行不通的。你得明白，在契维塔韦基亚[②]，三四条舢板、一两条渔船就是所有的运输船只了。一过托斯卡

① 他们：此处指教皇。

② 契维塔韦基亚：教皇国西海岸的主要港口。

纳，货物过教皇国的事儿就包给我了，山里的每一条小径，我们的人都一清二楚。我们还有不少藏身之处。最叫我发愁的是，从海路运送货物得先抵达来亨。我没和那里的走私贩子打过交道，你能出个好主意，我相信。”

“让我想五分钟。”

她把身子向前伸着，在膝头上支了一只臂肘，下巴用手托着，很长时间她一语不发，然后她仰起了头：

“我对你这方面的工作没准儿能搭把手，”她说，“但是，先别忙着商量，我有个问题要问你：这件事不能牵扯到一点儿行刺或暗杀，你肯和我保证吗？”

“没问题。说都无需再说，对于你不赞成的事，我肯定不会要你加入。”

“我的明确答复你想何时要？”

“不能再浪费时间了，但让你思考几天的时间还是有的。”

“你在周六的晚上有空吗？”

“让我来想一想……今天是周四，可以。”

“那时你到我这儿来。我认真想一想这件事，力争给你明确的答复。”

星期日，在马志尼党的佛罗伦萨支部委员会里，裘玛交了一份报告，报告里说，有项特别的政治任务需要她去完成。因此，她在几个月中无法再为党干她一直干着的工作了。

支委会对她的报告有点儿惊讶，却没有反对的表示。党内的同志通过几年的认识，都把她看成一个老成稳重的人。因此，委员们都觉得：倘若玻拉太太的行动让人意外，那她的理由肯定是充足的。

她对玛尔蒂尼说了实话，她会为牛虻的“边境事务”的进行搭把手。在此之前，她就和牛虻商量好了，这件事，对她的老朋友一定要说明白，以免误会在俩人之间滋生，要不就搞得神秘兮兮的。为了表明对玛尔蒂尼的信任，她认为必须告诉他。她对玛尔蒂尼说了，他不发一语，他的感情被这个消息给伤害了，这一点裘玛知道，但是什么原因，她却不明白。

那会儿，在她住宅的阳台上，他们坐着，举目四望，屋顶上的朱瓦映入眼帘，远处还能见到菲埃泽利。在一片长长的寂静过后，玛尔蒂尼立起身，他的手插在衣服口袋中，来来回回地走着，脚踩得山响，嘴里吹着口哨——这是他的心情紊乱不安的一个明证。裘玛仍旧坐着，端详了他一会儿。

“西萨尔，你为了这事儿不太舒服吧？”她最终开了口，“你为了我的事不痛快，我抱歉极了。但是，我之所以下了决心，是经过一番判断的。”

“我不是针对这事儿，”他有些气恼，“我对这事儿知之甚少，既然你乐意帮忙，我想这不是坏事，我只是对这个人不能相信。”

“我认为你对他有些误会，不怎么了解他时，我也误会过他。他并非完美无瑕，但比起你所见到的，他的长处要多多了。”

“挺可能。”他又踱步去了，不发一语，然后猛地停在她身边。

“裘玛，快从中抽身吧！现在抽身并不太迟！不要被这人连累了，到时候你后悔莫及。”

“西萨尔，”她委婉地说，“你说了些什么，你自己知道吗？并非有人想连累我。我下这个决心是自愿的，是冷静思考的结果。你对伊万雷斯的印象不佳，这我清楚。但是，我们正在谈的是政治，不是个人。”

“夫人！赶快抽身吧！此人极为危险，他神秘兮兮的，没有同情心，任意妄为——并且，他爱上了你！”

她向后缩着身子。

“西萨尔，你在异想天开吗？”

“他爱上了你，”玛尔蒂尼又说了一遍，“夫人，少和他打交道！”

“亲爱的西萨尔，不和他打交道是行不通的，我不能向你解释个中缘由。我们已紧密相连——原因却并非出自我们的意愿和我们的行动。”

“我无话可讲，既然你们已紧密相连了。”玛尔蒂尼回答，口气充满疲倦。

以有事为托词，他匆匆离去。在满是泥泞的街上，他游荡了几个小时。这个晚上，在他的眼中，世界一片黑暗。他的心肝宝贝——却让那个狡诈的东西冲进来，把她掠走了。

第十章

二月上旬，牛虻去了来亨。裘玛把他引见给那里的一个英国青年，那青年是轮船公司经理，持自由主义政见，是裘玛和玻拉在英国时结识的。他以前给佛罗伦萨激进分子的事情尽过一些微薄之力：借给他们钱，帮助他们度过紧急时期，还准许他们把他的营业场所当作党的地下联络站等等；不过这些事向来都是以裘玛为中间人，并以她的私人朋友的身份来进行援助的。这样根据党内规矩，她能够通过这种关系去做她觉得有益的事情，而通过这种关系能达到什么样的效果，那就是另外一码事了。借用一个友善的同情者的地址接收来自西西里岛的信件，或是在他财务室的保险柜里放一些文件，与恳请他为了起义而偷运枪械是完全不同的两回事；后一件事他愿不愿意去干，裘玛认为把握不大。

“顶多就是去试探一下，”她那时告诉牛虻说，“我觉得没什么戏。假如你怀揣我这封引见信去向他借五百个斯库多[①]。我保证他立刻就会拿给你——他大方之极——你若遇上紧急事情，他还可能借给你护照，你想在他家的地下室里窝藏一个逃难者也没问题；不过你若是说起枪械，他一准会圆睁两眼盯着你看，还以为我们俩都疯了呢。”

“但他也可能会给我一些点拨，也许会推荐一两个能够帮我们

① 斯库多：意大利旧时银币名。

忙的水手，”牛虻那时答道，“总之我得去试探一下。”

在二月末的某一天，牛虻来到了裘玛的书房，衣服穿得不太整洁，不过从他那张脸庞中，裘玛瞬间就觉察出他一定有好的讯息要告诉她。

“噢，你总算来了！我正惦记着你会有什么意外呢！”

“我感到写信太不稳妥，不过我又没法早回来几天。”

“你刚刚抵达？”

“对，我下了车就径直过来了；我跟你说吧：事情全都搞定了。”

“你的意思是贝利确实同意帮我们了？”

“何止是帮我们忙；他几乎把一切事情都揽下来了——捆扎、运送等等——所有的事。在货物包裹里藏着枪支，而且从英国直接运到这里来。他的同事、铁哥们威廉斯已经允诺处理货物由南安普敦起运事宜，贝利则在动点子如何瞒过来亨的海关。我就是因为要商讨这些事所以才滞留了一段时间。威廉斯刚启程去南安普敦，我把他一直送到热那亚才话别。”

“是因为要和他一路上商议一些具体问题？”

“不错，我就趁我晕船晕得比较轻的时候，使劲同他商谈。”

“你还晕船吗？”她赶忙问他，她忆起过去有一回她父亲把她和亚瑟带到海上去游玩，亚瑟晕船晕得特别凶。

“我虽然在海上漂泊了很久，可是晕起船来仍然是难以忍受。但是我们在热那亚乘着装货那会儿还是深入地交谈了一回。你应该认得威廉斯吧？他是个十全十美的完人，既可以信任又有远见卓识；不过贝利也是这样的人，他俩都很能保守秘密。”

“但是我仍然认为贝利这么做太冒险了。”

“我也跟他这么说了，但是他却义愤填膺地反驳我：‘这跟你有什么关系？’这正是什么人说什么话。要是我在廷巴克图[1]见到他，我一定会上前敬佩地招呼他：‘你好，英国人！”

“但是我真搞不清楚你用什么锦囊妙计让他们同意的；再说我

① 廷巴克图：非洲马里一城镇名。此处喻为遥远的地方。

压根儿没想到威廉斯居然也会答应！”

“不错，一开始他极力反驳，说他认为这种事情根本就不是商贸活动，所以他不愿意，而不是因为得冒风险。可是我和他深谈之后，他还是同意了。成了，我们接下来就得讨论一下详细情况了。”

* * *

当太阳落山，花园墙壁上含苞怒放的棠梨花在黄昏的余晖中变得灰暗的时候，牛虻回到了住所。他摘了几朵花走进了屋子，当他一打开书房的门，绮达猛地从角落里的一把椅子跃起向他扑来。

“噢，伊万雷斯，我担心你再也回不来了！”

牛虻脑海中的第一个想法就是生气地责备她到他书房里来究竟想要干什么；不过转念一想已有三个星期没和她在一起了，便把手伸出去，冷冰冰地说道：

“晚安，绮达，你还好吗？”

她把脸蛋仰着，想让牛虻来吻她，但是他仿佛视而不见地走过她的身边，把花瓶拿起来想插花。此刻屋门猛地被打开了，他的牧羊犬跑了进来，在他身边转着圈，胡乱扭动着身体，跳来跳去，狂吠不已，显得特别欢快。他把花撂下，弯腰去温柔地拍打着它。

“嗨，沙顿，还好吗？老友？是呀，就是我回家了！来和我握握手，这才是好狗的模样！”

绮达的脸庞上流露出苦恼郁闷的神色。

“我们去吃饭吧？”她冷冰冰地问道，“你的来信说黄昏时到家，所以我在家里已经摆好了饭菜。”

他立刻回过身来。

“我很……很对不起，实际上，你干……干吗守候着我呢！我稍事休整一下很快就来。如……如果你不在意的话，请倒点水把这些花养起来吧。”

他步入绮达的餐厅时，发现她正在照着镜子，拿着他送的一朵花往衣服上别着。很明显，她打算摆出一副很快乐的模样，她发现他走进来了，便立刻拈起一朵娇小的绯红色的花骨朵朝着他走去。

“这朵花是给你的，我来帮你别在外套上。”

晚饭时他总是以一种和蔼可亲的神态与她拉拉杂杂地闲谈着，她也始终是笑脸相迎。他回来让她很是高兴，这反而让他感到有点对不住她；他已经有了一种习惯的看法，以为她不在他身边也能过着自己的生活，还会与一些跟她对脾气的朋友和伴侣交往，因此他压根儿就没有能够想到她居然会挂念自己。眼下她如此兴致勃勃，可以很清楚地推想出她在他走后的日子里非常孤寂。

“我们上阳台去饮咖啡吧，”她说，“今夜好温暖啊。”

“好啊。你想不想把吉他也带上？没准你一开心起来就要唱歌呢。”

她快活得脸蛋红扑扑的，因为他的音乐欣赏品位很高，她平素很难听得到他叫她唱歌的请求。

围着阳台的底墙有一圈宽大的凳子。牛虻在一个可以欣赏到美丽山色的角落里坐下，绮达在低墙上坐着，背倚屋顶上的一根立柱，脚则搭在凳子上，她对景色视而不见，把全副身心都倾注在他身上，凝视着他。

“拿根烟给我，”她说，“我觉得自你离去之后，我就再没有抽过一根烟。”

“太棒了！我也要抽……抽根烟，我就会飘飘欲仙，快活至极了。”

她把身子往前靠过去，目不转睛地凝视着他。

“你打心眼儿里高兴吗？”

牛虻顿时眉飞色舞。

“对呀，干吗不高兴？我刚刚饱餐了一顿美味佳肴，现在又在观赏着欧洲美妙绝……绝伦的景色，一会儿还有咖啡要品味，还要聆听匈牙利民歌。我的心灵与肠胃又都完好无损，我都这样了，还有什么别的奢求吗？”

“不过我清楚你还渴求一种东西。”

“什么呀？”

“是这个！”她扔给他一个小纸袋。

“甜……甜杏仁！你干吗等我……我抽了烟才……才跟我说呢？”他叫喊着，语调充满了责怪之意。

“怎么回事，小宝贝？抽烟之后再吃也行呀。上咖啡喽！”

牛虻在喝咖啡的同时，还嚼着甜杏仁，仿佛一只正在舔食奶酪的馋猫，吃得那么全神贯注。

“刚在来亨喝了那么差……差劲的咖啡，回家再喝这么正……正宗的，太棒了！”他拖长了音调说道。

“是呀！你既然回家了，就待在家里尽情享受咖啡吧。”

“但我不能待很长时间，明儿又得出发。”

她的笑靥立刻收了起来。

“明儿？干什么去？到什么地方去？”

“哦！到两三个地……地……地方。是公事。”

他已和裘玛商定，他得亲赴亚平宁山区走一遭，去和边界上的走私犯把枪械运输的具体事宜处理好。对他而言，穿过教皇统治区的边界是一项危险至极的任务，可是为了工作需要，他一定得去。

“总是公事！”绮达低低叹息道，随即又高声问道：

“会耽搁很长时间吗？”

“不长，约……约莫有两三周吧。”

“我猜又是那种公事吧？”她猛地问了一句。

“什么‘那种公事’？”

“就是你连命都不想要也愿意去做的那种公事呀——永无休止的政治。”

“和政……政治还是沾上点儿边的。”

绮达扔掉了香烟。

“你不要瞒着我了，”她说，“你绝对是要去处理什么危险的事情。”

“我在一……一去不回地朝着阴……阴间走去呢，”他神情倦怠地说，“你难……难道有哪个朋友在那里，要我把这常春藤给他捎去？但是也没……没必要把整整一根都拽下来呀。”

她从立柱上已经用力拽下了一把藤条，听他说了这句话，便怒冲冲地把它掷在地上。

“你就是要去干危险的事情，”她又继续说道，“但是你不愿把真心话说给我听！你觉得我就是供你欺骗、供你取乐的吗？迟早有一天你会被处死，可到那时我居然连你一句告别的话语都没听过！一天到晚政治、政治——我都听烦了！”

“我也……也挺烦的，”牛虻没精打采地打了个哈欠，“干脆我俩聊点其他东西——你唱首歌也行。”

“行，给我吉他。唱哪首歌好？”

“唱那首失马之歌吧，你的嗓音演绎这首歌非常适宜。”

她于是就唱起了那首匈牙利的古老民歌，歌词叙述的是一个人一开始是失去了他的马，后来又失去了家庭，然后连自己的情人也失去了，因此他只有拿下一句歌词来宽慰自己：“在莫哈奇[①]战场上失去的更多。”牛虻向来非常喜爱这首歌；那激昂而又悲愤的旋律和那重复的唱词体现出来的坚毅忍耐的思想，带给他深深的震撼，这是所有软弱无力的歌曲所无法比及的。

绮达的声音非常动听，她的音调慷慨激昂，充盈着对美丽生命的极端向往。她唱意大利或斯拉夫民族的歌曲不怎么样，德国歌曲就更差劲了，然而她却能很精湛地演绎匈牙利民歌。

牛虻全神贯注地听着，他双目圆睁，嘴巴也张开了；他这是第一次听见她唱得如此出色。她的嗓音在唱到结尾那句时，忽然哆嗦起来：

“噢，没什么大不了！在莫哈奇战场上，失去的更多……”

她的歌声戛然而止，代之以一阵抽泣，她还把脸藏进常春藤的枝叶中去。

---

① 莫哈奇：匈牙利南部的一个城镇，一五二六年与一六八七年匈牙利人在此被土耳其人两度战败。

“怎么回事？绮达？”牛虻起来把她手里的吉他拿走。

她捂着脸，一味地哭着，身子也一抽一抽的。他在她的肩上轻轻拍了拍。

“快跟我说，怎么了？”他和蔼地问道。

“别理我！”她抽泣着往后退去，“别理我！”

他一言不发地走回自己的原位坐下，耐心地等着她的抽泣声逐渐平息。忽然，他感觉到自己的脖子已被她的手臂使劲搂住——她已在他身边跪下了。

“别再出门了——伊万雷斯！别走了！”

他小心地拉开了她的两条搂着自己脖子的手臂，说道：“我们待会儿再说这件事。你得先回答我，你为何这样悲痛欲绝？是什么东西让你担惊受怕呢？”

她沉默着，摇摇头。

“我有什么地方让你忧伤呢？”

“没有。”她抬起一只手，遮住了他的喉头。

“那到底是怎么回事呢？”

“你会被人处死的，”她最终低语道，“不久前一个常到我这儿来的老相识告诉我，你迟早会大祸临头的——然而我每次问你，你却一笑置之！”

“我亲爱的宝贝，”他愣了片刻说，“你太爱操心了。可能总有一天我会被人处死——谁让我是个革命者呢，这是革命者的必然归宿呀。然而你眼下就焦虑我会被……被人处死，这未免也太荒唐了。我和其他人都担着同样的风险呀！”

“其他人——其他人我管他们有什么用？假如你爱我的话，你就不会忍心弃我于不顾，让我整夜整夜无法安眠，醒着时就忧心你是不是被逮住了，睡着时就梦见你已被处死了。你根本不在乎我，我连你的那只狗都比不上！”

牛虻立起身来，缓步走到阳台的另一边。他压根儿就没有想到会遇上这样的场景，片刻之间他慌乱得说不出一句话。不错，裘玛的话是正确的，他把自己的生活弄得一团乱麻，在情感漩涡中苦苦挣扎。

“你先坐下来，我们平心静气地聊聊，”片刻之后他又走回来说，“我觉得你我之间有了些误解，的确，如果我在一开始就明白你是真心的话，我就不会这么跟你嘻嘻哈哈了。你清清楚楚地告诉我，你为何这么难过；要是你我之间有误解，我们可以弄个水落石出的。”

“没有东西要水落石出。我清楚，你根本不在乎我。”

“我的乖宝贝，我们之间应该直率一点。我从来都是忠实于我们的关系的，我觉得这一向都没有欺瞒过你……”

“对呀！你忠实得过了头了；你从不愿掩盖什么，因此你根本不把我当人，就以为我是个彻头彻尾的妓女——在你之前被很多男人玩弄过的破鞋……”

“别再说了，绮达！我对每一种活生生的生命都不会抱以这样的态度。”

“然而你从未爱过我！”她抑郁地说道。

“确实，我从未爱过你。不过我希望你平心静气地想一想，我不是一个心术不正的人。”

“我可没说你心术不正！我……”

“你悠着点儿，先听我说。我从来就不信奉、也从不尊崇那些传统的道德要求。我觉得男人和女人之间的交往，只跟个人的好恶有关……”

“还跟钞票有关呢。”她很不友好地哂笑了一声，抢白了一句。牛虻蹙起眉头犹疑了片刻。

“的确，阴暗面也是有的。然而我的真心话是，要是我一开始就发现你对我没有好感，或是对此事感到厌烦，那么我压根儿不会要求你去做什么，或是利用你的境遇来迫你就范。我今生今世从未对哪个女人做出过这种事情，也从未用谎言对哪个女人来隐瞒我的情感。你要信任我，我说的全是真心话……”

他顿了一会儿，然而她并未接着说下去。

“我觉得，”他又说下去了，“当一个男人寂寞地活在世上时，他想……想有个女人做伴，要是他既可以寻觅到一个他为之倾心的女人，而那女人对他又没有坏印象，那么他就能够在享受那女人主动提供给他的幸福的时候，保持着一种感动与和善的心态，而无须再进一步形成更加密不可分的关系。我想这么做一点儿坏处都没有，如果双方彼此做到公正、尊重和忠诚的话。说到你我相遇之前你和其他男人之间这样的关系，我是根本不在乎的。我只在乎我俩之间的关系给我们带来的应该是快乐，而不是伤痛；要是无论我俩之间的哪一个人认为这种关系已没有吸引力了，那么这种关系可以随时解散。要是我说的不正确……要是你有别的观点……那样的话……"

他又止住不语了。

"那样的话，就会出现什么结果？"她仍然垂着头小声问道。"那样的话，就是我辜负你了，我很遗憾。然而我并不是故意的。"

"你既'不是故意的'又'觉得'——伊万雷斯，你是不是铁石心肠呀？你是不是今生今世就压根儿没爱过任何女人，所以居然察觉不到我是爱你的吗？"

牛虻忽然觉得身体哆嗦起来。他许多年里都没有听过哪个人对他说"我爱你"了。绮达蹦起来一下子把他搂得紧紧的。

"伊万雷斯，和我一块儿走吧！远离这个可憎的国家，远离这里的每一个人和他们的政治！我们和他们之间有什么瓜葛呢？我们离开这儿吧，我们会过上美满的生活。我们去从前你曾待过的南美，怎么样？"

南美勾起了他对往事的回想，不禁令他倒吸了一口凉气，脑袋瓜也不再发热了，他又变得和平常一样了，他拽开了她那环绕他的脖子的双手，把它们死死地攥在手中。

"绮达！我愿你能仔细考虑考虑我的话。我对你没有爱意；我就算爱你的话也不可能与你一块儿离去的。我在意大利有我的任务，还有我的同志……"

"还有一个人，你对他的爱超过了对我的爱！"她凶狠地叫道，“噢，我真巴不得干掉你！你并不在乎你的同志，你只……我清楚那人是谁！”

“住嘴！”他安静地说。“你太兴奋了，老是一些乱七八糟的想法！”

“你觉得我是说玻拉太太吗？我才不是那么头脑简单呢！你跟她之间只有政治这个话题，你对她与对我一样不在乎。我是指那位红衣主教！”

牛虻被深深震撼了，仿佛挨了枪子。

“红衣主教？”他忍不住重又说了一声。

“蒙太尼利主教，他在秋天曾到这里来布过道。你当我没瞧见在他的马车经过时你脸上的表情吗！那时你的脸就和我这条手绢一样惨白！你怎么回事，一听见我说起他，你就哆嗦起来！”

牛虻立起身来。

“你怎么尽说些胡话？”他慢条斯理地低声说道，“我讨厌那个主教。他是我深恶痛绝的死敌。”

“无论他是不是你的死敌，总之你爱他胜过爱这世上所有其他人！你有胆量正视着我，说我的话是假的吗？”

他转过头凝视着下面的花园。绮达担心自己说错了话，便静静地注视着他；他是如此的沉默，以至于令人感到恐怖。过了很长时间，她才蹑手蹑脚地来到他身边，仿佛一个吓蒙了的小孩，有些胆怯地拽了拽他的袖子。他把身体扭转过来。

“你说的话是正确的。”他告诉她。

第十一章

“不过我可……可…可不可以和他在山里碰面呢？去布里西盖拉对于我极为危险。”

“对于你来讲，你去罗马涅的任意一处都有风险。不过这会儿，比起去别的地方，你去布里西盖拉最保险。”

“为什么？”

“我过一会儿再对你讲。别把你的脸露给那个身着蓝短衫的人看，他可不是什么好人——没错，真是场吓死人的暴风雨，这么差的葡萄收成，我多少年没见过了。”

在桌上交叉支着两条胳膊，牛虻将脸埋入了肘弯，仿佛过分的劳累，又仿佛喝了过量的酒，那个身着蓝短衫的坏家伙进了店很快地扫视四方，只见在一瓶酒旁，两个农民正坐在那儿说着收成，还有个农民的头已倒在了桌上，几乎睡着了。这副场景在马拉迪这种小地方是司空见惯的。认定在这里偷听不出什么秘闻后，这家伙把酒尽数倒入口中，一摇三晃地踱出里屋去。他把身体往外屋柜台上一倚，懒散地和掌柜扯着闲篇儿，不时地，越过敞开的门，他还斜着眼盯着里屋，打量着那桌边的三个人，那两个农民依旧喝着酒，操着本地口音讨论着天气，牛虻却已鼾声频起，好像明人没有做过暗事。

最终，仿佛认定在这小酒店中逗留是徒劳无益的，那暗探就不再白费时间了，他付完账后慢慢走出门，一摇三晃地进入了窄细的街道。打着呵欠，牛虻把腰伸展了一下，用粗布外套的袖子抹了下眼睛，仿佛睡意正浓。

“扮这种角色不太容易；”他说完把一柄小刀从袋中摸了出来，一块黑麦面包搁在桌上，他切了一大片。“这段时间这些家伙总是惹你吗，米凯莱？”

“比八月的蚊子还招人烦，你连一眨眼工夫的宁静也找不到。在你的左右，老是跟上个暗探，无论你到哪里去。如今，连山里他们也敢三三两两地来盯梢，从前，胆小如鼠的他们可不敢冒险上山——对吗，吉诺？我们把你和陀密尼钦诺安排到镇中会面，正是由于这个缘故。”

“对是对，但干吗选中布里西盖拉？没有没密布暗探的边陲城镇吗？”

“但是，布里西盖拉如今可再合适不过了。全国各处的香客都一涌而至此地。”

“不过，这城镇并非地处要道呀。”

“它和去往罗马的大路距离不远。不少复活节的香客去罗马进香，正好拐个弯去那儿参加弥撒。”

“布里西盖拉有何特异之处，我怎么没……没…没听到过？”

“红衣主教在那里。你是不是忘了，他在去年十二月去佛罗伦萨布道，他就是红衣主教蒙太尼利。听人说他的到达轰动全城。”

“没准儿，我从来不听布道。”

“嗯，你可不清楚了，他的名气很响，人们对他有如对待圣人呢。”

“他的名气是怎么叫响的？”

“我也搞不太明白。我觉得可能是他拿自己的全部收入去向别人布施，自己凭着一年四五个斯库多的花销生活，像个本堂神父。”

“是呀，”那个叫作吉诺的人插了一句，“原因不光这些。他不光施舍了他的钱，还在照顾贫苦人身上耗费了全身的精力，为了救治病人，他殚精竭虑，为了倾听民众倾诉怨苦，他从早到晚耳朵都不得闲。米凯莱，我对教士也没什么好印象，和你是一样的。不过，比起其他的主教，蒙太尼利主教确实与众不同。”

“嗯，我感觉他不是老谋深算，而是个糊涂家伙。”米凯莱说，

“无论说什么，总之人们崇拜他到了发疯的地步。近来，又有新玩意流行，香客们总要拐个弯，在去罗马进香前先求得他的赐福。陀密尼钦诺计划扮成一个小贩前去做买卖，挎上一篮子十字架和念珠，都是不值几文钱的。对于这些小东西，香客都喜欢买下来请主教摸一摸，等到回家时往孩子脖子上一戴，可以消灾添福。”

“停一下。我用什么法子去——化装成一个香客？这会儿我这身打扮，我觉得很配……配我，但这样子去往布里西盖拉行……行不通，如果我被逮捕，会留下对你们不……不利的证据。”

“你不可能被逮捕，对于给你改头换面，我们早就计划好了，

还有张护照，万事俱备。”

“我扮成哪一个？”

“扮成一个年纪不轻的西班牙香客——他来自西班牙sierras[①]，曾是个盗匪，但已改过自新了。他在去年病倒在安科纳[②]，我们有位朋友同情他，尽力送他上了艘商船，让他抵达了威尼斯——他在那儿有朋友——为了表示感激，他送了我们他的护照，你和这护照挺般配的。”

“一个改过自……自……自新的盗匪？警察方面不……不会为难我吧？”

“嗨，别操心这事儿！早在几年前，他的苦役刑期就已结束了，从此，为了拯救自己的灵魂，他四海为家，去了耶路撒冷及类似之处。原来他误杀了自己的儿子，他把儿子认作了别人，他满腔悔恨，就到警察局中自首了。”

“他上了年纪了吧？”

“没错，不过想扮得像，只需一把白胡子，一头白色的假发。护照上写明的其余各点特征对你刚好对上号儿。他和你一样，是个瘸腿的老兵，脸上也有道刀疤；他还是个西班牙人——倘若你和西班牙香客会面时，还可以操起西班牙语与他们寒暄。”

“我和陀密尼钦诺会面的地点在哪里？”

“在十字路口，你尽量插入朝圣者群中，关于十字路口的位置，待会儿在地图上，我们给你指出来。你说你在山中迷路即可。一进城，你就尾随着队伍去市场，市场位于主教住的宫殿的前方。”

“啊，他是圣人呀，竟在宫……宫殿里住？”

“他在一间偏殿中安身，宫殿的其余部分全做医院用。你别忘了：为了等主教出来赐福，你和别的香客在那里站着，陀密尼钦诺那会儿会到你面前来，一个篮子拎在他手上，他说：‘你是进香来的吗，老人家？’你就这么回答：‘我是个不走运的罪人。’

① 西班牙语：山里。

② 安科纳：一个港口，在意大利半岛东海岸。

他就会把篮子搁下，用衣袖拭脸，你就掏六个索尔多买他的一串念珠。”

“下面就是由他确定会谈的地方喽，对不对？”

“对，陀密尼钦诺的时间足够了，人们的视线都被蒙太尼利牵引过去了，他便将会谈的确切地点告之你，我们是计划着这么办，倘若对此你有异议，我们也可以给陀密尼钦诺一个通知，让他再作安排。”

“不要，这样不错。但是，假的胡子和头发得和真的差别不大。”

* * *

“你是来进香的吗，老人家？”

对于这句暗号，坐在主教宫殿门前台阶上的牛虻，把目光从乱乎乎的白发下抬起来做了回答，他的声音暗哑，打着哆嗦，外国口音很浓重。从肩下拿下了皮带，陀密尼钦诺在台阶上放下他那一篮祈福物品。成群结队的农民和香客有坐在台阶边缘的，有在市场上闲逛的，没有人在意他们，可是他们仍然时停时续地聊着，这是害怕万一发生意外，陀密尼钦诺操本地口音，牛虻的意大利语则不太流畅，间或，一两个西班牙词儿还会冒出来。

“主教大人！主教大人来了！”宫殿前的人们叫道，“闪开闪开！主教大人来了！”

他们立刻立起身来。

“老人家，给你这个，”一个用纸包着的小神像被陀密尼钦诺放人牛虻手中，“请留着吧，你到罗马时替我祷告一番好了。”

东西被牛虻立即放入怀中，他拧过头，身着紫绸法袍，头戴猩红法冠的蒙太尼利映入他的眼帘，他在台阶最高处立定，把双臂伸了出来，赐福于民众。

缓慢地，蒙太尼利步下了台阶，人群一拥而上，争先恐后地去吻他的手，不少人跪下了，在他走过自己身旁时把他法衣的下摆扯住，吻着。

“祝你们平安，我的孩子！”

这如银铃一般清澈的声音一传入牛虻的耳朵，他立刻一低头，让白发盖住了脸，手中的拐杖抖个不停，陀密尼钦诺看在眼里，赞叹在心中：“演戏的功力真深！”

一个女人就立在他们身旁，此时她一弯腰，一下从台阶上抱起了她的小孩：“来，切科，”她说，“主教大人要赐福于你了，就和全能的主赐福于你一样。”

牛虻向前迈了一步，却又止住了脚步。啊，他不堪承受。这些不相干的人——香客和山里的人——可以走到他身边，同他攀谈，而他把自己的手按在孩子们的头上赐福给他们，对那些农民的孩子，他叫着“carino”，和从前喊他时一模一样……

牛虻猛地坐在了台阶上，他拧转头，不想见到他。这会儿，他只恨无法把自己隐藏在角落中，为了不听到那声音，他只求能堵住自己的耳朵！确确实实，尽管人生充满痛苦，可这种痛苦令人无法承受——他们之间的距离如此之近，以至于伸出双臂就能把那亲爱的手握住。

“到屋里歇一歇好不好，我的朋友？”他听到了那温柔的声音对他说，“恐怕你感到冷了吧？”

牛虻的心脏仿佛不跳了。这会儿他仿佛丧失了一切知觉，只觉一腔热血像要喷薄而出，那种压抑的感觉好像要炸开胸膛；接着，那血又回流了，让他们全身打着哆嗦，发着烫，他昂起了头。那双肃穆而深沉的眼睛俯视着他，一俟瞧见他的脸，它忽地充满了慈悲，一份怜悯从中显露出来。

“朋友们，闪一闪吧，”蒙太尼利拧过身去对围观的人讲，“我想和他说一句话。”

人群缓缓向后闪，边走边交头接耳。牛虻把牙咬得紧紧地坐着，动也不动，他只是感觉到，蒙太尼利在他肩上轻轻按下了自己的手。

“你必定遭受过很大的折磨。我能为你做点儿什么吗？”

牛虻沉默着，他摇了摇头。

“你是香客吗？”

“我是个不走运的罪人。”

蒙太尼利的问题正好合上了他们的接头暗号，真是天助牛虻，不知如何是好的牛虻不假思索地就作了回答。他感到那手轻轻按在他的肩膀上，灼热烫人，他不由地打战了。

主教为了和他更近一些，把腰弯了下来。

“没准儿你乐意单独和我谈？也许我可以为你做些什么……”

第一次，牛虻正视着蒙太尼利，他不再躲躲闪闪了，他控制了自己。

“没有用的，”他说，“我的罪孽难赎啊！”

一个警官排开众人走了过来。

“请原谅，我打扰了您，主教大人。依我看，这个老头子神经有些错乱。不过，他不会闹事的，他有符合手续的一套证件，因此对他的所作所为，我们不干涉。他曾犯过重罪，被判罚了苦役，如今正在补赎。”①

“是个重罪。”牛虻缓缓摇着头把警官的话又说了一遍。

“谢谢，警官，麻烦你闪一闪。我的朋友，没有赎不了的罪，只要你诚心忏悔就可以了。今天晚上到我这儿来，你乐意吗？”

“一个杀了儿子的罪犯，主教大人也乐意接见？”

这句话仿佛在向他挑战，一听此话，蒙太尼利不由自主地向后退了退，打了个寒战，仿佛一阵冷风正在吹过。

“轻侮于你是上帝所不允许的，不管你干过些什么！”他神情肃穆，“在上帝看来，我们都是有罪之人，我们的一丁点正直，也就如同身上的脏衣服。②倘若你乐意来我这儿，我愿意接见你，只求有一天，上帝也会如此接见我。”

① 补赎：天主教习俗，教徒在悔罪后要行善功，称为补赎。

② 见《圣经·旧约·以塞亚书》64章6节。比喻人和上帝差距很大。

牛虻的心间涌上一股激情，他把双手伸开了。

“听着！”他说，“你们这些基督徒听好了！倘若一个人把他唯一的亲儿子给杀了——那孩子深爱着他，信任着他，是他的骨血；倘若使他的儿子陷入死境的，是他的谎话和欺骗——你们认为他还有希望可言吗，无论是在人间还是在天堂？人们对我的惩罚，我已经受了，他们让我自由了，对上帝和人们的忏悔，我也已做过了，但是要我等到什么时候，上帝才能说‘足够了’？为了消解上帝对我灵魂的斥责，我要得到什么样的祝福才够呀？为了把我的罪一笔勾销，要怎样的宽恕才行啊？”

死一般的沉寂笼罩着人群，他们把视线投向蒙太尼利，他的十字架起伏在胸前。

最终，主教把头仰起来，开始用手赐福，那只手有些颤抖。

“上帝是慈悲为怀的，”他说，“在上帝的宝座前，卸下你心头的重负吧；因为圣经上写着：对于伤痛悔过的心灵，不要蔑视它。”①

他讲完了，便拧转身子走进了市场，他时时停住脚，与人们攀谈着，又时时接过孩子们，把他们抱在自己怀里。

牛虻在夜间按着包神像的纸上标明的位置，走到了约定地址。这个住宅的主人是本地一位医生，他是“红带帮”的活跃分子。在他的家中汇集着大多数成员。牛虻作为领导人，是深得民心的，这从大家和他见面时的那份喜悦就能看出来，如果牛虻还需要证明这一点的话。

“和你再度相见，我们都很快活，”医生说，“可我们会更快活的，倘若你离开的话。这次你来这儿冒的风险太大了。我自己曾对这个计划表示过异议。今天早上在市场，盯你梢的警察局狗腿子一个都没有吗？”

“嗯，他们对我可太注……注意了，不过，他们没……没把我认出来。这次行动，陀密尼钦诺干……干得真不错。他在哪儿？为什么我没瞧见他？”

① 见《圣经·旧约·诗篇》51篇17节。

“他没到呢。这么说，你们今天没有什么磕磕绊绊喽？主教赐福于你了吗？”

“赐福？主教赐福又算什么，”开口的人是陀密尼钦诺，他刚刚进门。“伊万雷斯，你可真叫人诧异，就像块圣诞节的蛋糕一样。[①]让我们饱饱眼福吧，到底你还有多少花招呀？”

“说什么呢？”牛虻问道。他懒散地卧在沙发中，抽着雪茄烟。老香客的衣服依然套在他身上，他只把假胡子和假头发摘了下来，把它们搁到了一边。

“你演戏如此出色，太出乎我意料了。这样棒的表演，我这一辈子还没瞧见过呢！你打动了主教大人，他都快为你落泪了。”

“这是怎样一回事？快告诉我们，伊万雷斯。”

牛虻耸一耸肩。他陷入了一种情绪之中，不想说话和开玩笑。眼见无法从他那里得知事情的来龙去脉，人们便转而求陀密尼钦诺来讲这件事。市场上的场景经陀密尼钦诺一转述，令人们乐不可支了，一个年轻工人突然开了口，他并没和大家一样地哄笑：

“好是好，但是我认为，这种表演对我们没有任何帮助。”

“帮助是有的，”牛虻插言了，“我这么一干，在这一片地区，我就能由着性子去逛，由着性子去做事，人们不会对我产生怀疑，不管他是男是女，是老是少。不到明天，这事儿就会妇孺皆知了。倘若一个暗探碰到了我，他肯定想：‘这不就是那个疯老汉地亚哥，那天他在市场上当众忏悔来着！’这样就对我们有帮助了。”

“噢，我晓得了。但是，我认为美中不足之处在于，你不该要弄主教大人。这种玩笑是不该和他这样的好人去开的。”

“那会儿我也认为，他这人大概是个好人。”牛虻懒散地回应着。

“别胡言乱语了，桑德罗！主教大人在我们这儿是不需要的！”陀密尼钦诺说，“本来今天伊万雷斯要弄不着他，倘若以前让蒙太利尼大人去罗马作主教时，他应允了的话。”

① 西方习俗，圣诞蛋糕中藏有礼物，让人惊喜。

“他不想把这里的工作抛开，因此他没去罗马任主教。”

“他不想让拉姆布罗斯契尼的手下人毒死他，这恐怕是更重要的原因呢。我敢打保票，他们跟他不太对劲儿。红衣主教，还是一位声名远扬的红衣主教，在这个天荒地远的小角落里躲着不走，我们谁不清楚其中的玄机呢——对吧，伊万雷斯？”

牛虻正吐烟圈呢。“没准儿是因……因……因为有颗‘伤……伤……伤痛悔过的心’吧，”他一面说，一面把头昂起来，在他的注视下，烟圈袅袅散去。“得了，伙计们，说正经事儿吧。”

他们开始就已经制定好的计划展开细致的讨论，特别是武器的私运和藏匿这一方面。牛虻听得全神贯注，一些发言不太正确，还有一些疏漏之处，他就插进来予以纠正，并不讲什么情面。他一等大伙的发言完毕，就提了几点建议，非常切实可行，大多数被立即采纳了，甚至都没经过讨论。接着他们决定散会。在会上，还通过了一个决议：在牛虻安然无恙地回到托斯卡纳前，注意会议的时间不要太晚。本来会议开到午夜就易招来警方。大家在时钟才敲十点便纷纷走了，只有医生、牛虻和陀密尼钦诺留了下来，为了对一些个别问题加以商讨，一次小组会议又召开了。在会上，大家长时间的激烈辩论着。最后，陀密尼钦诺瞟了瞟时钟。

“十一点半了，我们可不能再待下去了，要不然会和巡夜人碰上的。”

“平素几点钟巡夜人会路过此处？”牛虻问。

“十二点左右吧，我想快些回家，要赶在他来之前。乔尔达尼医生，晚安。我们一块儿走好不好，伊万雷斯？”

“算了，为了安全起见，我们分头走好了。我们还得见见面吧？”

“行，我们下回在波伦亚堡见面。现在说不好我到时扮成什么，你记得暗号不就得了。明天你是否要走了？”

在镜前立着的牛虻正戴着假胡须和假发，他非常仔细。

“我在明天一大早跟着香客们走。我会在后天装病，那样我就能留下来了，找个牧羊人的茅屋歇歇脚，再翻山走近道，我会比你先到那儿的。晚安！”

教堂上面，大钟正敲着十二点，牛虻向大谷仓中窥了一眼，它暂时成了香客们的居所。人们横七竖八地躺满了地板，鼾声四起。一股又闷热又污秽的空气充盈着屋子，让人不堪忍受，牛虻有些恶心，以至于打了哆嗦，他慌忙退出来了。在这种环境下入睡是行不通的。倒是去外面溜达一会儿好，然后睡在某个棚子或干草堆中，千万得干净，也要安静一些。

这个晚上夜色阑珊，在深紫色的天际里，一轮圆月吐露着光华。牛虻在街巷中闲逛着，早上的情景又显现在他眼前，一股凄凉之感涌上心头。他开始后悔了，对陀密尼钦诺制定的在布里西盖拉开会的计划，他不该赞成的。倘若他一上来就说明这是个极危险的计划，态度坚定一些的话，他们会挑别的地方开会，那么，他和蒙太尼利演的这场痛苦的滑稽戏，也就不会上演了。

神父的变化可真大！只有他的声音一如往昔，和那时叫他“Carino”时的嗓音别无二致。

巡夜人提的风灯闪现在街道的另一端，牛虻急转过身，走入了一条小巷，它弯弯曲曲，很是狭窄。几步过后，他发觉自己所处的地方正是教堂广场，主教宫殿的左偏殿就在一边。月光把整个广场都笼罩了，没有一个人。可是，教堂的一扇半开的边门映入了他的眼帘。是教堂的看门人疏漏了，一定是这样。夜深人静了，教堂中想必也一片沉寂了。牛虻想，与其睡在郁闷的谷仓中，不如睡在教堂中的长凳上，等教堂看守人在明日黎明还没来时，他就偷偷出去。就算人们发现了他，肯定会想，疯老汉地亚哥在教堂祷告，他之所以被关在里面，是因为他祷告起来忘了时间，又躲在角落里了。

在门口，他静心倾听了一下，随后他悄没声息地走了进去，他没出一点响动，尽管他的腿瘸了。透过窗子，月亮洒入了清辉，在大理石的地面上映出宽宽的条条玉带。圣坛被它映得尤其亮，宛如白昼，所有的一切都清楚可见。蒙太尼利主教正自己一人跪在祭坛的台阶下，他没戴帽子，双手相合。

牛虻立即闪身进入了黑暗。在蒙太尼利见到他之前，他该不该溜走呢？没错，这个主意极明智——或许也极为宽厚。可是话又说回来，再走近一些——把他再瞅上几眼又能怎么样？这会儿并无他人，白天那令人厌恶的滑稽戏，也不用再上演了。日后，可能没有这样的机会了——他能偷偷去瞅瞅神父，去瞅一眼，无须被神父见到——再看这一回。他在看完后会去接着完成自己的工作的。

在柱子的阴影下遮掩着自己的身体，他提着脚步走到圣坛的栏杆旁站定了，那儿是圣坛的人口，和祭坛没多远距离。在地面上，主教宝座投下宽宽长长的阴影，完全遮住了他，他藏在黑暗中，大气儿也不敢出。

“我可怜的孩子！……我的上帝，我那可怜的孩子！……”

无边的绝望从断断续续的私语中透了出来。牛虻不禁打着哆嗦。又是一阵干噎传了过来，里面充满了惨痛，映入他眼帘的，是拧着双手的蒙太尼利，好像肉体正在承受着剧痛。

事情会到如此可怕的田地，他可从没有想到过。他素日里老是狠下心来宽慰自己：“我不为这个劳心伤神，那伤口早已痊愈了。”眼下，这伤口在多年之后明白地显露在他面前，它依然流血不止呀。想治好这创伤，是易如反掌，眼下正是时机啊！他只消抬手的功夫——只消向前走一步，说：“神父，我在这儿。”裘玛也不例外，她都已早生华发了。唉，一切会好，如果他能宽恕！如果他能擦去一切往事，那牢牢地镌刻在他记忆中的往事——拉斯克、甘蔗地、杂耍班！在人世间，比这还凄惨的事到哪里找啊——从心里讲，他乐意宽恕，他盼望宽恕，但这是幻想，他知道得很清楚——对于宽恕，他是既不能去做，也没有胆量去做。

终于，蒙太尼利立起身来，划过十字后，他调转身子从祭坛边走开了。在阴影中，牛虻慌忙再度退缩，他心乱如麻，又怕自己被蒙太尼利发觉，又怕他捕捉到自己那激动的心跳。他终于出了一口长气：从他的身边，蒙太尼利擦身而过。他的面颊感到了他那紫色法袍的抚摸。走过去了，没能看见他。

没能看见他……啊！他怎么了！这是最后的机会——千金难求

的机会——他让它从手边就这么溜走吗？忽然，他一跃而起，跨到了月光下。

“神父！”

话音一出，他便听见，在拱形的屋顶下，那声音响亮的四处回荡，长久以后，它渐渐飘逝，这使他心中充满惊惧；他胡思乱想着。不由自主地，他再度退回阴影中。在圆柱前，蒙太尼利动也不动地立着，他侧耳静听，双目圆睁，死亡的恐惧从中泄露出来。这死一般的静寂有多长时间，牛虻不知道——没准儿是弹指间的事，没准儿长得没有尽头。忽然间，一股震动撼醒了他。蒙太尼利的身体站不稳了，好像他快跌倒在地了，他开合着双唇，一开始，并没有声音从那里传出来。

“亚瑟！”最后，他的私语终于传入他的耳中，“书上说得对，罪孽太深啊……”

牛虻向他走去。

“主教大人，宽恕我吧！我本以为是位神父呢。”

“哦，你是那个香客吧？”立刻，蒙太尼利就控制住了自己，尽管牛虻一瞧他手上那光芒乱颤的蓝宝石，就明白他仍在战栗。“我的朋友，你需要我帮忙吗？夜色已深，这会儿教堂是不开的。”

“主教大人，请宽恕我，倘若我做了什么错事的话。一见教堂的门开着，我便走了进来我正在祷告，看到正在祈祷的大人，我把您当成一位神父了，于是，我守候在一旁，打算清他赐福给我的十字架。”

他一讲完，就把从陀密尼钦诺处买来的锡制十字架送上前去。十字架被蒙太尼利接过去了，他调转身子又回圣坛去了，在祭坛上搁了它一会儿。

“拿着，我的孩子，”他说，“你安下心来，主是那么胸怀宽广，心地善良，你到了罗马，请求上帝的臣仆——圣父[①]——给你赐福好了。一路顺风！”

① 圣父：此处指教皇。

低着他的头，牛虻收下了这祝福，缓缓转身走了。

“停一下！”蒙太尼利猛地叫起来。

他停下来，在圣坛的栏杆上搁着一只手。

“到了罗马，领圣餐的时候，”蒙太尼利说，“为一个人祷告一下吧，他被痛苦折磨着——主的谴责重重地压在他心间。”

这话中几乎有泪水显现，牛虻几乎控制不住自己了。他再有一会儿就会真情毕露。但是那个杂耍班又出现在他记忆中。因此，他感到自己的愤怒是有原因的，和约拿一样。①

“我算什么东西，上帝也能听我祷告？我是患了麻风病的②，我被抛弃了！我怎能向上帝的宝座献上自己完美无瑕的一生，和您主教大人一样——清清白白，一尘不染……”

蒙太尼利猛然拧过身子走了。

“唯一可以献上的，”他走时这么说道，“是一颗业已破碎的心。”

牛虻在几日后由皮斯托伊亚坐驿车回佛罗伦萨来了。他下了车便到裘玛的住所去了，但她不在。他留了言，说自己次日清晨再来。他回到自己住处。在路上他期待着，映入眼帘的不要是再度闯入他书房的绮达。仿佛是牙科医生用锉子锉他的牙神经，她那充满醋意的责备令他备受折磨，倘若今天晚上又听到这番话，他可就不堪忍受了。

“晚上好，比艾嘉。今天莱尼小姐到过这儿吗？”看见前来开门的女仆，他这么问道。

女仆茫然不知所措地直盯着他。

“莱尼小姐？这是说她回来了，先生？”

“这话怎么回事？”他在门前的擦鞋垫上停下了脚步，眉头紧锁。

“你走后没多久，她一件东西也没带走了。她走得特别突然，

---

① 约拿是《圣经·旧约》的先知，反对上帝。上帝因尼尼微人做恶事，让他降灾于该城，后因尼尼微人信而改悔，遂不再降灾。约拿因此发怒。

② 意指人们厌恶和躲避的人。

什么话也没留下。”

“我走后没多久？那有两……两周时间了？”

“没错，先生，与您是在同一天走的，屋子里横七竖八地放着她的物件，对这件事，左邻右舍都七嘴八舌的。”

不发一语的牛虻调头走下台阶，他步履匆匆地走过了小巷中绮达的家。屋子里一切照旧，他送她的一切物品都放在原来的位置上，没有信留下，哪怕一张纸条也没有。

“请原谅，先生，”门边探出了比艾嘉的脑袋，“有个老太婆……”

牛虻一下子拧过身来，怒气冲冲地说：

“你干吗到这儿来——盯我的梢吗？”

“有个老太婆，她想见你。”

“见我干什么？对她讲，我忙得不可开交，见……见不了她。”

“先生，她自从你离开后就总来，几乎每晚必来，她不停地问你什么时候回来？”

“她想……想干吗，给我去问问。算，算了吧，还是我亲自问好。”

在牛虻住处的门厅里，那个老太婆正在等候着。一身陈旧破烂的衣服套在她身上，皱纹布满了粗黑的、活像颗枸杞子的脸。她的头包在头巾中，头巾的颜色很鲜艳夺目。她在牛虻进来时立起了身打量着他，一双黑眸很尖利。

“那个瘸腿先生就是你吧，”她边说边上上下下地瞧他，“我为你带来了绮达·莱尼的几句话。”

书房门被牛虻打开了，让她进去后，他随后也走进去，并且关上了门，以免比艾嘉听到了他们所说的内容。

“请坐。这……这会儿对我说，你是谁？”

“我是谁和你不相干。我是为了告诉你一件事才到这里来的：绮达·莱尼离开你了，她和我儿子走了。”

“和……和你……你儿子走？”

“没错，先生。你引来了一个情人，但留住她的法子你又一窍不通，那她被别的小伙子引走，你又能怪谁呢？在我儿子血管里流淌的，可不是牛奶和水，是滚烫的血呀，他是罗姆人①的子孙呢。”

“噢，你是吉卜赛人！原来绮达又和自己族里的人待在一起了。”

老太婆凝视着他，目光中满是诧异和轻视。很明显，这些基督徒被如此侮辱后竟然并不恼火，他们真不像男人。

“你算老几，她就一定要跟在你身后吗？我们吉卜赛女人也许会同你过那么一段时间，可能是小姑娘的好奇心重，可能是你肯为她花费金钱。不过她血管里流的是罗姆人的血，它终究会回到罗姆人那里。”

牛虻的脸上依然挂着淡然而冰冷的神色。

“她走时是尾随吉卜赛人的车队呢，还是只和你的儿子单独生活？”

老太婆狂笑起来。

“打算赶上去吗，打算再让她回头跟你过吗？太迟了，先生，你早就该料到这事儿呀？”

“不是，对于事情的真相我想弄清楚，你愿意对我讲吗？”

她耸着肩膀，他不配被她瞧不起，对于这样的侮辱，他都安之若素呢。

“行啊，这件事是这样的。她在你离开家的同一天，和我的儿子在路上碰上了，她操起罗姆话和我儿子聊了起来，因为是一个族的人，虽然我儿子瞧见她穿得花枝招展，他还是被她那副俊俏的脸儿给迷住了。对于俊俏的脸儿，我们族的男人哪个不爱呢。她被我儿子领回了我们住的帐篷。她就向我们诉出了全部的冤苦。这姑娘真可怜呢，她一哭就歇不下来，引得我们也同情她，为她难过了。我们对她左劝右劝，她最后就把那有钱人才穿的衣服换了下来，装扮成我们自己族的姑娘，把她自己托给我儿子照料，成为他的女人，将他当成自己的男人。什么‘我不爱你’，‘还有要事需要我

① 罗姆人：吉卜赛语，意指丈夫。吉卜赛人常以此自称。

去干'，这种话我儿子绝对不会说给她听。一个年龄还小的姑娘家怎能没个男人。但你还是男人吗？这姑娘千娇百媚，伸手搂住你的脖子，你倒好，亲她一个也不会！"

她的话被他截断了："你为我带来了她的几句话，这是你刚才说的。"

"没错，我们的车队已经出发多时了，为了给你带来她的话，我才留了下来。她让我对你讲：她是忍耐到头了，你们这些家伙凡事挑剔，却没有半点感情，她想自由生活，所以回到了同族中间。她这么讲：'对他说，我是个女人呀，我爱着他，因此我不愿他拿我当妓女看待。'她这么走了，干得真棒。说句实话，那算什么大事，女孩子有张迷人的小脸，就用它来赚些钱好了——不赚钱，要那么迷人有什么用？不过，对于你们这些异族男人，一个罗姆族姑娘是不应付出感情的。"

牛虻直起身来。

"就是这几句话她让你转告我吗？"他说，"那么烦你对她说，她干的事是正确的，我就是这么认为的，但愿她一生快活。这就是我想要说的。再会！"

他立在那儿纹丝不动，等那老太婆从园门出去了，门也被她掩上了后，他才又落了坐，双手掩面。

又一记耳光掮上他的面颊！留一丁点儿尊重和自尊给他，难道也不可以吗？说句实话，只要一种痛苦是人们所能忍受的，他都已尝过了；他的心曾经在污泥中沉沦，叫经过的人去践踏。在他的灵魂中，随处可见的是旁人轻视他留下的烙印，随处可见的是旁人讥讽他留下的伤疤。眼下，这个吉卜赛女郎，她只是他在路上碰到的——她也开始践踏他了。

门外传来了"坏蛋"的呜呜声，牛虻马上放进了它。和平素一样，为了显示它的兴高采烈，这狗进屋后径直闯到主人面前，蹦来跳去。不过没过一会儿，它发现情况不妙，因此，它就在地毯上一卧，和主人靠在一起，用它那冰凉的鼻子去碰触主人麻木的手。

裘玛在一小时后来了。她把门敲响了，无人前来开门，这是因为见到牛虻无意吃晚饭后，比艾嘉就跑到邻居家和厨师闲聊去了。她没锁门，也没熄门厅灯。等了一阵子，裘玛打算走进门去寻一寻牛虻。因为有个重要的消息从贝利那边传来，关于这件事儿，她想同牛虻商量。她敲敲书房的门，牛虻的声音传了出来："比艾嘉，你就走吧。我什么东西也不需要。"

门被裘玛悄然推开了。黑暗笼罩着房间，但走廊里的灯光在她把门打开的刹那，在屋中投下长长的光辉。她瞧见了牛虻，他独自在那儿坐着，头在胸前耷拉着，在他的身旁，他的狗睡得很沉。

"是我。"她说。

牛虻一跃而起。"裘玛……是你呀，裘玛！哦，我多盼望你的到来啊！"

还没等她开口，牛虻在她的前面已跪倒了，在她的裙中，他隐藏着自己的脸。他的全身哆嗦着，像是在抽搐，比起大哭不止，此情此景更叫人难过。

她一动不动地立着。她又能干什么呢——她干不了什么。这也是人间最悲惨的事儿。如果能将他的痛苦驱散，她就是以生命作代价也甘心情愿。可是，眼下的她不得不无可奈何地立在这儿瞧着。如果她在这一刻有勇气弯下身子，用双臂牢牢拥住他，让他在她的怀中和她的心紧紧挨着，为了不让他再受伤害，再被冤枉，她能不惜用身躯去替他抵挡，那么，他又再度成了她的亚瑟，那么便会长夜尽逝，白昼重现了。

哦，不，不！他又怎能忘却？当年，把他送到地狱的是她——她用右手扇了他一记耳光呀！

机会已然溜走。牛虻急匆匆地立起身来，向桌子走去，在它旁边，他坐下了，他的双目被他的一只手盖住了，他死命咬着嘴唇，几乎将它咬破。

他在一会儿之后把头昂起来，语气平和地说：

"或许我惊吓了你。"

她向他伸出了两只手说："亲爱的，难道你不相信我，我们的友情都到了这般程度了！你为什么这么伤心？"

“这是件私人性质的伤心事。你别为它烦心，没关系。”

“你听我讲，”她边说边用双手握住他的一只手，只想让它别再哆嗦了，“我不会去干涉我不该干涉的事。不过，既然你乐意这么相信我，再多信任我一些不行吗——拿我当你的亲姐妹看不行吗？假面具大可以接着挂在你脸上，只求你因此得到心灵上的慰藉。不过，从为你好出发，在灵魂上挂副假面具是不可取的！”

他更加深垂着自己的头。“你要耐住性子对待我，”他说，“我若是你兄弟，你只怕会大为不满的。不过，你不明白……我在这一周以来快要精神错乱了。仿佛我又在南美了。在我的身体中又闯入了魔鬼，让我……”

“你的痛苦肯不肯让我为你负担一部分？”她过了好一阵才私语道。

猛然间，他的头伏在了她的臂弯里。“我真是受够了上帝的责罚了。”

第三卷

第一章

裘玛和牛虻在之后的五周里，几乎没有余暇和精力去为他们私人的事情着想，因为他们一直处于疾风骤雨似的繁重工作和过度的精神劳累之中。一件更为棘手、更有冒险性的任务在枪械已安然无恙地偷运进教皇统治区之后摆在他们面前：枪械必须从山间的洞穴幽谷里的隐秘贮藏所里被偷运到各地的中心区，再分发到各个村寨里去。那里处处都有探子。受牛虻嘱托安排运输枪械的陀密尼钦诺派手下去佛罗伦萨给牛虻送了封十分火急的信件，恳求多派些人来，或者把期限稍往后推。牛虻曾斩钉截铁地限定此任务须在六月中旬之前结束；可是沉重的枪械在崎岖的山路上运输是件很不容易的事，再加上时刻要提防探子，又会遇到阻碍，拖延时间，这一切让陀密尼钦诺一筹莫展。他在信里写道："我现在身处西拉礁和卡列布第斯漩涡之间[1]，一方面我不敢冒险求快，因为担心泄露出去；可另一方面我不敢放慢速度，因为我得在期限之前完成准备工作。你要么就立即派能干的人来协助，要么就告诉威尼斯人，说我们没法在七月上旬以前做好准备。"

① 希腊神话中的典故，意为进退维谷。

牛虻拿着信去见裘玛。她读信的时候，牛虻愁眉深锁，在地板上坐着，抚摸那只黑猫，从尾巴一直摸到脑袋。

“真不幸，”她说，“我们没法再让威尼斯人等三周啊。”

“确实不能那样。那是异想天开。陀密尼钦诺得……得知道……知道这种情况，我们是被领导者，而威尼斯人是领导者。”

“我觉得这也不是他的错；他已经竭尽全力了，不可能完成的任务他哪里能完成呢。”

“陀密尼钦诺本人没有错，错在让他一个人挑起两个人的担子。确实，我们最起码得有两个能干的人，一个负责储藏，另一个负责运送。他说得不错，得派个能干的人去协助他。”

“不过我们能派谁去呢？在佛罗伦萨是没有这种可派之人的。”

“那我就……就得亲自出马了。”

她把身体贴在椅背上，皱着眉头盯着他。

“不可以，不，太冒险了。”

“假如找……找不到其他的方法来处理这个难题，那也只好如此了。”

“我们必须得考虑考虑别的方法。你目前是无论如何也不能再到那儿去。”

牛虻咬起了嘴唇，脸上是一副固执的表情。

“我搞……搞不懂为什么不能去。”

“你会搞懂的，要是你静下心来再思量思量的话。你五周前才离开那儿，那儿的警署还在查寻你这个香客呢，他们把整个区搜了个遍，就想找到哪怕一点点线索。的确，我明白你的易容技术很高，然而你不要忘了，你乔装打扮的那个地亚哥或是那个农村人，已经被那边的很多人都记住了；还有，你脸上的疤与瘸腿不管怎么掩饰也无济于事。”

“这世上瘸腿的人多……多着呢。”

“对啊，不过像你这样既瘸又有疤，左胳膊还受了伤的人在罗马还能找出多少来？再说，你的眼睛是蓝的，而肤色又那么黑。”

"眼睛不碍事，颠茄就能解决这问题[1]。"

"可其他的特征你改得了吗？不可以，总之是不可以。你的身上暴露出那么多明显的特征，如今你再去那儿，这不就是往陷阱里面跳吗？他们一准会抓住你。"

"然而陀密尼钦诺确实需要——……一个帮手呀。"

"万一你在这种千钧一发的时刻被抓住了，你就一点儿忙也帮不了他了；再说，你万一被抓，我们整个事情都会砸了。"

可是牛虻的思想工作是很难做通的，他俩议论了半天，难题还是解决不了。裘玛终于逐渐了解到他个性中深藏的执拗劲儿；尽管他不大吵大闹，但他却顽固到底。若不是她认为此事事关重大，她也许已经退让了，省得跟他争执。然而在她良心的坚持下，她无法退让；她感到，要是他去的话，也不会给事情起到多大的促进作用，风险超过收益，这样她就有点疑虑了：牛虻此举实则是出于他那渴望在危急时刻寻求刺激体验的病态嗜好，而不是出于政治上不得不为之的严正需要。他之所以这么随随便便就去赴汤蹈火，是由于他已经形成了一种动辄以命相搏的行为模式；裘玛感到对于他这种病态欲望，一定要冷静地坚决制止。当她感到自己的理由已经山穷水尽，却仍然改变不了他那顽固到底的信念时，她不得不使出最后一招撒手锏。

"不管怎样，我们来说说真心话吧，"她说，"该是什么就是什么。你这样一意孤行地要去，说穿了并不是要去帮陀密尼钦诺，而是为了你自己的内心欲望……"

"瞎扯！"他猛地截住了她的话，"我对他根本不在乎，就算这一生再也见不着他，我也不觉得有什么……"

他忽然不说了，因为他一看她脸上的神情，就明白自己的心计已被戳穿了。他们四目相视，一瞬间却又都低垂了下去；他们都没把那个互相都已心知肚明的名字说出口。

"我……我不是要去援救陀密尼钦诺，"他过了好长时间才讪讪说道，同时他把半张脸都深藏在黑猫的绒毛中，"只是由于

① 使用颠茄，可以使瞳孔放大。

我……我知道，事情会给毁了的，假如他得不到别人协助的话。”

她不管他那软弱无力的托词，仍旧自顾自说下去，仿佛根本就没有人打断过她：

“你去那儿是出于一种冒险的欲望。你一苦闷就巴望着去冒险，这跟你生病时想吃鸦片是一个道理。”

“我不是主动要吃鸦片的，”他反驳似的说，“那是别人强迫我吃的。”

“可能是吧。你的身上有着深深的斯多噶[①]精神的烙印，你认为你的自尊心难以忍受别人帮你解除肉体上的疼痛；而你的自尊心只有在你用牺牲肉体生命来解除精神上的痛苦之时，才会觉得自豪。说到底，无论是肉体的、还是精神的痛苦，都是人们强作区别给分开的，这两种看法都非常浅薄。”

他扭转黑猫的脑袋，俯视着它那溜圆的绿眼珠。

“帕什特，你觉得这话对吗？”他说，“你的女主人责……责骂了我一通，都是正确的吗？到底是不是‘我有罪，我有大罪’呢？你这么机灵，你应该从不吃鸦片，对吗？你是埃及的神祇的后代，它们是谁都不敢去惹……惹的。但是我搞不清，假如我把你这只爪子放在烛……烛火上烤，那么你原先的这副安逸悠闲，对于世间丑恶不闻不问的模样究竟会不会改变呢？到那时你会不会哀求我给你鸦片？会吗？没准——你还会自杀呢？不可以，我的小猫咪，我们没有只为满足个人快乐而去寻短见的权利。我们可以咒骂，怒斥……斥一顿，要是这样可以使我们轻松一些的话，然而我们万万不能把爪子从火上缩回来。”

“好了！”她把黑猫从他膝上拖下来，放在一张小凳子上，“将来我们谈论这件事的时间还多着呢。眼下我们应该商量的事情是如何帮陀密尼钦诺解决难题。凯蒂，怎么了？有人拜访吗？我现在没空儿。”

“太太，这儿有个纸包，是赖特小姐差人送来的。”

纸包封得严严实实的，里面有封信，写明是寄给赖特小姐的，

① 斯多噶：古希腊一个哲学派别，强调节制、忍耐。

可是信依然没被拆过，信上贴着教皇统治区的邮票。裘玛的一些重要信件通常都是寄到她在佛罗伦萨的几个旧时同学那里，这是出于安全的考虑。

“这是米凯莱的暗记，”她粗粗瞥了一眼信纸说。信中表面上写的是一所亚平宁山区的寄宿学校夏季班里发生的事，可是她指着信纸边角上的两个小墨点说：“信是用化学墨水写上的，书桌的第三个抽屉里就有药水。不错，就是那瓶。”

牛虻把信纸铺平在书桌上，用小刷子刷了刷信纸。当他一看见信纸上清清楚楚显现出的传达真实消息的蓝字时，就立刻倒在椅子背上，放声大笑。

“怎么了？”她焦虑地问道。牛虻把信交给她。

“陀密尼钦诺被捕。请速来。”

她捧着信，却不由自主地坐了下来，失望地凝视着牛虻。

“咋……咋样？”经过长时间的静默，牛虻最终用平和而又嘲弄的口吻，拖着嗓音问道：“如今你总算能答应我不去不行吧？”

“嗯，我觉得你不去不行，”她叹息着说道，“我不去也不行。”

牛虻有点讶异地仰起头：“你也想去？不过……”

“对，我很清楚不在佛罗伦萨留一个人是很麻烦的；不过如今最重要的是支援那里，其他事情都顾不上了。”

“那里能够找到很多帮手呀。”

“然而你并不能十分地相信他们。你刚刚说了，得有两个忠诚能干的人去处理那里的事情；很明显，要是陀密尼钦诺孤掌难鸣的话，你也会和他一样。你要牢记，一个如你这般时时命若悬丝的人，处理这种事情难度更大，你也比所有其他人都需要更多的支援。如今应该由你我二人去完成原先应由你和他完成的任务。”

他愁眉深锁，思考了一段时间。

“不错，你说得很在理，”他说，“并且越早动身越好。然而我们又没法结伴而行。假如我今夜启程，那么你就可以明天下午坐驿车去。”

“去什么地方？”

“我们来讨论一下。我觉得我应……应该径赴法恩扎[①]。假如今天我在夜阑人静时启程，驱马赶到圣洛伦佐村，我就能在那里易容之后再直趋法恩扎。”

“我觉得也只有这样了，”她微蹙眉头，焦虑地说，“可是你这么急匆匆启程，还要去圣洛伦佐村请走私犯给你易容，这也太冒险了。你要想越境，最起码得先用三个整天兜圈子，把你的行踪弄得扑朔迷离才行。”

“你用不着忧虑，”牛虻脸上露出了笑意，“即使我给抓住了，那也不会在边境上，而是以后的事了。我要是到了山地，就和在这里一样万事大吉了；无论哪一个亚平宁山区的走私犯，都不会泄露我的行踪的。如今我倒惦记着你怎么越境。”

“嗨，轻而易举！我只需把路易丝·赖特的护照借来，假装去那里度假就行了。罗马城谁也不认识我，不过那里的每个探子可都认识你呀。”

“幸……幸而每个走私犯也都认识我。”

她把表拿出来。

“两点半。假如你今夜启程，我们还剩下一个下午和一个晚上。”

“那我还是立刻回家收拾停当，再找一匹脚力好的马。相对安全之举是我独自骑马去圣洛伦佐。”

“然而租马是有很大风险的。出租马匹的店主……”

“我不会去租的。我会找我一个可以信得过的熟人借匹马。他过去就曾给过我很大的帮助。两周之后我会叫一个牧人把马归还给他。好了，五点钟或者五点半我再来一趟。我启程之后，我觉……觉得你应该去找玛尔蒂尼，把事情原原本本地都跟他说……说一说。”

“玛尔蒂尼！”她扭过头来，惊讶地盯着他。

“不错，我们得依赖他——要不然你就提供一个其他的

① 法恩扎：地名，位于布里西盖拉附近。

人选。”

“你的意思我有点儿不明白。”

“这边得有一个我们可以信任的人，一旦遇到突发事件也好处理。如今的这批人中最能让我放心的就是玛尔蒂尼了。不错，列克陀也是尽心尽力帮我们干事的；不过我发现玛尔蒂尼比较沉着稳重。可是你对他的认识比我更深刻，还是你拿主意吧。”

“我对他的忠诚以及他各方面的能力是一点儿异议都没有的；我觉得他也会允诺竭尽全力帮助我们。不过……”

牛虻立即懂得她的意思了。

“裘玛，要是一个身处困境之中亟待你去帮助的同志，却由于担心刺伤你的情感，或是让你不舒服，因此没来恳请你的帮助，你要是明白了这其中的原委，心里面又会怎么想呢？你可不可以说他是出于好心才这么做的？”

“行，”她思考了一段时间之后说，“我这就叫凯蒂去把他请过来；她出门之后我就去找路易丝借护照；她跟我说过我什么时候去拿都行。钱够不够？需不需要我去银行里取出点儿来？”

“不必了，不用为此再费事了；我先从我的存款里拿出一些出来，我们先将就着用。我的存款花完之后再用你的吧。行了，五点半我再来，到时你肯定在家吗？”

“肯定在！五点半之前我就会回来的。”

牛虻在超过商定时间三十分钟时，来到裘玛家，他发现裘玛和玛尔蒂尼都坐在阳台上。他立即觉察出他们的交谈很不友好；他们俩的面容上还都留有争执过的踪迹，玛尔蒂尼看上去异乎寻常地缄默和郁闷。

“所有事情都处理妥当了吗？”她仰起头问牛虻。

“都妥了，我拿了一些钱来给你在路上花。马也要到了，子夜一点在罗索桥的栏杆边等着我。”

“那时太迟了吧？你得在凌晨圣洛伦佐的村民起床之前赶到村里。”

“没关系，那是匹快马。我若提前出发就有可能被人监视到。

我这下就不再回家了；眼下我家附近埋伏的探子肯定还觉得我没出门呢。”

“你是怎么出来而不让他发现的？”

“我是从厨房跳窗来到后花园，再爬上邻居家的果园墙，跳出来的，因此才迟到了，我必须绕开那个探子。我要那位借我马的人在我书房里点着灯熬夜。屋里的灯光与窗帘上的身影会打消探子的疑虑，他肯定以为我今夜在家写东西呢。”

“那你是不是得先在这儿待着，直到启程去罗索桥？”

“只好如此了，我今夜可不能再出门泄露行踪了。玛尔蒂尼，你抽不抽雪茄？我想玻拉太太对我们抽烟是不会介意的。”

“我也不用在这儿管你们了；我必须下楼去帮凯蒂准备晚餐。”

玛尔蒂尼在她离去之后便立刻站起来，手背在后面，在屋子里走来走去。牛虻坐着，嘴里叼一根雪茄，静静地凝视着阳台外的丝丝细雨。

“伊万雷斯！”玛尔蒂尼在牛虻跟前立定，俯视着地面说道，“你想把她牵扯到什么样的事情中去？”

牛虻把叼在嘴里的雪茄取下，吹出一口悠长的轻烟。

“她自愿这么做，”他说，“没有人逼迫她。”

“不错，不错——我明白。不过你得跟我说……”

他又不说话了。

“凡是能讲给你听的都讲给你听。”

“好吧——我对山区里那些事情的具体情况了解得并不多——我就搞清楚，你是打算拉上她一块去干什么危险性极大的事情吗？”

“你想知道事实吗？”

“想。”

“跟你说吧——的确如此。”

玛尔蒂尼回过身去，又开始踱来踱去。过了一阵子又站定了。

“我还有个问题想问你。你可以不回答，假如你不愿回答的话；不过你假如愿意回答，我希望你诚恳地回答我。你爱不爱她？”

牛虻冷静地掸去烟灰，又默不作声地抽着。

“这样的话——你不愿意回答喽？”

“不对，只不过我认为，对于你为何要这么问我，我是有权知道的。”

“为何？上帝呀，我的朋友，你居然还搞不懂吗？”

“啾！”他搁下雪茄，专心致志地凝视着玛尔蒂尼。“对，”他最终舒缓平和地说道，“我爱她。然而你别误以为我想追求她，或者因此而苦闷。我只不过想去……”

他的话音逐渐变成一种诡异、含混的喃喃自语。玛尔蒂尼朝前迈了一步。

“只不过想——去——干什么？”

“死。”

牛虻的双眼直勾勾地盯着前方，流露出僵冷的神色，好像他已死去了。等到他再次说话时，嗓音变得异常呆板与虚弱。

“你不用早早地就为她提心吊胆，”他说，“但是我这次去是不打算再活着回来了。所有从事这种工作的人都是要冒风险的，她也和我一样了解这点；但是她在那帮走私犯的大力掩护下是不会落入敌手的。尽管他们的性格比较粗野，可是心地却很善良。而对我来说，我的脖子上早就套上绳子了，只要我一越境，就等于自己把绳子给拉紧了。”

“伊万雷斯，我搞不懂你在说些什么？这种工作的确是很危险的，特别是对你来说，这我知道得一清二楚；不过你多次在边境上穿梭往来，从未失过手呀？”

“很对，然而这次我准保失手。”

“这是怎么回事？你又从何而得知的呢？”

牛虻悲惨地笑了笑。

“你还能回想起来那个德国人的传说吗？讲有个人碰到了‘另

一个自己’[①]，后来他就死去了。想不起来了？讲某天深夜，他在一个荒僻之地看见了他的‘另一个自己’，它在他面前无助地扭着双手。你不明白，上次我在山区也碰见了我的‘另一个自己’；因此我此次再入山，就再也不会回来了。”

玛尔蒂尼走上前来，把手搁在他的椅背上。

“伊万雷斯，我告诉你，我根本就搞不清你这些装神弄鬼的怪谈，不过我有一点还是明白的：你最好别去了，假如你预知到有这样的结局的话。你在路上要是一直觉得自己会被抓住，那么你肯定会被抓住。你一准是生病了，再不就是别的什么方面有些不对劲，所以你才会这么奇思怪想。你觉得我代替你去好吗？一切必须得干的事情我都能干，你给你的那些同事写封信去就行了，解释解释——”

“要你替我去送命？好哇，这个办法真不错。”

“嗐，我怎么可能说死就死呢！我和你不一样，我不会被他们认出来的。更何况，即便我真的没命了——”

他不说话了，牛虻缓慢地仰起脑袋，望着他，眼神中有种询问的意思。玛尔蒂尼把手抽了回去，笔直地低垂着。

“她也不会太悲伤，而如果你死了的话，她的悲伤的程度可就要大大加深了，”他一板一眼地说，“况且，伊万雷斯，这是为大家办的事，我们应以功利主义的理论为依据——为最多的人谋得最大的利益。你的‘终极价值’——这是经济学家的用语吗？——要比我的高一些；尽管我不是非常喜爱你，不过我的脑袋瓜还是能够想通这个道理的。你比我更有用，尽管我搞不清你是不是比我高尚，可是你的确有比我更多的优秀之处，这么说来，你的死会比我的死带来更大的损失。”

他说这番话的神色语气，仿佛就是在交易所里谈论哪种股票更值钱。牛虻仰起头来，他似乎冻得直打战。

① 此处为双关语。西方迷信认为一个人在将死瞬间和死之后短时之内可以看见自己的鬼魂。作者在这里用这个词，是双关语，也可指与自己长得一模一样的人，暗指蒙太尼利。

“是不是你想让我一直坐等我的墓穴伸口吞噬我的那一天吗？‘要是我必须去死，我将把黑暗当作新娘抱起’。[1]行了，玛尔蒂尼，我们都在胡说八道。”

“胡说八道的是你。”玛尔蒂尼不高兴地说。

“不错，不过你跟我一个样。苍天在上，我们别去模仿堂·卡洛斯和波莎侯爵[2]的那种不切实际的自我牺牲了。如今可是十九世纪了；假如我必须去死，我就得去死。”

“你是不是在说，假如我必须活着，我就得活着了？你太走运了，伊万雷斯。”

“不错，”牛虻很直率地答应道，“我一向都很走运。”

他们沉默无语地抽了片刻雪茄，便商讨起具体工作来。他们在裘玛来喊他们下去吃饭时，也没有显露出一丝因刚才的交谈而变得不正常的神色。晚餐之后，他们又研讨起工作步骤来，还部署了一些必要的安排，他们一直这么研究到十一点。玛尔蒂尼这时才立起身，把他的帽子拿起来。

“我现在就回家去拿我的骑马斗篷，伊万雷斯。我觉得你穿斗篷要比穿这身衣服更不易被人辨认出来。我也趁机先去查看查看周围有没有探子，没有的话我们才能启程。”

“你想和我一块儿去桥头吗？”

“不错，四只眼睛肯定会比两只眼睛更管事，要是一旦有人尾随我们的话。我十二点再来。一定得等我回来之后再出发。我还是把钥匙拿走吧，裘玛，以防我再拉门铃把别人惊醒。”

他拿起钥匙，裘玛仰起头凝视着他的脸庞。她知道，他只不过是托词离去罢了，这是为了让她和牛虻俩人单独在一起说说话。

“你我之间就明天再聊吧，”她说，“明天早上我收拾完行

① 此句为莎士比亚戏剧《一报还一报》中的台词。

② 堂·卡洛斯和波莎侯爵：德国诗人席勒的悲剧《堂·卡洛斯》中的人物。堂·卡洛斯是十六世纪西班牙国王腓力二世的长子，被其父囚于狱中而死。波莎侯爵是堂·卡洛斯的好友，他为了援救堂·卡洛斯出狱，而献出了自己的生命。

李，我们的谈话时间还长着呢。”

“嗯，不错！时间还长着呢。伊万雷斯，还有几件小事我打算跟你说说，但是待会儿可以在路上详谈。裘玛，你不如让凯蒂上床去吧；你们俩谈话的声音也要尽量低一些。好了，十二点再见吧。”

裘玛去厨房与凯蒂互道晚安，随后拿来一个托盘，上面有杯清咖啡。

“你想不想躺着歇息片刻？”她说，“今晚你没法睡觉了。”

“噢，亲爱的，不用了！到圣洛伦佐之后，我可以趁那些人给我做易容前的准备工作时打个盹。”

“那你就来点儿咖啡吧。别急，我再去拿些饼干来。”

她在食品橱前弯下腿去拿东西，这时他忽然俯身贴近了她的肩膀。

“你的橱子里都有些什么东西呀？巧克力、奶油夹心，英国太妃糖也有呀！哦，你这儿都是些精……精品呐，是给王室准备的吧！”

她抬眼凝视着他，听到他的话语如此亲热，她不由得面露微笑。

“你爱吃糖吗？这都是为西萨尔准备的，他只要看见糖就想吃，真像个小孩子。”

“的……的确是这样吗？那你明天再给他买一些来，这儿的都给我带走好了。不，我得把太妃糖塞……塞进兜里；我这辈子所丧失的人生乐趣，都可以由它来抚慰我。我哪天要是被处以绞刑，真……真想得到几块太妃糖吃。”

“喂，先等我去找个盒子来帮你装起来，再放到兜里去也不迟呀！否则它们会粘到一块去的！你想不想装上点巧克力？”

“算了，我此刻就想吃，咱们一块儿吃吧。”

“但是我对巧克力没胃口。我希望你神智清醒地过来老老实实坐着。这样平和安静的交谈机会，在我们俩中的一个死去之前，也许再也没有了，再说……”

"她不……不爱吃巧克力！"他仍然在自说自话，"所有的都得由我单独享受了。这跟临死之前饱餐一顿有什么区别？总之，今夜你就随便我怎么胡思乱想吧。来，你听我话先坐在这把摇椅上，我再依你刚才的话，躺下来快活快活。"

说完，他就躺倒在她身边的地毯上，肘部撑在椅子上，抬起头来凝视着她的脸庞。

"你怎么面无人色！"他说，"这是由于你在生活中不能快快乐乐地面对一切，再加上你不爱吃巧克力……"

"你就规规矩矩五分钟不行吗！不管怎么说这也是生离死别的大事呀！"

"两分钟都做不到，亲爱的；无论是生是死，难道非得那样吗！"

他已捏住了她的双手，用指尖爱抚着它们。

"别再这样沉着脸了，我的密涅瓦[①]！你要是还这样我就要哭了，到时候你就追悔莫及了。我真盼着再看到你笑一笑，你的笑容会给人带来出乎意料的快乐。行了，别责备我，亲爱的！我俩一起来吃饼干吧，我们别再争执了，就像两个乖孩子一样——因为明天就是我们生命的终点。"

他从盘子里拿出一块甜饼干，仔细地分成两半，连饼干上涂着的糖花也都直直地分成两半。

"这也是一种圣餐，和那些虚伪的人在教堂中吃的东西是一样的。'你们拿走吃吧，这是我的身子。'[②]再说，你也明白，我们得在一……一个杯子里喝酒——行，这样就好了。'你们该这么做，为了纪念……'[③]"

裘玛把酒杯放下。

---

① 密涅瓦：古罗马神话中的智慧之神，也是保护科学、艺术和技艺的神。相当于希腊神话中的雅典娜。

② 据《圣经》记载，这是耶稣于受难前在最后的晚餐中说的话。

③ 据《圣经》记载，这也是耶稣的话，全文应为"你们该这么做，为了纪念我"。

“别再说了！”她差点儿都要哽咽了。牛虻仰起头看着她，又捏住了她的双手。

“行，不说了！我们静下来歇一歇吧，不管以后我俩中的哪个先死了，剩下的那个一定要牢记此情此景。现在我们要遗忘这个在我们耳边吵吵闹闹、纷扰不堪的尘世；我们要携手远离它，直到我们来到冥冥中死神的殿堂，安然躺在罂粟花的怀抱之中。别说了！我们要沉入那永恒的宁静。”

他的脑袋倚在她的膝上，用手掩着脸。在静穆之中，她弯下身子，把手搭在他的黑发之上。时光在无声无息地慢慢流走，而他俩则一直没有动弹，也没有发出任何声响。

“亲爱的，十二点马上就要到了。”她最终说了一句。他仰起头来。

“就还有几分钟了，玛尔蒂尼随时都会到来。将来我们大概再也无法相见了。你难道就没什么话要跟我讲吗？”

他缓慢地立起身来，走向屋子的另一边。然后又是片刻的静默。

“我要说的只有一件事，”他的嗓音之低简直都没法听见，“一件事情……要对你讲……”

他又不说了，坐在窗边用双手捂住了脸。

“你思量了多长时间才愿意表露善意啊。”她和缓地说。

“我从来就没怎么表达过善意。我……以前……以为你对这事很无所谓……”

“你是说如今不再那么想了。”

她为了等待他的答复，沉默了片刻，后来她走到他的身边。

“干脆你把心里话都跟我说了吧，”她低语道，“你考虑一下，一旦你死了，我却还活下去了——我有生之年就再也搞不清楚——再也无法准确地得知……”

他托起她的双手，死死攥住。

“要是我遇难了……你明白，那次我去南美……唔，玛尔蒂尼到了！”

他大吃一惊松开了她，跑过去开了门。玛尔蒂尼正把靴子搁在门前的擦鞋毯上擦拭着。

“真准点，与平时一样一分钟都……都不差！玛尔蒂尼，你和一台时……时钟没什么差别。这是给我的骑……骑马斗篷？”

“是呀，还有几件东西给你。我尽我所能没让它们淋着雨；外面真是暴雨如注啊。我害怕你一路淋雨很难受啊。”

“哦，没什么。路上有探子吗！”

“没见着，我觉得他们应该都回家就寝去了。天气这么差，他们回去也是很自然的。裘玛，那是不是咖啡？他启程之前得来点儿热饮暖暖身子，要不淋了雨就会生病的。”

她去了厨房，一路上把银牙紧咬，拳头紧握，这样才能使自己不哭出来。当她把热牛奶拿回来的时候，牛虻已把骑马斗篷披上了，正在绑着玛尔蒂尼带给他的皮护腿呢。他站在那里喝了一杯咖啡，又把宽边骑马帽捧在手上。

“我想该启程了吧，玛尔蒂尼。我们为了谨防万一，应该先转上一圈再上桥头。我们就暂且离别了，太太；要是不出意外，我们星期五在福尔利接头。还有，我留……留下地址。”

他把记事簿上的一页纸给撕了下来，用铅笔写了点什么。

“我有你的地址了。”她小声地说，语调虚弱无力。

“真……真的？也好，不管怎样你就揣着吧。走，玛尔蒂尼。嘘——嘘——！开门时不要发出吱呀声！”

他们蹑手蹑脚地走下楼去。他们出去了，朝着大街的门缓缓关上，裘玛回到屋内，她下意识地把牛虻递给她的纸条展开来，她发现地址的下方还写着字：

“去那儿之后，我把所有事情都跟你说清楚。”

第二章

那天恰逢赶上布里西盖拉的集市，附近地区大小村子的所有乡民都凑热闹来赶集，带着他们的猪、家禽、奶酪和奶油，以及一群群桀骜不驯的山牛。市场上到处都是川流不息的人群，有的嬉笑打闹着、有的与卖主热烈地讨价还价以求买些便宜的无花果干、低档的糕饼品和向日葵籽之类来吃。那天骄阳灼人，一群皮肤棕色、光着脚丫子的小孩在街道的路上乱七八糟地爬着玩耍，而他们的妈妈们则在树荫下摊展着一筐筐的奶油和鸡蛋，坐着叫卖。

蒙太尼利主教大人一出来向大家道“早安”，马上就有一群大声叫喊着的小孩们簇拥到他身边，这群孩子们争先恐后地把他们从山坡上采来的蝴蝶花、娇艳欲滴的罂粟花、香气扑鼻的洁白的水仙花献给蒙太尼利主教。喜爱各种野花是蒙太尼利主教的癖好，这得到了众多老百姓的谅解，认为这样的癖好与其大智大慧恰好相称，并不是有失光彩的事。假如换成一个不受大家爱戴的普通人，在自己屋里摆满了这些野花杂草不叫人笑话才怪呢；可是这是位“神圣的红衣主教大人”，这种不伤大雅的癖好是无损于他的杰出成就的。

“喂，玛尔蒂尼，”主教停下来，拍了拍一个孩子的脑袋瓜说，“好长时间没见你，怎么一下子长得这么高了，你奶奶的风湿病是否好一点了？”

“她这段时间确实好多了，主教大人。不幸的是我妈妈又病倒了，而且病得很厉害。”

“是吗？这真是太不幸了；你回去告诉你妈妈，叫她改天来这里一趟，让乔尔达尼医生诊断一下，是否有治愈的可能。至于住处，我可以帮助她解决，也许对她来说，换个环境是个好办法。路易吉，你气色很好，你的眼睛是怎么回事？”

他边走边和山民们说着闲话。他对孩子们的姓名、年龄，以及他们自己和家人有什么病难之类的琐事记忆犹新；有时甚至会停下来，以充满关怀同情之心问候一句：去年圣诞节得病的那头母牛现在是否好点了？或是问：上次赶集时被大车轮子碾坏的破布做的洋娃娃现在是否补好了？

等他回到宫殿以后，市场上的买卖也差不多开始了。一位身穿蓝衬衫的瘸腿汉子，一头蓬松凌乱的黑发遮掩着其眼睛，左颊上有一道很深的刀疤，只见他荡悠悠地来到一个摊位跟前，用极不地道的意大利语说要一杯柠檬水喝。

“你不是这附近的人吧？”摆摊的女人一边给他倒了一杯柠檬水，一边抬眼打量询问他。

“不是，我来自科西嘉。”

“找活儿干吗？”

“对，快要到收干草的季节了，前几天有位先生来到我们巴斯提亚[①]，那位先生说他在腊瓦纳[②]附近有个农庄，他告诉我，在那儿有的是活儿干。”

“但愿那儿的情况如你所说，不过我们这里日子并不好过。”

“大娘，如果要说日子不好过，我们科西嘉人的日子才不好过呢！真不知道我们穷苦人要穷到怎样的地步才算尽头。”

“你是独自一个人前往吗？”

“不是，我还带了个伙计，看，就在那边，穿红衬衫的。喂！保多！”

一听见有人叫自己的化名，米凯莱就双手插在衣袋里，优哉游哉地过来了。他为了掩饰自己，头上戴了红色的假发，不过尽管如此，他还是装扮得像个科西嘉人的。至于牛虻装扮，那更是像一个彻头彻尾的科西嘉人了。

他们俩一起在市场上悠闲地逛着，米凯莱一路上还吹着口哨，

① 巴斯提亚：科西嘉岛东北角上的一个城市。

② 腊瓦纳：意大利北部沿亚得里亚海的一个城市，当时属教皇国，距布里西盖拉不远。

牛虻肩上还费劲地拉着一个包裹，一路又拖又拽地走着，好让人家看不出他的瘸腿。他们正在等候一位秘密联络员，好传递给他非常重要的指示。

突然米凯莱低声地说："那边角落转弯处，骑着马的，不就是麦康尼吗？"牛虻于是肩上扛着那个包裹，朝着那位骑马人一拖一拉地慢慢走去。

牛虻把帽子摘下来，拿在手里摆弄着。

"先生，你是否想找一个帮你收干草的人呀？"他边说，边伸手搭在自己的破帽子上，同时一个指头就顺势沿着系帽的带子往下滑。这动作是他们事先约好的。那个骑马人——从外表上看，一副乡绅府上的体面的管家模样，他从马上下来，往马脖子上一搭缰绳，说道："伙计，你都会干哪些活儿呢？"

"先生，无论是割草，还是修理树篱，没有我不会的，"——他开始时只说了这么两句，紧接着就一口气连珠炮似的说出了一大堆："今晚一点整，在圆山洞口。你得备好两匹好马，一辆货车。咱们山洞口相见……此外，我还会刨地，先生，我还会干……"

"行了，行了，我要的只是一个会割草的伙计。你以前出来帮过人干过活没有？"

"帮过一回，先生。请注意一下：你来的时候最好全副武装，备好枪支弹药，因为说不准我们就会碰上快骑巡逻队。千万别从树林里的小路走，安全起见倒不如走大路。万一你碰上一个密探，千万记住不要和他多说废话，不妨开枪解决……我干起活儿来很卖劲，先生，我也非常愿意替你干活。"

"对于这一点，我相信你会很卖劲，不过我要找的是一个很有经验的割草人——没有，今天我身边没带一个子儿。"

原来这时候走来一个衣服破烂的叫花子，他耷拉着脑袋，发出一阵凄凉、单调乏味的哀叫声：

"可怜可怜我这个苦命睁眼瞎儿吧！看在圣母玛利亚的份上——赶快离开这儿，有一队快骑巡逻队朝这儿来了……看在无比神圣的天后面子上，看在贞洁的圣母玛利亚份上……他们是专门来逮捕你的，伊万雷斯，不出两分钟就快到了……上天的神灵会记住报答你们的恩德的……你们得赶快想方设法突围出去，四周布满暗探。要避开他们的耳目溜出去已经来不及了。

麦康尼将缰绳暗里交到牛虻手里。

“快上马！一路奔向桥头到那儿把马丢掉，你先到山谷里躲藏一阵儿再说。我们都带有枪支，阻挡他们十分钟是不成问题的。”

“不！我不愿意你们受到拖累。大伙儿先集合起来，跟在我后面，等我开了枪，大家再开火。快，你们先聚集到我们的马匹那边。看，马都拴在宫门前的台阶那儿；大家别忘备好自己的刀子。咱们一边打一边撤，等我把帽子往地上一摔，大家就一齐砍断缰绳，各自拣最近的马跳上去就跑。这样，我们大家就都可以逃进森林里去了。”

他们这样暗下里规划着一切，不露半点儿可疑迹象，即使是边上站得最近的旁观者也以为他们仍在谈论割草的事儿，而压根儿不会想到他们谈的却是为此火急万分的大事！麦康尼言听计从地手牵着自己那匹母马的马笼头，朝拴马的地方走过去，牛虻则垂头丧气地走在他旁边，背后紧跟着的是那位叫花子，把手伸的长长的，还在一个劲地苦苦哀求乞讨着。这边，米凯莱正吹着口哨靠了过来；那位叫花子不失时机地传递给他这个警告，他就深藏不露，赶快将之传给了那三个正站在一棵树下吃洋葱的乡下人。这三个人心领神会立马站起来跟随在他的后面；于是，神不知鬼不觉，这七个人已经全部集合在宫门前的台阶边上了，每个人都时刻准备掏出身上暗藏的手枪，而身边不远处就是拴着的马，到时，拉来骑上就可逃掉。

“你们千万别在我动手之前暴露身份，”牛虻说得很轻却很清晰，“他们未必能认得出我们。只等我鸣枪，你们才可以挨着次序开枪。千万别对着人打，要打的应该是马脚——打断了马脚，他们就无法追赶上我们了。你们分工合作，三个人开枪，三个人装弹药。如果有谁插进来使你们无法上马的话，干脆就开枪毙了他。那匹菊花红棕马我骑。等我把帽子一往地上摔，你们就各自上马跑，千万不要停下来，即使天塌下来也别管。”

“他们出现了，”米凯莱说，牛虻忙转过身来，装出一副傻相，好像对眼前的一切摸不着头脑，因为这个时候所有的买卖都停下来了。

这时在市场上出现了十五个骑着马的士兵，他们全副武装，由远而近地过来了。由于市场上的人群挤成一团，大家的注意力全集中在这十五个士兵身上，他们根本就难以行进，若不是广场四处设有暗探，牛虻他们七人是完全可以趁此良机悄悄溜掉的。米凯莱快走几步，挪近牛虻的眼前：

“难道我们不能趁机溜掉吗？”

“来不及了，我们的四面八方全是暗探，而且其中一个暗探已经把我认出来了。他刚派人向队长报告了我所在的地方。我们唯一的办法是开枪打断他们的马腿以求脱身。”

“你说的是哪一个暗探？”

“就是我头一个向他开枪的家伙。各位都准备好了吗？他们已经朝着我们这儿开出一条道来了，眼看就要到了。”

“前面的人统统都给我躲到一边！”那位队长扯着嗓子大喊一声。“我以教皇陛下的名义命令你们赶快让路！”

人们惊慌失措地纷纷躲闪着，那队士兵就向宫门前台阶的七个人冲杀过去。牛虻一手拔出短衫里的手枪，不是向冲上来的军队射击，而是朝那个正要朝马摸过去的暗探打了一枪，打得那家伙锁骨碎裂，仰天而倒。这一枪声还未落下，紧接着的就是连珠炮弹似的六声枪响，七个人镇静自如地边打边向拴着的马群步步紧趋。

突然快骑队里的一匹马腿一软卧倒在地，另一匹则发出凄厉的惨嘶声，也滚倒在地。顿时惊慌失措的人群嚷成一团，在这一片沸沸扬扬的嘈杂声中只见那带队的军官早已在鞍镫上站了起来，高举指挥刀，煞有其事地大喊一声：

“弟兄们，快点儿冲啊！”

可是他在马鞍上摇晃了几下，身体就沉甸甸地倒了下去；原来百发百中的牛虻早已一枪命中他了。顿时，一股细流般的鲜血从队长的制服上冒了出来；但是他还是死命地挣扎着支持住自己，紧紧抓住马鬃，凶恶地叫嚷道：

“抓住那个瘸腿的家伙，逮不到活的，死的也行！他就是伊万雷斯！”

“快！还有手枪吗？再给我一支！”牛虻朝他的同伙喊道，“你们，赶紧撤！”

说着他就往地上一摔帽子。这一着来得很及时，因为那些被激怒的士兵们都手舞着亮闪闪的马刀，眨眼就要逼到他们的眼前了。

“你们，把武器都给我放下！”

突然，一个人闯进了双方的交战阵地——是蒙太尼利红衣主教！一位士兵吓得扯着嗓子尖叫道：

“主教大人！我的天，你会有生命危险的呀！”

蒙太尼利反而更向前跨进一步，直冲着牛虻的枪口。

这时候他们七人中已有五人策马奔驰到崎岖不平的山坡上去了。麦康尼也已经稳坐在他那匹母马上。正当他要快马加鞭的时候，他扭头看了看是否能帮助自己的领袖，这时牛虻已早在菊花红棕马旁边。本来这样做是万无一失的，可谁知这见鬼的红衣主教多管闲事，挤了进来，牛虻就突然犹豫了一下，手枪慢慢地放了下来，但就在这一瞬间，世界全变了。他马上就被士兵们围得水泄不通。人也被推倒在地上，并被一个士兵打落了他手中的枪。迫不得已，麦康尼只有两脚一蹬马肚子：因为背后的快骑队已经风驰电掣般地追来了。自己要是等在这儿再不走，非但无用，反而会落入他们的手中，这只会更加添乱，无奈他只有策马快跑，走之前他还回头瞄了一眼，准备不失时机地向跑在最前头的追兵发射最后一粒子弹。然而却看到牛虻满脸沾着鲜血，正在遭受着禽兽般的马蹄、士兵和暗探们的蹂躏，其中还夹杂着那帮追兵们野蛮的咒骂声、欢呼声和愤怒的叫喊声。

蒙太尼利却若无其事般地离开了台阶，正在设法抚慰那些六神无主的人群安静下来。随后他还弯腰瞧了瞧那个受伤的暗探，就在这时，一阵嘈杂骚动，引得他抬头张望。只见那伙士兵正捆绑着犯人双手，紧揪着绳子，拖着他在广场上行走。那个犯人的脸部已因痛苦和疲乏而变成铁青色，一路上哼哼哈哈地喘不出一口气来；可是他仍回头望了主教一眼，一丝笑意从他那苍白的嘴角上浮起来，并压低嗓门说道：

“主教大人，我向……向……向你道喜了。”

* * *

过了五天，玛尔蒂尼来到了福尔利。他已经收到了一包由裘玛从邮局寄来的广告印刷品，那是他们预先商量好的，是遇到特别情况需要他来的暗号；这使他不由得想起了那天在露天台上的谈话，并马上猜到了这意味着什么。可是尽管如此，他还是一路上再三自我安慰，总认为没有足够的理由假设牛虻一定已经出了事儿，怎么能把这么一个敏感的、痴心妄想的、带有幼稚性的迷信想法当真呢？但是，他愈是慰藉自己排挤这个念头，这个念头就越是无法从脑子里甩开。

“我已经猜得八九不离十了，是不是伊万雷斯被捕了？”他一走进裘玛的房间就开口问道。

“是的，他是上周四在布里西盖拉落入士兵手中的。虽然当时他拼命抵抗，打伤了一个巡逻队队长和一个暗探。”

“武装对抗，那问题就更严重了！”

“其实还不是一回事儿？在他们所记的老账里他犯下的罪行够多的了，那么至于说开一枪还是少开一枪，其实对他的处境来说已经失去了意义。”

“那么你想他们会对他进行怎样的处罚呢？”

裘玛不听倒还好，越听脸色就越惨白。

“照我看，”她说，“我们如果等到弄清楚他们的阴谋意图以后，再采取对策的话，只怕来不及了。”

“你认为他们有什么法子能救他吗？”

“不动兵戈怕不行了。”

玛尔蒂尼把双手背在背后，吹着口哨。裘玛尽量不去打扰他，留点时间容他去思考对策。她把头往椅背上一靠，安静地呆坐着，纹丝不动，冲着窗外渺茫的远方两眼愣愣地，一副呆呆的、凄惨的样子。她脸上流露的这种神情，很像杜勒尔①的名画《苦闷》。

“你看到过他啦？”玛尔蒂尼暂时停止了踱步，问她。

“不，还没来得及，本来我们约定，他第二天早上到我这儿来看我的。”

“对了，我有主意了。那么，他眼下会被关押在哪儿呢？”

“关在那个堡垒里，他被严加看守着，据传闻。手铐当然是少不了的。”

他满不在乎地挥了挥手。

“啊，这无关紧要；只要有一把锋利的锉刀，再多的镣铐也不用放在眼里。关键在于他是否受到伤害……”

“据当时情形看，他是受伤了，不过我们不清楚究竟他的伤势如何。还是等米凯莱过来听他亲口讲一讲当时的现场情况最为适宜。”

“那他为什么没有被一起逮住呢？难道是他临阵逃脱，丢下伊万雷斯一人独自跑了？”

“这不能归咎于他，他也跟其他人一样，从头战到尾，并且完全按照伊万雷斯给他的指示做。这一点他们都执行了命令，看来只有一个人在关键时刻忘记了执行那个指示，那就是伊万雷斯本人了，要不就是不知哪个地方出了差错。总之，这件事有点费解。等我一会儿，我叫米凯莱过来。”

说着裘玛就出去了，随即同来的是米凯莱和一个宽肩的山民。

“这是玛尔哥·麦康尼，”她介绍说，“你听说过他的名字吧，做贩卖私货的贩子。他刚到这儿，也许还能给我们带来一些消

① 杜勒尔（1471—1528）：德国文艺复兴时代著名画家。《苦闷》是他的一幅铜版画。

息。米凯莱，这位是西萨尔·玛尔蒂尼，我常向你提起过的。你是否可以把你的所见所闻向他概述一下。”

米凯莱就把如何遇上巡逻队，如何与骑巡队交战的情况简单地汇报了一下。

“我真搞不清楚这到底是怎么回事，”末了他说，“要是我们料到他会被抓住的话，没有人会丢下他不管的；可是他的每一个指示明白清晰，我们见他往地上一摔帽子，谁也料不到他还会拖延一下，结果就被围得水泄不通。当时他就能顺手牵到那匹菊花红棕马——我还看见拴马的绳子都被砍断了——而且上马之前我还亲自把一把装好弹药的手枪递交给他。我估计只有一种可能，就是因为瘸腿的原因，正在他上马之际，踩空了脚蹬。但是即使如我所料，他还可以开枪抵抗的呀。”

“不，事情不会是这样的，”麦康尼插话说，“当时他根本就没有纵身上马。我是最后一个冲杀出去的，因为我那匹母马闻听枪声受到了刺激，惊吓得厉害，我当时还回头望一下看他是否已经脱险而出。如果没有那位红衣主教，他早已脱困远逃了。”

“啊！”裘玛低声惊叫。玛尔蒂尼也大出意料、反复地说着：“红衣主教？”

“对，就是他！是他挤进队伍挡住了枪口——这个该死的混蛋！我猜当时伊万雷斯一定是料不到这一招，因为他拿枪的手当时低垂了一下，另一只手却伸出来这么一划，”——说着他抬起左手的手腕把眼睛擦了一下，“——如此一来，快骑队自然而然地扑上去围住了他。”

“这事我真想不明白，”米凯莱说，“伊万雷斯可从来不会在紧要关头晕头转向的。”

“是不是他怕错杀一个毫无武器的无辜之人，所以才放低枪口的呢？”玛尔蒂尼插话说，米凯莱耸了耸肩。

“战争是无情的，一个毫无武器的人本来就不该多操这一份心。要是当时伊万雷斯送一粒子弹给那位主教大人，自己就不会束手被缚了，这世界上不就多一个顶天立地的真诚的人，少一个吃教会饭的人了。”

米凯莱咬着胡须，转过脸去。他已经因为愤怒而要哭出声来了。

“无论如何，事情已经到了这个地步，”玛尔蒂尔说“再浪费时间谈论当时到底是怎么回事已毫无意义可言。现在的问题是我们应该想个计策去营救他。我想你们都甘愿为他舍身担这个风险吗？”

米凯莱认为这问题根本就是多此一举，不值得回答，麦康尼只是嘿嘿一笑说：“谁要是说个‘不’字，就是我的亲兄弟我也要送他上西天。”

“这很好，那么——首要之举是：你们弄到了堡垒的地形图没有？”

裘玛从一只上了锁的抽屉里拿出几张纸来。

“我已经画好了全部的水平图。这张是堡垒底层的画；这几张是塔楼的上下层图样；这一张是城墙顶上的图样。这几条画的都是通向山谷的出路途径，这几张画的是山中的小路和避身之处，这还有堡垒的地下通道。”

“他被关在哪个塔楼，你们知道吗？”

“东面那座，就是那个安装栅栏的圆形牢房。这我已经在地图上作了标记。”

“你们是如何搞到这些情报的？”

“从一个绰号叫‘蛐蛐儿’警卫队士兵手里搞来的。我们这边一个名叫吉诺的是他的表亲。”

“你们的手脚很敏捷嘛！”

“事不等人，紧急之下万不得已呀。事发之后，吉诺马上就到布里西盖拉城里走动开了；有些地形图倒是我们原先就了解的。那张记着山里避身之处的地名，还是伊万雷斯本人当初得到的，这你可以从笔迹上判断得出来。”

“警卫队里的士兵品行怎样？”

“关于这一点我们还来不及去研究。‘蛐蛐儿’也是新调过来的，对其余警卫队成员的情况还摸不着头脑。”

“我们有必要从吉诺那儿打听一下‘蛐蛐儿’本人的情况如何。有没有关于官方的消息？伊万雷斯将会在哪儿受审，是布里西盖拉呢？还是腊万纳？”

“我们不怎么了解这一点。毫无疑问，腊万纳是本教省的省府，按照法律条文规定，凡是重大案件都必须移交到那里的初审法庭去受理。但是在四大教省里，法律又算什么呢？如何判决，是否上交转送，完全由当权者的个人意愿来决定。”

“他们不可能将他解往腊万纳的。”米凯莱插进话来。

“你这话有依有据吗？”

“我敢打赌。那个被伊万雷斯打伤的那个队长的亲叔叔是布里西盖拉的驻军司令官菲拉利上校，这人心狠手辣，碰到冤家对手是绝不肯轻易放过虐待的机会的。”

“你认为他会竭力扣留伊万雷斯，不往上押送？”

“我想他也许会千方百计将他送上绞刑台的。”

玛尔蒂尔赶紧瞥了一眼裘玛，只见她脸色虽惨白，但并没有因听了此话而变色。显然，她已经想到过这种后果。

“放心，这一点，他是不可能得逞的，因为凡事都有个程序。”她非常镇静地说，“不过这不能排除他会找出各种理由开个军事法庭，等事成之后他大可解释说，这是为了城里治安的需要，不得已而罢了。”

“那主教会怎样做呢？难道他会同意这样做？”

“他无权过问军方面的事。”

“话是这么说，可是他的威力也极大。不经他的点头，司令官想必不会有此胆量这样做吧？”

“他要想叫主教点头，简直是异想天开，”麦康尼插嘴说，“蒙太尼利向来不赞成什么特别军事法庭之类来对付平民的。只要人还在布里西盖拉，那就不会有严重的变卦；主教一向站在犯人这边。我担心的倒是他们把他解往腊万纳，这样的话，可就惨了。”

“解往腊万纳？做梦！”米凯莱坚决地说，“至少我们可以拦路抢劫嘛；可现在如果要救他越狱，那是另一回事了。”

“照我看，”裘玛说，“坐等他被解往腊万纳的机会是毫无用处的。我们一定要设法在布里西盖拉下手，而且越早越好。西萨尔，你最好和我一起仔细研究一下堡垒的地形，看能否想出一个对策。我倒有一个主意，只是还有一个问题尚未解决。”

“走吧，麦康尼，”米凯莱立起身来说，“咱俩就让他俩想对策去吧。我想请你今天下午一起去一趟福涅诺。文森佐理本应昨天运到那批枪支弹药，可至今还未到。”

等他们俩走了以后，玛尔蒂尔来到裘玛面前，一声不响地把手伸过去，裘玛也伸出了手，让两只手紧握在一起。

“西萨尔，你永远是我们的好朋友，”半晌她又说，“而且在患难之际鼎力相助。好吧，现在让我们研究研究对策吧？”

第三章

“请让我再次诚恳地劝告主教大人：您的否决将对城里的治安产生巨大危害。”

司令官边说此话，边尽力保持语气上那份对教会高层人士的尊重，但声音却无法掩饰地流露出愤怒。近来他变得有点喜怒无常，因为他太太的缘故，欠了一屁股债，更何况近三周以来他已忍无可忍了。群众怨声载道，他们的反叛情绪日益膨胀；地方上处处有人策谋起义，暗藏的武器难以计数；那支无用的警卫部队的忠诚程度也打了折扣；再加上这位主教是“顽固不化的典型”——正如他的副官对他所说的那样；所有这些已逼迫得他无路可走，而现在又添上一个牛虻——他简直是一个恶鬼！

这个一瘸一拐的西班牙恶鬼，不仅打伤了他心爱的侄子和最卖力的左右手，而且还不罢休，竟然将其身手发挥到极致，煽动守卫的士兵、怒责官吏，“把牢房搞成一团糟”。他已在堡垒里待了三周了，可是布里西盖拉城当局并不认为这笔交易很划算。他们多次对他进行拷问，迫他招供，却如起初一样一无所得。这时他们后悔莫及，后悔当时没有把他解往腊万纳。可是亡羊补牢已来不及了。因为司令官当初上交教省省长逮捕的报告时，曾请求上级特许他亲自过问此案；而如今这个请求既已获准，要撤回不仅丢尽脸面，而且将自动招认自己不是犯人的对手。

不出裘玛和米凯莱所料，司令官也想到解决这个难题的唯一可行的办法是采用军事审判的形式；可是对此蒙太尼利却执意不加赞同，这下可惹恼了司令官。

他说："要是主教大人您能明了我和我的部属对此人的容忍程度，您就不会这样看待这个问题了。我理解也尊重你反对随便改变审判程序是出于良心的驱策，可这是个非同寻常的案子，非采取非同寻常的措施不可呀！"

"再非同寻常的案子也不能因此违法，"蒙太尼利反驳道，"如果动用秘密军事法庭来审判定罪一个平民百姓，这既有失公正也是不合法的。"

"主教大人，这个案子是非常严重的：他犯下的大罪可以列举一大堆，都够定死罪的。萨维涅奥的大叛乱有他的份儿，要不是逃到托斯卡纳，此人早就被斯宾诺拉主教大人在当时指派成立的特别军事法庭枪决了，或是早送他到船上去服苦役。从此以后，他的谋反活动更为猖獗。众所周知，他是国内破坏性最大的几个秘密帮会里的一个重要人物。牵涉他的有关暗杀警探案件达三件多，这些案件中，不是他教唆，也一定是征得他的同意的。他这次被捕，完全可以说是在私运军火途中被现场抓获的。没想到他竟然还胆敢武装对抗，导致两名执行官员伤痕累累，所以目前他已成为扰乱本城治安秩序的一个隐患。像这样的情况，采用军事审判有何不可呢？"

"不管这个人犯了什么弥天大罪，"蒙太尼利说，"他有权利依据法律的程序来审判。"

"主教大人，如果我们依照平常的法律程序来处置他，肯定会浪费时间，而这个案子是容不得片刻延缓的，暂不说别的，我就放心不下一件事：那就是我担心他会逃跑。”

“倘若真有这样的危险，你应该对他更严加监视才对。”

“我当然是尽己之力了，主教大人，可这还得全靠看守人员的功劳，我真不明白，这家伙有什么魅力，会将看守人员弄得神魂颠倒的。先不说别的，三周之内我就换了四批看守人员，要说对看守的士兵的惩罚，也是严酷之极的，可是竟毫无收效。我无法阻止他们帮他传递书信，似乎他是一个女人，这些傻瓜就偏偏喜欢他。”

“很奇怪，难道这人有惊人之处？”

“这家伙满脑子都是鬼点子——啊，主教大人，请你原谅我这么说，说句真心话，即便是圣人，碰上他这样的人也是会失去耐心的，信不信由你，我还亲自审问过这个家伙呢！因为那个正式的审判官对他早已不耐烦了。”

“这真是令人稀奇啊。”

“我也不知道该从哪一处向你说起这件事，主教大人，但倘若你听过他一回胡言乱语，你就会知道是怎么回事了。人家倒会把他当成是审判官，而审判官则变成了他审问的犯人呢，一切都颠倒了。”

“可是他最厉害不过也最多是只有一条三寸不烂之舌嘛！除了他沉默拒绝回答你们的问题之外，他并没有任何兵器呀。”

“可问题是，他的舌头偏偏如刀般锋利。我们可都是普通人，主教大人，人生难免犯错，特别是在年轻时候，当然是不希望被人家抖搂这种丑事，这是人之常情嘛，倘若有人把这点点滴滴的小错误一一列举出来，叫人如何下台呢，叫人如何容忍得了呢……”

“你是说，那位伊万雷斯当众抖搂了那个审判官的丑事？”

“嗯，是的……其实那个可怜的审判官只不过在做骑兵军官时候负了点债而已，大着胆从骑兵团的公用基金中私自挪用过一点钱……”

“说白了就是他盗取了托他保管的公用基金，对不对？”

“当然，错在他身上，主教大人，可事后那笔债马上被他的朋友用钱补缺上去了，将事情遮掩过去了……他出身于好人家……并且，此后的表现也无可非议。我不明白伊万雷斯是通过何种渠道知道这个底细的；那天审问才开头，他就马上告发了这个审判官的丑事——竟然是当着他众多的部下这样做的！而且他装着一副稚气的样子，像念祷告似的！不消说，这事已传遍省里的每个角落，无人不晓了。主教大人如果你肯屈尊去听一回审问，保证你全明白……你可以找个地方隐蔽起来，不让他见到就是啦……”

蒙太尼利转身凝视着司令官，脸上露出异常的神情。

“我作为一个神职人员，”他说，“不是个警察密探；怎么能随便偷听呢，这不是我的职责。”

“我……我不是存心有意的，请你别放在心上……”

“我认为我们再深究这个问题也是不会有任何结果的，你不妨把犯人送我这儿，我倒乐意与他谈一谈。”

“我恳切地劝告主教大人，你可千万别这样做。这人是无药可救的。当务之急，最安全、最省事的方法仅这一次，不妨不拘泥于法律条文，立马一枪毙了他得了，省得夜长梦多，让他再胡作非为。虽然主教大人已叮咛过，但我还是冒昧奉劝，无论如何，我要保证本城的治安安全，尽一份对省城大人职责……”

“但是对我而言，”蒙太尼利打断了他的话，“对上帝和圣父尽职，是我的本分，我绝不允许在我管辖的教区内有任何阴谋勾当。既然你逼我插手此事，上校那我就要以红衣主教的身份来行使我的特权了。目前一切如此祥和，此间我绝不答应任何秘密军事法律在本城设置。我决定明早十点钟在此处与那个犯人会晤，没有任何第三者参与。”

“听候主教大人的吩咐，”司令官毕恭毕敬的应声退了出来，并低声嘀咕着：“他们简直是天造的一对，地造的一双，都是一个样——顽固不化。”

回去之后，司令官对任何人只字不提主教要会晤犯人这件事，一直到临约定的时间，他才命人把犯人的手铐打开，押解他前往主教的宫里，司令官以前对他那位负重伤的侄子说过：“这位主教大人真是巴兰驴子[①]养的，暂且不说他的独断专横，还叫人顶着如此大的风险，如果押送的士兵与犯人的同僚勾搭上，被他借机半路逃脱怎么办！”

在重兵押解下牛虻迈进了蒙太尼利的办公室，只见他正趴在一张堆满公文的桌子上奋笔疾书，此时在牛虻的脑海里浮现出这么一幅画面：在一个酷热难忍的一个夏天的下午，也在与此类似的一间书房里他在查阅传授道义的稿子，当时的百叶窗也是这样半掩着，以免外面的热浪冲进来，街上还时不时传来一个卖水果的小贩的叫卖声：“卖草莓啰！卖草莓啰！”

他愤然一甩头，把掩在眼睛上的头发甩到后面，嘴角上露出一个冷笑。

蒙太尼利抬起头，视线从这些文件移了开去。

“你们都出去等在过道里去吧。”他对押解的士兵命令道。

“请主教大人谅解，”带队的警卫班长惊慌失措了，他惶惶地又低声地说：“上校认为这人很危险，最好还是……”

蒙太尼利主教的眼睛赫然一亮。

“你们可以出去到过道里去等候吧？”他面不改色地重述了一遍，无奈，带队的警卫班长面红耳赤，恭恭敬敬地行了一个礼，断断续续地道着歉，带着部下退出房来。

“请你坐下。”主教看见房门关上就说。牛虻不吱一声，遵命落座。

“伊万雷斯先生，”过了一会儿，蒙太尼利开口说道，“有几个问题我想问你，若有幸得到你的回答，敝人将不胜感激。”

牛虻淡淡一笑，“我目……目前……目前酒足饭饱后的最大任务就是任人审问。”

“那么……你打算一言不发吧，是不是？听说你常这样做的。

① 巴兰驴子：典出《圣经·旧约·民数记》第二十二章，讲的是摩押王恐惧以色列入出埃及，因而派先知巴兰去诅咒他们。巴兰骑驴前往却被上帝前来的使者挡住，驴子死活不走，巴兰就狠打驴子，无奈上帝只得让驴子说了人话。这里暗指司令官借此咒骂红衣主教是位会说人话的蠢驴。

不过那些调查你案子的官员之所以提问这些问题就在于要拿你的回答作罪状，这是他们的义务。”

“那么主教大人你要提什么样的问……问题呢？”他的话语十分冷淡，语调中还隐夹杂着一种耻笑、侮辱的意思，这点马上被主教感悟到了，但他不露声色，仍然露出一副严肃、随和的表情。

“至于我的问题，”他说，“不论你答复与否，永远是天知地知，你知我知。要是这些问题涉嫌到你政治上的秘密，你有理由可以拒答。不过假如不涉及你的政治上的秘密，作为平白无故的陌生人，我非常希望你能给我答案，就算是你施舍给我的一种小恩小惠吧。”

“我……一切悉听主教大人的差遣。”说着他欠了欠身，即使是世界上最贪婪无耻的人见了他此刻的脸上表情也会没有胆量再开口求他施舍恩惠的。

“好，那么我首先想问的是：传说你一直往本教区私运枪支。你运这些枪支用来做什么呢？”

“噢，去……去……去……杀老鼠的。”

“你这话太离谱了吧！难道一切与你持不同观点的人，被你全看成老鼠耗子？”

“他们中间有……有……有一些是耗子。”

蒙太尼利仰身靠在椅背上，静静地凝视了对方一阵子。

“你手上是怎么回事？”他突然问道。

牛虻瞄了一眼自己的左手。“是一些耗子咬了留下来的，都是旧……旧……旧伤痕啦。”

“抱歉，我说的不是这只，而是那带有新伤口的另一只手。”

那细长、有皮而无肉的右手上布满了或破或烂的伤口，而且伤得很严重。牛虻高举双手，只见手腕肿得像个馒头，上面还有一道既深又长的紫色伤痕。

“瞧这儿，这大……大……大不了是一点小玩意儿罢了，”他说，“那天抓我的时候——这全归功于你主教大人啦，”——说着他又欠了欠身——“被一个士兵踏坏的。”

蒙太尼利举着手腕全面地观看了一阵。“都过去三周了，怎么还越发恶化了呢？”他问道，“所有的伤口全都发炎了。”

“大概伤口顶不住手铐的压力，因为手铐铐得太紧……紧……紧了。”

主教抬起头来，眉头不由得紧锁在一处。

“他们难道见到新伤还仍给你上铐？”

“这个自……自……自然是不可避免的，主教大人；手铐就是要铐在新伤口上才发挥其用处呢。铐在旧疤上是不顶用的。只是有点痛罢了；哪………哪……哪里及上对新伤口所造成的伤痛相比呢，那样的铐法才叫人刺骨痛心啊。”

蒙太利尼又全面察看了他一会儿，然后直立起来，拉开一个抽屉，里面满是外科手术用的行当。

“伸出你的手。”他说。

牛虻板着脸儿，将手伸过去，蒙太利尼麻利地清洗着伤口，并温柔地包扎起伤口来，看样子他是做惯了这种活儿。

“关于手铐的事我会与他们说的，”他说，“现在我有一个问题还想问你：事情到了这个地步，今后你是如何打算的？”

“这……这……这个嘛，答案还不明了吗？主教大人，能逃就逃，逃不了就坐以待毙呗？”

“为什么你会认为非死不可呢？”

“因为司令官首先想到的就是解决我，若此事不成，肯定会送我到船上去做苦工，而这对于我而言，结……结果一样是死，因为我目前这个身体，是承受不起那样的苦役的。”

蒙太尼利用胳膊支在桌子上，陷入了思考。牛虻也懒得去烦他。他只是将眼睛半合着仰靠在椅背上，以借机领受一下解去镣铐之后的轻松畅快感。

“假设你能逃脱的话，”蒙太尼利又重抬起头，“今后的日子你有何打算呢？”

“我不是告诉过你了吗？主教大人，我的目标就是要杀……杀……杀死耗子。”

"你立志杀死耗子。言外之意，如果我有这样的权力现在放你一条生路——你会再次利用你的自由去造谣惑众，制造暴乱和流血事件发生，对不对？"

牛虻抬起头来，望了望墙上的十字架："不是让地上太平，就是让地上动刀兵！[①]……退一步讲，我至……至少应该和那些慈善的好人待在一起吧。不过，依我个人的想法，我认为最爽快的事是利用手枪。"

"伊万雷斯先生，"蒙太尼利主教还是不露声色地说，"到现在为止，我并没有说过侮辱你的话，也没有轻视过你的信仰、你的友人。你是否也能以同样的礼貌来看待我呢？难道你想让我产生这种观点：一个不信神灵的人绝不会是一个上流的人吗？"

"哎哟，看我这记性我倒全……全忘光了。主教大人是将礼貌视为基督教诸多美德中最重要的一条。你在佛罗伦萨的那次布道我倒还记得清清楚楚，那时我和为主教写文章的辩护人展开了一场唇枪舌剑呢？"

"噢，对了，我正想和你就这件事谈谈呢。你能否肯告诉我，你为什么对我怀有刻骨的仇恨？要是你仅仅是把我作为一个靶子，那得另当别论。因为你总爱用政治眼光来看待问题，这是你的私事，现在我们不谈论政治。可我总感觉你对我个人怀有仇恨；要真是如我所说的话，我很想知道这是为什么，是我有什么地方做了不利于你的事呢？还是有其他原因引得你对我如此愤恨？"

"哼！亏你说得出'做了不利于你的事！'"牛虻把那只绑着绷带的手按在胸前。"我得向主教大人提引一个莎士比亚的典故，"他轻轻地笑了笑，继续说，"这就好像有人容忍不了那户户不可少的不咬人的猫[②]。我天生厌恶教士，一见到教士的法衣，我就

① 见《圣经·新约·马太福音》第十章三十四节，是耶稣对他的使徒说的话，全句是："你们不要想我来，是叫地上太平。我来，并不是叫地上太平，乃是叫地上动刀兵。"牛虻此处引用带有讥讽的口气。

② 见莎士比亚的《威尼斯商人》，其中有一段讲到各人好恶不同，有的人受不了张大嘴的猪，有的人受不了家家不可少的不咬人的猫。

会牙……牙……牙齿痛。”

“噢，如果仅仅是因为这一点……”他毫不在乎地打了个手势，就把问题引开了。“但话可得从二方面讲，”他紧接着说，“咒骂人是一回事，但扭曲事实又是另外一回事了。在你一篇答复我关于当时讲道中提出停止论战的观点的文章里，你说我知道谁是匿名写文章的人，错了！——我并不责怪你肆意造谣——而是你所说的不是真的。至今为止我还不知道谁为我辩护呢。”

牛虻把头一歪，像一只通人性的知更鸟一样，有板有眼地瞄着他，突然将身子往后一仰，哈哈哈大笑起来。

“S—s—sanctasimplicitas！[①]哎哟，你真是位惹人喜爱，无暇浪漫的阿卡狄亚人[②]——难道你一直没有猜测出来！难道你竟然……一直没有看破假象？”

蒙太利尼直立起来，“你是说，伊万雷斯先生，舌战双方的文章均出于你的手？”

“我心里明白这样做不好，”牛虻睁着他那双纯蓝的大眼睛，抬头继续说到，“而你却信以为真，一股脑儿地把这一切都囫……囫囵吞枣吞下去了。我是不应该这样做，可是，啊，这件事是多……多么……多么逗人捧腹大笑啊！”

蒙太利尼紧咬双唇重新落座。一开始他就知道牛虻想方设法要使他生气这个意图，故他咬定牙关，按住性子，至此他才明白司令官的话并非没有道理。三周来天天费两个钟头来盘问这位牛虻，设身处地一想，他偶尔谩骂几句，也在情理之中。

“我们换个话题谈谈吧，”他沉静地说，“我这次见你的意图主要是：以红衣主教的身份和享有的特权来如何处理你的问题，但我的唯一的特权是：阻止他们用不必要的暴力来对付你。我之所以叫你来，一是想问你是否要提出申诉或控告——至于手铐的事我会为你去说情的，但总该还会有别的事吧——二是因为我认为；我必须在发表对你的意见之前首先对你应该有所了解，看看你到底是一

① 是拉丁语，意思为“实在圣……圣……圣洁！”

② 阿卡狄亚人：此处用阿卡狄亚人以讥讽其浑然不知，犹如世外桃源人。

个什么样的人物。”

“主教大人，我没有什么可申诉的。‘战斗就是战斗’[①]，我并不再是小学生了，将枪支私运进入他们的领土，反而会期望政府官员来拍拍我的头对我点头称赞。他们想着法儿折磨我，本是合情合理的。至于我的为人怎样，你不是已经听过我的罗曼蒂克的忏悔了吗，难道还不够？要……要……要不要我再重新来一遍？”

“我无法理解你的意思。”蒙太尼利冷冷地说，随手抓起一支铅笔，拿在手里不断地翻转。

“主教大人，你不会忘记那个向圣地朝拜的地亚哥老头了吧？”牛虻突然变换一下声调，改用地亚哥的嗓音说：“我是个不走运的罪人……”

蒙太尼利突然折断手里的铅笔，“这真是无法无天了！”他说。

牛虻嘿嘿一笑，又把身往后一仰，静静地看着主教无语地在房里不耐烦地走来走去。

“伊万雷斯，”蒙太尼利终于又站在他的面前说道，“你对我的所作所为，简直惨无人道，你触伤了我的心病，并且竟然还拿来作笑料取笑、挖苦人。我再一次诚恳地问你，我有没有做过什么不利于你的事，要是没有，为什么你要拿我开这个惨无人道的闹剧呢？”

牛虻背靠椅垫，然后抬头，带着神秘的、令人心惊胆战的、阴森森语调说：

“我认为这很……很……很有趣，主教大人；你看事情太认真了，这倒叫我联……联想到……有点像……像马戏班里杂耍……”

蒙太尼利气得双唇发白，转身急忙拉铃。

“你们可以带犯人走了。”一见警卫进来，主教就气急败坏地说。

等他们走了之后，他重返桌旁落座。他从来都没有遇到气得浑身发抖这样的情况。接着他就翻阅起一叠由下属教区神父递交上来

① 原文是法语。

的报告。

可是没过多久，他又把报告置之一旁，用胳膊支起双手掩面。好像这屋子里留下了牛虻他可怕的影子，到处萦绕不走，残留着他的言笑谈吐。蒙太尼利吓得浑身颤抖，不敢抬眼，害怕一抬头就会看到并不存在的影子。那个影子好像将他的心紧紧地始终揪着，使他恐惧万分，难以言语——他怕那血淋淋的手，怕那挂着一丝冷笑而残酷无情的嘴以及那双海水般望不到底的蓝眼睛……

最后他终于静下心来开始工作，不再为这个影子所困扰。同时，为使那阴影不再骚扰他，他整整忙了一天；可是一到夜深人静，临到睡觉前，他再次害怕起来，他害怕梦到他，所以还是支撑着，来到十字架前，跪下来开始祷告。

可是整整一个夜晚他自始至终无法入睡。

第四章

蒙太尼利生气归生气，说了的话还是信守的。就牛虻手上有新伤却上镣铐之事他向司令官提出了强烈的反驳性意见，一筹莫展的司令官在绝望之中只得命令把所有的镣铐都除掉。他牢骚满腹向副官发泄道：“鬼知道下一步主教大人又要反驳什么了？既然他把戴一副手铐叫成‘残忍’，只怕没过多久他又要训责我们的牢窗不该钉铁条了，或者责怪我们不给伊万雷斯吃山珍海味了。在我年轻的时候，犯人就是犯人，该怎么看待就该怎么看待，谁也不会认为造反者比小偷好到哪里去。现在倒好了，鼓动众人起来造反却成了一种时髦行为；主教大人好像为这些为非作歹之徒大声嚣张。”

“我实在搞不懂他是凭什么权力对此事进行干预呢？”副官说，“他又非省长，凭什么横加干预民事刑事。从法律角度讲……”

“这个时候还谈什么法律？自从教皇陛下下令开牢门，这批高喊自由的歹徒就被放了出来与我们作对以后，谁还看重法律！这事简直闹得不可开交了！蒙太尼利主教自然要趁机显显威风；虽然在前任教皇在位之时他无声无息，可如今他可以为所欲为了，爱怎样就怎样，我哪敢与他对抗？说不准他还拥有梵蒂冈方面秘密授予他的特权呢。目前这世界都颠倒过来了，每个人都是苟且偷生，鬼知道明天会怎样。从前的和平年月大家都知道该如何做人，可如今……”

司令官百般感慨，悻悻地摇了摇头；唉，这世界真让他捉摸不透——做红衣主教的偏多管闲事，竟然插手过问狱中琐事，还大谈特谈什么政治犯的“权利”。

而牛虻，可能神经错乱，被押送回堡垒已经疯疯癫癫了。适才与蒙太尼利的会晤，已迫使他忍无可忍，最后万不得已才野蛮地说了什么马戏班里的杂耍，目的无非是为了尽早结束会谈，要不再拖延五分钟，他肯定会痛哭淋漓的。

所以，当天下午再次提审他时，他全然不予理睬，只是一个劲地狂笑，弄得司令官忍耐不住，大发脾气、张嘴骂人。相反，牛虻笑得越发厉害。可怜的司令官气得无地自容，大发雷霆，列举种种酷刑来恐吓这个执拗的犯人，末了，他得出了一个和多年前詹姆斯·勃尔顿一样的论断：和这样一位失去理智的人去评论道理，简直是对牛弹琴，毫无作用。

牛虻再次被押回牢房。他躺在草垫上，心情沮丧，深感绝望，这是他每次大闹过后的惯态。就这样他纹丝不动地一直躺到傍晚，没有思想。经过上午一阵激烈的情绪波动，现在的他已处于一种麻木不仁的状态，对身上的皮肉痛苦毫无知觉，好像这种痛苦像是一块木头重重地压在他身上，而这木头其实就是他自已的灵魂。说句实在话，事已至此，如何结束都是无关痛痒的；凡是有知觉的人，目前最关键的一条是：不要再受皮肉之苦了。至于解除皮肉之苦是由于环境的变化，还是由于麻木不仁都无关紧要。要不他还能逃脱，要不被他们杀死；但不管怎样，他再也不会去见那位神父了，即使见了面，也徒增精神上的痛苦，于事无补。

一个看守送来了晚饭，牛虻傻傻地抬头望了他一眼。

“现在几点啦？”

“六点整。先生，这是给你的晚饭。”

牛虻一见到这碗不冷不热，带有馊味的牢饭就十分恶心，瞅了一眼就掉转了头。他不仅情绪低落，而且身体也不舒服，一见到如此的食物，就极其厌恶倒胃。

“吃一点吧！不吃饭可是要得病的啊，”那士兵连忙劝说，“为了你的身体，你无论如何应该吃点面包。”

那人用一种独特焦急的语调对他如此劝说，与此同时他从盒子里拿出一块黏糊糊的面包，拿起来又放下去。有过秘密工作经验的牛虻马上领会到这面包里面肯定藏着什么东西。

“先放着吧，等会儿想吃时再吃。”他满不在乎地说着。因为他知道牢门是开着的，凡是他们之间的碎言片语均会被楼梯上的班长听见。

等到牢门重新上锁后，牛虻确信没有人在监视孔里监视自己，就迅速地拿起那块面包，小心翼翼地把它拗开。正如他的预测，面包里面正藏着他日思夜盼的东西——一束小小的锉子。锉子用纸包着，纸上还留有字，写得密如蚂蚁加上纸质太薄，所以他在微弱的灯光下看起来特费劲：

“铁门已经打开，今晚阴暗不出月亮。请早点锉好，在二点到三点之间由地道穿出。万事俱备，机会难得，千万别错过。”

这太出乎他的意料了，他高兴得恨不得跳起来。万事俱备，也就是说我只差这窗上的铁条未锉了。哇，身上的镣铐庆幸早已打开，这不再花费他心思了。一共有多少铁条？两根、四根，而每根铁条要锉两处，等于锉八根。嗯，如果我加把劲儿，不出半夜时间我是完全来得及的……裘玛和玛尔蒂尼怎么这么快就准备好了？——难道连化装用的用具、护照甚至藏身的地方都办妥了吗？他们肯定是拼死拼活地在干……这么说到底还是采纳了她的策划。他暗自觉得可笑，自己怎么这么傻：采用的方案是否由她策划，又有多大关系呢？重要的是这个策划管用就行了！不过他内心还是十分高兴的。利用地道让他逃走的主意肯定是她想出来的！若是依照那几位走私犯的方案，肯定得用绳梯接他下去。她的策划比较烦琐而且比较困难，但和原先的办法相比，就不必要杀死东墙外值班的哨兵了。所以，若由他来选择这两个计划时，他就会毫不思索地挑选裘玛的策划。

裘玛具体是这样安排的：让那个绰号叫“蛐蛐儿”的警卫伺机躲着同伴，偷偷打开院子里通城墙脚下地道的那扇铁门，成事以后再把钥匙完璧归赵挂到警卫室的钉子上。牛虻得到信号后，就得锉断窗上的铁条，再将衬衫撕开系成一条绳子，顺着院子里的东墙而下。碰上岗哨士兵背朝他时，他就需四脚并用爬着过去，万一岗哨士兵转过身来，那他就得紧贴墙头不动。东南角上的破塔楼外长着密密麻麻的常青藤，这是塔楼至今尚未倒塌下来的原因之一，不过还是有大量碎石掉落下来，累积在墙脚下。他可以攀着常青藤，脚踏在碎石堆上，由这座塔楼爬下来进入院子，然后把已开了锁的门轻轻推开，循着门道进入一条与此相通的地道。几个世纪以前，这条秘密的地道是作为堡垒和塔楼之间联络的专线，现在早已被废弃一旁了，有些地方还被崩落下来的岩石堵了。这一点，只有那帮私贩子们心里清楚，此外在山坡上的某处还有一个掩蔽得十分精妙的洞穴，与这条地道相通。谁也没有想到当海关官员到处搜查山民却次次扑空的大批违禁货物竟然就藏在堡垒的脚底下，而且可以藏上几周也不会腐烂。牛虻可以借助这个洞口爬上山坡，然后借着夜色赶到一个预约的隐蔽处，与玛尔蒂尼和一个走私贩子会合。这个策划中只有一处比较棘手，那就是：要在晚间巡查过后才有机会打开地道门上的锁，而这样的机会并不是每夜都会有的。而且遇上一个皎洁的夜晚，从窗口顺绳而下极易被岗哨兵发现。但是既然现在存在成功的可能性，那就万万不能错失了。

他就坐了下来，开始吃面包。这次的面包不像以往那样令他厌恶难以下口，但退一步讲，如果不吃点东西，晚上是会没有力气行动的。

为了体力恢复他也该躺一会儿，打个盹儿也行。等到十点之后再开始锉，才能将危险降至最低限，反正今晚够他累的了。

回想起神父的作为，倒像他是故意想让他逃跑似的！这还像当年的神父！不过，若梦想让神父放他走，是异想天开的事。所以，如果他能逃脱，那应归功于自己和同伙们的努力，绝不能沾教士们的光。

天闷热得很！似乎快要打雷了；空气憋闷得让人喘不过气来。他在草垫上辗转反侧，一会儿把扎着绷带的右手放到脑后枕着，一会儿又把它抽出来。总觉得这手热得烫人！而且连旧伤也疼痛起来、持续地隐隐作痛。这到底是怎么回事？唉，别瞎想了，不就受点雷雨天气影响吗！他得先休息一会儿养足精神才有体力去锉铁条。

锉四根铁条就相当于锉八根，每根都这么粗、这么硬……还剩多少没锉？差不多了吧，从动手至今肯定锉了几个小时了——时间好漫长啊——对，肯定是这样，要不然手臂怎么会痛得厉害呢……可这手臂痛得可真离谱，竟然痛心彻骨了！怎么连肋条也这么剧痛，应该不会是因为锉了铁条的缘故吧；喏，还有这条跛腿也是像针扎般的痛——难道因锉铁条累极了甚至影响了腿？

猛地他从噩梦中醒过来。不，他根本就没睡着，他只是一直睁着眼睛在做梦——梦见自己在一个劲地锉铁条，其实压根儿就没锉一条。铁条还各就其位仍在窗上固定地待着呢，依然是这么粗、这么硬。从远处传来了钟楼响了十下的钟声，该是动手之机了。

他通过监视孔往外瞧，确信没人之后，就赶紧将一把锉刀从怀中掏了出来。

* * *

镇静点，没有出什么乱子——没有什么啊，这仅仅是幻觉而已。肋骨疼痛只是因为消化不良，或是着了凉，或者是如此之类的根由吧；牢里的饭食难以下咽、空气又浑浊噎人，这样被关三周出点病痛之类的何以为奇呢。至于全身疼痛及抽搐，肯定是由于神经在作怪，也有可能是缺乏运动导致的。对，肯定是这个原因：过久缺乏运动。这一点他应该早点想到，真奇怪！

不过，还是歇会儿再锉为妙，暂且让这疼痛过去。估计不出两分钟就会好的。

可谁知，坐着不动却是最最难受的。因为一坐下来，他就得忍受痛苦的折磨，脸色都吓白了。不行，他必须继续干才能忘却这份痛苦。因为在他看来，痛不痛完全取决于其意志是否坚定；如果他的意志要求不要感觉到痛，他就会全身心地干活，不去想这些痛苦的。

于是他又站了起来，并对自己清楚明了地说：

“我什么病也没有，而且现在也没有时间去得病。我还须去锉铁条呢，可千万别得病。”

紧接着他就动手锉起铁条来了。

十点一刻……十点半……十点三刻……他拼命地锉啊锉啊，一声声刺耳的嚓嚓声传入耳中就像有人在对他的筋骨和神经大锉特锉似的。“我倒要看一看谁先锉断谁？”他轻轻一笑，心想，“是我先被锉断，还是这铁条先被弄断？”于是，他强忍疼痛不停手地锉啊锉。

已是十一点半了。虽然他还在一个劲地锉，可是他那又僵硬又浮肿的手早已笨得连锉刀也握不住了。不行，不能歇手停一停；万一松了手，他怕再也没有毅力重新锉了。

门外有哨兵在走动，并且听得见马枪的枪托撞在门楣的响声。牛虻迅速停下手中的活儿，回头望一眼，没来得及把锉刀放下手。难道此事被人发觉了？

一会儿，一个小球团从监视孔里扔进来，掉在地上。他将手中的锉刀放下，弯身去拾，原来是个小小的纸团。

* * *

坠落，坠落，一线径直地向深渊坠落，他周围翻腾着黑压压的浪潮在……转而轰然一声连成一片……

啊，对了，想起来了他是弯身去拾纸团的，只不过头有点眩晕；这是大多数人弯腰下去都会遇到的情况。别紧张，一切照常——一点也没出意外。

他用手将纸团拾了起来，转到灯光亮处，沉静地展开纸团。

“不管今晚发生了任何天大的事，你必须想尽办法逃出去；因为‘蛐蛐儿’明天就要被调往外处，这是最后一次机会。切记：机不可失、时不再来啊！”

他和以前一样撕碎了纸团，然后又重握锉刀工作起来，他的态度是那么坚决：牙关紧咬、双唇抿紧、一声不响地死命锉。

一点整。掐指一算已经足足干了三个钟头了，八根铁条剩二根没锉，再坚持一会儿，那么就可以翻窗走了……

这时他开始回想起前几次发病时的可怕情形。最近的一次发作是在新年，那连续五夜的折磨回想起来，就让他心惊胆战。可是上一次发作并没有来得像现在这样让人防不胜防啊，他从前发病时从来没有这样让人毫无准备的。

他将锉刀放下，不知为什么，忽然伸出双手，在失望中祈祷起来。这还是他有生以来第一次做祈祷——向什么东西祈祷呢？随便什么都行……不，完全没有必要必须有神……就算是向世上的一切生物祈祷吧！

“保佑我千万别在今晚发病呀！若真要发病，那就明天吧！明天我愿意接受一切……只是千万别在今晚发作啊！”

他伸出双手往太阳穴一按，纹丝不动，过了好长时间他才重新拿起锉刀，再次干了起来。

一点半了。他只剩最后一根了，并已开始锉上了。他的衬衫袖子已经被他咬烂成碎片，嘴唇上流着血，只觉得有一片红雾罩在眼前，汗水从额上不断往下流，可他还在坚持锉啊，锉啊，一直没有停过……

* * *

太阳开始东升，蒙太尼利才入睡。昨夜辗转难眠，令他烦躁不安、体力疲乏。所以这时候倒还能安心地睡上一会儿，可是没一会儿工夫，他就做起梦来了。

开始，他的梦是混沌不清，无章无序的。有的是过去的印象，有的是瞎想出来的，但全都是零散不全的，并且是接二连三，相互间没有丝毫关系，但都潜藏着一种挣扎和痛苦的镜头和带着一种难以形容的可怕阴影。不久他又梦见自己失眠了——这个梦一直纠缠着他，太可怕了，即使在梦中，他也知道这些都是他以前重复做过的梦境。

在一个巨大而辽阔的地方他四处游荡着，只想寻觅个僻静的地方躺下来睡觉，可是到处都是川流不息的人，他们有的谈着天，有的嬉笑着，有的叫喊着，有的祷告着，有的摇着铃儿，一齐敲击金属乐器。所以为了避开喧闹声，找一个安静的地方躺躺（他一会儿在草地上躺着，一会儿在长板凳上卧着，一会儿又是蜷缩于一块石板上），无论是何处，只要找到了地方，他就闭上双眼，用双手遮住光线，并自言自语地说："这回我可以睡个安心觉了。"但是遗憾的是，人群又马上蜂拥般地来到他的面前，叫着，喊着，嚷着他的名字，并一个劲地向他请求："快点醒过来，快点醒过来，我们需要你的帮助呢！"

忽然，他又依稀感觉到他身处于一座巨大的宫殿之中，殿里灯火辉煌，陈设华丽，什么床啊，榻啊，低低矮矮的躺椅啊，绵软至极，色彩齐全，应有尽有。那时天色渐晚，他就自言自语道："我终于找到了一个可以安心睡觉的地方了。"可是他刚挑了一个灯光暗淡的一所房间想要躺下睡觉时，就看见有人端着一盏灯直闯进来，用那残酷无情的灯光刺着他的眼睛说："快起来，快点起来，有人找你。"

他只得无可奈何地起身离开床，然后继续向前漫无目的地走着、走着、整个人儿恍恍惚惚、东倒西歪、跌跌撞撞，像一头受了重伤的野兽。这时他听见了从深处传来的一阵钟声，从中他知道，这时已经到了子夜时刻了——宝贵的夜晚竟然这样匆匆忙忙地离他而去。两点、三点、四点、五点——一直到六点。当六点来临之际，全城居民都将从睡梦中清醒过来，到那时他就再也找不到一片土地会有如此寂静的时光了。

于是他又走进了另外一个房间，当他正要往梦中的床上躺下去的时候，忽然，从床上弹出一个人来，并且此人大喊一声："不让你睡，这是我的床！"无可奈何的他只得万念俱灰地退出了房间。

时间在不知不觉中就这样慢慢地、一点一点地离他而去，可是可怜的他还是在一个劲地马不停蹄地转啊转，从一个房间换到另一个房间，从一幢楼转到另一幢楼，从一条走廊绕到另一条走廊。钟轻轻地敲了五下，这表明黎明的曙光即将到来，黑夜即将转瞬而去，可是可怜的他却没有得到片刻的安宁。唉，真命苦啊，又迎来了一天——又迎来了一天！

他恍恍然地又像走进了一条很长的地下过道，这条低矮的、装有拱顶的过道是那么漫无尽头。里面金碧辉煌，拱顶处还时不时传送来跳舞声、欢笑声和轻柔的音乐声。他想，头顶上的世界肯定属于人间，他们正在喜迎某个佳节。唉，若躲到一个地方睡上一觉该多好啊……哪怕是一丁点儿也行，比如说是坟墓也行。正在嘀咕着，他就被绊倒在一个开着口的坟墓前，从里面散发出一阵阵死尸腐烂的恶臭……他皱了皱眉，但转念一想，这又有啥关系呢？只要能睡上一觉比什么都强。

"这是我的坟墓！"这声音出自葛兰第斯，只见她的裹尸布都烂得不成样子，她抬眼怒视着蒙太尼利，害怕的蒙太尼利就势下跪，可怜巴巴地向她伸出双手。

“葛兰第斯！葛兰第斯！你就怜惜怜惜我吧！让我挤个狭缝睡上一觉也行。我不是来向你表达爱意的；我也不会碰你，也不会跟你聊天，只求你让我躺在你的身边，睡觉！啊，我可亲可敬的，你知道吗？我已经有无数个夜晚没合眼了！我再也熬受不住了。光线太刺眼害得我心神不宁；声音太杂害得我脑袋瓜都要胀破了。葛兰第斯，你就腾一个地方让我躺一会儿吧！”

他几乎快要把她的裹尸布扯过来遮掩自己的双眼，但是葛兰第斯赶紧退缩，失声高叫：

“你不觉得你这样做玷污了神灵吗？你可得记住你所担负的啊！”

他只得继续向前转悠，一直来到海边，爬上一堆裸露的礁石，忽然一道强光照射下来，刺得他难以忍受，而海水正在那儿发出深沉、骚动、永久的哀号声。“啊！”他说，“大海会对我友好点吧！因为它和我一样，都累得要死却不能睡上安稳觉。”

这时从大海深处传来亚瑟的叫喊声：

“这大海是属于我的！”

* * *

“主教大人！主教大人！”

蒙太尼利被吵醒了。原来是他的仆人正在拼命敲门。他木偶似的爬起来，打开门，在仆人的眼中，只见主教大人一脸诧异，整个人像丢了魂儿似的。

“主教大人……你不会是生病了吧？”

蒙太尼利举起双手将额头擦了擦。

“没有，没有，我正睡着呢，是你把我吵醒了。”

“啊！真抱歉，今晨我似乎听到你走动的响声，所以还以为……”

“时候不早了吧？”

“现在是九点整，司令官说有件很紧要的事要拜访你，向你讨教，由于他知道主教大人有早起的习惯，所以……”

“他现在在楼下？片刻之后我就下来。”

他迅速将衣服穿好，朝楼下走去。

“真抱歉，我这样断然前来拜访主教大人你，很没有修养。”司令官开口就蹦出这句话。

“不会出了什么严重的事儿吧？”

“正是出大事了。险些就让那伊万雷斯越狱给逃脱了。”

“嗯，既然他逃脱的意愿未遂，就没事。这到底是怎么一回事呢？”

“在堡垒的院子里，紧挨着那道小铁门处我们发现了他。事情是这样的，在今早凌晨三点时刻，有个巡逻队在院子里查看，忽然其中一位士兵被什么东西绊了一脚，举灯一照，原来是不省人事的伊万雷斯躺倒在那过道上。他们立刻发出警报，我被从梦中叫醒了。然后我就到他的牢房去检查，才发现他竟锉断了牢窗上所有的铁条，还发现了一根铁条上系着一条由衬衫撕破编成的绳索。他是顺着绳索而下，并沿着垒墙爬行的。我们还发现地道的铁门开着，没上锁，原来他们早已和那些警卫队员串通一气。”

“但是他是如何会横躺在过道上的呢？莫非他是从垒墙上摔下来，并受了伤？”

“起初我也是这样认为的，主教大人，可据狱医检查结果表明，他身上并没有跌伤的迹象。不过据昨天那位值班的士兵汇报，当他送晚饭给他的时候发现伊万雷斯好像正在犯病，脸色极差，并且对饭原封未动。这肯定不是真话，犯病的人怎么会把所有的铁条锉断呢，而且还在墙头上爬行那么长一段路，这是解释不通的呀。”

“那他招供出了什么？”

“他还处于昏迷状态之中呢，主教大人。”

“直到现今还在昏睡不醒？”

“时不时他会迷迷糊糊地醒过来，呻吟几下，马上又昏迷过去。”

“这可真奇怪。对此医生如何诊断的？”

“医生也摸不着头脑，不知是怎么回事。如果是心脏病发作的话，但又没有任何迹象；不过无论他得了什么病，肯定它在他即将逃脱的关键时候发作了。照我看，肯定是仁慈的上帝不想让他逃跑得逞，所以才叫他突然病发而倒。”

蒙太尼利轻微皱了皱眉头。

“那你打算如何了结这件事？”他问道。

“对这个问题在两天之内我会找到解决方案的。不过在解决之前，我应该牢记这次的教训。恕我直言相告，主教大人，这全都是因为打开了他的镣铐的直接后果啊。”

蒙太尼利即刻打断他说：“你总不会在他得病期间重新给他加铐吧。据你刚才所言，他病得不轻，病得这么重的人难道还企图再逃？”

“你认为我还会由他跑？”司令官辞退出来的时候一路嘀咕。“让这位主教大人自个去唠叨吧，我可管不了那么多。反正伊万雷斯如今已被铐得严严实实，谁管他得病还是没得病，反正让我撤锁是不可能的事！”

* * *

“可是这种事怎么会发生呢？万事俱备，而且他人也快到门口了，却偏偏在关键时刻晕厥过去！这真是老天存心跟我们作对。”

“听我说，”玛尔蒂尼说，“我仔细推测，仅有一种可能，那就是他的老毛病又犯了；起初他肯定强忍疼痛，拼命挣扎，等到了院子里，就浑身无力而昏厥过去。”

麦康尼气愤地抖掉烟斗里的烟灰。“唉，不管怎么说，这下子全泡汤了；可怜的人，我们现在是爱莫能助了。”

“可怜的人！”玛尔蒂尼也低声叹息道。逐渐他体会到：这世界要是没有了牛虻，连他也会感到百无聊赖、心情沮丧的。

“她是怎么想的呢？”那个走私贩子瞅了一眼里屋。那儿坐着裘玛，孤单单的，她的双手无事般地放在膝盖上，双眼无目的地盯着渺茫的前方。

“我还没来得及问她；自从听到我传来的信息后，她一直都未张口说过话。现在我们最好别去烦她为妙。”

而她呢，似乎也没有注意到屋子里另外两个人的存在，但尽管如此，他们俩说话时还是尽量压低声音，仿佛他们面对的好像一具死尸。这样凄惨地默视了片刻；麦康尼立起身来，把烟斗收好。

“晚上我再回来吧。”他说。但玛尔蒂尼作了一个阻止他走的手势。

“先别急着走，我还有话要对你说呢，”于是他的说话声更低了，简直是以耳语般的方式继续往下说：

“你认为此事没有任何希望了吗？”

“暂且还没有希望。我们总不该再来一次吧。就算他身体康复了，能做完他那头的事，我们这边也是无处可下手啊。所有的警卫因涉嫌而将被转移他处，当然，蛐蛐儿也不会再找到如此的好机会了。”

“照你说，”玛尔蒂尼突然问，“等他康复以后，是否可以想个方法把警卫引开，再干一次？”

“把警卫引开？这话你是指什么？”

“嗯，是这样的：我想咱们等到圣体节[①]那天，当迎圣体的队伍

① 圣体节：天主教庆祝耶稣受难的节目，是复活节后第九个星期四。所谓圣体是指钉在十字架上耶稣的肢体，节目中则以盛在龛子中的面包以象征。圣餐礼结束，教徒分吃面包，举行迎圣体的游行仪式，以求赎罪并纪念基督的圣体。

路过堡垒跟前之时，我就冲上去阻挡司令官的去路，并顺势开枪毙了他，这时堡垒里的岗哨兵肯定会蜂拥上来逮捕我，到时你们几位也许能趁乱把伊万雷斯救出来。这虽不是一个非常好的良策，但只不过是我偶尔想起的一种念头而已。”

“依我看，这个办法难以行通，”麦康尼神情严肃的反驳道，“当然，此事还有待好好研究，才能得出结论。但是……”他顿了顿，瞄了瞄玛尔蒂尼，“假设这个计划可行——你愿意干吗？”

往日的玛尔蒂尼可是一个很保守的人，可眼下非同寻常。他两眼直视那走私贩子的面孔。

“你是问我愿不愿意干？”他反问一句，“你看看她就明白了。”

不用多加解释，话已至此，该说的都说了。麦康尼扭头直望房间那一头。

从他们开始谈话直到现在，裘玛她始终坐在那儿，没动一下。从她的脸上看不出有疑虑、看不出有恐惧、甚至也看不出有伤心事；除了一片死一般的静之外，什么也看不出。那个走私贩子见她这个样子，眼里不自觉地充满了泪水。

“赶紧，米凯莱！”他猛然一推阳台门，对外张望一眼说，“你们两个，有完没有啊？一大堆事情等着我们去做呢！”

米凯莱和吉诺前后依次从阳台上走了进来。

“我已经一切备妥了，”米凯莱说，“只是还想问问太太……”

他说着就朝裘玛那边走，但被玛尔蒂尔一把抓住了胳膊。

“还是别去惊扰他，让她一个人待会儿这样心里会好受些。”

“由她去吧！”麦康尼也说。“就算我们用一大堆话去安慰，她也不会有所转变的呢。这件事让我们心里都够难受的人，想必她比我们更加难受。哎，可怜的人啊！”

第五章

整整一周牛虻都病得躺在那儿，样子很可怜。这次病势本来就很严厉，加之因司令官恐慌万分，一筹莫展、丧失人性又给他加上了镣铐，简直是雪上加霜，这还算不了什么，他竟然还用皮带把他紧紧地绑在草垫上，让人动弹不得，否则皮带就会嵌进肉里。这样牛虻凭着顽强的毅力一直苦撑了五天，到了第六天他终于煎熬不住，只得低声下气地恳求狱医给他服用一剂鸦片。医生倒很乐意这样做，可是司令官一听这个要求，就厉声禁止“干这种愚蠢的行为”。

“你知道他要去鸦片的用意吗？”他说，“极有可能他这些天是假装蒙我们的，一旦要了鸦片就会设法去毒死警卫，或是要用其他诡计。伊万雷斯十分阴险，有什么事他干不出来的。”

“我给他的仅这一剂鸦片，根本不可能用它去毒死警卫兵。”医生忍俊不禁笑出声来。“至于说他是否在装模作样——这根本不用操心，他离死亡只有一步之遥了。”

“不管怎样，我是不会给他鸦片的。如果犯人期望人家能善待他，他本身就该安分守己。像他这样行为恶劣的人，他活该尝尝什么叫作刑罚。只有这样才能让他吸取教训，下次再也不敢在玩那种锉铁条的诡计了？”

“但是，法律禁止对犯人滥用酷刑的呀，”医生像吃了豹子胆似的说，“现在这种做法与施加酷刑有何区别。”

“那依我看法律条文也没有规定可以使用鸦片。”司令官怒发冲天地说。

“能不能用，只差你一句话。上校，但不管怎样，我还是希望你能把那些皮带撤走。绑皮带完全是多余的，只会增加他的痛苦。现在根本用不着担心他还会逃！即使你马上放他走，他恐怕都站不稳呢。”

“我的好好先生。我看医生也会和那些常人一样，会发生判断失误的情况。我现在这样捆绑他是以防万一，我决意一直这样捆绑他。”

“那至少应该稍微放松点那皮带吧！一直绑得这么紧，跟对待野兽有什么区别。”

“相反，我就决意这样紧地捆绑他，压根儿也不会放松，先生别跟我讲什么野蛮不野蛮之类的。我做任何一件事都有这样做的理由。”

这样直到第七天晚上，牛虻仍然强忍着这种痛苦。听着那一声声凄厉的呻吟声，守牢房的士兵也随之阵阵心惊肉跳，一遍又一遍的划着十字。牛虻终于支撑不住了。

早晨六点，守卫兵于心不忍，他虽明知这样做是破坏纪律的行为，但还是在临下岗前悄悄地开了牢门，上前安慰他两句就走。

他见牛虻紧闭双眼，张大着嘴，纹丝不动。就默默地站了半晌才弯身探问：

“先生，我能为你做些什么吗？等会儿我就要下班了。”

牛虻吃力地张开眼，“别理我！”他狠狠地说，“别理我……”

这守卫兵赶紧溜回岗位。也许他还没下班，里面的牛虻又再次昏迷过去。

过了十天，司令官再次登门拜访主教大人，碰巧主教到庇埃维·达·奥太伏去看望一个病人，过了下午才回来。那天傍晚，正当司令官要坐下来吃饭时，就见仆人前来禀报：

“主教大人想见你并和你商谈。”

司令官赶紧对着镜子照了照，检查一下自己的衣服是否有点凌乱，然后就摆起架子走进会客厅。蒙太尼利正在会客厅里等着，手轻轻地拍打着椅子的扶手，眼望窗外，眉头紧蹙，十分焦急。

“听说你今天找我去了，”主教用高傲的口气打断了司令官的话头，使用的是一种从未与乡民谈话时用过的语气。“你来找我，大概是想和我讨论一下那件事吧。”

“是为了伊万雷斯的事，主教大人。”

“我就猜到是这件事。近来我一直在思考此事，不过在和你商谈之前，我倒想先听听你给我带来了什么新消息。”

司令官急得摸了摸小胡子。

“说句真心话，我是想听听主教大人有什么好主意。要是主教大人还是坚持否决我的建议，我十分乐意聆听你的意见：该如何处理此事？说实在的，我已毫无计策了”

“又出了什么新问题？”

“因为下周四——六月三日就是圣体节了，无论如何我得在此前解决好这桩事。”

“是啊，星期四就是圣体节；可这又有什么特殊之处呢？为什么非得在此之前解决他？”

“真抱歉，主教大人，违背你的意愿并非我的本意，可要是不在圣体节前把伊万雷斯解决掉，我怕对本城的治安构成威胁，到时我可承担不起这个责任。主教大人你也知道，山区里一些最粗野的人将聚集在圣体节这一天，他们都是些亡命徒，十有八九会借机攻打城堡，劫他而逃的。自然他们妄想得逞，因为我早有所准备，我将不惜一切代价扫他们出城门。不过只要还没过去圣体节，就不能排斥此类事情的发生。我们罗马涅地区的人都很凶悍，要是万一他们拔刀相见……”

“我想只要我们谨慎一点，是可以防止事情发展到那个程度的。我一直认为，只要善待他们，本区的老百姓还是很友善，很好相处的。当然，如果你对他们采用威吓、压迫的态度，那他们也是不好对付的。不过刚才你说这帮人在策谋劫狱，有何证据呢？”

“据我所信任的手下人昨天和今天早晨的报告说，这一带到处散发着这种谣言，说老百姓们又在策谋一些叛乱的事。目前还不知道详细的情形，要不就好准备了。就我自己而言，倒着实吃了一惊，所以诸事还是以小心为妙。现在要与狐狸般狡猾的伊万雷斯打交道，更应小心谨慎。”

“上次我听说伊万雷斯病情严重，说话费力，那么现在他的情况是否向好的方向发展了？”

“看样子是转好了，主教大人，他的病情确实很严重——要是他没有装模作样的话。”

“你怀疑他装模作样，难道话出有因？”

“嗯，这个，听医生说他好像真的病了，不过他的病症却很奇怪。但不管事实是怎么的，他现在是转好了，人也比以前更为刁滑了。”

“难道他又做了一些惊人之举？”

“谢天谢地，幸好他现在什么也干不了，”司令官答道，一想起捆绑的皮带，他的脸上自然露出一点微笑，“可是他的行为就不好说了。昨天早晨我去他牢房审问几个问题——因为目前他的身体状况不适宜出来受审，而且，我认为最好不要让人在他身体康复之前看到他。否则他会造谣，闹得全城沸沸扬扬的。”

“于是你就亲自去牢房盘问他了？”

“不错，主教大人。当时我想他这一回总该乖点吧。”

蒙太尼利闻听此言，特意上下仔细打量着他，像是在观望一只奇特的、令人厌恶的野兽。幸而司令官正忙于低头玩弄他的腰刀带。没见到主教这种轻视的眼光。他还是不紧不慢地说：

“我并没有怎样残害他，只不过我管得稍微严厉了点——特别是因为这是一座军事监狱——我不是没有想到过这一点，即对他管束宽点，结果也许会更好。所以我就对他说，叫他表现聪明点，我就可以放宽管束。主教大人，你猜猜他说了些什么？他躺在那儿，一声不响地瞧了我半天，像一只关在铁笼里的一只恶狼，然后轻轻地说：‘上校，我虽起不来扼死你，但我的牙齿还很锋利，你最好把你的脖子远离我点。’他凶得活像一只恶狼。”

“他这话，我并不稀以为奇，”蒙太尼利不紧不慢地说，“不过我想问你的是这么一个问题：你真的以为，只要伊万雷斯一天还关在监狱里，本区的安全就一天不会减少动乱情况？”

“的确如此，主教大人。”

“你认为，要避免流血事件发生，就必须在圣体节前把他解决掉？”

“我再次重述一遍：如果下周四他还在这儿，八成我们这个节日会在打斗中度过，而且这次战斗规模肯定很大。”

“按你的意思，如果他不在这儿，就不会发生这样的危险？”

“要是他真的不在这儿，就不会有大乱，大不了是叫喊几声，扔几块石头罢了。要是主教大人有法子除掉他，我敢打赌，本城的治安从此以后平安无事。要不然，一场大战是难免的。我敢说，一个新的劫狱计划已经在那帮人中间诞生，下手的时间很可能就是下周四。假如我们先行一步，等他们发现堡垒里根本找不到伊万雷斯时，他们的图谋也就破之夭夭了，也不再有理由来攻打城堡。相反，如果我们等到他们动武之时再去镇压，那不到天暗之时，我们这儿八九要被烧成一片废墟。”

“那你干吗当初不将他解押到腊万纳去呢？”

“哎呀，主教大人，我恨不得能把他解押到腊万纳去呢！可万一路上遭人拦路抢劫，我怎么办？我哪有那么多兵力去抵御这些人的武装袭击啊！这帮山民可全都是带着短刀、土枪一类的家伙的。”

“到头来，你还是一意想用军事审判的方式，并想取得我的赞同，对不对？”

“对不起，主教大人，我求你的就这一桩——就是帮助我千万不要让暴乱和流血事件发生。我乐意接受，像法列第上校[①]那样的特种军事法庭有时确实做得过火了点，这么严厉非但压制不了民众，反而会使他们更为恼怒；但是，这次情况非同一般，它只有采用军事审判的方式才是最明智，也是最慈悲的。它可以避免一场暴动，一场暴动无疑是一场大灾难，而且这种结果很可能会使刚被圣父废除的特种军事法庭铺天盖地再演一次。”

司令官一本正经地讲完了他一段小小的演说，静候着主教大人的回答。可主教大人却偏偏迟迟不答，后来好不容易张口，却说出

① 法列第上校：镇压萨维尼奥起义人民的刽子手。

了一句意料不到的话来：

“菲拉利上校，你认为上帝存在吗？”

“主教大人！”上校惊讶地大张着嘴，这一声惊叫后面还似乎跟着一串长长的惊叹号。

“你认为上帝存在吗？”蒙太尼利主教大人又紧追一句，同时站立起来，用两道坚定而一针见血的眼光凝视着他。上校也跟着立起身来。

“主教大人，作为一个基督徒，每当我向上帝忏悔，没有一次不得到赦免的呀？”

蒙太尼利把胸前的十字架高高地举了起来。

“那么就面对救世主的十字架，对我发誓，说你刚才对我所讲的一切毫无半句谎话。”

上校呆愣在那儿，痴痴地盯着十字架。他懵了，这到底是谁发疯了，是他自己呢？还是主教？

“你刚才要求我赞同你去处死一个人，”蒙太尼利又说道，“那么你有没有胆量吻一下这个十字架呢？然后向我立誓说，只有这个办法才能避免流血事件的发生？你可想清楚了，如果你对我说了谎，那么你那不朽的灵魂永远也别想得到拯救。”

司令官迟疑了片刻，就低头拿起十字架并在上面吻了吻。

“我认为这是真的。”他说。

蒙太尼利至此才缓缓地转过身去。

“明天你等候我的明确答复吧。但在此之前我得先单独见见伊万雷斯，和他谈一谈。”

“主教大人——谅我斗胆直言——你若想去找他谈谈，肯定会追悔莫及的。啊，对了，他昨天还托人送信给我，说想见见主教大人，当时我并没有搭理他，因为……”

“没有搭理！”蒙太尼利不肯放过这一句话，“一个处于这种情况下的人托人送信，提出这样的要求，你竟然没有搭理？”

“如果主教大人为此而生气，那我深表歉意。其实我是不想让他用这个无理的请求来惊动主教大人你；我算是看透这个伊万雷斯了，他无非是想趁此机会再来羞辱你一下。而且，说真的，讲一句不文雅的话，你若孤身独往去见他，未免太考虑不周了；这个人太危险了——实话告诉你说，为了减少危险，我不得不对他的行动作适当的限制……”

“对这么一个身患重病，体力不支的人，又受你所谓的适当限制，难道还会有太大的危险吗？”蒙太尼利嗓门虽不高，但上校从这句话中听出了其中的讥讽之意，不由得气红了脸。

“那么主教大人，你认为该如何处理好，就如何处理吧。”他也硬邦邦地说，“我只是希望你少受那人的谩骂，省得你无辜受罪。”

“我倒是要问你一句，凭你以一个基督徒的角度出发，你认为哪一件事更让人心痛：是听到人家骂你几句难听话呢？还是听凭你的伙伴身受极苦，即将临死却置若罔闻呢？”

司令官直愣在那儿，脸上一本正经，像木头似的毫无表情。对蒙太尼利这样的话，他非常生气，但越是生气，他越是表现出对他的恭恭敬敬。

“那么主教大人你想什么时候去探望这个犯人呢？”他问。

“我现在就去。”

“悉听主教大人的尊便。你先稍候片刻，让我先派人叫他准备准备，如何？”

司令官迅速离开他的座位走下来。他是不希望让蒙太尼利看到他是用皮带来捆绑犯人的。

“不，多谢了，我这就去，用不着他做什么准备。我这就直接去堡垒。再见，上校，明天等候我的答复。”

第六章

牛虻听见有人在开牢门的锁，就扭过脸去，把眼光落在别处，神情冷漠而疲乏。他还以为又是司令官来提审他了，好叫他心烦。这时只听见有几个士兵往狭窄的楼梯上走，墙壁被他们的马枪撞得咯咯地响，之后又听见一个声音小心翼翼地说："主教大人你走好，这段梯子很陡。"

他猛然一惊，赶忙缩紧身子，可是他被皮带勒得喘不过气来。

蒙太尼利随同班长和三个士兵踏进牢房。

"请主教大人等候片刻，"那班长惊慌失措地说，"有人为你拿椅子去了。他刚走。一切还得请主教大人多多包涵——如果我们知道你要来，肯定一切准备就绪了。"

"不用准备什么。班长，请你们退避一下好不好，你和你的部下到楼梯口等着，我想和他单独谈一谈。"

"是，主教大人。这是椅子，要不要放到他的面前？"

虽然此时牛虻仍紧闭双眼静躺在那儿，可是他还是已感觉到蒙太尼利对他的审视。

"我猜他是睡着了吧，主教大人。"班长还未把话说完，牛虻就陡地将双眼睁开。

"醒着呢！"他说。

当班长和士兵正要退出牢房时，突然只听见蒙太尼利一声呼叫，他们只得返回，只见主教大人正在弯腰察看着那些捆绑牛虻的皮带。

"是谁做的好事？"他厉声问道，急得班长呆呆地直抓帽子。

"是司令官命令这样做的，主教大人。"

"这实在出乎我的意料，伊万雷斯。"蒙太尼利痛心疾首地说。

"我不是早就告诉主教大人了吗，"牛虻嘿嘿一声苦笑，说，"我本不奢望政府首脑们会来拍拍我的脑袋瓜，说我干得不错。"

"班长，他这样被皮带捆了多长时间了？"

"从他逃跑未遂之后起一直都是这样的，主教大人。"

"也就是说，将近一周了？赶快去拿刀，统统砍掉这些皮带。"

“主教大人，其实狱医很早就提出要拿掉这些皮带，可是菲拉利上校死活不准。”

“快去把刀拿来。”蒙太尼利声音虽没有提高，可是士兵们看得出来，他早气得脸色惨白。班长顺手将一把刀从口袋里拿出来，并开始弯腰割这些捆绑牛虻的皮带。可偏偏这个家伙笨手笨脚的，反而使得皮带捆得越发紧了，虽然牛虻已尽了最大的力抵制住疼痛，可是他还是忍不住眉头蹙紧，牙关咬得死死的。蒙太尼利马上走过来。

“你真笨，给我刀子。”

“啊——！”一解开皮带，牛虻就伸展双臂，爽爽快快地吐了一口长气。不过一会儿，绑在脚踝子上的皮带也被蒙太尼利割开了。

“班长，统统拿掉这些镣铐，做完了，到我这边来，我有话问你。”

蒙太尼利在窗子前站住，一直看着班长把镣铐打开扔到地上，并向他走来。

“好了，”他说，“你把这里的一切经过从头到尾地向我说说。”

班长十分情愿，把自己所知的，有关牛虻是怎样害病的、司令官是怎样采取“军法制裁”的、狱医是怎样干涉却毫无结果的，等等情况一五一十地道来。

“不过照我所想，主教大人，”他附加说，“上校之所以不去掉捆绑的皮带无非是为了想借此诱他说实话。”

“诱他说实话？”

“是的，主教大人，前天我还听上校说，要去掉皮带不难，只要他，”——说着瞄了一眼牛虻，“肯回答他所问的一个问题。”

蒙太尼利双手把窗台抓得紧紧的，士兵们你看看我，我看看你，他们从来也没有看到过这么温和的主教大人发火的样子。而牛虻呢，此刻好像根本忘了他们存在似的，只感觉到自己的身体是如何的舒畅自如。他那一直被捆绑的双脚现在总算可以舒展一下，活动活动了。他举举手，伸伸腿，扭来扭去，极度兴奋。

“好了，班长，你可以回去了，”主教说，“你不必为自己犯了什么军纪担忧，这是我命令你的，你告诉我真实情况是应该的。你出去后千万别叫人走进来。等我处理完事情以后我自己会出去的。”

士兵们出去了，并将牢门带好，他身靠在窗台边，眼望夕阳西落，以便留点时间让牛虻喘喘气。

过了一会儿，他才从窗口走过来，在草垫子旁坐下，说：“听说，你想单独和我谈谈话。如果你现在体力还行，就把想说的说给我听吧，我洗耳恭听。”

他的话冷冰冰的，这对他来讲是不常有的事。在还没有解去皮带之前，他把牛虻看作是一个普通的、惨遭虐待、受尽折磨的人；可现在，上次的会谈，又浮现在眼前，他想起了自己在会谈结束前所受到的羞辱。牛虻抬眼一望，懒懒散散地把头靠在胳膊上。他天生具有这样的才能，拥有不经意就能装出一副悠闲自在、毫不在乎的风度，而且，谁也无法从他的脸上的阴影中猜出他是受了多么沉重的苦难。最近几天，他身上到处都是青一块，紫一块，明显的、受人惩罚痕迹。一看到这些，蒙太尼利冒上来的气慢慢地息下去了。

“看你病得很重，”他说，“要是我早知道有这样的事，就早出来对之进行干涉阻止了，真是非常于心不忍。”

牛虻做了个无所谓地耸肩动作。“战斗嘛，本来就应用尽一切手段，”他冷冰冰地说，“主教大人，你是从基督教的教义出发，禁止用皮带捆绑犯人，这在理论上是成立的；但倘若要非使那位上校赞同此观念不可，那就不太可能了。当然，要是用皮带来捆绑他自己，他肯定是反对的——而我呢，又何……何……何尝不如此认为呢。不过，只是各……各……各人的境况不同罢了。被人家踩在脚底下——此刻的我还能怎怎……怎……怎样呢？不过对于主教大人亲自劳驾看我，我还是不胜感激的；固然，这种可能是出自基……基……基督徒的角度吧。探望犯人——啊，对了！瞧我这记性！圣经曾记载，这样的事你们既作在我这弟兄中一个最小的身上……[1]——虽然你这样做并没有恭维我，但我作为无足挂齿的人还是很感激你的。”

“伊万雷斯先生，”主教打断了他，说，“今天我可全是为了你才到这儿来的——而不是为了我自己。我已好好地领受过你上周对我说的那些话了，要不是你身陷你所谓的‘被人家踩在脚下’的困境，我是死活也不肯再来和你谈话的了；如今你不仅仅是犯人，而且又是重病号，这赋予你的双重权利唤我前来。既然我现在已来到你面前，那么你到底想告诉我什么话呢？或者是你压根儿没事，有心找我这个老头供你消遣、欺侮吧？”

牛虻早已将脸转过去，用一只手掩着眼睛，静躺在床上，并没有做出回答。

“真……抱歉，要劳驾你一下，”过了半晌，他声音沙哑地说，“我能不能喝点水？”

蒙太尼利起身把放在窗子旁边的水壶拿了过来。当他刚想用手臂去扶牛虻起来的时候，突然感受到对方用湿润、冰冷的手指，像老虎钳似的，将他的手腕抓得紧紧的。

“拉我一把……快快……拉我一把就行了，”牛虻声音微弱，“哎呀，拉我一把又有什么关系呢？就这一点……点时间！”

他把身子移了下来，把脸伏在蒙太尼利的胳膊里，全身上下都在不停地发抖。

“喝点儿水吧，”过了半晌蒙太尼利说。牛虻什么话也没说，听话地喝了点水，然后重新将双眼闭起来仰身在草垫上躺下来。适才他的脸被蒙太尼利无意识地碰了一下，他也不知道这到底是怎么

---

① 出自《圣经·新的·马太福音》第二十五章四十节，是耶稣论“审判日”时说的，原话为：到了那天，全民都聚集在他面前，义人归一边，不义的人归另一边。耶稣会说义人对他做了许多善事，义人会说他们没有对他作过善事，于是耶稣说：“我实在告诉你们：这样的事你们既作在我这弟兄中一个最小的身上，就是作在我身上了。”此话中“这些事”指善事；“你们”指义人。这里引用是指：为最微不足道的人做了好事相当于对耶稣做了好事。

回事，总觉得这是他一生中所碰到的最可怕的事。

蒙太尼利动了一下身子，将椅子靠近草垫边，以便能在他旁边坐下来。牛虻像死尸一样躺在那儿，脸色铁青，憔悴不堪。双方无语，过了很长时间之后，他又睁开双眼，用幽幽的眼光凝视着主教。

“谢谢你，”他说，“我……我真是很健忘。我想起——你刚才好像问过我什么话，是不是？”

“你还没力气说那么多话。如果你对我真有话要说，明天我会设法再来看你的。”

“请你不要离开我，主教大人——其实这对我无所谓的。我……我只是近来心烦意乱罢了；不过，也许有一半是有意装出来的——你若去问问上校，他肯定会这样对你说我的。”

“我喜欢自己对问题做出结论。”蒙太尼利心平气和地答道。

“上校也……也和你一样有自己的结论。不知你是否知道，有时候他的结论还是挺奇特的。凭外表看，你是怎……怎……怎么也无法想到的，可有……有……有时候他看待问题确实很新……新……新颖。例如周五那天晚上——大概是周五吧，所剩日子不多了，我对时间概念也有……有点稀里糊涂了……总之，是某一个晚上，我要求给我服用一剂鸦片……这点我还清楚记得；当时他就下牢房对我说，鸦片……给……给……给你，可以，但条件是你必须说出是谁为你打开……开了地道上的锁。我还记得他曾经说过这么一句：‘如果你真是得了病，你肯定会招出来；你如果不招供，我就认为这是你装……装病的证……证据。’看，这是我所见过的最滑……滑……滑稽的事情……”

说到这里他突然爆发出一阵刺耳的大笑；看到主教一声不响，他就猛地转向主教盯着他继续说，而且是越说越急，结巴得更狠了，简直让人难以听清他在说什么：

“你难道不……不……不认为这话很逗……逗人发笑吗？不过，这也难……难说，因为你们信……信教的人是永……永远也不……不会有风趣感的——你们总爱把什……什么事都看成是苦……苦……苦命的。打个比……比方说，那晚在大教堂里——你的脸拉得长长的，要多长有多长！对了——我装扮的香客，装……装得又是那么……那么的可……可怜！就是今天晚上你特意来……来处理这件事……事情，我认……认为你肯……肯定不会认为那次有什么好……好……好笑的地方。”

蒙太尼利一下子立了起来。

“我想听你确实有重要的话要说，我才特意赶来，可是今天晚上你由于太兴奋了都快说不成话了。明天我们再继续谈吧。现在让我去请位医生来给你打上一剂镇静药，好让你美美睡上一觉。”

“美美睡……睡一晚？啊，主教大人，你认为我会睡……睡得着吗？只要你……赞成上校提出的策划，一粒子……子弹就是最……最好的镇静药了。”

“我听不明白你在说什么？”蒙太尼利吃惊地转过脸来瞧着他。

牛虻又爆发出阵阵刺耳的大笑。

“主教大人，主教大人，讲……讲真话应该是基督教的首……首要美德！难……难……难道你以……以……以为我不知道司令官步步在逼迫你赞同他有关开军事法庭的方案吗？你还不如爽快点儿赞……赞同好了，主教大人；要是换了你的同……同事，处在你这样的情况，他们早就赞……赞同了。反正‘Cosifantutti[①]，你这样一做，就可获得大……大量的功德，何……何乐而不为呢？说句实在话，你何苦要为此事整天整夜地睡不着呢？实在是不……不值得！”

“请不要再笑了，先停一停再说，”蒙太尼利打断了他的话头说，“请你告诉我，你是怎么知道这些情况的？谁告诉你什么了？”

“难……难道上校没有对你说，我是一个魔……魔……魔鬼——压根不是一个人吗？没提起过？他对我可是常……常常这样说的。不错，一眼就能看……看出我是一个彻头彻尾的魔鬼，能

① 是意大利语，意指大家都是这样干的。

猜……猜出人家心里在想些什么，我一眼就能看出。也许主教大人你正在想，我真是一个让……让人心烦的家伙，并希望由别……别人来收拾收拾我，同时又希望由别……别人来负责解决这个问题，好让你那颗脆……弱的良心得到片刻的安宁。你说我猜得……得对不对？”

“牛虻，你听我说，”主教说着又重新坐在他的旁边，面色严肃，“不管你是如何知道此事的，情况也确实如你所说：菲拉利上校怕你的同伙们再次策划营救你，所以想提前一步，采……采用你适才提到的这种方案。你瞧瞧，我对你来说够诚实的吧？”

“主教大人，你素以诚……诚实而出名的。”牛虻讥讽挖苦道。

“你当然也明白，”蒙太尼利不管不顾地一个劲儿地说，“从法律角度讲，我不该插手人间俗事；因为我是个主教，而不是一位省长。不过我在本教区还是有一定的名望的；菲拉利上校如果想来用这样的手段，他至少得先征得我的许可，否则他断然是无胆下手的。对他的计划，我仍一贯反对，而他呢，也正在想方设法地劝说我赞同这个想法，一个劲儿地说当周四百姓出来迎接圣体时会发生武装冲突，——这样的事若真的发生了，难免会有流血事件。你听清楚我说的话了吗？”

牛虻正痴呆地凝视着窗外。这时他才转过头来，用不耐烦的口气说：

“我正听得清清楚楚呢。”

“今天晚上你身体确实不适宜和我作长谈。要不，我明天早晨再过来？事关紧要，希望你能全神贯注啊。”

“我倒愿意现在就把话讲清楚了，”牛虻还是用同样的口气答复道，“你说的每一句话我都听得清楚明了。”

“好吧，”蒙太尼利只得继续往下讲，“如果真是为了你一个人而可能爆发动乱和流血事件，如果我反对上校的方案，我就得承担极大的责任；或许他的话至少有几分是有点道理的。不过，另一方面，我总认为他对你抱有成见，所以他的想法未免离谱了点，而且他也许夸大了潜在的危险。刚才我看到他对你采用如此残忍卑鄙的手段，就更加认为有这种可能性了。”他瞄了一眼扔在地上的皮带和镣铐，然后继续说：

“只要我一赞成他开什么军事法庭，他就会杀了你；如果我不赞成，我就得为此承担危害平白无故的百姓的危险。我百思不厌地想过这个问题，只想找到一条适中的选择。现在我终于打定主意了。”

“是不是杀了我，保……保佑善良的百姓啊，——这是一个基督徒可能做出的唯一选择。若是右……右手叫你摔倒[①]之类，不是说过了吗？我虽然没有如此荣幸做……做你的右手，但却触犯了你，也叫你摔了个跟斗；[②]所以结……结果是明显的。你还不如少费口舌，把话说得明白点……儿再告诉我吗？”

牛虻的语气是如此的冷淡和蔑视，好像他认为所谈的话题与己无关似的。

“想好了没？”过了一会儿他又反问一句，“你就是这样决定的吧，主教大人？”

“不对。”

牛虻移了一下身子，把双手垫在脑后枕着，将眼睛眯成一条线，凝视着蒙太尼利。而主教却在低头思考，用一只手在椅子的扶手上轻拍。啊！这个动作他是那么的眼熟！

“我决定采用一种前无先例的做法，”主教过了一会儿终于把头抬了起来说，“我想这肯定是前无先例的。一听到说你想见我，我就决心来这儿一趟，把我所知的情况向你全部说明，——这也正是我正在说的——把问题摊到你面前，然后由你自己来决定如何处理这种事。”

① 见《圣经·新约·马太福音》第五章三十节，出自耶稣的话，全句为：“若是你的右手让你摔倒，就把它砍下来丢掉。宁愿失去身体中的一部分，也不叫全身下地狱。”

② 见《圣经·新约·马太福音》第五章三十节，“叫你摔倒”原文为offend，又可释为“得罪”，牛虻引用此带有双关的意思。

“让……让我自己做主？”

“伊万雷斯先生，我这次来并不是以红衣主教或普通牧师、或是什么审判官的身份出现的，而完全是作为普通人的身份前来探望。我并不想要你告诉我说：你是否知道那个上校所担心的密谋暴乱的事。我能理解，即使你知道了这个计划，那也是你个人的秘密，你何必泄露给我呢。但我请求你为我考虑考虑。我已衰老了，来日不多，我不希望带着沾满鲜血的双手进入坟墓。”

“言外之意，迄今为止你的双手还未沾染过鲜血了，主教大人？”

蒙太尼利的脸色被说得更为惨白，但他还是不露声色地继续往下说：

“我这一生从来都是反对对人采用高压手段和残酷行为的。不管是什么方式的死刑，我一贯反对。对于前任教皇在世之时，我曾竭尽所能反对设立什么特别军事法庭，正因为如此，我才遭人冷落。从那时起直到今天，我都是用运用自己的那点特权来维护人生存的权利。至于你信不信别的我也管不了，但你至少得相信我这一句诚恳的话。但时下我正处在进退两难的困境：我要是拒绝司令官的请求，那就有发生暴乱危险的可能，其后果无法想象；要是我设法去救活一个曾经亵渎我的信仰、侮辱诋毁我个人（虽然相比之下是件芝麻事儿）的人，而且如果我一旦救活他，而他又会继续利用残生去做坏事。不过，话又得说回来……这救的终究是一条人命啊。”

他停了一下，又继续往下说：

“伊万雷斯先生，据我所知，你一生的所有行为并不都是好的、有益的；所以我一直把你看成是一个专横不讲理的凶残的人。到现在为止我仍对你抱有这样的成见。不过，最近两周以来，我认为你是一个勇敢、对朋友忠诚的人，而且你又深得士兵们的爱戴和敬佩，这并不是每个人所能做到的。所以我在想，以前也许我对你的看法有偏颇，你内在的品质一定比你外在的表现要好。现在我就凭着你那优良的品质诚恳地问你一句，请你平心而论——如果你处在我这样的位置，你会怎样处理呢？”

一阵沉闷之后，牛虻才把头抬了起来。

“我至少会自行决定并会自食其果，而绝不会像窝囊的基督教徒那样，暗暗地来到人家面前；谦卑地请求人家为他处理他分内的事情。”

这一进攻来得突然并且奇特，狠猛之极与刚才无精打采的口气相比截然不同，仿佛他刚才脸上带着一张假面具一样。

“我们作为无神论者，”他慷慨激昂地说，“都是这样认为的，如果他决定去做某一件事，就必须竭尽全力地坚持到底；如果他坚持不住而放弃了——那是他无能。可是作为基督教徒就不一样了，他们会低声下气地哀求上帝，或是去哀求各种神灵；要是他们无法从上帝那儿得到零星帮助，那他们就会厚颜无耻的去向他的仇人哀求——总之，他想找个替死鬼来承担他应负的责任。其实你没有必要到我这儿来哀求，你满可以从你们的《圣经》、《弥撒书》或者一些虚伪的神学书中找到答案的。我的天！世上怎么会有你这样的人，且不说我自己身负的责任有多么沉重，你还想方设法地把自己的包袱抛给我？你还不如去向耶稣讨教讨教；耶稣他可是要等人家身无分文时才罢休的（拿出最后一个铜板[①]），你不如照他那样去做。其实，说穿了，教你杀死的不过是一个无神论者罢了——不过是把一个发不好示播列[②]这个音的人杀死罢了，这根本不能称其为大罪，你安心好了！”

为了喘口气，他停顿了一下，但继而又怒发冲天地唠叨起来：

“亏你还说得出口什么人道不人道的！告诉你，你对我造成的伤害远远高于那个笨如驴子的司令官给予我的皮肉之苦——因为他能想到的不就是勒紧皮带，万一皮带已经抽到极限，他还会有什么花招。这是一个白痴也做得出的事儿！但是看看你——‘我不忍心在死刑判决书上签字，请你自己签吧。’这种事只有你们这些基督教徒才会想到！我怎

① 见《圣经·旧约·马太福音》第五章二十六节，原文为：我真心对你说，如果还有一分钱没偿还，断不可能从那里出来。”那里在这儿指监狱。

② 见《圣经·旧约》，出自一个典故。可作“谷头”或“河流”“洪水”解，这里引用意指不是自己帮派的人。

么会想不到呢？当你走进牢房，为上校的‘残酷行为’大大吃惊的时候，装扮得很仁慈，其实我就知道这只是好戏的一个开场白罢了！别这样看着我，还优柔寡断什么？点个头就可以安心吃你的晚饭去了，何苦为这芝麻点儿的事折腾呢。去对上校说，什么方式都行、枪毙或绞刑，看他觉得哪种更为方便——如果他认为把我活活烧死是件好玩的事儿，也行，——一下子了结了不就完了么？”

此时的牛虻已经气得不成样了，喘气、颤抖、眼发绿光、十足像只发了疯的野狼。

蒙太尼利早已按捺不住站起身来了，并且一声不响地看着他。对于这长篇累牍的气话，他听不懂，但从一个身陷绝境的人的角度出发，他还是理解了，仅在这一点上，他就对牛虻以前对他所做的一切不再计较。

“好了，好了！”他说，“我没有想到会给你造成如此大的痛苦。说句心里话，我从来没有想过要把自己的包袱抛给你，何况你自己也身负沉重的包袱呢！不过我发誓，我一生中从来没有对任何人做过这样的事……”

“你骗人！”牛虻两眼冒出凶光大叫道，“你如何解释你被提拔作主教这件事。”

“提拔去做……做主教？”

“啊！你忘了？健忘得这么容易啊！‘亚瑟，如果你不想让我去，我就写信说我去不成了。’你竟然由我来决定你的前途——想想那时，我乳臭未干，才十九岁啊！这种事如果说不上阴险，至少可以说好笑吧。”

“闭嘴！”蒙太尼利绝望了，他双手捧头过了好长时间才放下来，然后慢慢来到窗前并在窗台上坐下，把手臂搁在铁条上，把前额紧靠在手臂上。而牛虻呢，则全身发抖，躺在那儿瞅着他。

蒙太尼利过了一会儿才站起来回到原处，双唇惨白。

“真不好意思，”他还是装扮得很有风度地说，“因为我……感到身体不舒服，所以必须得先回一趟家。”

牛虻的怨恨因主教大人的剧烈颤抖而全消了。

“神父，难道你还没有醒悟过来……”

蒙太尼利连步倒退，发呆了。

“上帝啊，保证这一切不是真的！千万得保证这不是真的，要不然是我的脑子出问题了……”主教大人终于回过神来低声嘀咕道。

牛虻用手臂支起身子，把蒙太尼利那双发抖的手紧紧握在手里。

“神父啊！难道你不明白？我还活着，没有被淹死啊！”

突然，蒙太尼利的双手由冷转僵，一瞬间，死一般的静。之后蒙太尼利双膝跪地，把脸深深地埋进牛虻的胸膛里。

* * *

夕阳西下、晚霞退去之时蒙太尼利才抬起了头，对于他们来讲，时间、空间、生、死都失去了意义，甚至忘记了双方还是仇人呢。

“亚瑟，”蒙太尼利低沉地说，“这真的是你吗，你还活着！活着回来见我？”

“我是死里逃生啊……”这几个字牛虻品味着，身子发抖着，随后他像一个患了病的小孩一样躺在蒙太尼利的臂弯里。

“你回来了——你总算是回来了！”

一声长叹，“是啊，”牛虻说，“我是回来了，但你又要和我继续斗争，或者说想解决掉我。”

“哎，轻声点儿，我可亲可爱的孩子，你怎么在这个时候还对我说这种话呢？起初我们如同两个孩子在漆黑的夜晚，迷失了自我和对方，并一直误认为对方是鬼怪。但现在不同了，我们又相聚在一块儿，告别了黑暗，迎来了光明。孩子，你真是命苦啊？你看你自己，变得完全使我认不出来了。从前你生活得是如此快乐——可现在，人间的苦都快让你尝遍了！亚瑟，我没有做梦吧？这一段时间我老是做梦，在梦中见你缓缓地向我走来待在我身边，可当我醒来之后却发现这全都是假的，留给我的只是一个漆黑的夜晚，空虚和无聊阵阵向我袭来。所以我怀疑这一次也是在做梦，梦醒之后仍是竹篮子打水——一场空！唯一让我感到这不是在做梦的方法，是把你所受到的苦难一五一十地告诉我，留给我一些真凭实据吧！”

“所受的苦难其实简单得很！我趁人不注意溜进了一艘货船，这条货船就带着我向南美驶去，我偷渡成功了！”

“那么，你到达了南美之后又怎样呢？”

“上了岸之后，我就打算在南美居住下来……过我的生活，——如果你认为我那样的活法叫生活的话，等啊等，直到——噢，对了，我还见到了你在我幼年时候教我学哲学时的那个神学院，还大开眼界见到了其他好多好多的东西！你刚才说你常做梦梦见我、我也是啊，我也因想你而常梦见你……”

说着说着他就打了一个冷战，不说话了。

“记得有一回，”突然他记起了什么，又继续说，“我去厄瓜多尔做矿场干活……”

“什么？这不就成了矿工了吗？”

“这话可差远了，我哪配得上做矿工？相反我只是以小工的身份出现——即为矿工做些杂七杂八的活儿。晚上我们只能蜷缩在矿井旁临时搭起来的木棚里；记得是某一天夜晚——那时我正犯着和现在一样的病情，再加上白天我必须在烈日酷晒下扛石头——我忽然神经错乱般看见你从门口向我走来，手里拿着和墙上挂得完全一样的十字架，祈祷着走过我的身旁。我见你不理睬，急了，赶紧叫起来，希望你能把我从苦海中救出去……其实给我一包毒药、或者是一把刀子都无所谓……关键是我不想再过这样的生活了。如果再在这样的环境中生活下去，我肯定会以发疯而告终的。但那时你呢……啊！……”

牛虻哽咽着并腾出一只手遮住了眼睛。另一只手还被蒙太尼利紧紧地握着。

“我的叫喊声引起了你的注意，这一点我可以从你的神色中判断得出来，但是你并不因此而停步，仍是一个劲地做着祷告。一直等到你做完祷告、吻过了十字架以后你才回头看了我一眼，暗地里对我说：‘亚瑟，可怜的人，我很同情你，但我不能大胆地向你表白，要不然，会激怒上帝的。’我扭头看了看那木头雕像，它确实正在发笑。

“后来，当我睁眼看到的又是那堆木栅和杂七杂八的苦活儿时，我才明白，原来在你眼中，只有上帝才是至高无上、值得去奉承的，而我却在你心目中无一席之位，你当然也不会冒死救我跳出苦海的，我会永远永远记住这一点，只是刚才我因为有病，加上以前爱过你，所以当你碰我时我一时忘了情。但是现在却不同了，我和你一刀两断，除了你斗我，我斗你，不会有任何瓜葛。你放开我的手！难道你没有意识到：你我之间除非你放弃基督，要不就是冤家对头了？”

蒙太尼利愧疚地低下了头，把牛虻那只断了指头的手放在嘴边亲了亲。

“亚瑟，我怎么能放弃我的信仰呢？在这些恐怖的年头里，正是因为我一贯坚持信仰他，他才仁慈地让你回到我身边，他对我这么好，我怎么能背信弃义呢？你肯定不会忘记，当初我还以为你早已死在我手下了呢！”

“是啊，上次如果我死成了，这次你还有机会再来害我吗？”

“亚瑟！”主教大人被牛虻的话震惊了，并失声大叫以减轻他内心的恐慌，然而牛虻却不管他是否为此心惊胆战，仍一个劲儿地往下说。

“不管我们做什么，都要开门见山，一心一意。然而你却总是对我隔着心，好似一道深渊横在我们面前，所以要在我们之间建立友谊是不可能的，除非你已下定决心放弃这个信仰。”——牛虻边说边向墙上看了一眼挂着的十字架，“——要不然，你只有赞同上校提出的要求……”

“亚瑟你疯了！我的上帝，我是如此深爱着你，怎么可能会赞……赞同他这个残忍的要求呢！”

牛虻厌烦地皱紧了眉头，反问道：

“两难其中必有其一是你最爱的，我问你，你对于我和你的信仰，哪一个爱得最深？”

蒙太尼利为难了，他的心也为之冷静下来，整个人无精打采，像年老的枯树。他仿佛刚从梦中醒来一样，四周仍是漆黑的夜晚，既空虚又害怕。慢慢地他站了起来说道：

“亚瑟啊！你为什么总是对我这么残忍，不肯让我的灵魂得到片刻的安宁呢……”

“怎么，我说了你一两句话你就受不了啦，想想你自己当初是怎么害我的，当我因你的谎言而沦落到卖为黑奴到甘蔗种植园做苦力活时，你动过恻隐之心没有？啊——！看你们这些基督教徒的心肠是多么好，上帝就是喜欢这种人——悔过归悔过，人还不一样生存下去？反正死去的不是自己，而是一个儿子罢了。你说得倒好听，爱我——为了你的‘爱’，我付出了多少代价？别再给我灌迷魂汤了，我已不再是一个小孩，叫我忘掉过去，重新回到你身边？休想！你是毫不在乎，因为到妓院里去洗碗的是我，给比野兽还凶狠的农场主做马夫的是我，到马戏团扮演小丑的是我，到斗牛场为斗牛士干苦活的是我，拿自己的脖子让人家踢的人是我，被人踩、遭人骂、挨饿的是我，连讨点残羹冷炙都轮不上人家狗食的是我。是啊，我何必对你废话连篇呢？你带给我的苦难是如此之多，我是不可能一一列举完的。而你——竟假惺惺地居然说爱我，那么我问你，你到底爱我到什么程度？达不达得到为了爱我而放弃你的信仰这个程度呢？哎，你从那个长生不死的上帝那儿到底得到了什么？他为你吃过苦吗？使得你舍弃我而爱他。难道你爱他是因为可怜他的双手被钉穿，要是这样的话，你看看我的手，再看看这儿，还有这儿，还有这儿……

说着牛虻就扯破衣服，把身上的伤疤展示给主教看。

“神父啊！难道你还没有醒悟过来吗？你所信仰的上帝其实是个骗子，他为了得到你的爱装扮得全身都是伤，好像他深受灾难。

事实上真正需要你的爱的人是我！神父呀！正因为你，我尝尽了人世间的所有苦难，过着死人般的生活，可是我都忍了下来，因为我不能死，必须回来再和你所信仰的上帝较量到底，正因为有如此的毅力，我才没有发疯，第二次也没有死成。可是回来之后，太令我伤心了，因为在你的心目中，上帝还是占据最重要的位置——他可是假装的，在十字架上被钉了六个小时又死而复生了，而我呢，也相当于被十字架钉了五年并展现在你面前，还活着。现在在上帝和我之间，你打算怎样摆放两者的位置呢？”

牛虻忽然戛然而止，不说了。因为他见到蒙太尼利像僵死了一样，一动不动地坐在那儿。当牛虻把心中所有的怨恨发泄出来的时候，蒙太尼利因为愧疚或害怕，曾经发抖，也像有人在鞭打他似的。可是现在他麻木了，安静下来了。休息了一会儿他冰冷地说：

“亚瑟，我听不明白你说的话。真的，我糊涂了，你能否一针见血地挑明话题？告诉我你要我干什么？”

牛虻转过脸来，阴森森的。

“每个人都有爱的权利，我不能强求你去做什么，但你可以在我和你的信仰之间做出决定，两者之间你最爱谁？如果你认为你的信仰是你最心爱的，那么你就去爱他罢了。”

“我还是很糊涂，”蒙太尼利浑身无力，但仍说道，“事情都已经过去了，我还能再选择什么？”

“其实并不复杂，不就是在他和我之间做出取舍吗？如果我是你的最爱，那你就得丢掉脖子上的十字架，和我走。你也知道我的同伙们在策谋再次营救我，此事若有你的帮助就顺利多了。等我们逃离本城，你再认我也不迟。但是，如果你没有爱我到这个程度——我是说，如果你对上帝的爱超过你对我的爱——那你还不如趁早告诉上校，说你同意杀死我。你若真做出了这样的选择，你还不如早点给我滚开，免得我见到你心烦，你已经够我烦得了。”

蒙太尼利终于明白了牛虻的话中之意，他被牛虻的一席话说昏了头，也吓得发抖。“我很乐意去跟你的朋友接上头，这不成问题。但是……我是不可能和你一起走的……因为我是一个教士，不能违背职责。”

“我可不管你是教士还是不是教士，总之一句话，要我就没有上帝，要上帝就没有我，今天我是不会再低头妥协的，这苦我吃够了。”

“亚瑟，你说哪门子的话，我怎么舍得放弃你呢？我怎么舍得放弃你呢？”

“那么你就放弃你的上帝。反正在我们二者之间你必须做出取舍。你想把你的爱分成两半，由我们分享？没门！我是不会接受你那位上帝的恩惠的。你若选择了他，咱俩就一刀两断。”

“亚瑟！亚瑟！我的心快碎了！我快要被你逼疯了！”

牛虻不管他这一套，愤恨地在墙上拍了一下。

“总之有我没有他，有他没有我，你自己决定吧！”他再次表示了决心。

蒙太尼利此时从怀中拿出一个小盒子，里面装着一张皱巴巴的脏纸条。

“你看看这个。”他说。

“我从前对你的信任，正如我对上帝的信任。我只用了一锤，上帝就粉身碎骨了，原来他只是个泥塑。可是你却一直用谎言来蒙蔽于我。”

看了这个纸条后，牛虻大笑起来，送还了纸条，说道：“十九岁的乳臭未干的小毛头，总是年轻幼……幼稚的，以为用锤子可以打碎一切！其实目前也是如此——只不过被人砸的是我。而你呢，因为装扮得像个正人君子，谁也不会相信或发现你是个骗子，即使他们受了你的骗，也不会这样认为的。”

“你想怎么说就怎么说吧！”蒙太尼利无奈地说，“你对我这样蛮不讲理，我可以理解——鬼知道是为什么。亚瑟，非常抱歉，我不能按你说的去做；但是我会去做我能做到的一切事。这样吧，我帮助你逃出这个鬼地方，等你脱险了以后，我再结束自己，不管是出事故还是服过多的安眠药，只要你认为哪一种死法更令你解恨就行。这是我能做的，虽然这触犯了教规，但我相信善良的上帝是会赦免我的……”

牛虻一听这话，气破了肺，大叫一声，猛地伸出双手。

“天啊，你这话太刺耳了，太刺耳了！我对你有什么过错，你竟然把我看成是如此卑鄙的小人，你竟然这样说我——我说过要报复了吗？难道你不理解我的用心良苦，我是因为爱你所以才想拉你一把，救你出来，而你却把我对你的爱看成是我对你的恨？”

他激动地抓住蒙太尼利的双手热吻着，泪水因为太伤心而不自觉地滚落下来。

“神父啊，这里有什么值得你停留的，这教士，这耶稣的雕塑是多么死气沉沉，你还是跟我们一块儿逃离这儿吧！要不然你会被这些迂腐的、阴险的教会害死的——和我们一起投奔光明吧！神父，你看，只有我们才代表着生命，代表着青春，世界永远属于我们！神父，黑夜之后的黎明就在你眼前——难道你不想抓住它，和我们共赴美好的前途吗？你振奋一下吧，忘掉过去，重新生活。神父，我是一直深爱你的——即使当年你谋害我之时也是一样深深地爱着你——难道你还想再害我一次不成？”

“哎呀！我的上帝，发点慈悲吧！”蒙太尼利奋力地抽出自己的双手，大声叫道：

“你拥有和你母亲一样的眼睛！”

突然，一阵长长的、静得如同死一样的沉默阻住了他俩的谈话。黑夜中，他们彼此对视着，惊讶得连心脏都停止了跳动。

“你还想说什么？”蒙太尼利低声下气地说，“再给我一点希望，行不行。”

“不，我活着就是要和这些教徒们争斗。如果你愿意的话，就把我看成是一把刀，而不是一个人。如果你想叫我不死，那你就得全盘接受刀子的价值。”

蒙太尼利转向十字架哀叫道，“上帝呀！你听听，他说的都是什么话呀……”

一阵空寂淹没了他的声音，如同石沉大海毫无回响。不过此时牛虻的嘴却耐不住寂寞了。

“‘喊呀！喊……得再响一点，也许他在熟睡……睡……睡呢。’[①]”

蒙太尼利好像被谁揍了一下，突然跳了起来，痴呆呆地站在那儿，眼睛呆滞地凝视着前方——过了好长一段时间，他才醒过来神来，在草垫边上坐下，掩面开始失声痛哭。牛虻也没料到他会来这一着，惊得浑身抖了好久；身冒冷汗，哑口无言。他知道主教为什么这样痛心疾首。

牛虻试图将毛毯拉上来遮住耳朵以逃避那哭声，可是毫无效果，哭声令牛虻心烦意乱，因为像他这样一个精力充沛、充满朝气的人却要走向死亡，这已使他忍无可忍了，何况再加上这哭声呢。此时这哭声对牛虻来说，甩也甩不掉、躲也躲不开，一直在他的耳朵里、脑子里、周身血脉中回荡着。然而蒙太尼利却仍在悲痛欲绝地哭啊哭，泪透过指缝不停地落下来。

最后他终于哭够了，像小孩哭过后一样掏出手帕擦擦眼睛站了起来，而放在膝上的手帕却掉落到地上。

“这回你明白了吧？还用多说吗？”他说。

“不必了，”牛虻顺从地答道，一副呆呆地安于现状的样子，“这一切错不在你，你的上帝也该献祭享用一下了。”

蒙太尼利转过身来面对着牛虻，如死一般的沉寂，降临在俩人之间，寂静得连即将挖掘的坟墓也比不上，他们只是看着对方，不说一句话，好像一对生死离别的情人似的隔着千山万水相视无语。

牛虻受不了这种情景，他先收回了目光，身子往毛毯里一缩，把脸蒙了起来。蒙太尼利意会出这个意思——“走。”所以他转身走出牢房。过了一会儿牛虻急忙从垫子上跳了起来。

“啊呀，神父，你回来！我承受不了啦！你回来！”

可惜大门早已紧闭了。牛虻呆呆地睁着眼睛。巡视着四周，心想，“这下子可完蛋了，还是那见鬼的加利利[②]人胜了我。”

---

① 引自《圣经》。

② 加利利：是巴勒斯坦北部的一个山区。因耶稣在加利利的拿撒勒城长大，所以这里引用“加利利人”意指耶稣，含有贬义。

整个夜晚，牛虻孤单单地痛哭着。连下面那些院子里干枯得将被锄掉的野草也在风中摇晃着，为他而哭泣。

第七章

周二上午，举行了一下军事审判。只是草率地召开了一下军事法庭，过程总共加起来不到二十分钟，纯粹是走走过场。这也难免，因为举行这样的军事法庭只是装模作样，做个形式罢了：一来不许被告辩护，证人也只有一个军官，一位受伤的暗探和其他几个士兵；二来早就准备好了判决书，蒙太尼利的同意判决书是以书信形式送来的，而那些审判官（包括菲拉利上校、当地的快骑兵少校以及瑞士军队[①]的两位军官）更是袖手旁观。所以走马观花似的宣读了一下判决书。犯人供词、押字、向犯人审判就草草结束了。牛虻对此也早已无动于衷，压根儿没有心思，当然也不认为有必要去申诉什么。当按程序问他有何申诉时他只是厌烦地摆了摆手。判决死刑对他而言早已麻木不仁只是听到时把眼睛稍微放大了一点。在他怀里还安放着蒙太尼利所掉的手绢，昨天整个晚上他还拿着蒙太尼利的手绢如同见了人一样吻着捧着哭泣了一个晚上，因此这时法庭上的他脸色惨白，精神萎靡，泪痕还残留在眼皮上。

办完了一切手续，司令官就传令把他押回牢房。显而易见，负责儿的牛虻。牛虻轻微一惊，扭头望了一眼。

“噢！对了！”他说，“我差点忘了。”

司令官良心有所发现，觉得过去一段时间对牛虻确实过于没有人道，但如今既然主要目的已经完成，那么那点儿怜悯之情还是不吝啬地浮现在他那脸上了。

“不必再让他戴手铐了，”他看着牛虻颜色发紫，肿如馒头的手说，“押他回到原先关他的牢房吧。”之后他回头对他的侄子解

① 瑞士军队：教皇国以侍卫队的名义从瑞士招募来的雇佣军。

释道："把他关进死囚房只不过是个形式；那死囚房光线不好，终日见不着阳光，日子难挨。"

司令官不好意思之余，假咳了两声，活动了一下双脚，把正要押送犯人的警卫队长叫了回来。

"慢走一步，班长，我还想与他说说话。"

牛虻如同聋子一样，对司令官的话无动于衷。

"你有话要我转述给你的亲朋好友吗？——你应该有亲朋好友吧？"

一片沉默。

"如果你现在没想好，就再考虑一下吧；我和神父都愿意为你效这个劳，而且保证说到做到。当然你还是把话传给神父为妙，因为他过一会儿就会来看你，陪你过夜。你还有没有其他的要求——"

听了这话，一直低头的牛虻才抬头。

"免了，你告诉神父，我不用他陪。我也没有什么话要留给亲朋好友的。"

"你不见得不要忏悔吧？"

"我根本不认为这世上存在什么神不神的，我所需要的仅仅是静心片刻。"

牛虻说话冷淡、呆滞、没有怨气，说完就转身打算走，但快到门口时他又扭头说："噢，对了，上校，要求不是没有。明天枪决我时，不要绑我，也不要包住我的眼睛，我会束手待毙的。"

* * *

星期三天刚亮，牛虻就被押到院子里去了。他走路比平时更瘸、更艰难、更痛苦，身子也需靠在班长胳膊上由班长扶着，一副吃力的样子。但他的神情却没有疲乏的迹象。只有在夜里，当他孤身一人时，恐惧感总是阵阵袭来，并夹杂着各种幻想和梦想，但一旦白天来临，这一切也就消失得荡然无存。面对着敌人，在阳光的照射下，他的精神一下子被挑动起来了，所以他毫无惧色地奔赴刑场。

六个骑兵被派去执行死刑，他们背着枪，排队站在布满常青藤的围墙前——这堵墙正是牛虻试图逃跑但最后未成功的那堵快塌的墙。他们六人各人极力忍住快涌出的眼泪拿着枪列着队。他们从未曾想到自己会被派去解决牛虻！这对他们而言简直是件可怕得无以复加的事情。他们一直为牛虻对答如流的口才、大胆放纵的笑声、刚正不阿的精神和极具感染力的勇气所折服，他如同冲破死气沉沉的暮色的阳光一般，但这样的勇士却要被枪决，而且竟然要死在他们手中，这对他们而言如同要失去天上的日月星辰一样，心里不禁为牛虻这样的勇士而惋惜。

牛虻的坟墓就在院子里一棵高大的无花果树下。这个坟墓是昨天夜里一些悲痛欲绝的士兵赶着用手挖成的。但牛虻却临危不惧，还对这个黑乎乎的坟墓和它那周围的枯草笑望了一下，并且深深地吸气闻了闻那新鲜泥土散发出的芳香。

班长在树底下突然站住了，而牛虻却满不在乎，笑哈哈地转过身来。

“是站这儿吗？班长？”

只见班长硬邦邦地点了点头，嗓子眼如同被塞住一样一个字也吐不出来了。司令官和他的侄子以及今日承担指挥职责的骑兵中尉，还有医生、神父早已列候在旁，见牛虻押解来就一本正经地向他走去，但是见到他笑意中挑衅的眼光，这些刽子手就心虚了。

“先生们，早……早上好！哎哟，太阳从西边出来了，尊贵的神父今天竟也起得这么早啊！队长，你应该很高兴吧？今天我即将服刑，你心里一定比上次感觉痛快些吧。哎，只怨我枪技不好，使你的胳膊至今还吊着绷带。不过，今天这几位兄弟们的枪法不会比我差吧，你们说，对不对？”

说着他瞄眼看了看那些全副武装的士兵，他们的脸色死沉沉地吓人。

“呃，伙计们，别耷拉着脑袋，一副无精打采的样子，振作起来，露一露你们的好身手，千万别叫我最后落得个用绷带吊胳膊的下场了。我劝你们先操练一下，这是最好的时机，要不然过后有许多活等着你们去做，够你们忙的。”

“哎哟，我可怜的孩子呀！”神父颤巍巍地走上前来截住了他的话头，其他人很自觉地退后一丈，以便有足够的空间让他们单独交谈一下。“你马上就要去见上帝了，还不节省节省你的时间！说这些话有什么用，你还不快点向上帝忏悔一下你的罪恶。听我一言吧，当你站在上帝面前，到了接受审判时要想再忏悔就来不及了，难道你甘愿罪恶累累地去见上帝？难道你就打算满不在乎地脸带微笑地前往上帝那庄严肃穆的宝座吗？”

“满不在乎地面带微笑吗，神父大人？在我眼中，只有你们这些虚伪的人才会用忏悔两字。等到有一天该我们出头，跟你们算账的时候，我们就不会用这六枝破枪而是用大炮了，不信你瞧，到时候我们更加满不在乎地面带微笑啦。”

“什么？你这个时候还想到用大炮来攻打我们？难道你还没有意识到，片刻之后你就要去见上帝了。”

牛虻转过身子，视线扫了一下那已掘好的墓坑。“噢，神父言……言外之意，认为把我往这儿草率一埋就完事了？或者再搬一块大石头压在我的坟墓上面，以免……免我‘三天之后’再还……还魂？见你的鬼去吧，神父大人，我才不会像你们这样去装模作样地演什么滑稽戏呢。相反，我会死在你们把我埋了的地方，像老鼠一样乖乖得不吱一声。但即使如此，你们免不了将来要挨我们的大炮的轰击。”

“啊！仁慈的主啊，”神父气急败坏地叫了起来，“你千万别跟这种可怜的人一般见识！”

“阿门！”一个低沉的声音从骑兵中尉口中冒了出来，与此同时，上校和他的侄子也装模作样地虔诚地在胸上划着十字。

神父无奈地摇摇头退后几步，因为他明白，像牛虻这样顽固的人再费口舌是毫无收效的，所以他也就放弃了说服他的想法，自个儿嘴巴蠕动着为他祈祷着。开始动手了，待做完了一些简单的工作，牛虻也就在预定的位置站好了，只是回眸望了一眼东方太阳升起时的那一片金灿灿的朝霞，然后重申不要用布蒙住他的眼睛。上校本不想这样做，但见到牛虻这副大无畏的神气，就只得妥协了，但是他们忽略了一点，那就是这样做对那些执行枪决的士兵来说精神上是非常残忍的。

这边牛虻面带微笑，坦然面对士兵站好并准备迎接子弹，而那边，士兵们却不断地抖着双手，拿不稳枪支。

“开枪吧，一切就绪。”牛虻说了一句。

连中尉也十分紧张，浑身发抖。他上前一步准备发令开枪，这对他来说可是有生之年第一次。

“预备——瞄准——开火！”

枪声之后，一颗子弹擦脸而过，鲜血弄脏了他的白领结，另一颗子弹打在他的膝盖上方，都没有命中牛虻，而他只是左右摇摆了一下，身体重新保持在原位。士兵们在烟消云散之后双眼一望，却见牛虻仍面带笑脸，正在举起那只断了指头的手擦着脸上的血。

“弟兄们，身手太差劲了！”他说道并将字咬得字正腔圆，吓得那些士兵们呆愣愣地无地自容。“再发一次吧。”

这使那队可怜的士兵们齐声呻吟了出来，并浑身发抖。因为他们的枪法并非差到如此地步，只是有意为之，目的是希望射中牛虻致命部位的不是自己，而是他的同伴们。但是，现在呢，牛虻还脸挂着微笑站在那里，也就是说他们弄巧成拙，还得重新再射击一次。这一想，这些士兵们更是心惊肉跳、目瞪口呆了，不管军官们如何破口大骂、怒气冲冲，他们还是把枪垂了下来，一言不发地瞪着这个该死却未死的牛虻。

司令官也同样胆战心惊，哪里还敢正眼去看岿然不动的牛虻，他所能做的只是叫骂士兵们，叫他们赶紧站回原处，再次射击，好尽早结束此事。所以当牛虻开口对他说话时，他便被这种嘲笑的口吻吓得一哆嗦。

“上校！你看你今早找的士兵枪法怎么这么差！看我能否把他

们训练得能看得过去。兄弟们，听着！你！把枪端高一点；你，枪再往左边挪一点。哎呀，还有你这位兄弟，你拿着枪支为什么抖成这样，它可不是口油炸锅会烫你的手。好了，你们都准备好了吗？行了，就这样，来，准备——瞄准——”

“开火！”上校抢先一步发了口令。怎么能让这个亡命之徒自己发令射击自己呢？要不然还成何体统？

噼噼啦啦的一阵乱枪之后，士兵们散了伙，乱糟糟地挤成一片，个个浑身发抖，张大眼睛拼命向前看。其中有一个士兵压根未射击，事先就放下枪蹲在地上拒绝开火，口里还一个劲儿嘀咕说：“我不开火——我不开火！”

弥漫的硝烟在空中飘荡着，越来越淡薄，最终逝于那朦胧的晨光之中。

等烟消云散之后他们才看清楚牛虻已经颓然倒地，但是不知道他死了没有。所以起初这些士兵和军官们都傻乎乎地如石头般僵站在那儿，看牛虻如何在地上作痛苦的痉挛。后来等看到牛虻拖着腿硬站起来，并朝士兵微笑时医生和上校同时尖叫起来并冲了上去。

“还是没有打中！再……试一试，兄弟们……看……看这次成不成……”

话没说完，牛虻就突然左右晃了晃，斜着向下栽到了草地上。

“死了吗？”上校不敢喘一口大气地低声问；医生则双膝跪地，用手摸着那血迹斑斑的衬衫低声回答道：

“大概死了——真是老天保佑！”

“太谢谢上帝了！”上校也随着附和道，“总算把他解决了！”

这时他的侄儿上前碰了碰他叔叔的肩膀。

“叔叔！红衣主教来了！他就在门口正要进来。”

“什么？他要进来？绝不！——我不会让他进来的。这些门卫都吃饱了饭干什么去了？主教大人……”

门被打开了，接着又合拢了。蒙太尼利早已站在院子里了，面对眼前的一切，只是痴痴地望着前方，样子十分可怕。

“主教大人！求求你啦——你可不能看这种死景的！你看，人刚被枪决，还没来得及埋尸体……”

“你错了，我来就是为了看他最后一眼的。”蒙太尼利的话让司令官大吃一惊，他此刻的整个言行如同梦游人一般。

“啊，我的天哪！”一声尖叫突然从一个士兵口中冒出来，司令官连忙上前一看，啊？怎么会——

原来满身鲜血的牛虻又在草地上扭动、挣扎着，嘴里还发出一阵阵呻吟声。医生连忙跪下去将牛虻的头捧起来搁在自己的膝盖上。

“来人呀！”医生撕心裂肺地痛叫，“你们怎么这么残酷，来人啊！请你们快做做好事再补上一枪吧！这样半死不活地叫人多痛苦啊！”

一股股的鲜血喷满了医生的双手，牛虻此时在医生的怀里不断地抽搐，吓得医生浑身哆嗦。恰在他连声呼叫要求帮助时神父从他的背后现出身来，他弯腰把十字架放到这垂死人的双唇上。

“以圣父和圣子的名义……”

牛虻以医生的膝盖作为支点撑起身子，对着十字架，恨恨地怒视着。

众人屏住呼吸，牛虻在死一般的寂静中缓缓地抬起用那只被打坏了的右手推开那个十字架，于是那十字架上烙上了一道鲜红的血迹。

“神父啊……你可敬可亲的……上帝……这回总该心满意足了吧？”

说完之后，牛虻头向后一耷拉，就倒进医生的臂弯里，死去了。

* * *

“主教大人！”

菲拉利上校见主教还呆愣在那里，像做梦一般，就又提高了声音，大叫了一声：

“主教大人！”

蒙太尼利这才把头抬了起来。

“他断气了。”

“总算断气了，主教大人，你也该回去了。这情景多吓人。”

“他断气了。”蒙太尼利又复述了一次，低头望着那张毫无血色的脸又喃喃地说：“我摸了摸，他确确实实断气了。”

“他真是莫名其妙，一个人中了六七发子弹，不死才怪呢！难道你想他死而复生不成？”那骑兵中尉见此极为轻视地小声说着；身旁的医生赶紧轻声附和道：“我看他是被这血吓晕了头了。”

司令官把蒙太尼利的胳膊紧紧地搀扶住。

“主教大人——你最好别再看他了。让我叫本军营的神父扶你回家吧？”

“嗯——我是要走的。”

他缓慢地，转身离开了这一片沾满血迹的现场，身后跟着送他的随军神父和班长。他们把他送到门口的时候，蒙太尼利又扭头瞧了一眼，一副呆滞并且诧异的神情。

“他……断气了。”

* * *

过了几个小时，麦康尼爬上了半山坡，来到这儿的一间小屋，专门对玛尼蒂尼说：他不必再为牛虻献身了。

本来第二次帮牛虻越狱的计划早已准备好，与第一次计划相比，它极为简单。这次方案原本是这样的：在第二天早晨，当迎接圣体的队伍路过坐落在山坡上的堡垒时，由玛尔蒂尼冲出人群，从怀中拔枪对着司令官迎面射击；当一切陷入混乱时，再由全副武装的二十个人马趁机突袭堡垒的大门，攻进塔楼，劫持监狱看守，直奔关押牛虻所在地，然后再设法把牛虻安全地救出牢房；如果遇到有人挡路就格杀不误。等他们从大门出来，会受到第二队人接应，在第一班人马边打边退掩护下，第二队那些举枪骑马的走私贩子就可把牛虻保送到一个安全的地方躲起来。对于这个计划，在这些人中只有一个人还被蒙在鼓里，那就是裘玛，这种有意的保密是玛尔蒂尼专门提出的，当时玛尔蒂尼还曾如此说："到时她就有得心可伤了。"

正当麦康尼刚刚从外面走进园门之时，玛尔蒂尼也从屋内迎面走出玻璃门，来到走廊中迎他。

"麦康尼，你带来了什么消息？啊——！"

玛尔蒂尼的尖叫源于那个走私贩子把他的宽边草帽拉向后面这一动作。

因为玛尔蒂尼从麦康尼帽子下的神色就心知定是牛虻出事了。于是他们两个儿一声不响地坐在走廊上了。

"这事是什么时候发生的？"好久，玛尔蒂尼才冒出这么一句话。连自己都感觉到这声音的干巴无味之极。

"今天拂晓时分。这是班长传给我的，当时他也在那儿，并且亲眼看见了前前后后的一切过程。"

玛尔蒂尼垂下脑袋，轻轻地把衣袖上的一根耷拉着的纱线抽了下来。

虚空的虚空，即为虚空。①本来明天就是他的死期了，而这使他把它想象为崇高神圣的天国，可现在一切都如肥皂泡般地破了，好比是夕阳落山之时的彩色金霞令人浮想翩翩，而陡然来临的浓浓的暮色吞噬了这百般的仙境。他很失望，失望自己又得重返这个人间—和过去一样做一些老掉牙又枯燥的活：还必须与格拉西尼和盖力他们一起设计密码，分发小册子，还必须和党内同志进行辩论、还必须对付奥地利这帮密探的阴险狡诈之计——一想到这些琐碎平

① 出自《圣经·旧约·传道书》第一章二节和第二章一节。原文为"虚空的虚空，凡事都是虚空"，说到喜乐福祉时，又说"……哪里知道，这也是虚空。"

凡老套的革命工作，他就感到心灵深处的空虚；而牛虻一离开人间，那他心灵的空虚再也没有人能够使之充实起来——无论填什么，谁来填也无济于事了。

正当他在胡思乱想之际忽然感觉到有人在询问他怎么了，他把头抬起来：这个时候会有什么无稽之谈，还谈什么呢？

“伙计，你刚才嘀咕些什么？”

“我的意思是，不管怎样，你不可能把这个消息一直隐瞒下去，总得让她知道。”

玛尔蒂尼闻听此言，面色活泛了起来，但又重新显出万分为难、恐惧的神色。

“我怎么忍心跟她说？”他急得大叫，“你要我这样做，还不如命令我去结束她的生命好。哎，这我怎能对她说呢，——这我怎能对她讲呀！”

他用双手将自己的眼睛遮得严严的，可尽管如此，他还是条件反射般地发现身旁的走私贩子身子一颤，这迫使他把头抬了起来，原来裘玛竟然站在门口。

“西萨尔？你听到风声了吗？”她说，“这下子是无救可药了。他被处以死刑了。”

第八章

蒙太尼利站在高大的祭坛前，声音响亮又缓缓地念着祷告文“请让我站在上帝的宝座面前”，他的周围站着许多神职人员。这时整个教堂喜气洋洋、色彩斑斓，教徒们穿着漂亮的节日装，甚至连柱子也被环绕着红色的花朵，节日的盛气遍布每个角落。在教堂的门口挂着一段红缎子，色彩红艳，再加上六月骄阳逼射入堂，使教堂一片通红，像野外庄稼地里阳光下的红罂粟花一样红灿灿。各修道会的修士们手拿着蜡烛和火炬，教区教友们则背着十字架和旗子，目的是为了使那些比较昏暗的小祭坛也能沾上一点喜气。在走廊的两侧挂着各式各样、众多的绸缎旗帜，它们一层层地叠加着随风飘动，此外那拱门下金色的旗杆和流苏也不甘落后地闪着亮光，就连那些穿在唱诗班年轻孩童身上的白色圣服也被多彩的窗玻璃衬托得花花绿绿闪闪发光；阳光普照到教堂内，地面上映出各种色彩斑斓的方格的橘红色、紫色、绿色，五彩缤纷。祭坛的后面垂挂着银色的薄薄的丝绢，充作幕帷，闪烁着银光；种种的装饰、加上这种银光与祭坛的烛光使主教的身影更为显眼，只见他穿着一件长长的拖地白长袍，像一尊大理石的雕像，不过这座雕像却是活着的。

游行节日有一个惯例，那就是主教只主持做弥撒，而不主持祭典，所以当他念完祷告文之后就离开了祭坛，朝着主教的宝座缓缓地走去，每到一处都接受主祭神父和其他各位神父的虔诚的致敬。

“主教大人今天的神色不正常，是不是身体不舒服？”一位教士对他身旁的同伴低声耳语着。

蒙太尼利按惯例被戴上主教的宝冠，担任副主祭的神父帮他戴好以后看了他一会儿，然后小心谨慎地低声问主教：

“主教大人，你这是怎么啦？”

蒙太尼利好像没听到此话似的，只是头稍稍向这边偏了偏。

“对不起，主教大人！”这位神父为自己的鲁莽行为自我谴责着，怨恨自己不该打断主教专心的祈祷，所以等他道了歉之后便谦卑地退出去了。

仪式仍司空见惯似的举行着，然而这一切对于蒙太利尼主教来说仿佛是身外之事，他纹丝不动，眼光呆滞，虽然他头上的主教帽，满身绸缎的圣服以及他胸前的一串蓝宝石，浑身到处闪着光芒。当他听到有人说“主教大人，请祝圣[①]吧”他就机械地弯下身体为香炉祝圣。此时阳光四射、跳跃着如同宝石环绕中的精灵；他或许想到了深山传说中的那个法术无边而又令人敬畏的冰凌精怪，它头上顶着七彩虹般灿烂的冠帽，身着白若冰雪的长袍，长臂一挥，人间便会洒落一大串的福气，不过这福气或许也会是一大串的

① 祝圣：天主教用语，通过主教或神父行祝福礼以求神圣化。

灾祸。

主教在贡献圣饼的时候才离开他的宝座，来到祭坛面前并双膝跪地。今天他的举手投足总让人感觉到他完全与以前变了一个样、痴痴的、像个木偶似的，这一点被穿着节日制服、坐在司令官后的骑兵少校发现了，在主教回到宝座之后就低声对负伤的队长说："无可非议，今天这位年迈的主教大人行动迟缓、机械得像台机器，他肯定患病了。"

"这是他自找的！"队长低声附和道，"他自从颁布那要命的大赦令之后就一直这样，现在反倒成为我们的累赘了。"

"不过，他还是妥协同意采用这次军事审判了呀。"

"他确实妥协了，但是他浪费了我们很长时间。哎哟，我的天啊，今天这天气闷得让人喘不过气来！等到我们在太阳底下游行时，八成会中暑的，可是，你看那红衣主教，每走一步都有人为他打华盖挡这骄阳……嘘！嘘！嘘！叔叔在那边对着我们吹须瞪眼呢！"

菲拉利上校确实看不惯他们在这种场合下窃窃私语，所以转头瞪了他们俩一眼。也许是因为昨天他完成了一桩于民有利的大事，所以身心一松，人也忽然虔诚、严肃起来，对他的侄子这一类没意识是"为了国家安全而迫不得已"而做此事的家伙们极不顺眼。

要进行游行必须编排一下，所以堂礼管将参加游行的人集合编成队。此时，菲拉利上校就离开座位，朝圣坛的栏杆走去，并顺便把其他几个军官叫了过去，等做完弥撒并将圣体主祭神父和一些助祭神父们放人那只游行时用的圣体龛子[1]，用水晶罩好之后，就陆续地退出去，到圣器室里，更衣了。他们人一走，教堂立即被一阵嗡嗡的耳语声打破了平静。可是只有一个人例外，那就是蒙太尼利主教，只见他仍然静静地坐在他的宝座上，双眼直视前方呆呆地，外界沸沸扬扬的声音对他而言不起任何作用，如同汹涌的海潮至他的脚下就安然退潮了。这时有人送来一个香炉，他只是木偶似的伸手

① 圣体龛子：又称"圣体匣"。因其架子由水晶与黄金制成，盖子上有一个如同太阳一般的东西，故以"圣体发光"而得名。

撮了一把香末放进香炉，仍然目不斜视。

更衣回来之后，那些神父都在内殿等他下宝座，而主教仍然无动于衷。一位副主祭借他俯腰为主教取帽子的时机压低声音提醒以后叫了一声：

“主教大人！”

六神无主的主教大人张望了一眼周围。

“你刚才说了些什么？”

“今天的太阳很辣，你不觉得这次游行太疲劳了吗？”

“太阳辣又有什么关系？”

那神父一听蒙太尼利冰冷、有板有眼的口气愣了一下，以为自己在哪个地方触犯了这位主教大人。

“抱歉，主教大人，我看你今天身体欠佳。”

蒙太尼利毫不理睬他，并站起身，在宝座台阶的最高处停了一下，用同样有板有眼的口气问道：

“那是什么？”

主教问的是他那白袍长衫上的为什么会有一处是红色的，因为当他抬脚站起来的时候、他的白袍长衫的一大截落到了宝座下的圣坛玻璃反射下来的影子，主教大人。”

“太阳光？太阳光怎么会这么红？”

于是他下了台阶，跪在祭坛前，手捧香炉慢慢地晃动了一个来回。当他把香炉交给手下人时，此时的太阳投下的方格式的阳光正好照射到他那毫无遮盖的头上和那双漠然向上望的双眼上，也照在了他那被人捧着的像白纱一样的长袍上，投射下一道红灿灿的亮光。

他从副主祭手中接过那个发着金光、十分神圣的“圣体发光”，马上站了起来。这时一段优美的旋律从唱诗班和风琴声中飘然而出。

请各位信友们共同来赞美上主吧，

赞颂圣体是如何的深奥奇妙

赞颂圣体是如何为救世而献血

赞颂圣体是如何为了普众而下凡受苦。[①]

唱毕，持仪仗的人就信步走向他并替他把华盖打开顶在头上，两位副主祭也列位于他的两侧，为他拉平他那长袍的后裙。当赞礼员俯身托起他那拖在圣坛地板上的袍裾时，走到最前面的信徒就立马威仪万分地分成左右两行，每人手上拿着通红明亮的蜡烛齐步走出中殿。

而主教却仍高高地守在祭坛边，在华盖之下一动不动地高举着那圣体龛子，目光呆滞地望着他面前穿梭走出的人群。只见他们一对一对地行进着，手里拿着各种东西、什么蜡烛啦、旗帜啦、火把啦、十字架啦、耶稣像啦、礼徽啦等等，人被分成两排正在缓慢地走下内殿的石阶、经过宽敞的中堂、向那被礼花绕得五颜六色的柱子走去，并穿过那艳红的门帘融入那被骄阳酷晒的街道上去，歌声也随着人群的远离而逐渐轻微得模糊不清，直到被各种嘈杂声吞没为止，但尽管离开了这么一大批人，中堂里还是有人在走动，脚步声不断回响着。

这支游行队伍十分讲究列队的顺序，先是一些教区会友们，他们穿白衣，罩面纱；紧跟着的是“悲信会”[②]的会友们，他们满身黑溜溜一片，只有那裸露的双眼在外面眨着；接着是庄严肃穆的修士们，其中一批是托钵修士，他们身穿黑风衣、光着褐色脚趾头，另外一批是锋米尼克修士，他们的穿着与前一批恰好相反，身穿白长袍，一本正经；再次排着的是本地区的世俗官员，然后是龙骑兵、骑巡队以及地方警官，紧跟其后的就是那位穿着庄严的司令官和他的左右手们。站在最后面的是一位助祭，他奋力地高举着一个大十字架、左右尾随着两位手持闪烁发亮的蜡烛的赞礼员。当他们穿过

① 这是信徒请求圣体降福时所唱的一首圣歌，是《皇圣体》的第一段，以下几段因都唱到“鲜血”和“超度，”所以加重了对蒙太尼利的刺激，导致他最后发病。

② 悲信会：此会会友专门从事殡葬工作。

大门时，门帘又高挑了一点儿。这时蒙太尼利才从华盖底下抬眼远望，看到了明媚阳光的普照下铺着的一层地毯的街道，迎风飘扬的旗帜布满了墙壁，还有一群身着白衣的孩子在那儿欢快地抛着玫瑰花。哇，玫瑰花，多么红艳艳啊！

队伍仍然有条不紊地向前挪动着，正如前面所描述，由于每一排身份不同、穿着不同以及手里拿着的东西不同，所以从高处望去见到的是颜色各异、不同队形的人群在移动，一波接着一波，好不壮观。同时随着游行队伍的步伐节奏，有人配之以音乐拍子，“一、二、三”“一、二、三”……蒙太尼利也就麻木地踩着这种拍子走上了那“十字架之路”[①]。

他走的这条苦难路和他前面的队伍行进的路径一样：走下圣坛的台阶、穿过中殿、路过那琴声阵阵的唱诗楼、通过那红得令人发寒的大红门帘、来到那被太阳烤晒的大街上，街上遍地都是那被踩得干瘪的红玫瑰，并且被人踩得稀烂成团、印在那地毯上。当他在门口逗留之际有几个官员健步下来顶替那几位举华盖的人，队伍仍在向前挪动、挪动，蒙太尼利在唱诗班那错落有致的节奏声中，捧着香炉、踩着拍子上路了。

天主圣子的恩惠普降人间
它们使圣体转化成面包
它们使圣血转化成葡萄酒[②]

天啊，为什么到处都是血，看那地毯就像一条由血汇成的河流在他面前展现，看那被踩烂了的玫瑰就像鲜血溅在石头上……啊，上帝！难道你的空间都变成了血色？啊！无所不能的上帝啊，你在

---

① 十字架之路：指耶稣背着十字架殉难时所经过的路（教堂里一般为表明耶稣受的十四难都挂有十四个图像），后来“十字架之路”就象征着“苦难之路”，这里引用带有双关意思。

② 这是圣歌《皇皇圣体》中的第四部分，此处省略了后半句“这些精妙之处是难以理解的。”

向我暗示着什么呢——怎么，连你的双唇上都沾着鲜血！

伟大无比的神圣圣体，
请接受我们的诚恳朝拜和敬意①

蒙太尼利朝被圣体龛子的水晶罩着的圣体望了一眼，却见到圣体上多了一样东西，那是什么？……它从圣体发光的光芒②中一点一点往下滴，一直落到他的白袍上，这是什么？怎么这么眼熟？噢，对了，他以前也见过这样的情景，不过那次是鲜血从一只高举的手上往下滴，而这又不是手，那是什么呢？

院子里的杂草被人踩踏成红色、是啊，全都染红了——为什么会有那么多的血，这些血在脸上流着，在打穿了的右手上滴着，在受伤的肋部像洪水般涌出来、连一撮头发上染的也全都是血……那一撮头发湿湿地贴在额头上成了一块——啊，对了，那头发是被临死前由于疼痛难忍而被迫冒出来的汗水所弄湿的！

耳边又传来那唱诗班的歌声，一声比一声响，一副慷慨激昂的样子：

请大家欢欣鼓舞地前来赞颂致敬
赞颂我们的圣父，赞颂我们的圣子
赞颂他们凯旋
赞颂他的功德无边无量③

天啊，我的上帝啊！我坚持不住了！你坐在那黄铜的天上身为

① 这是圣歌《皇皇圣体》第五节第一句。

② 圣体龛子的圣体架作光芒四射状，这里“光芒”就是指它。

③ 是圣歌《皇皇圣体》的第六节。

至尊[1]，看着人间的疾苦和死亡，却还咧着那沾着鲜血的嘴巴一个劲儿地笑，难道你认为我受的还不够吗？为什么还一定要用这些赞美和祝福之类的话来挖苦我？基督的圣体啊，你为了人类而牺牲；基督的鲜血啊，你为世人悔过而干枯了，你说，我受到的刺激难道还不够多吗？

嗯，我可得大声地喊，因为他可能还在沉睡之中。

我最心疼的儿子啊，难道你真的在沉睡之中？难道你不会有一天睁开双眼？难道这坟墓有这么可怕，埋了你的身体之后也不肯罢休。我最心疼的儿子啊？

冷不丁，一句话从被罩着水晶的圣体中冒出来，边说边滴着血：

怎么，你也有后悔的时候，抉择可是你亲自做出的？或者说你还不满足于现状？看看你周围那些所谓披金戴银、正直磊落的人吧：没有他们我就不会被埋在这个黑不溜秋的坟墓里。你再看看那些欣赏优美动听的唱诗歌声、抛着玫瑰花的孩子们：没有他们我就不会沉睡在你的脚底下，要知道这些红玫瑰可全是用我的鲜血染成的。你再看看那些跪在你身边，汲取着来自你衣服上流下来的血的人们：没有他们这批吸血鬼，就不会有人被杀而死，他们的血也就不会被这些吸血鬼喝光了。你难道忘记了《圣经》上的一句话，即：‘为朋友而牺牲生命的人，他的爱心是最最伟大的’[2]。”

“亚瑟啊，亚瑟！你说你的爱心是最最伟大的，那我呢！我把自己最心爱的儿子的性命都舍弃了，你说我的爱心不就是更伟大吗！”

那圣体又回答道：

“哼！话说得漂亮，我是你最心爱的人吗？可事实并非如此。”

---

① 出自《圣经·旧约·中命记》第二十八章二十三节原文是这样的；摩西要百姓们顺从上帝，否则就有灾难降临：“你头上的天，将变成铜，你脚下的地，将变成铁。”这里的“黄铜的天”指的就是这个意思。

② 出自《圣经·新约·约翰福音》第十五章十三节。

正当他还想回答时，头却僵住了，因为他的思想被一阵来自唱诗班的歌声打断了，这种歌声好像是一股刮自即将冻结成冰的河塘上。

圣体龛中的圣体啊，是你恩赐我们成为人世间的顽强者生存下来。

我们手中的圣血啊，是你恩赐我们成为有幸之人生存下来

正值这次圣典之际，请接受我这杯祭酒

——让我们大家一起敬祭你吧

所有信基督教的信徒们，请你们一起来共饮吧！这血就是给你们喝的。如果不为你们，就不会遍地是血，就不会有人挨子弹而皮焦肉烂。你们大家都来尝尝这人肉啊！今天是你们敞开肚子痛快畅饮的节日，你们痛快地玩吧、乐吧！快跟我们一起加入我们的队伍共同来庆祝这个喜庆日子！不分男女、不分老少——只要大家一起来分享这盘中的肉、杯中的血、趁酒还未从红色转换成另外一种颜色之前赶紧吃吧；让我们共同去领取一份圣体……

天啊！这前面矗立着的不就是堡垒吗？它坐落在这贫瘠的山坡上、一脸病色并板着脸儿怒视着这群迎圣体的队伍在面前耀武扬威地走过，可它的周围却是一片凄惨，雉堞破了、塔楼斜倾，但同时堡门紧闭、威风凛凛、好像一头老虎守着他的猎物一样，但是，这又算得了什么呢？它能抵挡得住这些信徒们冲破堡门把死人从地穴里挖出来供他们享用吗？绝不可能，因为对这些信徒们来说，永远只有一个字“要”而不会说“不要了”。

“你该知足了吧？为了他们或成为他们的盘中餐，或失去了生存的机会。不信你看，他们‘各都步行，不乱队伍’。”[①]

① 引自《圣经·旧约·约珥书》第二章七节，原文为：上帝借约珥之口告诉大众，上帝将降临灾难，以一支大军（又译为“蝗虫”）的形式来攻击这个世界，这里及下文相关内容都是着笔描写这支大军，“各都步行，不乱队伍”出自《约珥书》第二章七节。

“这些都是那些信教的队伍，他们可真算得上是‘既大又强’[①]啊。他们所到之处的前方都像点燃了火且让其尽情地烧，可是走后留下的却是一片凄惨荒凉焦炭般的废墟。总之在他们未到达目的地之前，比如说伊甸园之前，任何生物精灵都难逃出他们的魔掌。”[②]

“哎呀，我最心爱的孩子，你快回来、回到我这边来吧；我追悔莫及，当初我的选择是不明智的呀！只要你肯让我来，我就答应和你一起潜逃到一个让人找不到、看不见，又安静的地方，而绝不会被这批禽兽般的信徒们找到的。不管他们是如何叽叽喳喳地闹着要扒我们的肉，喝我们的血，只要我们相互依偎，一直沉睡不醒，他们是拿我们没办法的。总之，他们和我们互不相关，各走各的路。”

圣体听了之后又答复道：

“但是我往哪儿躲呢？你还记得《圣经》上说的话吗？‘他们跳城翻墙、上屋顶进屋里，犹如强盗小偷。’[③]即使我把自己埋在山顶上，他们也会来掘；即使我把自己葬在河底，他们也会来挖，因为他们的嗅觉比猎狗还灵，没有东西他们是找不到的，万一我被他们找到，那么我伤口上流着的血正好供他们喝！听听他们唱的内容，你就知道他们要对我干些什么了。”

正好此时这些信徒们通过大红门帘，进入大教堂门。抛光了玫瑰花，结束了游行，正在唱最后的圣歌：

我们可亲可敬的圣体啊
你出身时冰清玉洁
但为了拯救普天大众
却被钉死在十字架上

① 既大又强：引自《圣经·旧约·约珥书》第二章二节。

② 出处同上，是第二章三节中的内容。

③ 引自《圣书－旧约·约珥书》第二章九节。原文为“rantoandfrointhecity”。

却被长矛刺伤了肋骨
鲜血从你的身子里滚涌而出
但却仍在临死的紧要关头
恳请上帝恩赐我们食物以求生存

歌声戛然而止，主教正进入大门，迎接他的是那跪立在两边道上的各种身份的信徒，堂内鸦雀无声、灯火辉煌，许多双如饥如渴的眼睛紧盯着他手里捧着的圣体，但一旦主教路过他们身边时，都忏悔地低头谢罪，怕见那白袍上涌流下来的血和留在教堂地板上的红脚印。

主教就是在这种目光接送下来到了中殿、站到圣坛的栏杆边，这里一切仪式都停止了，所以主教也就从他的华盖下钻出来，走上祭坛台阶，抬眼四下眺望，只见在他的左右两旁到处都是些信徒，他们双膝下跪、手捧香炉、双举火炬，但眼光始终没有离开过他手中捧着的圣体、是那么的贪得无厌，那么的露骨。

他站在祭坛跟前，鲜血淋淋的双手高高地托着圣体，仿佛他托着的就是那天枪决了的亲生儿子血肉模糊的尸体一样，又一阵歌声从众多信徒口中飘然而出：

只有圣体你肯赎救人类而牺牲自我
你亲自为人开拓路径，使人升天
我们请求你赐给我们勇气
帮助我们在满怀仇恨的同时但却勇往直前

哎呀，圣体你就要被他们接走了——事已如此，我亲爱的，你就心甘情愿地去吃苦吧。你可以为这些被上帝所唾弃的恶狼般的信徒们去打开天堂之门吧！而我会自觉地进入最底下一层的地狱之门的。

圣体匣被副主祭接了过去并安置在祭坛上，蒙太尼利就乘势跪在石阶上。在他的头顶上正承受着从祭坛上流下来的血。在大教堂里仍然萦绕着那震耳欲聋的赞美诗：

圣父、圣子、圣灵你们这三位
你们的赐福遍及人间每个角落，是多么的光荣伟大
我们幸亏得自你们的菩萨心肠才能升入天堂见到天主
这些赐福将永远流传下去，直到无穷。

听听，什么“直到无穷”！相对于我那是无边无尽永无止境的苦难，耶稣是何等幸福，他可以说倒就倒[1]，说“成了”[2]就“成了”，而我呢？苦海无边犹如日月星辰运转不停却一直处于不死之中……不灭之火[3]境地中。哎！“直到无穷”！“直到无穷”！

蒙太尼利虽然身心交瘁，但还是硬撑着做着他在接下来的仪式中该做的事。这些仪式对他而言已是司空见惯、失去意义了。祷告之后他又双膝跪在祭坛前、双手掩面；接着一个管事神父叨叨地念诵起“免罪表”[4]，然而这声音对于蒙太尼利主教来说犹如来自另外一个世界——因为他已不再同属于他们的世界，这声音此起彼伏、模糊不清。

念完了免罪表之后他站了起来，举手示意大家别吵。与此同时有些信徒已奔向门口，但见主教这一动作又返身回来，因为他们听到一片叽叽喳喳的耳语声“主教大人要开口了”。

这一动作却使他的手下人员大吃一惊，心存疑虑地来到他面前焦急地低声说：“主教大人，你想要提早对大家说话？”

蒙太尼利打了个手势叫他们别出声。神父们虽心存疑怨但不敢不退下来，因为他们想、虽然主教大人在此时说话不适时宜，但是一方面他作为红衣主教拥有这种特权，另一方面说不定罗马方面

① 传说耶稣背负十字架去受难时，曾跌倒过三次。

② 引自《圣经·新约·约翰福音》第十九章二十八至三十节。

③ 引自《圣经·新约·马可福音》第九章四十八至四十九节。

④ 免罪表：历史上一些天主教教士们为骗钱而印发的一些免罪券，上面列举着获准“赎罪”的人员名单。

有特谕给他，他今天想当着这么多人的面颁布某些新变动命令之类的。

就这样，蒙太尼利和众多信徒互相凝望着——此时信徒们发现蒙太尼利主教面无血色，岿然不动，像个幽灵。

“嘘！嘘！安静！安静！”队伍中一些负责人在慰抚人群，随之这些嘈杂声一下子销声匿迹了，好比是一阵风吹过树梢，沙沙声随着它的远去而消音一样。全体人都敛声仰望着站在祭坛台阶上的那个穿白长袍的主教，只听见他用沉稳的语调说：

“《约翰福音》上说道：‘上帝因为爱普生大众而忍心将他的独生子恩赐人间……希望牺牲了他一人而能拯救普生大众’。[①]

“今天你们大家欢聚一堂都是为了悼念一位为了救世而牺牲的耶稣，是为了悼念剔除人间万恶的上帝的爱子。你们欢聚一堂共同庆祝，一方面是领取你们该得的圣体，另一方面是为了感谢他施于你们恩惠，你们欢天喜地、记着他的大义凛然的献身精神。

“但是，你们可曾去体会过另外一种苦难——就是那位勇敢地奉献出自己的爱子去受难的圣父的苦难吗？你们可曾去体会过圣父从天堂的宝座上弯身下望髑髅地[②]时的悲痛欲绝的心情吗？

“今天，各位信徒们，你们欢天喜地地列队游行，因为你们的罪恶已经被人赎走了，可是你们是否有片刻的时间去想过，为了你们的得救付出了多少代价，这种代价可是用鲜血换来、价值连城啊！”

主教一席话听得在场的每一个人心惊胆战，连那些平时镇静自如的神父们也忍耐不住，窃窃私语起来，可是主教不管他们有何反映，一个劲地往下说，这批神父们拿他也就没有办法了。

---

① 引自《圣经·新约·约翰福音》第三章十六至十七节。

② 古耶路撒冷附近的一座小山，也就是耶稣被钉死在十字架上的地方，因为其地形如骷髅而得名髑髅地。此外它还有另外一个名称，即各各他。

“因此今天我要向你们公布真相：我就是那个上帝啊。[1]为了救你们，解脱你们的烦恼，特别是想到你们还有未成年的子女，我就豁出去了，我以自己儿子的生命换来你们的生存，由他去为你们赎罪。

“所以为赎你们的这份罪，他牺牲了，再也不可能重返人间，同时，我也就失去了自己的儿子。哎，我那可怜的孩子啊，我可怜的孩子啊！”

一声悠长的哀号从主教嘴中冒出，惊吓了在场的每个人，人群也随之开始骚动，眼疾手快的神职人员立即站起来，几位副祭司则更为敏捷，上前一把抓住主教的肩膀，但却被主教摆脱了，他猛地转身怒视着他们，厉声喝道：

“你们想干什么？难道血流得还不够吗？等着瞧吧，总有这么一天落到你们头上被一些饿狼吃掉的。”

诚惶诚恐的神职人员们被吓退了，他们口喘大气、面如白纸。当蒙太尼利转身面向群众扫视时，只见他们也浑身抖成一团，此起彼伏、像麦浪一样。

“是你们害死他的！是你们害死他的！为了拯救你们我认可了这种行为。可谁知你们却在我旁边虚情假意地称颂上帝和做着祈祷，我发现我错了——我怎么会做出如此之傻的事呢？早知如此，就该由你们行凶作恶然后自食其果，让你们打入地狱永受惩罚，或是不该让他去死的。因为虽然他死了，可是你们还是罪恶之端、不思悔悟，所以他的死变得毫无价值。可是我后悔又有什么用呢？——一切都太晚了！不管我如何大声疾呼，他都不会听到；不管我如何砸他的坟墓，他都不会醒来的；现在失去了他，我更为孤单，茫茫四海谁是我的亲人啊，现在所剩给我的只是脚底下葬我最心爱儿子的土地和头顶上虚幻的天空。我害死了他！你们这批无恶不作的恶棍，我是为了你们才害死他

① 这一句原文为：“IAMTHATIAM.”语出《圣约·旧约·出埃及记》。是摩西问上帝叫什么名字时，上帝的回答，所以这里IAM就是上帝的一种称号。蒙太尼利这里借用它意思更为明了。

的呀！

“这救世圣体是你们该得的，拿去吧，我把它扔给你们，就当作是喂一群饿狗的肉骨头！你吃的、喝的早已有人为此付出代价了，所以你们大可囫囵吞枣、大吃大喝，你们这些食人肉，喝人血的——这跟禽兽有什么区别！看看吧，那从祭坛上流淌下来的、泛着泡沫的带有体温的血可是从我最心疼的儿子身上流出来的啊——这全是为了你们才流的呀！人既已死、你们就抢着去吃人肉、喝人血吧——但求你们别再来骚扰我。看看吧，这是我儿子为你们献身的躯体——看到他皮肉绽开、鲜血满地流但心还在跳的情景你们就会知道他生前所受到的酷刑和死前的痛苦挣扎。去抢吧，我的信徒们，去抢人肉，喝人血去吧！”

说完最后一句话，他就把高举着的圣体龛子和里面的圣体一并向地面甩去。直到听到金属龛子碰撞地面的声音，神父们才恍然从梦中醒过来急忙蜂拥上前，十几个人就把这位发了疯的主教抓住。

顿时人群乱成一团，还夹杂着刺耳的尖叫声、椅凳推倒声。受刺激的人群一齐涌向门口，结果你推我攘，把门帘和花环给扯破了。于是，大街上也乱成一麻，到处都是哭喊成一团的人群。

尾声

“裘玛，楼底下有人想找你。”玛尔蒂尼仍然用他们这十几年来一贯的做法，压着嗓子说。为了表示他们内心的沉痛心情，他们俩说话都是低低的、动作也是不紧不慢。

裘玛正挽起袖子，系着围裙，一门心思地在桌子前包扎着弹药，打算分发。这种工作她从早一直干到下午，骄阳灼人，再加上身心疲乏，她显得更加疲惫不堪。

“是个男的？西萨尔，你说他找我干吗呢？”

“我也不清楚，亲爱的，他也不肯对我说实话，只说找你。”

“那好吧。”她边说边解围裙，拉平袖子，“我最好去见见他，不过八成他是个暗探。”

“别怕，我就守在隔壁房里，如果有危险，叫一声我就会听到冲出来。不过你要答应我，他走了以后你最好去躺一会儿，今天你站了很久了。”

“没关系，我还想一鼓作气地干下去。”

裘玛缓缓地往楼下走，身后紧跟着沉默的玛尔蒂尼。仅这短短的几天，裘玛就像老了几岁，发鬓上的白发也多了几绺，她眼睛习惯性地低垂着，有时玛尔蒂尼一见到她那深凹的双眼会大吃一惊。

裘玛一进会客厅就见到一个粗里粗气的男人直挺挺地站在房子中间。凭着他的站姿以及见到她惊慌失措的样子，裘玛猜出他是一名瑞士卫队的士兵。他身上穿着的显然不是他自己的罩衫，双眼四处溜转生怕有人跟梢。

“你会说德语吗？”他用德语问道，带有浓重的苏黎世[①]乡音。

“能说上一点，听说你找我。”

“你是玻拉太太吗？这儿有一封信要交给你。”

“一封……信？”她浑身颤抖，急忙用手支在桌子上以稳住自己。

“我在那儿当兵。”他指着窗外远处的那座堡垒说，“这信自……出自那个上周被枪决人的手，是他临死前一晚写的。我向他保证过一定亲手交给你这封信。”

裘玛把头一低，心想，他终于还是写信了。

“前一段时间由于他们对我盯梢得很严、一时三刻脱不了身，所以拖了这么久直到今天改头换面才溜出来、把信交给你。”那个士兵接着说，“他叮咛过我，这封信必须交给你本人，而不能由任何人转交。”

说着他就往怀里掏东西。由于天气闷热，那封被他藏在他怀里

① 苏黎世：位于瑞士北部的一个都市，是工商业金融和文化的中心。

的纸折得乱七八糟、既脏又破，而且是汗渍渍的。他站在那儿，浑身不自在地用脚蹭着地，并用手不安地搔着后脑勺。

“你千万别跟别人说，”他胆怯地说，并用带着疑虑的眼光瞄了她一眼，“我可是冒着生命危险才来的。”

“怎么会呢？慢……慢走一步……”

裘玛见他转身想走连忙阻止了他，但当她伸手去掏钱时却惹恼了这位士兵，他倒退几步急着说：

“我不会收你的钱的，”他毫不客气地说，“我是为了他才冒险做这件事的——因为他要求我这样做，为了他，即使是肝脑涂地，我也在所不惜，因为他对我实在太好了——这只有上天才会理解我的恒心！”

他说话有点含糊，这促使裘玛抬眼望他，却见他正用污迹斑斑的衣袖在擦眼睛。

“我们枪决他是迫不得已的事，”他悄声地说，“我和我的同伴作为士兵只有俯首听命的份儿。当我们乱射一通没打中时只得重来……他就嘲笑我们——笑我们手艺太差……可是他确实对我很好……”

会客室一片沉寂。站了一会儿这位士兵就挺了挺身，笨手笨脚地行了个军礼就走了。

裘玛手拿信儿、呆呆地站在那儿，半晌才来到窗前坐下开始看信。信上布满着蚂蚁似的铅笔字、而且有些地方十分潦草，但信头几个字却十分好认，写的是英文：

我亲爱的裘：

字迹忽然依稀难辨，她再次失掉了他——她再次失掉了他!这个称呼是多么的熟悉！与此同时也涌上一股痛失亲人的悲痛，她双眼发呆、不知所措、无目的地伸出双手，仿佛埋在亚瑟身上的泥土正压在她的心上一样。

等她回过神来之后她又重新看起信来：

“明早清晨就是我的死期了。由于我对你发过誓必须告诉你一切，所以这是我履约的最后一次机会。不过，在你我之间，解释是多余的。自从孩提时候起我们都是心照不宣的。

“因此，你肯定会感悟到。我亲爱的。你何苦为一记耳光而牵肠挂肚呢。虽然你那次耳光出手是重了点，但那又有什么呢？如此重的打击我受过的又不是第一次，次次我都不是承受下来了吗？——甚至我还还手过两次呢！——你看，我还像当年我们孩提时候看的小人书上说的那条鲭鱼一样：‘活蹦乱跳。’不过这是我最后一次活蹦乱跳了。明天清晨我就要‘FinitaLaCommedia’[①]了。按我们的理解，就是‘该收杂耍场’了。因此我们该好好谢谢这批精灵总算对我们发了点善心，尽管这点善心仅这么一点点，但总比没有好，再加上以前的恩惠，我们该万分感激才对！

“谈及明早之事，请你和玛尔蒂尼能知道我那心满意足的心情。我认为这样的结局是最好的。这一点你务须对玛尔蒂尼点明，就当作是你帮我捎个口信给他。玛尔蒂尼是个心肠很好的同事，他也会明白这一点的。看看，我亲爱的，我的内心是一清二楚的：这批无恶不作的家伙如此急迫地再次采用秘密审判和处决的卑鄙手段于我有利而于彼无利。我的内心是一清二楚的：只要你们还活着的战友们齐心协力、坚持到底、顽固抵抗，那胜利肯定属于你们。对我而言，虽然明天清早将被枪决，但是我的心情是十分愉快的，快乐得像小学生回家度假。我被处以死刑表明我的工作已经做完，而且是十全十美的，因为他们之所以杀我是因为他们怕我；一个人能做到让敌人心惊胆战，还会有其他的奢望吗？

“但话又得说回来，心愿我还是有的。而且作为一个临死的人，总该不愿意把心事带到坟墓里去。我的心愿就是让你能理解我的心态：我是因为爱上了你，才对你表现得毫不讲理、对一些

① 意大利语：演出结束。

陈芝麻烂谷子的琐事还念念不忘。这一点你应该清楚，我之所以用笔写出来只是作为发泄的一个手段。我爱上你的时候，你还是一个黄毛丫头，身穿花格裙、领围花边带、脑拖长辫子，这爱一直持续到今天。不知道你有没有忘记？某一天，当我亲吻了你的手后，你就惊慌失措地告诉我：今后‘务必不能这样做了！’我心里明白我这个玩笑开得过火了点，但我只求你原谅；现在我又不经过你的许可在纸上亲吻了你的名字，所以总共吻了你两次。

“好了，不多说了。再见了，我亲爱的。”

信末没有署名，但却看到一首他们儿时共同念过的小诗：

“不管是生
还是死
我永远都是
一只欢快的牛虻！”

过了半小时，玛尔蒂尼走进房间，一见到裘玛的样子，他吓呆了，急忙丢下随身带来的布告上前紧紧地拥抱住他，好像这半辈子憋住的感情一下子爆发出来了。

“我的天啊，裘玛，发生了什么事？你别这样一个劲地啼哭呀——你可是向来坚强的呀！裘玛！裘玛！我至亲至爱的！”

“没事，没事，西萨尔，等我心情好了再对你说吧……我……我目前不想告诉你。”

说着她就往口袋里装这封浸渍着泪水的信并起身奔向窗口，把身子探出窗外，不想让玛尔蒂尼见到她的脸。玛尔蒂尼一声不响，只是咬着胡须站在那儿。今天他把藏在内心的真情流露了出来——可是她却没有体会到。

教堂的钟响着，好长一会儿裘玛才缓过神来，扭头又说道：“肯定有人逝世了。”

“我就是拿这布告给你瞧的。”玛尔蒂尼也醒过神来，用往常的语气答道。边说边把布告拿起来传给她。这是一个讣告，镶着黑框，印着大号字体，看样子非常仓促，说：“我们至亲至敬的红衣主教——罗伦索·蒙太尼利主教，因得心脏动脉瘤破裂在腊万纳猝然离世。”

裘玛把眼光从讣告上移开，对眼望了一下玛尔蒂尼，玛尔蒂尼领会她的眼光，但只是无可奈何地耸了耸肩道：

“太太：你还想说些什么呢？说他死于动脉瘤已是最圆滑不过的了。”